苏轼的家居生活与文学世界

赵映蕊 著

图书在版编目（CIP）数据

苏轼的家居生活与文学世界 / 赵映蕊著. -- 长春：吉林出版集团股份有限公司, 2021.12

ISBN 978-7-5731-1175-3

Ⅰ. ①苏… Ⅱ. ①赵… Ⅲ. ①苏轼（1036-1101）－人物研究②苏轼（1036-1101）－古典文学研究 Ⅳ. ①K825.6②I206.2

中国版本图书馆CIP数据核字(2022)第006020号

苏轼的家居生活与文学世界

著　　者　赵映蕊
责任编辑　杨亚仙
装帧设计　万典文化

出　　版　吉林出版集团股份有限公司
发　　行　吉林出版集团社科图书有限公司
地　　址　吉林省长春市南关区福祉大路 5788 号　邮编：130118
印　　刷　北京四海锦诚印刷技术有限公司
电　　话　0431-81629712（总编办）　0431-81629729（营销中心）
抖 音 号　吉林出版集团社科图书有限公司 37009026326

开　　本　787 mm × 1092 mm　1/ 16
印　　张　10.75
字　　数　300 千字
插　　图　43 幅
版　　次　2021 年 12 月第 1 版
印　　次　2022 年 9 月第 2 次印刷

书　　号　ISBN978-7-5731-1175-3
定　　价　65.00 元

目录 CONTENTS

绪　论

一、选题缘起与概念界定

苏轼生于 1037 年 1 月 8 日（宋仁宗景祐三年农历十二月十九日），卒于 1101 年 8 月 24 日（宋徽宗建中靖国元年农历七月二十八日），他 66 年的人生旅程给后世留下了 2800 多首诗，360 多篇词，4800 多篇大小不一的文章，在 2000 年 7 月被法国《世界报》评选为影响后世的“千年英雄”，成为唯一入选的中国人。林语堂先生广为人知的评价似乎还并不能总括苏轼的成就，他当之无愧的称号其实还可以延展不少。[①]苏轼早年仕途顺利，生前即享有极大的声誉，后世对他的研究更是不绝如缕，可以这么说，几乎可以从嘉祐二年苏轼作《刑赏忠厚之至论》算起，苏轼的研究接受史已历 960 多年，古今中外的“苏学”研究文献可谓浩如烟海，自然历来也是宋代文学研究的重点所在，历代学者几乎对苏轼的每一层面都已反复耕耘，留下了数不胜数的各类成果。但又如周裕锴先生为喻世华《苏轼的人间情怀》写的序言所说：“尽管历代已有大量的注释和评论资料，当今学界已有汗牛充栋的论著，人们仍不敢声称苏轼研究已经终结，仍不敢说某本著作已经叹为观止。谁能像坎井之蛙那样无视大海的浩渺呢？”[②]的确，苏轼研究并非已无任何拓展空间，仍然有着许多新的角度可以去尝试与开发。且新世纪以来，以孔凡礼、曾枣庄、王水照等先生的苏轼研究为代表，“苏学”的研究无论是横向拓展还是纵深推进都取得了很大的成就。但随着历史学界对“日常生活”研究的兴起，笔者却发现苏学研究界还尚未认真考察过苏轼的日常生活（笔者本书所谓的家居生活与日常生活稍有区分，详后）与文学创作的关系。特别是王水照先生提出应重视苏轼具体事件和“小环境”方面的实证研究和他的具体生存方式，如人际关系、交游酬和、家居生活、行迹细节等方面。[③]然而笔者通过中国期刊网的检索及大陆、港台和海外汉学等有关苏轼研究的初步调查后发现，学界对苏轼的家居生活文学目前还尚未做出过全面深入的探讨，这就给笔者的进一步研究留下了充足的空间，故而本书拈出“苏轼的家居生活与文学世界”这一不无新意的研究视角，力图在学界已有成果的基础上综合近年来兴起的一

①参见潘殊闲．叶梦得与苏轼［M］．成都：巴蜀书社，2009 年，第 303 页。按：为避免注释烦琐，绪论部分提到的相关文献仅择要者出注，详细版本见参考文献部分。

②喻世华．苏轼的人间情怀［M］．镇江：江苏大学出版社，2017 年，第 1 页。

③王水照：《走近“苏海”——苏轼研究的几点反思》，原载《文学评论》［J］，1999 年第 3 期，又载王水照．苏轼研究［M］．北京：中华书局，2014 年，第 1—17 页。

些行之有效的研究方法，如文学地理学、文学生态学、空间诗学、比较诗学与现象学等，争取在扎实的文献考辨与细致的文本分析的基础上，尽可能地回到苏轼家居生活发生的历史现场，真正走入苏轼的私密家居空间，考掘其家居生活与文学世界的复杂关系。当然，笔者对以上理论的利用绝非生搬硬套，先入为主，而会基于苏轼文学创作的具体情况灵活运用。

苏轼是伟大的诗人、开创了豪放词风的词人、名列“唐宋八大家”的古文家、书法“宋四家”之一、“湖州派”画家、有杰出著述的经学家、有医方传世的医学家、懂得享受生活的美食家和作出重大贡献的政治家，苏轼几乎在其涉及的每一领域都取得了堪称一流的重要成就。而就其家居生活而言，苏轼在这多重身份集于一身的特殊条件下也将自己的家居生活经营得有滋有味，其独特意义值得深入挖掘。在苏轼现存的近两千八百多首诗歌中，创作于家居时期或与家居生活密切相关的作品占有不小的比例，在词作与文章中同样如此，这些为数众多的家居文学作品同他的其他创作一道建构着一个丰富多彩的苏轼文学世界。本书将在全面把握苏轼现有作品的基础上，从苏轼现存的所有文学文本出发，尽笔者所能生动而具体地描绘出苏轼家居的生活长卷，进而了解苏轼的家居地理、家庭经济、家居心态、家居之物以及丰富多彩的家居生活类型以及家居伦理及其文学呈现。通过考察苏轼各个时期的家居地理与空间经营，联系其一生的政治浮沉，了解其不同时期的家居心态与家居美学。宋代美学是“远逸平淡中夹着韧铮铁骨，亲切宜人里透着精巧雅致”，李泽厚先生概括其为“韵外之致”，而苏轼作为全能型的作家与艺术家，对自身的居住空间自然也是别有匠心。而就笔者所见，学界对此的研究是明显不够的，如果我们能深入考察苏轼不同时期的家居生活状态，将他各个时期的家居位置一一钩稽出来，考察其家居何处与其政治命运的关系，进而深入到其家居生活内部，考察其家居生活里的饮食起居、读书著述、鉴藏园艺、焚香玩石、养生课子等等一系列的家居生活形态，探寻其家居文学创作的成就，必将会在已有研究的基础上得到一个更为完整的苏轼形象。而就笔者所见，类似的研究近年来学界已有部分开展，比如梁建国先生的《朝堂之外——北宋东京士人交游》就考察了苏轼与部分苏门文人在汴京时期的住宅位置，很直观地勾画出了元祐年间苏轼与苏门文人的日常往来情况。田晓菲的近作《陶渊明的书架和萧纲的医学眼光：中古的阅读与阅读中古》也以一种很微观的视角考察了陶渊明的书架，①对笔者的研究颇有启示。关于宋代的家庭居住情况，朱瑞熙等先生的《宋辽西夏金社会生活史》、《剑桥中国史》以及谢和耐的系列著作等都有所涉及，近来出版的《禅意东方·居住空间》第13期也开辟了宋代居住空间的专题，足资借鉴。而北宋李诫的《营造法式》更是宋代建筑技术与建筑美学专书，对笔者研究苏轼的家居文学也提供了第一手资料。

苏轼的家居生活与其政治命运是紧密联系在一起的，也与宋代物质文化的高度繁荣紧密相关，显示着极为复杂的形态。按王水照先生的观点，就苏轼主要经历而言，他的一生正好经历了两次“在朝——外任——贬居”的过程。在苏轼有限的66岁生命历程中，诗人凭借其多方面的才华书写了北宋中后期多姿多彩的历史人文画卷。如果我们再细分

---

①傅刚主编．中国古典文献的阅读与理解——中美学者〈黉门对话〉集［M］．北京：北京大学出版社，2017年。

一下，按照喻世华先生《苏轼的人间情怀》一书的归纳，苏轼一生三任京官，十任地方官，三次被流放：

苏轼第一次任京官在治平二年（1065）。正月，判登闻鼓院，春，直史馆，四月父亲苏洵去世回籍奔丧，在京时间三个月。

第二次任京官在熙宁二年（1069）二月至熙宁四年（1071）四月。先直史馆，后以直史馆权开封府推官，共两年两个月。

第三次任京官在元祐年间，三进三出，所谓“三入承明”：

一入承明为元丰八年（1085）十一月至元祐四年（1089）三月，礼部郎中——起居舍人——中书舍人、翰林学士——翰林学士兼侍读——翰林学士、知制诰兼侍读。总计三年四个月。

二入承明在元祐六年（1091）正月，苏轼为吏部尚书，二月改命为翰林学士承旨。苏轼五月到达京师，为翰林学士承旨兼侍读，八月因贾易、赵君锡诬诋请外，总共三个月。

三入承明在元祐七年（1092）八月，以吏部尚书兼南郊卤簿使招回，十一月，迁端明殿学士兼翰林、侍读学士，守礼部尚书；元祐八年（1093）九月，以端明殿学士兼翰林、侍读学士，守礼部尚书出知定州，总计一年一个月。

苏轼一生任京官的时间累计为七年零一个月。苏轼十任地方官分别为：

第一次在嘉祐六年（1061）十一月至治平元年（1064）十二月，任凤翔签判，共计三年。

第二次在熙宁四年（1071）十一月至熙宁七年（1074）十月，任杭州通判，共计三年。

第三次在熙宁七年十一月至熙宁九年（1076）十一月，任密州太守，共计两年。

第四次在熙宁十年（1077）四月至元丰二年（1079）正月，任徐州太守，共计一年九个月。

第五次在元丰二年三月至七月，任湖州太守，共计四个月。

第六次在元丰八年（1085）五月接诏命，十月十五日到登州，二十日以礼部郎中召京师，共计五天。

第七次在元祐四年（1089）三月至元祐六年（1091）三月，任杭州太守，共计两年。

第八次在元祐六年八月至元祐七年（1092）二月，任颍州太守，共计半年。

第九次在元祐七年三月至元祐七年七月，任扬州太守，共计四个月。

第十次在元祐八年（1093）九月至绍圣元年（1094）四月，任定州太守，共计半年。

苏轼一生任地方官的时间累计不到十五年，而他作为被贬官员以及花在贬谪路途上的时间就累计达 12 年，超过了其仕宦生涯的三分之一。[①]当然，喻先生以上所列的一些时间还有待商榷，但我们已能通过上述梳理清晰了解苏轼一生的仕宦情况。考察苏轼在各个不同时期内的家居生活与文学创作的关系，跟随苏轼的文学文本一起出发，提炼出苏轼笔下各时期的居住生活概况，进而充分走入苏轼不同阶段的家居空间，体味其不同条件下的家居生活心态，想来对推动苏轼的微观研究是不无裨益的。笔者将力争在一个广阔的学术视角下对苏轼家居文学作一种全方位、多层次的深入探讨，进而在以上研究的基础上对苏轼家居文学的不同形态做深入研究，由此也可以深入地体察苏轼家居文学

---

①喻世华．苏轼的人间情怀［M］．镇江：江苏大学出版社，2017 年，第 186—188 页。

的社会文化内蕴与现代生活启示价值，当能有助于学界更加深入地认知苏轼的全方位文学成就与家居生活的美学意蕴，其学术价值当是可以期待的。

苏轼的家居生活深受北宋中后期政治、思想、经济、文学发展等社会背景的影响，为深入研究苏轼的家居生活与文学创作之关系，从而尽可能地还原出苏轼的家居生活全貌，首先需要考察在苏轼作品中他本人究竟是如何理解“家居”的。为此，笔者据目前整理苏轼作品最为完备的《苏轼全集校注》统计，其现存作品中“家居”二字凡 11 见，详见下表：

表一：《苏轼全集校注》所见“家居”情况一览表：①

篇名	句子	备注
《送安惇秀才失解西归》	我昔家居断还往，著书不复窥园葵。	《苏轼诗集校注》卷六，第 509 页。
《和穆父新凉》	家居妻儿号，出仕猿鹤怨。	《苏轼诗集校注》卷二九，第 3155 页。
《王晋卿作〈烟江叠嶂图〉，仆赋诗十四韵，晋卿和之，语特奇丽。因复次韵，不独纪其诗画之美，亦为道其出处契阔之故，而终之以不忘在莒之戒，亦朋友忠爱之义也。》	山中幽绝不可久，要作平地家居仙。	《苏轼诗集校注》卷三十，第 3397 页。
《辨贾易弹奏待罪札子》	见已家居待罪，乞赐重行朝典。取进止。	《苏轼文集校注》卷三三，第 3423 页
《耿政可东头供奉官致仕》	虽请老以家居，亦先朝之逮事。	《苏轼文集校注》卷三九，第 3912 页。
《赐太师文彦博乞致仕不许批答（元祐二年三月二十九日）》	卿自为谋则善矣，独不为朝廷惜乎？药饵有间，时游庙堂。家居之乐，何以异此。	《苏轼文集校注》卷四三，第 4514 页。
《谢欧阳内翰书》	轼也远方之鄙人，家居碌碌，无所称道，及来京师，久不知名，将治行西归，不意执事擢在第二。	《苏轼文集校注》卷四九，第 5310 页。
《与钱济明十六首（之十五）》	济明虽家居，必不废闵雨意，可来爇一炷香否？	《苏轼文集校注》卷五三，第 5831 页。
《与陈季常十六首（之十六）》	所以云云者，欲季常安心家居，勿轻出入，老劣不烦过虑，决须幅巾草履相从于林下也。	《苏轼文集校注》卷五三，第 5889 页。
《与程正辅七十一首（之四十五）》	家居悒悒，触物增怀，不如且徜徉山水间散此伊郁也。	《苏轼文集校注》卷五四，第 6010 页。
《跋先君书送吴职方引》	始先君家居，人罕知之者。	《苏轼文集校注》卷六九，第 7843 页。
《炼臬耳霜法》	宜州文学，家居于邕。	《苏轼文集校注》卷其三，第 8396 页。

① （宋）苏轼著，张志烈、马德富、周裕锴主编．苏轼全集校注 [M]．石家庄：河北人民出版社，2010 年版。本书引用苏轼作品主要以此版本为主，且再次引用仅简写，少部分由于题目不一致难以查找者则以其他版本代替。

由上表可以看出，苏轼笔下的“家居”与我们今天所理解的并无多大出入，一般是指尚未入仕时在家闲居，或者辞去官职在家赋闲，要之均指在“家宅”的私密空间内的居住生活，与在朝堂之上等公共空间的生活相对，“家居”与“居家”大致可以等同，为避免概念混乱，本书对此不作过多区别，当然这也还只是我们的大致描述，尚需要对“家居生活”做一个内涵与外延相对清晰的概念界定。就笔者所见，台湾朱倩如博士已著有《明人的居家生活》一书，本书选题即深受此书及王水照先生之言的影响。其“居家生活”的定义与本书的“家居生活”概念基本一致。朱氏说：“一般概念中的‘家’指的是人们用于居住和祭祖的屋舍，具有血缘传承的意味，着重在屋舍下，‘人’与‘亲人’的关系，而本书却是强调‘人’与‘屋舍环境’的关系，和‘人’与‘朋友’相处的关系。本书的‘居家生活’定义是：在一较长的时间内，居于一定处，而呈现出的生活状况，不同于旅居、舟居生活。对于时间的长短与居地的性质，本书在界限上没有严格的制定和划分，主要依据居者本身在此段时间的居住，是否对此地赋予一种归属感，而在此中享受自由无拘的闲适生活，所以本书也会述及文人所另筑的草堂、别业、书斋等的生活空间。除了制式的规定外，广义的‘家’包括一切叫人眷恋的人、事、物，含有个人情感的因素。故‘家’的范围，不仅是屋舍内的空间，也扩及到屋舍外的庭院，或庭园外小距离的范围，在此间所从事的活动，与家居生活皆有关联，可视为家居生活的广义解释。”[①]黄长美的《中国庭园与文人思想》出版较早，他认为文人的家居生活是一种综合体，包含了宗教信仰、娱乐消遣、习文学艺、社会交流等多种活动，一般户外活动亦多在家宅旁之庭园或空地上从事，因此，家居生活可包括典礼仪式、祭祖拜佛、社交宴饮、诗文集社、读书作画、弈棋养鸟、浇花种竹、赏花邀月、艺术鉴赏等不同性质的活动，而非单纯的饮食起居之日常生活内容。文人最善于安排生活，既要求其“雅”，又要求其“适”。艺术生活化、生活艺术化，文人皆致力于将家居生活提升到艺术的境界，寻找一种生活的美感。着意“雅趣”的文人居室追求和创造幽然恬静的超脱美，形成一种避俗求雅的生活形态。[②]笔者此处几乎照搬朱博士的定义和黄长美的补充说明，意在阐明苏轼的“家居生活”概念其实也完全适用于该定义。本书的论述逻辑即基于此概念，但由于“家居生活”与“日常生活”尚有些微分歧，且大陆方面研究“日常生活”已有较多成果，哲学领域与史学领域尤多，而在文学研究领域使用文人“家居生活”者目前还并不多见，故尚需于此处对二者稍作区分。

大陆学界认为所谓“日常生活”，重在“日常”二字，他强调的是一种具有重复性的、较稳定的常态生活，也即由饮食、穿衣、坐卧、交谈等一系列日常行为贯穿起来的平凡生活。这些纷繁芜杂的生活内容虽琐碎且平淡，却更容易反映人的本真的生活方式并体现一个人的生存态度。而关于日常生活的界定，又相对以衣俊卿先生的说法最为流行，衣先生认为日常生活是以每个人的原生家庭以及天然直接环境为其基本寓所，主要维持个人生存与再生产的日常消费交往和观念等活动的总称，日常生活是一种以不断地重复实践为基本的存在方式，凭借人类传统、习惯经验以及血缘情感等文化因素加以维系，

①朱倩如．明人的居家生活［M］．台北：明史研究小组，2003 年，第 2—4 页。

②黄长美．中国庭园与文人思想［M］．台北：明文书局，1985 年版。

是一个自在的类本质对象化领域。[①]衣先生的这一界定大致可分为三个基本层次：第一是人如何谋生及如何消费的问题；第二是以日常生活中的语言为媒介、以天然的血缘关系和情感为基础而进行的日常交往活动；第三就是日常观念活动。此外，吴宁在《日常生活批判——列斐伏尔哲学思想研究》中也有一个定义，他认为日常生活是与每个人休戚相关的生存与生活领域，是不同于人类的社会经济与政治活动的独立生存平面。[②]此观点可与衣先生之论相互补充。另外，杨威也认为日常生活世界是人类无可替代的精神家园，是人们赖于安身立命的栖身之所。我们就生活在这须臾不可离的活动领域，需要一种内在于日常生活世界之中的追求，这样心灵才能有所皈依。……日常生活世界以人的生命存在为基本核心，是一个以人的基本活动方式为展现的'人化'世界，它丰富多彩，直接指向人的存在方式与生存状态。[③]童强在《空间哲学》一书也指出"家"从起源上就显示出其扎根土地的本质，而且意味着可以居住的房屋还不是家，找到一片可以耕种的土地才可以安居乐业。而安居必然具有时间性，它需要经历一段漫长时间的沉淀。故而有房屋有耕地还不能算是"家"的全部，甚至所有的家庭成员都聚在一起也还没有在完全"在家"所规定的本质上构成"家"，因为必须扎根才是能称"家"。而扎根则是随着时间的推移展开之生长，这不仅仅与空间有关，而且还与时间有关，家是那种世世代代居住生活的土地，是那个有着祠堂与墓地、故事与禁忌、熟悉的人、本地人以及浓重方言口音所指示的地方。家是那种与本地性练习在一起的空间。[④]这些都是颇为精到的见解。作为文化精英的杰出代表，苏轼作为一般个体时，其日常生活与普通人的日常生活基本一致，但作为杰出文人，他的日常生活与普通民众的生活也有着不小的差别。在文人看来具有专业化倾向的学问与知识其实只是"日常"生活的一部分，而在普通民众那里却并不属于"日常"领域，但正因为这些属于普通民众的"非日常"才造就了文人有别于普通大众的特殊性，故而对苏轼的家居日常生活与文学创作的研究就不仅需要关注他的衣、食、住等方面，也需要研究其作为文人本色的家居"日常"生活的其他内容，如读书作文、琴棋书画、歌咏留连、诗酒唱和等文人"日常"生活领域。[⑤]

由以上"家居生活"与"日常生活"的定义来看，"家居生活"更强调家居宅园的空间性，而"日常生活"的范围显然要大一些，传统的衣、食、住、行、用等范畴均可涵盖在"日常生活"概念之下，但"家居生活"却并不包括"行"，也即朱倩如所谓"不同于旅居、舟居生活"，故"家居生活"应是"日常生活"的子概念，可以完全隶属于"日常生活"的论述范围内，故本书对"日常生活"理论多有参考，于此特作交代。

本书着力于从苏轼全集中归结出其闲情逸趣而丰富多彩的家居生活内容，试图借鉴现象学这门关于事物与意识的学问，体验其思考方法对苏轼的家居文学予以"敞开"与"呈现"，尽可能以与之相匹配的诗性语言为读者展现苏轼家居生活世界之形而下的

①衣俊卿．现代化与日常生活批判［M］．北京：人民出版社，2005 年，第 31 页。

②吴宁．日常生活批判——列斐伏尔哲学思想研究［M］．北京：人民出版社，2007 年，第 173 页。

③杨威．中国传统日常生活世界的文化透视［M］．北京：人民出版社，2005 年，第 9 页。

④童强．空间哲学［M］．北京：北京大学出版社，2011 年，第 288 页。

⑤彭梅芳．中唐文人的日常生活与文学关系［M］．北京：人民出版社，2011 年，第 18 页。

器物层面和文学、美学、思想等形而上的精神层面，从而再现千古文豪苏轼的生活方式与所思所感的尽可能完整的样貌，展示苏轼“家居生活与诗意书写”之具体样相。但愿笔者此文能带领读者进入苏轼家居生活的文学世界，尽可能还原其家居生活之诗性与超脱，一边慢慢欣赏，一边领略其中的旖旎风光。

二、苏轼家居生活与文学研究的回顾与反思

苏轼乃中华文化之伟人，近千年来以其道德文章、诗词歌赋彪炳史册，学界对苏轼的研究也主要围绕着诗、词、文、画、书法和经学著作等领域来具体展开，或做编年校注、文献考辨，或是思想阐发、文学阐释，各方面都取得了诸多重大成就。1980 年 9 月 12 日，中国苏轼研究学会正式成立，首届学术讨论会在眉山三苏祠举办，为期 6 天，这是新中国成立以来第一次对苏轼开展的全国性讨论，当时学会即决定将学会的机构设在四川大学中文系。[①]2017 年 8 月 22—25 日，“纪念苏轼葬郏 915 周年暨全国第 21 届苏轼学术研讨会”在平顶山学院举行，会议论文部分收录于《中国苏轼研究（第八辑）》。2018 年 4 月 21—23 日，“第三届东坡居儋文化思想研讨会暨第二十二届苏轼学术会议”在海南大学举行，《中国苏轼研究（第九辑）》也收录了本次会议部分文章。2018 年 9 月 15—16 日，四川大学中国俗文化研究所、四川省社会科学重点研究基地苏轼研究中心主办了“东亚汉文化圈中的苏轼研究学术论坛”，会上王友胜先生提交《苏轼营造白鹤新居的历史背景与文化阐释》，[②]朱刚先生提交《东坡居士的“家”》，[③]对笔者本书形成的撰写思路提供了有益的支撑与补充。朱刚先生近来另有《苏轼苏辙研究》一书，其关注点与本书亦并不冲突。[④]2018 年 9 月 29 日，由四川省文化厅、眉山市人民政府主办的 2018 眉山东坡文化国际学术高峰论坛也在眉山举办，这是距笔者撰作此文前举办的最近四场有关苏轼研究的会议。[⑤]笔者也尽可能查阅了前 20 次的苏轼研讨会成果，也并未发现以“苏轼的家居生活与文学创作”为题撰文者，然而会议论文多有涉及苏轼的家居文学问题，对笔者启示颇多。此外，万燚《美国汉学界的苏轼研究》于 2018 年 3 月份出版，此书在美国汉学发展的宏阔视域下系统评述了美国汉学界苏轼研究的历史背景、阶段特征、主要成果、方法理路，并由此展开了中美苏学之比较，并在中西诗学对话的层面上进行了深入探讨，展示了作者对中西文学研究方法的融合、以西方理论话语

---

①相关情况参看中国社会科学网的介绍，网址：http://www.cssn.cn/st/st_xhzc/st_rwl/201310/t20131028_734050.shtml，2019 年 4 月 3 日访问。

②参见周裕锴主编．新国学・第十八卷［C］．成都：四川大学出版社，2019 年，第 1—18 页。

③参见朱刚．苏轼十讲［M］．上海：上海三联书店，2019 年，第 253—296 页。

④朱刚．苏轼苏辙研究［M］．上海：复旦大学出版社，2019 年版。

⑤四川大学中国俗文化研究所、四川省社会科学重点研究基地苏轼研究中心主办：《东亚汉文化圈中的苏轼研究学术论坛》［C］，2018 年 9 月 15—16 日，四川成都。中国苏轼研究学会编：《2018 眉山东坡文化国际学术高峰论坛论文集》［C］，2018 年 9 月 29 日，四川眉山。以上两次会议论文集承周裕锴先生惠赐电子版，特此致谢！

分析中国古典诗词的契合性、跨异质文明研究中的价值判断等问题的思考。①另外，德国法兰克福大学汉学系杨治宜《“自然”之辩——苏轼的有限与不朽》也于 2018 年 10 月在三联书店出版，该书讨论了苏轼文学创作背后的佛、道思想资源，又以苏轼对牡丹和名石的吟咏来阐发对自然美的争辩，最后落在他晚年和陶诗及丹学上。此书把苏轼几经贬谪的命运与各种带有象征性的意象联系在一起，展现了苏轼的审美、创作以及他在有限的肉身与无限的自由之间的挣扎。作者借鉴了东西方各种思想视野，不仅丰富了苏轼文学研究，还将中国文学置于跨文学、跨学科的对话之中。②张进先生《宋金文论与苏轼接受研究》也于 2018 年 11 月出版，虽与笔者此文关系不大，但笔者对这以上几本最新苏轼研究著作也尽量做了充分参阅。

回顾近三十多年来的苏轼研究，当以孔凡礼先生、曾枣庄先生、王水照先生和周裕锴等先生的苏轼研究较成规模，各位先生的苏学研究成果早已享誉学界。近来曾先生关于“三苏”的研究成果汇集为《曾枣庄三苏研究丛刊》由巴蜀书社出版，包括《历代苏轼研究概论》、《苏洵评传》、《苏轼评传》、《苏辙评传》、《苏辙年谱》、《三苏选集》、《三苏文艺理论作品选注》、《苏洵苏辙论集》、《苏轼论集》、《三苏姻亲后代师友门生论集》，共约 300 万字。另外，由曾先生领衔的《三苏文化大辞典》的编纂工作也正在进行中。曾先生还和多位学者合作，出版过《苏轼研究史》、《苏诗汇评》、《苏文汇评》、《苏词汇评》（与曾涛合著），与中华书局出版的《苏轼资料汇编》相补充，可谓洋洋大观。③王水照先生的苏轼研究也是成果丰硕，除《王水照自选集》所收文章外，王先生还与其两位弟子朱刚、崔铭合著过两种《苏轼评传》，即南京大学出版社出版的《苏轼评传》和天津人民出版社出版的《苏轼传：智者在苦难中的超越（最新修订版）》。近年王先生还在中华书局出版了《王水照苏轼研究四种》，包括《苏轼选集》、《苏轼传稿》、《苏轼研究》、《宋人所撰三苏年谱汇刊》。④另外，由张志烈、马德富与周裕锴先生主编的《苏轼全集校注》2010 年也已出版，该书广泛吸收了各类苏学研究成果，但由于部头太大，就笔者目力所及，学界对此书的使用目前还不是很多。另外值得一提的是，2017 年 11 月 24 日，由眉山市委宣传部，中国苏轼研究学会主办的《苏轼全传》首发暨赠书仪式在眉山三苏祠启贤广场举行。全书 15 册近 300 多万字，全传以时间为序，地域为界，事迹为脉，人文为髓，生动全面地诠释了具有独特生命历程的苏轼人生，

---

①万燚．美国汉学界的苏轼研究［M］．北京：中国社会科学出版社，2018 年版。

②杨治宜．“自然”之辩——苏轼的有限与不朽［M］．北京：三联书店，2018 年版。

③关于曾先生的三苏研究及宋代文学研究著述情况，参见《三苏带我走进宋代——“曾枣庄三苏研究丛刊”自序》，《曾枣庄三苏研究丛刊》（十卷本）［M］，成都，巴蜀书社，2018 年，第 14—16 页。

④王先生的苏轼研究成果主要除了中华书局版《王水照苏轼研究四种》外，尚有《王水照说苏东坡》［M］，北京：中华书局，2015 年。两种苏轼评传为王水照、朱刚．苏轼评传［M］．南京：南京大学出版社，2011 年。王水照、崔铭．苏轼传：智者在苦难中的超越［M］．天津：天津教育出版社，2013 年。其他还有王水照、朱刚．苏轼诗词选评［M］．上海：上海古籍出版社，2011 年。王水照．王水照自选集［M］．上海：上海教育出版社，2000 年。王水照．当代中国古代文学研究文库・走马塘集［M］．上海：复旦大学出版社，2016 年。等等。

[①]对普及东坡文化做出了一定贡献。特别值得充分关注的是，2017 年 12 月 28 日，由四川大学担任牵头单位、周裕锴先生任首席专家的苏轼研究中心在由中共四川省委宣传部、四川省教育厅、四川省社会科学界联合会共同组织的首批四川历史名人文化研究中心成立大会中获得授牌。据“苏轼研究中心”预期成果，将有《苏轼资料汇编》（增补本）全十册，约三百万字（包括传世诗文集、笔记、文评六册、方志一册、佛经道藏两册、域外汉籍一册）、《海外苏学研究丛书》（组织译介日本学者原田爱、韩国学者洪瑀钦等人的苏学专著，首批推出六本。）、《域外苏轼文献丛刊》（包括《和刻本苏轼文集精编》、《东坡抄物汇刊》、《日藏苏轼著述总目提要》、《韩藏苏诗注本汇编》等。）、《苏轼传播接受史》（五卷本，包括宋元卷、明清卷、近代卷、日本卷和韩国卷，约二百万字。），另外，四川大学还鼓励博士生以“苏轼与宗教文化”为选题出版青年学者文库。[②]这些预期成果体量巨大，如在近几年内顺利出版，必将极大推动苏轼的全面综合研究。然而就以上预期成果看，上述选题对笔者致力的苏轼家居生活文学也并未充分关注，故笔者论题在如此众多的成果中亦尚有一定的研讨空间。

笔者也初步检索了数种重要的学术史著作以及苏轼研究和宋代文学研究的刊物与著述，如张燕瑾、吕微芬主编，张毅著《20 世纪中国文学研究・宋代文学研究（两卷本）》[③]1、刘敬圻主编《20 世纪中国古典文学学科通志（五卷本）》[④]和梅新林，曾礼军，慈波《当代中国古代文学研究（1949-2009）》[⑤]等，均未看到有从家居生活角度来研究苏轼的。上文提及中国人民大学主编的《中国苏轼研究》截至 2021 年也已出版 13 辑，中国宋代文学学会两份会刊《宋代文学研究年鉴》（从 1997 年至 2021 年共出版 10 本）和《新宋学》（至 2021 年已出 9 辑），中国宋代文学学会目前也已举办了十次年会，由沈松勤、马强才先生主编的《第九届宋代文学国际学术研讨会论文集》近来也已出版。四川大学古籍整理研究所、四川大学宋代文化研究中心主编的《宋代文化研究》，项楚、周裕锴先生主编的《新国学》（截止 2021 年已出版 19 卷），以及由台湾张高评先生主编的《宋代文学研究丛刊》（共 15 辑）、《宋代文哲研究集刊》（笔者仅看到第一辑），包括最近日本学者浅见洋二先生的《文本的密码 —— 社会语境中的宋代文学》和内山精也先生的《庙堂与江湖 —— 宋代文学的空间》，以及二位汉学家早年的《距离与想象 —— 中国诗学的唐宋转型》、《传媒与真相 —— 苏轼及其周围士大夫的文学》两本著作，均有多篇涉及苏轼的论文。王水照先生《日本苏轼研究新著序文两篇》也介绍了原田爱的《苏轼文学的继承与苏氏一族》、内山精也《苏轼诗研究 —— 宋代士大夫诗人的结构》两本著作，也多有新意，对笔者的选题启示颇多。另外据笔者了解，王兆鹏先生的台湾籍博士李常生先生通过遍访苏轼曾经待过、走过和作品中描绘过的地方，目前已编写完

①相关情况参看四川新闻网报导，网址：http://ms.newssc.org/system/20171125/002315110.html，2019 年 4 月 3 日访问。

②相关情况参看四川大学文学与新闻学院相关报道：网址：http://lj.scu.edu.cn/info/1039/1321.htm，2019 年 4 月 3 日访问。

③张毅 . 20 世纪中国文学研究・宋代文学研究（两卷本）[M]. 北京：北京出版社，2003 年。

④刘敬圻主编 . 20 世纪中国古典文学学科通志（五卷本）[M]. 济南：山东教育出版社，2012 年。

⑤梅新林，曾礼军，慈波 . 当代中国古代文学研究（1949-2009）[M]. 北京：中国社会科学出版社，2013 年。

成120多万字的《苏轼行迹考》，附有近800张彩色地图，并标明与苏轼相关的每个地点，另有这些地点的现况照片和一张张带着经纬度、海拔高度等信息和细致注记的手绘地图，这些地图都是现年70岁的李常生先生一步一个脚印实地考察后亲手绘制而成。李先生所绘地图有着很多现代景观，而且还参考了不少历史文献和地方志等一手资料，李先生在行文中还古今对比，以自己扎实的考据还原了苏轼时代的城墙街道和田园房屋等位置，相当程度地勾勒出了苏轼当时生活的人文地理环境。在李先生的大作中，既有"乱石穿空，惊涛拍岸"的千年赤壁石矶，还有着"出临皋而东鹜兮"的黄泥坂小道，这些苏轼的历史遗迹在李先生的书中都从遥远又缥缈的文字变成了活生生的现实。[①]然而李先生的研究并未关注或很少论述到苏轼的家居生活方面，从文章题目也可看出李先生的重点是在苏轼行迹的历史考证，这与王兆鹏先生主持的"唐宋文学编年地图"苏轼一生行迹走出的"中"字形路线相互发明，[②]这些最新成果在给笔者很大启示的同时也给本书研究苏轼的家居文学留下了空间。笔者检索了新世纪以来苏轼研究的上百篇硕博论文，也并未发现以苏轼家居生活与文学创作来撰写论文的。据笔者了解，莫砺锋先生的博士关鹏飞2017年以《苏诗与苏学》通过了学位论文答辩，然而从其题目看也是从传统诗学的角度做研究，并未涉及笔者之论题。董宏钰2017年12月1日通过的博士学位论文《苏轼诗歌对〈昭明文选〉的接受研究——以宋人注苏诗为视角》所选角度也与苏轼的家居生活无关。

故而综合笔者目前看到的资料和苏轼研究的最新动态，窃以为从苏轼家居文学的独特视角出发，通过全面占有文本后进行一番上溯下延的学术探讨，对加深苏轼家居日常生活细节的了解是有相当意义的。除了上述的最新苏轼研究著作外，马斗成先生《宋代眉山苏氏家族研究》、王友胜先生《苏诗研究史稿（修订版）》、张惠民、张进先生《士气文心：苏轼文化人格与文艺思想》、冷成金先生《苏轼的哲学观与文艺观（第2版）》、潘殊闲先生《苏轼与叶梦得》以及莫砺锋、巩本栋、周裕锴、张高评、萧丽华、衣若芬等学者有关苏轼的研究著作或论文，都对笔者的苏轼家居文学研究有重要的参考意义。吴雪涛，吴剑琴辑录有与苏轼交游的各类文字，出版有《苏轼交游考》，谈祖应先生近来还编著有三大本《苏子语典》，分为"修身篇"、"解脱篇"和"禅修篇"，为笔者的资料查考也带来了一定方便。其他有关苏轼的研究则将会在参考文献中罗列说明，此处就不赘言了。

现如今，文学地理学的研究可谓方兴未艾，尽管学界对此还颇有质疑的声音，然中国文学地理学学会年会已成立多年，并已召开了十次学术研讨会，可谓硕果累累。就笔者知悉的相关文学地理学研究，如曾大兴先生《中国历代文学家的地理分布》、《文学地理学研究》、《文学地理学概论》等，梅新林和葛永海先生近来还出版了《文学地理学原理》上下卷，[③]张伟然先生《中古文学的地理想象》在研究思路上也很有启发意义。

---

①相关情况参看楚天都市报报导，网址：http://ctdsb.cnhubei.com/html/ctdsb/20170908/ctdsb3169887.html，2019年4月3日访问。

②参见网址：https://www.sohu.com/a/132988672_410925，2019年4月3日访问。

③梅新林、葛永海．文学地理学原理[M]．北京：中国社会科学出版社，2019年2月版。

特别是侯体健先生的《刘克庄的文学世界——晚宋文学生态的一种考察》在文学地理学研究方法的使用上对笔者考察苏轼家居文学在不同地域创作的异同也有很好的指导作用。另外，王兆鹏先生主持的“唐宋文学编年系地信息平台”也给笔者对苏轼行踪与家居地域的考察提供了可视化的媒体资源。而且张三夕先生早有《论苏诗中的空间感》一文，[①]从学术方法与论述思路上对笔者也有很多启迪，本书在讨论苏轼“家居何处”时将会充分利用前辈学者已有的学术探讨，也会在部分硕士论文已有的研究基础上做点推进。文学生态批评也是近年来学界关注的一个重要学术增长点，苏轼的家居文学写有大量的花卉欣赏诗歌与园林雅集诗作，而学界对此问题的探讨还尚未充分展开，如果深入挖掘苏轼家居文学的花卉与园林写作，考察其家居文学的生态美学价值，考量苏轼居住环境与诗歌创作的深层关联，这样的研究当有一定新意。对此，曹瑞娟的《宋代生态诗学研究》对笔者的相关思考颇富有启示意义。但笔者对此问题不拟做专章探讨，只会将文学生态批评的研究方法贯彻在本书写作中。

苏轼的家庭经济问题无疑是研究苏轼家居文学的题中应有之意，近年来，学界颇瞩目于文学与经济的交叉研究，其跨学科的研究视域与颇具可操作性的研究方法促使学界在这一领域不断有成果问世，如许建平、祁志祥先生认为如果说文学是情感的语言艺术表现，而情感则是人的欲求在现实中实现状态的生理、心理反应，那么文学不过是人的欲求状态——情感——的艺术表现。而人的欲求的最基本层次是生理的欲求，生理欲求的内容（如食、色、财、货等）的属性是经济的，因此经济生活则是文学自身的因素而非文学的外在之物。此外，如果说文学是文人生活的艺术反映，那么，文人挣钱与花钱等经济生活也自然应是我们文学研究的主要内容，因为经济生活也是人的生活主体和文学所反映的主体，与古今文学有着天然的密不可分之联系。[②]受此新的学术增长点影响，叶烨出版了《北宋文人的经济生活》一书，[③]于苏轼的经济生活也间有讨论，惜未能做进一步的细致考察，诸多细节性问题尚待完善，这也给本书对苏轼家居经济的考察留下了继续研究的空间。[④]

苏轼的家居心态问题无疑也是值得深入研究的一个重要视角。关于文人心态的研究已是学界拥有众多学术积淀的领域，如罗宗强先生《玄学与魏晋士人心态》、《明代后期士人心态研究》等著作导夫先路，左东岭先生《王学与中晚明士人心态》推波助澜，河北教育出版社还推出了“历代文人心态史丛书”，其中宋代部分由马茂军、张海沙先生撰写，在《困境与超越：宋代文人心态史》中，二位作者也对宋代文人心态的研究做了一些先行性探讨，有一定参考价值。张海鸥先生在宋代文人心态上也有一些成果问世，笔者将在以上成果基础上关注苏轼的家居心态。苏轼有着在朝堂之外广阔的私人领域与家居空间，在其仕途顺利与贬谪家居的过程中，苏轼究竟是如何调整自己的心态，他的

①张三夕．诗歌与经验——中国古代诗歌论稿［M］．长沙：岳麓书院，2008年，第197—215页。

②许建平、祁志祥．中国传统文学与经济生活［M］．郑州：河南人民出版社，2006年，第2页。

③叶烨．北宋文人的经济生活［M］．南昌：百花洲文艺出版社，2008年。

④刘跃进．中国古典文学研究四十年［J］．《深圳大学学报》，2019年第1期。参见其中论述恩格斯《在马克思墓前的讲话》的部分。

家居生活哲学又呈现出一种什么样的理论形态，这些都是值得深入研究的。本书以为，苏轼是中唐以来文人士大夫普遍“据于儒”、“依于道”和“逃于禅”之家居心态的杰出代表。关于儒家的家居心态，苏轼又主要有受白居易之影响形成的“中隐”心态，其“退居”心态亦有着浓厚的儒家因素，尽管道家因素亦十分明显，为论述方便，笔者仍将其归于“据于儒”之心态中。而苏轼受道家思想影响形成的“超然”、“逍遥”心态也是其重要的生活哲学，受佛教思想影响形成的“平常心”与“居士”心态也是如此。笔者对以上观点将会结合苏轼的作品进行实证性研究，力图言之有据，有理有节，以求在更深度地阐释上有所推进。

苏轼家居生活中的“物”文化书写学界的关注虽有很多，如周裕锴先生早年写有《苏轼的嗜石兴味与宋代文人的审美观念》等文章，对笔者考察苏轼的家居之“物”有积极的指导意义，但类似的研究还有待加强。且学界对宋代物质文化的研究也已有一定的积累，对“物质文化”与文学研究的关注同样是近年来中国古代文学研究中的一大趋势，表现出学术研究之细化与学科融合的特点。王玉哲先生主编的《中国古代物质文化》分九章对中国远古时期到明清的物质文化做了概述，而孙机先生的同名著作则从农业与膳食、酒茶糖烟、纺织与服装、建筑与家具、交通工具、冶金、玉器、漆器、瓷器、文具、印刷、乐器、武备、科学技术等方面图文并茂地对中国古代物质文化做了描绘与阐述，这两本著作对宋代的物质文化都有一些相对翔实的介绍。而开明出版社近年来出版的《中国古代物质文化史》系列丛书中也有很多与苏轼家居文学相关的资料。扬之水先生的《棔柿楼集》系列的“名物”研究同样对此领域有很深的钻研，对笔者的细化研究有很大帮助。徐飚的《两宋物质文化引论》则从官府手工业、“样”的来源及设计管理模式、民间手工业、民间设计的三个方向、北宋工艺法令汇释、设计批评、古代器物研究、装饰的意义及物品研究（茶碾、砚台）等方面对宋代物质文化做了充分考察，其中“装饰的意义”从宋人对文房用品的赏析、宋人的古物清赏、宋人对日用器服的审美探讨以及宋人对民俗用品的审美批判展开讨论，对笔者的研究课题帮助颇大。宇文所安的弟子杨晓山先生《私人领域的变形——唐宋诗歌中的园林与玩好》在研究思路上也对笔者的思考产生了影响。特别是闫月珍教授发在《学术研究》上的最新论文同样论述了“物”的重要性。在《物：中国文学研究的新途径》一文中，她认为从物质层面入手研究文学不失为一种新途径。[①]家居日常生活与物质文化之间诚然存在着密不可分之关系，正是这些丰富的关系构成了家居日常生活之意义、仪式及信仰的基本语境，故而特定的物质往往在家居日常生活中扮演着重要角色。这方面的相关典范性探讨当数艾朗诺教授的《美的焦虑——北宋士大夫的审美思想与追求》，其中《牡丹的诱惑：有关植物的写作以及花卉的美》尤为精彩。我们以往的苏轼研究对诗人的植物书写是关注不够的，汉学家的学术敏感无疑给了我们别样的思路。苏轼的家居营造常常可见各类植物的身影，理当深入进去做更精致的研究，其中台湾中国文化大学潘富俊教授对植物与文学的研究尤为引人注目，其《草木缘情——中国古典文学中的植物世界》一书图文并茂，对苏轼家居文学中的植物书写同样有所涉及，这类交差学科研究实在值得文学研究学者的关注与继续讨论。潘

① 闫月珍．“物”：中国文学研究的新途径［J］．《学术月刊》，2017 年第 6 期，第 136—141 页。

先生近来又出版了《全唐诗植物学》一书，展示了他在植物与文学这一领域的深入思考，这类研究对笔者同样有不少助益。李浩先生在为王早娟《生态文化视野下的唐代长安佛寺植物》写的序言中同样提到了潘先生的著作，并认为这一领域已有相当的学术基础，值得继续挖掘与开拓。陈威伯的《花卉在中国传统诗歌中之意涵及其演变》同样提供了丰富的研究资源，其对宋代文人与花卉的论述足资借鉴。

在2013年夏于西湖之畔浙江工业大学举办的"宋代文史青年学者论坛"上，梁建国先生《闲情雅事：北宋东京士大夫的私第宴饮》①与马东瑶《文人庭园与文学写作——以朱长文乐圃为考察中心》②两文均探讨宋代文人日常生活的书写及其意义。会后出版论文集，张鸣先生在前言中也认为要想深入透彻地了解一位宋代文人士大夫，进而深入其日常生活之时代，则一定需要结合尽可能多方面的历史材料来构建其生成语境与生活场景。③笔者对此深表赞同。另外，黄正建先生主编的《中国古代历史图谱》2016年已由湖南人民出版社出版，宋代部分的图谱资料无疑给笔者对宋代文人家居生活的考察带来了方便，而且黄先生的《走进日常——唐代社会生活研究》在研究思路与范式上对笔者的苏轼家居文学研究也极具参考价值。历史学界近年来兴起的"日常生活史"研究也是笔者此文的重要参考，历史学者的日常生活史研究一般从孩子生育、人际交往、家居休闲与生产消费等方面入手，此类活动看似琐细纷繁，但对我们理解人类生活的实态极有帮助，其内容其实已基本涵盖人类生活的方方面面，如于赓哲先生的《隋唐人的日常生活》、常建华先生主编的《中国日常生活史读本》、霍宏伟先生的《鉴若长河：中国古代铜镜的微观世界》、杨泓先生的《古物的声音：古人的生活日常与文化》、英国汉学家鲁唯一的《汉帝国的日常生活——公元前201年至公元220年》也是近来才出版，此类著述大都从微观层面和文物实证对一个历史时期宏大的历史景观进行生动而真实的细节描绘，显示着学界相关研究的最新动向与关注内容，展示着多视角、跨学科的多维研究范式正日益受到学界的青睐。

再者，学界关于文学伦理学的研究也是当下文学研究的热点之一，从蔡元培先生的《中国伦理学史》到李泽厚先生近来出版的《伦理学纲要续编》以及以聂珍钊先生为杰出代表的文学伦理学批评实践，都对笔者思考苏轼家居文学的家庭伦理有极大的启示意义。而且，台湾吴月惠《唐人家庭伦理诗研究》对此已着先鞭，赵园先生的《家人父子——由人伦探访明清之际士大夫的生活世界》在研究思路上也足资取法。张祥龙先生近来颇注意中西哲学之间"家与孝"的问题，在张先生看来西方哲学史是一部没有"家"的历史，而追随西方哲学的现代中国哲学也就罕见家的踪影，④对此张先生做了学理上的反

①此文后来收入作者专著，参见梁建国．朝堂之外：北宋东京士人交游［M］．北京：中国社会科学出版社，2016年版。

②此文刊于《齐鲁学刊》2013年第4期。另作者与王润英合作有《文人庭园与诗歌书写——以杨万里东园为考察中心》［J］，《北京师范大学学报（社会科学版）》，2013年第1期。显示着作者在文人庭园文学方面的深入思考。

③肖瑞峰、刘跃进主编．跨界交流与学科对话：宋代文史青年学者论坛［M］．杭州：浙江大学出版社，2015年，第16页。上举二文分见该书第26—60页，第81—99页。

④张祥龙．家与孝——从中西间视野看［M］．北京：三联书店，2017年。

思与实践，笔者从中获益不少。李泽厚先生提出的“情本体”概念近在苏轼研究界得到部分关注，《中国苏轼研究》辑刊中刊有部分文章已用此概念来分析苏轼的部分作品。事实上，苏轼之“情”深深地烙印着人世间的人伦亲情、兄弟之情以及夫妻之爱，苏轼的家居文学涉及父子、夫妻、兄弟等各种家庭伦理，自然是值得深入研究的。喻世华先生 2017 年出版的《苏轼的人间情怀》一书对此问题也颇有深入探研，在一些细节上多有可取之处，然在理论深度上仍有进一步研究的必要。而且学界有关苏辙、苏过以及苏氏一族的研究目前都已有相当积淀，舒大刚先生《三苏后代研究》、《苏过诗文编年笺注》，曾枣庄先生《三苏姻亲后代师友门生论集》和杨景琦《苏过〈斜川集〉研究》都已出版，笔者从文学伦理学与“情本体”入手来阐述苏轼家居文学中的家庭伦理观念，窃以为当是可尝试之一途。然而由于时间所限，笔者只将苏轼的家居生活伦理与文学呈现作为余论阐述，期待学界的进一步深研。

以上笔者对本书的一些研究思路做了阐发，以下我们再具体到中国古代文学的本体研究中做点概述。近年来以文人的日常生活为论题撰写博硕论文或博士后出站报告的已有多篇，包括与本书论题类似的苏轼日常生活与苏门文人的相关问题，如苏锟《苏轼日常生活研究》、于广杰《苏轼文人集团研究——以诗词书画为中心》等，显示着近年来硕博群体对苏轼研究的最新思路，对笔者的进一步深入研究也有很大助益。韩梅的《唐宋词与唐宋文人日常生活》主要从唐宋文人的日常生活、唐宋词的日常生活化及其理论解析、唐宋词与唐宋文人的交游活动、唐宋词与唐宋文人的情感生活等方面做出了思考。彭梅芳《中唐文人日常生活与创作关系研究》通过中唐文人日常生活与创作关系综论、中唐文人日常生活题材诗歌分期考察、中唐文人食衣住与文学的新变、中唐文人日常文化生活与文学、文人日常公共生活与中唐文学创作等方面的考察，对中唐文人的日常生活与创作关系做了相对翔实的讨论。①孙宗英《欧阳修的日常生活与文学创作》则选取欧阳修这一典范性个案，从欧阳修日常生活的意义追寻、诗词文中的自我形象建构、日常爱好的学术化及文学意义、日常化的个人撰述及文学融会、日常交往中的情感与文学以及欧阳修的物质生活与文学创作等方面对欧阳修的日常生活与文学创作关系做了全景式描绘，对笔者研究苏轼的家居文学无疑具有很好的示范意义。②王宏芹《晚年陆游的日常生活与诗歌创作——几个侧面的研究》也分晚年陆游家庭的经济状况与诗歌创作、晚年陆游的士农身份意识与诗歌创作、晚年陆游的家庭生活与诗歌创作三章做论述，③此书于 2018 年 4 月出版，与笔者此文论述思路相近，也足资参考。张亮的《魏晋交际诗的日常生活化研究》则对交际诗走向日常生活的前提和背景、交际诗的发展推进日常生活走向、交际诗走向日常生活的表现、交际诗走向日常生活的意义与价值等方面做了探究。黄一斓《异彩纷呈的明晚期民间日常生活——基于同期小说材料的考察》对明晚期民间日常生活进行的环境、明晚期小说中的民间日常服饰、饮食、居住、日常行旅

①彭梅芳．中唐文人的日常生活与创作关系研究［M］．北京：人民出版社，2011 年。

②孙宗英．欧阳修的日常生活与文学创作［D］．浙江大学博士学位论文，2015 年。

③王宏芹．晚年陆游的日常生活与诗歌创作——几个侧面的研究［M］．成都：四川大学出版社，2018 年。

及明晚期小说对民间日常生活的批判及意义等方面做了充分论述，其学术理论也值得参考。熊莹《汉代文学中的日常生活》则从汉代文学中的服饰文化、饮食文化、居住文化与出行文化四方面对汉代文学中的日常生活做了图文并茂的研究，考证翔实，颇多新意。赵玉强《悠游之道——宋代士大夫休闲文化及其意蕴》是作者浙江大学博士后出站报告，且已公开出版。文章从大量的文献中提取宋代士大夫休闲生活的特点，具体而微且生动有趣，并进而将其置于文化的框架内予以综合剖析，从一个学科的高度切入，为我们呈现了宋代社会的文化底蕴。其中的茗饮休闲、交游休闲、诗文休闲、趣艺休闲与隐逸休闲均卓有创见，其“文学家的休闲思想——以苏轼为代表”一章则以苏轼的休闲思想展开探讨，[①]对笔者的研究亦助益良多。另外，张翠爱的《两宋休闲词研究》同样对文人“日常生活”范畴有颇多涉猎。笔者统观上述论文，发现作者或吸取文化哲学中的“日常生活”批判理论，结合思想文化、文学观念与创作的相互关系来展开论述，或通过个案研究来具体深入挖掘“日常生活”与文学内涵，或断代研究，或分题材探讨，均对文人“日常生活”与文学创作的研究提供了诸多可行的方法与路径，对笔者以苏轼为个案进行其家居生活与文学创作的深入研讨提供了许多帮助。

在文化哲学的研究中，“日常生活审美化”的论题曾一度引发学界的热烈讨论，虽然与笔者的研究语境完全不一样，但这一话题的展开仍然对笔者的苏轼家居文学研究有一定的参考意义，特别是卢卡奇、阿格妮丝·赫勒、许茨、胡塞尔、亨利·列斐伏尔、海德格尔等哲学家的相关论述很值得参考。胡塞尔现象学提倡的“回到事实本身”的研究理念对笔者的研究思路就有很强的指导作用，然笔者对此学力尚浅，只能尽力体味。另外，舒尔茨的“场所理论”传入后，主要在建筑设计、景观规划方面引起了强烈反响，而在古典文学领域，尚未见全面细致的讨论。就笔者目力所及，中国古代文学研究领域仅有成都大学杨挺先生《场所、身份与文学：宋代文人活动空间的诗意书写》等著作有所涉及，少数学人在谈及古典文人园林建筑时，也稍有引用。具体到苏轼的家居生活空间研究，“场所理论”无疑有相当的理论适用性，值得做出尝试。另外，法国哲学家加斯东·巴什拉的《空间诗学》一书，以灵动的语言想象和描绘了亲密空间的诗意栖居，其对“家屋”的体味尤为精彩，窃以为是本书研究苏轼家居文学的良好镜鉴。冯登伯格（J.H.van den Berg）也说：“诗人和画家乃生就的现象学家。”[②]本书还将借鉴空间现象学、建筑现象学的研究方法，对苏轼的家居营建与空间体验做探索。近年来，哲学界对“家哲学”的探讨也颇引人注意，如笑思《家哲学——西方人的盲点》、上文提及张祥龙的《家与孝：从中西间视野看》以及张再林《作为身体哲学的中国古代哲学》收录有《中国古代“家”的哲学论纲》等，[③]笔者也均做了阅览，其中对笔者论题有助益处均做了充分吸纳与参考。

在宋代日常生活领域的研究中，汪圣铎编著的《宋代社会生活研究》提供了很多可资参考的内容，中华书局出版的《中华生活经典》系列丛书，可谓是中国文人“日常生

①赵玉强．悠游之道——宋代士大夫休闲文化及其意蕴［M］．上海：上海古籍出版社，2017年。

②转引自萧驰．诗与它的山河［M］．北京：三联书店，2018年，第235页。

③张再林．作为身体哲学的中国古代哲学［M］．北京：中国书籍出版社，2018年，第110—133页。

活”之大观，其中宋人著作即有《泉志》、《山家清供》、《新纂香谱》、《云林石谱》等多种。华东师范大学顾宏义先生主编的《宋元谱录丛编》也已出版了多种书目，如《茶录（外十种）》、《范村梅谱（外十二种）》、《百宝总珍集（外四种）》、《洛阳牡丹记（外十三种）》、《云林石谱（外七种）》、《文房四谱（外十七种）》、《宣和博古图》、《考古图（外五种）》、《促织经（外十三种）》、《北山酒经（外十种）》、《泉志（外三种）》、《糖霜谱（外九种）》、《香谱》（外四种）等等，展示了宋人谱录之学的迷人身影。《四库全书总目·子部·谱录类·器物、食谱、草木、鸟兽、虫鱼》亦著录有许多宋元谱录，目前顾先生的学术团队也还在陆续整理出版。中国民俗和文学史专家杨荫深先生于1945年初版的“事物掌故丛谈”系列，共有九册，内容丰富，文辞俱佳，上海辞书出版社近年来多次再版，2017年香港中和出版又再版，由此也可见不论是学界还是普通读者，对“日常生活”的关注正在成为一个趋势。该丛书探究了日常生活中五百多种事物的最初来源和历史演变，囊括古今中外众多的典故常识，基本涵盖人们日常生活的方方面面，是关于民俗文化、日常生活、市井百态的百科全书。而就笔者所知的宋代文学研究界，对以上著述的关注目前是明显不够的，这就导致了对苏轼家居文学研究一定程度上的缺憾。但近年来通过学界的努力，这一缺憾也正在慢慢得到弥补，莫砺锋先生撰有《饮食题材的诗意提升——从陶渊明到苏轼》一文，从诗人的饮食生活与诗歌创作入手，探讨其日常生活与诗学思想，视角独特而启人深思。且据笔者了解，2017年8月24日，武汉宋代文史同人会第6回活动即以“政治、日常与文本：宋代文史的对话”为题，路成文报告《北宋牡丹审美文化新论》，颇有新意，其他学者对此问题的探讨也展示了目前学界的关注重点。而2017年8月26—27日在厦门大学召开的2017第四届宋代文学同人会暨国际中青年学者宋代文学研讨会上，张剑先生的报告题目即为《日常生活史与中国古典文学研究》①，其他如马东瑶《论宋代的日记体诗——以陆游为考察中心》、刘宁《盛衰与日常：对欧阳修诗文之异的一种观察》②、李贞慧《记录日常或威严庄重：试论欧阳修〈归田录〉的史学意识》、成玮《气类相感：欧阳修的音乐生活与诗学想象》、林岩《洛阳十五年：司马光诗歌里的退居生活与其它》、曹逸梅《礼物的流动：以黄庭坚为中心的物品酬馈与绝句创作》、汪超《日常活动的非日常叙述：杨万里的阅读生活》、周剑之《切的诗学：日常镜像与诗歌事镜》③等论文也对宋人的日常生活与文学创作做出了有益探讨。曹逸梅尚有《午枕的伦理：昼寝诗文化内涵的唐宋转型》一文，从“午枕”的微妙角度探讨“昼寝诗”文化内涵的唐宋转型，文章引入了日常生活物件来研究中国古典诗歌，可谓别开生面而饶有趣味，颇得学界好评。2017年8月31——9月2日于中国人民大学举办的中国宋代文学学会第十届年会暨宋代文学国际学术研讨会上，张蜀蕙提交论文《川洋记忆与日常光景——论宋人盆池诗》，

---

①张剑．日常生活史与中国古典文学研究[J].《苏州大学学报》（哲学社会科学版），2018年第1期。按：此文后来收入罗时进先生组稿的《苏州大学学报》“日常生活与古代文学研究专题”，显示着学界对“日常生活与文学研究”的密切跟进。

②刘宁．盛衰与日常：对欧阳修诗文之异的一种观察[J].《苏州大学学报》（哲学社会科学版），2018年第1期。

③周剑之．切的诗学：日常镜像与诗歌事镜[J].《苏州大学学报》（哲学社会科学版），2018年第1期。

谢琰提交《“道喻”的日常化趣味及思想史意义——〈二程遗书〉的一种文学解读》，此类文章也都是宋代“日常生活”研究范畴的论文。从以上学界最新研究论题即可看出，深入文人“日常生活”以探求其心灵诗思已成为学界共识，这将会在今后的宋代文学研究中表现得更加明显。另肖红兵、倪洪《北宋神宗时期仕宦家居生活探微——以邵雍、司马光等人为中心》一文对笔者所研究的主题在其他文人身上有了一定程度的开拓，对笔者的比较研究颇有启示。

中国古代文学虽然也在一定程度上属于历史范畴，但它们的生命力至今绵绵不绝，对我们今天的“日常生活”依然有着极大的启示意义。其实，这个问题学界早已有诸多思考，关于中国文学的古今演变和现代价值问题也已经出版了多种著作，如梅新林、潘德宝先生近来出版的《中国文学古今演变通论》、《中国文学古今演变读本》，南京大学莫砺锋等先生多年前也以《中国古代文学艺术与现代中国社会研究》为题做过专题探研，且近来已公开出版。[①]上文提及张翠爱的《两宋休闲词研究》、赵玉强的《悠游之道——宋代士大夫休闲文化及其意蕴》，朱晓鹏、赵玉强《向道而生——传统生态文化与休闲思想》都对宋代士大夫的休闲问题对当今社会的意义做了研究，这些著作也都是近来出版，显示着年轻学者对当下社会问题的古典情怀与真切关注，笔者此文不拟列专章对此进行探讨，但会在行文过程中充分贯穿此种意识。

行文至此，特别值得提出的是台湾朱倩如博士的《明人的居家生活》和《明人的山居生活》二书，两者分别为作者的硕士论文和博士论文，其征引材料及研究范式对笔者研究苏轼的家居文学有很大的参考价值。《明人的居家生活》从居家生活的社会背景、居家生活的空间与格局、居家生活的类型（山居、村居、郊居、城居）、居家的园艺生活（植木、莳花、禽鱼、蔬果）、居家的学艺生活（读书、藏书、诗文、书画、鉴赏）、居家的闲适生活（品茗、饮酒、弈棋弄曲、交游、养生）等方面对明人的居家生活做了充分的论述。而《明人的山居生活》则从山居生活的背景（官场困局、山水情怀、隐逸风尚、山人与山居）、山居人士的类型（政治避祸、终老养生、隐身佛道及其他）、山居环境与格局（屋舍格局与类别、屋舍内部的布置）、山居生活的形态（食物、饮水、衣行、用品、治家课子、经济来源、园艺生活、学艺生活、闲适生活）、山居生活的意涵（山居景观、山居感观、山居之苦、山居之乐）等方面对“山居”做了全景式研究。苏轼生活的北宋中后期的家居生活尚未达到如明人那般丰富精致的程度，然朱博士的大作对笔者深入苏轼家居文学的研究无疑会起很好的指引作用。事实上，明人的家居生活多有承接苏轼的影响，笔者此后会对此加以关注。

域外汉籍的研究最近十多年来也是方兴未艾，以张伯伟先生为杰出代表的学者组织编撰了多种域外汉籍研究著作，如目前已出了四辑的《域外汉籍研究丛书》，出版了十多卷《域外汉籍研究集刊》。而且据笔者所知，卞东波先生最近正在整理《中日苏诗古注本丛刊》、《山谷诗日本古注本丛刊》，这两套书也将于近几年内出版，这是笔者比较期待的。而且笔者也已充分阅读了卞先生的有关苏轼研究的各类著述，如卞先生整理蔡正孙的《精刊补注东坡和陶诗话》、蔡梦弼《东坡和陶诗集注》，编译的《中国古典

①莫砺锋等著．中国古代文学艺术与现代社会［M］．南京：凤凰出版社，2018 年版。

文学研究的新视镜——晚近北美汉学论文选译》等书，对笔者论述苏轼与陶渊明的相关问题以及了解海外汉学的相关情况也很有帮助。

至于港台及海外学者的苏轼研究，曾枣庄先生21世纪初曾率中、日、韩、美课题组撰写了洋洋大观的《苏轼研究史》，[①]为免累赘，此处仅就此书未收录的港台及海外学者的相关研究做点概述，管中窥豹，尝鼎一脔而已。就笔者所见，港台学者的苏轼研究成果并不亚于大陆，且常常可补大陆研究之不足。台湾花木兰出版社近十多年来出版了多套文史研究丛书，包括"古典诗歌研究汇刊"、"古典文学研究辑刊"、"古典文献研究辑刊"等，其中即有苏轼研究著作多部，如廖志超《苏轼辞赋理论及其创作之研究》，李慕如《东坡诗文思想之研究》，李月琪《苏轼〈东坡志林〉研究》，张辉诚《熔铸、重塑与本色——苏轼诗之道与技研究》，黄惠菁《东坡文艺创作理论研究》，李百容《苏轼诗画理论之艺术精神研究》，石学翰《苏轼易学与古文融摄之研究》，徐月芳《苏轼奏议书牍研究》，吴明兴《苏轼佛教文学研究》，杨柔卿《出新意于法度之中：苏轼建物记的时空、文体与美学》，林素玲《苏轼黄州与岭南时期诗歌审美意识研究》，陈宜政《苏轼论画研究》，萧丰庭《论元好问对苏轼的接受与转化》等，丛书其他著作中也尚有多处论及苏轼的内容，此处不赘。港台学者在大陆出版的苏轼研究著作也有一些，如郑芳祥、萧丽华、曹淑娟、吕正惠等学者都有著述在大陆出版，展示着港台学者别出手眼的治学路数，此类著作文笔老到又别具一格，有很多值得借鉴与继续研究之处。海外学者方面的苏轼研究除《苏轼研究史》所述之外，池泽滋子后来出版了《日本的赤壁会和寿苏会》，除了前文述及的浅见洋二、内山精也、原田爱等学者的著作，此外尚有保苅佳昭《新兴与传统——苏轼词论述》、山本和义《诗人与造物：苏轼论考》、金甫暻《苏轼"和陶诗"考论——兼及韩国"和陶诗"》等书，对笔者的研究同样有很大参考价值。据美国西华盛顿大学荣誉退休教授唐凯琳介绍，英国牛津网页数字化书目里的中国文人"苏轼"共有十二个专栏和170条提要，[②]不过除了苏轼研究界较为熟悉的艾朗诺(Ronald Egan)、包弼德(Peter Bol)、管佩达(Beata Grant)、傅君劢(Michael Fuller)和蔡涵墨(Charles Hartman)等汉学家外，似乎并无太多重要的苏学研究成果。港台学者对"日常生活"的研究亦非常值得关注，如侯乃慧、曹淑娟、王鸿泰等先生的园林文学与美感空间营构的系列论述非常出色，此类文字文笔优美，逻辑严密，笔者读后深感敬佩，本书对以上学者的研究也做了充分关注与借鉴。

曾枣庄先生在编著完《苏轼研究史》后曾深有感慨地说："苏轼研究的研究非始于今日，而且稍为严肃的苏轼研究都需从对苏轼研究的研究开始，因为不知其前的研究情况，是无法开始自己的研究的。当代的苏轼研究虽然热闹，但并不深入，写过苏轼文章的人何其多，读完苏轼作品的人又何其少！读完三苏作品、读完与苏轼有关的人的作品者，更是凤毛麟角了。不把苏轼置于整个当时的文化环境中作研究，不深入研读他的全部作品，对苏轼的研究是很难深入的。"[③]笔者对此深以为然，故对在本书之前学界已

①曾枣庄等．苏轼研究史·纪念苏轼逝世九百周年[M]．南京：江苏教育出版社，2001年版。

②参见前揭2018年眉山东坡文化高峰论坛唐凯琳教授发言，唐教授2019年3月2日因病离世，令人嘘唏！

③曾枣庄．历代苏轼研究概论[M]．成都：巴蜀书社，2018年，第398页。

有的苏轼研究成果做了最大力量的搜求与阅读，已如上述。近年来，衣若芬教授的新著《书艺东坡》、《陪你去看苏东坡》也相继出版，前者是衣教授对苏轼文图学研究的系列论文合集，分上卷“墨韵”和下卷“余芳”两部分，对苏轼的一些重要书法作品和清代寿苏会概况以及苏轼书画研究的最新发展做了精到阐释；后者则是其探访苏轼遗迹的文化随笔，[①]与笔者之研究也并不冲突。正是基于以上对学界已有苏轼研究成果的充满关注与及时追踪，笔者以为全面展开对苏轼家居文学的研究是大有可为的，笔者将力图通过对以上相关成果的深入探讨，将苏轼的家居日常生活与其文学创作结合起来进行研究，尽可能全方位、多角度地展示苏轼家居文学的丰富面貌与文化内涵，研讨其家居宅园之营建、家居经济之细节、家居心态之调整、家居之物之意趣、丰富的家居生活形态以及家居伦理与文学呈现等问题，庶几可以弥补学界相关研究之不足，从而更加全面、客观而辩证地了解宋代文学史上这个最具魅力的大文豪，窃以为这也是本论文选题的创新意义所在。笔者确信从苏轼家居文学的视角切入，从小口径入手来做大文章应该会是一个行之有效的论文撰写思路。

三、研究方法及创新意义

王国维先生等老辈学者大都认为学问没有古今中西之分，读西方学者著作未始不能发现某种东方的因素，因为东方的思想完全可以在其他语言形式中得到相关性的表达，甚至实现某种视域融合。做学问的方法也是如此，钱钟书先生在《谈艺录》里也曾说：“东学西学，心理攸同；南学北学，道术未裂。”[②]同样的道理，只要对解决学术问题有用，不管是传统方法还是西方理论均可在融会贯通中自由使用，所谓运用之妙存乎一心，尽管这是一种很高的学术境界，笔者目前学殖浅薄，却十分心向往之。虽然本书的选题无疑具有相当风险性，因为苏轼研究是学界前辈与时贤俊彦耕耘了太多的领域，笔者对此有相对详尽的学术史梳理，已如上述，但本书无疑又是一个极有吸引力的话题领域，故而仍不揣冒昧，勉力一试。本书的研究将通过对苏轼家居生活文学的论题确立与独立把握，旨在解决苏轼家居生活与文学创作的众多宏观与微观问题，凭借对纷繁材料的悉心梳理来寻找属于自己的思想定位与学术皈依，旨在深入讨论苏轼家居文学的时地关系、经济因素、心态调整、物质文化、生活形态以及家居伦理等问题。为使本书的论述尽量周至圆满并获得接近事实真相的结论，故本书在研究方法的运用上倾向于一种拿来主义，当然“拿来”绝不是削足适履、生搬硬套。具体而言就是，只要该研究方法对笔者研究苏轼家居文学有用，就择善而从，若格格不入，则弃之不用。在撰写方法上，则遵循章学诚在《文史通义》内篇四《答客问上》所言：“必有详人之所略，异人之所同，重人之所轻，而忽人之所谨。”[③]当然，笔者学浅才疏，对此只能尽力而为。本书力图避免

①衣若芬．书艺东坡［M］．上海：上海古籍出版社，2019 年。衣若分．陪你去看苏东坡［M］．台北：有鹿文化事业有限公司，2020 年。

②钱钟书．谈艺录［M］．北京：商务印书馆，2011 年，第 3 页。

③（清）章学诚撰，叶瑛校注．文史通义校注［M］．北京：中华书局，2014 年，第 436 页。

作针对苏轼文学研究的空泛谈论，也尽量避免用艰深之词以文浅陋之见，或者故作抽象黏着之语而不解决实际问题，行文之笔调尽量轻灵可读和独出新意。总体而言，本书的研究方法和思路主要为：

首先，采用传统治学方法，对大作家的研究需全面阅读其所有作品，而非研究诗歌就不管词与文章，也要在全面掌握学界已有相关研究的基础上来立论阐释，不作架空之论。笔者全面阅读了现存所有苏轼文学文本，为整个研究打下了坚实的文本基础。其次，本书将会努力站在一个比较宏阔的视野中来展开对苏轼家居文学的研究，力图纵横结合，有点有面，既充分参考大陆学者的相关研究，也积极借鉴港台学者及海外汉学的相关成果，既要充分体现历史眼光与学术积淀，也要展示古典文学研究的当下情怀与人文担当。然后，笔者将采用多学科交叉研究法，借鉴上文提及的目前学界所广泛运用的研究思路与方法，紧跟学术前沿而不是闭门造车。故本书在苏轼研究之回顾上尽量兼顾了近来的一些成果，虽不无拉杂啰嗦之嫌，却也尽量做到了对苏轼已有研究心中有数，是“接着说”而非“重复说”。至于本书的创新意义所在，除上文略有涉及之外，窃以为本书在充分占有尽可能全面的研究文献基础上，运用文本细读与理论阐释的多重研究方法对学界关注较少的苏轼家居文学做全面综合研究，为拓展苏轼研究领域做出了大胆的尝试，具备相当的学术价值。同时文章充分关注并借鉴了学界目前行之有效的各类研究方法，且因为苏轼有作为伟大作家的特殊性，本书还在追踪学界最新成果的基础上探索了多重视域下的苏轼家居文学研究，适度打开了苏轼研究的学术视野，并将港台相关探索及海外汉学也尽可能地纳入了论述范围，得意处未敢掠人之美，有所发明处亦力求词必己出，每有所论必言之有据，具备一定的创新意义。

第一章 苏轼各时期的家居空间与环境营造

“家”在中国人的生活中从来就是一个非要重要的概念，每个人一出生就拥有了多重身份，但“家人”无疑是最重要的原初身份，家庭生活从我们降生那一刻就开始了。我们后来的一切发展，都要从父子、母子、父女、母女、孙子女、兄弟姐妹等这些最基本的家庭成员角色身份和伦理身份出发。家庭，不光是中国古代封建社会的重要支柱之一，在今天也同样是构成社会有机体的“细胞”。无论古人还是今人，我们都生活在各种有形与无形的社会组织中，而其中家庭生活则是一个非常重要的组成部分。[①]家庭生活的进行首先需要家宅的营建，有了栖居的住宅，才能满足人们起居、饮食、待客以及进行文化和生产活动的物质条件，进而为其他丰富多彩的家居生活内容提供空间场地。“家”是中国人的文化传统和民族心理中非常重要的文化因子之一，可以说是中国传统文化赖于生发的根基性概念。对中国人来说，“家”不光光是吃饭、睡觉的地方，更是日常生活开展的重要场所之一。“家”给居住者以身心的安全感、情感的归属感，让人的灵魂不再漂泊，更让远方的游子魂牵梦萦。家的环境和布置给予个体心灵以抚慰和适意之感，这种感受来自两层，一是熟悉，二是回归。[②]另外，“家”还意味着安顿与生存。“家”的概念不仅仅含有用墙围成、供居住的房舍这一意义，而且还饱含着温暖、安全、舒适等强烈的情感色彩。因此，一开始，“家”就被赋予了两种功能：物质功能和精神功能。既提供给人类居住的场所，又呵护着人类脆弱的心灵。……完全可以说，这种寄寓在“家”的普遍而又深刻的情感——感激、信赖、皈依的情感，正是建筑深刻的精神内核。[③]我们中华民族是一个十分重视家庭生活的民族，家庭化的重要和必不可少，来自几个基本事实：每一个人都被创造、出生、终老、死殁于其家的脉络之中。每一个人对家都有自幼至老身心两面的各种天然依赖。人生可以有近乎半数时间在家里度过。人类的生活和情感，首要和主要是寄托在家里，而家庭生活又有着其独特的属性、方法和实践，家庭生活本身就直接体现着古今人们的存在方式和生活目的。只有家庭正常了，人们才能得到维持其健康生存最基本的安全感、归宿感、归属感、幸福感等价值。[④]以上几种观点虽是现代民俗研究学者、建筑学研究学者和哲学研究学者的现代性思考，但对我们理解近一千年前苏轼的“家”也是很有启发的。

---

①庄华峰．中国社会生活史（第2版）[M]．合肥：中国科学技术大学出版社，2014年，第6页。

②衣晓龙．诗意的家居——明清徽州民居的审美研究[D]．华东师范大学博士学位论文，2009年。该文近来已在台湾出版，见新北：花木兰文化事业有限公司，2017年，第22页。

③魏毅东．空间意象：关于建筑的诗学[M]．济南：山东画报出版社，2015年，第6页。

④笑思．家哲学：西方人的盲点[M]．北京：商务印书馆，2010年，第6页。

家是我们个人处身宇宙最自由自在、无拘无束且专属于自己的生活空间，也是映照自身人生风景之处，更是安顿心灵的避风港湾，家居场所是我们最能感受到温馨闲适的生活、休憩之地，也是中国古代文人的读书之所和心灵憩园。从家居环境的选择与生活形态的营构可以看出中国古代士人生活中所体现出的思想追求和精神境界，也是了解中国古代士人生活的重要环节。孔夫子闲适居家时，便感受到"申申如也，夭夭如也"的舒泰自适；陶渊明回归故里，隐居于庐山脚下，以躬耕治园自娱，赏菊花、眺南山，生活也显得悠闲清净。刘禹锡的"陋室"，王维的蓝田"辋川别业"，白居易的"庐山草堂"，更是家居闲赏的典范。[①]作为中国古代伟大文人的杰出代表之一，苏轼的家居生活自然也是一个充满魅力的存在，堪与上述文人家居之典范相媲美。文人家居生活是各个时代不同社会背景下的产物，不同的时代背景与生活变迁会形成文人家居生活的不同面相，苏轼生活的北宋中晚期复杂的政治形势和他跌宕起伏的仕途生活造就了其一生绚烂多姿又曲折变化的家居生活形态。

朱刚先生在《东坡居士的"家"》一文中从"我家江水初发源"开始论述，苏轼《凤翔八观·东湖》有"吾家蜀江上，江水清如蓝"，《游金山寺》有"我家江水初发源，宦游直送江入海"，《六月二十七日望湖楼醉书五绝》之五有"我本无家更安住，故乡无此好湖山"，《送襄阳从事李友谅归钱塘》有"故山归无家，欲卜西湖邻"，对于何处为"家"的问题，苏轼用"前世"观念把原本具有封闭性的"故乡"观念因此变得敞开。朱先生接着从"永夜思家在何处"阐发苏轼对"家"的态度，从苏轼离黄州前所作《满庭芳》中，"归去来兮，吾归何处？万里家在岷峨"，苏轼必须重新安"家"，"江南"重新成为他的可能选择，苏轼买田常州，两上章表方获允许，在泗州过年时他还发出了"逐客如僧岂有家"的长叹。"家在江南黄叶村"的希冀并没有实现，苏轼在常州住未数月便匆匆离去。元祐年间的苏轼官运亨通，江南的黄叶村已遥不可及。后贬谪惠州寓居合江楼、嘉祐寺，营建白鹤峰不久又再被贬谪儋州。诗人到了贬所，在天涯海角建"屋"安家，所谓"家在牛栏西复西"，朱先生也感叹苏轼"营造居室之念，称得上顽强"，他不像一般贬谪中的士人赁屋而居，在黄州、惠州、儋州他都要造房子，都准备在当地终老，竭尽财力造房安"家"，苏轼是一个真正做到了随遇而安，以四海为家的人，山河大地处处有苏轼的家。无论是"莫认家山作本元"，还是"我本海南民，寄生西蜀州"，苏轼真正做到了"以无何有之乡为家"（《和陶归去来兮辞并引》），这一句很可能出自苏辙之手的苏轼"家"观念的总结，准确地概括了苏轼的"家"哲学。苏轼以"前世"之说扩展时间，以"地脉"之说扩展空间，造就了苏轼在中华大地上生生世世循环不息的灵魂。[②]以上是朱刚先生最新研究所得，笔者以下则就朱先生所论"接着说"。

在苏轼生活的北宋中晚期，基于赵宋王朝"不杀士大夫"的基本国策，皇帝"与士大夫治天下"使得高级士大夫文人享有了较高的政治、生活待遇。无论是与前代还是后代相比，宋代的文人比起他们的前辈与晚辈都享有相对宽松的政治环境，不用太过依附

①参见刘天华．画境文心——中国古典园林之美［M］．北京：三联书店，1994年，第9页。黄长美．中国庭园与文人思想［M］．台北：明文书局股份有限公司，1985年，第11页。

②参见上文提及论文集，第189—200页。

皇权或者仰武人鼻息讨生活，文字狱情况也相对较少，虽然苏轼曾遭受“乌台诗案”，但在整个宋代也是少数情况。而且以苏轼为杰出代表的宋代文人大都“学成文武艺，货于帝王家”，他们除了实现人生理想与政治抱负外，宋代哲学思潮的流变也为他们的价值观念和品质生活奠定了坚实基础。儒、道、佛三教的渐趋合一极其深刻地形塑了他们的价值观，儒家积极入世的思想使他们精神振奋，“朝为田舍郎，暮登天子堂”（汪洙《神童诗》）的鲜活实例让他们热情参政，欧阳修《镇阳读书》所谓“开口揽时事，议论争煌煌”可谓宋人参政意识空前高涨的最佳写照。另一方面，道家道法自然和佛家自我解脱的思想又使他们能够超然对待荣辱得失，不走“纵欲”与“禁欲”之极端，而是凭借他们渊博的学识与高度的涵养自如游走于情与理之间，多方面的知识养成与修心养性使得他们保持着相对健全的人格，能够从超迈的哲学高度俯视社会人生。面对纷扰的外部世界和诡谲多变的仕途前程，他们也多存隐逸之心，并热衷家居生活艺术。当然，他们的隐逸念主要是注重心性的主体修炼，不太像陶渊明那般躬耕田亩的野隐，而是在不放弃世俗之乐的同时又能不为外物所役，由白居易提倡的“中隐”思想在宋代士人中有极大影响。宋代文人大都精通诗词文赋，并热爱绘画书法、琴道弈棋等多种艺术形式，经由这种多方面艺术的修养，他们大都在做官之余通过这类艺术创造守护和经营心灵深处那片属于自己的精神家园。这种全面综合性的文人素质与修养使得宋代文人生活显示出高贵娴雅的学者气质，创造出了“造极于赵宋之世”的灿烂文化，而苏轼及其周围士大夫学者群就是这类士人中的佼佼者。

苏轼一生宦海浮沉，其家居生活呈现出极为复杂又极为典型的多重特色，在北宋文人的家居生活中亦十分有代表性。苏轼未出家乡眉山之前一直与父母居住，这一阶段的家居生活苏轼后来在其文学创作中时有充满深情的回忆。在汴京准备考试期间因为经济问题住于汴京城郊，初仕凤翔后则一般住于官邸，对于这种情形，笔者亦将其纳入“家居生活”的范围来论述，因为即便住在官衙，苏轼也是和家人住在一起，对此笔者不作严格的区分。对此，香港树仁大学林翼勋先生也认为：“有宋公共园林之造设甚为普遍，可谓各种不同地方官吏之办公所在均有，且属开放性质，一年四季任民游观。或郡或县，俱以郡圃称之。亦以郡斋、县斋为称。……郡圃为官舍所在，自是官长公暇休憩之空间，亦尽东道主招待来宾、与民同乐也。准此以观，为官有日理机务之繁，亦有与宾朋宴集高谈、逍遥自在之趣。是以身在官舍，亦即家居。既爱赏其地之景光，亦参与居园之造设。”[①]另外，由于仕途风波不断，苏轼也常有租赁房屋、建房购房和暂时住在别人家等多种居住生活形态，对此笔者将在行文中采取灵活处理的方式，对符合笔者前文所论“家居生活”定义的则正面考论，除此之外的居住生活形态则做侧面考察，以更深入地理解苏轼一生的“家居”、“舟居”、“旅居”[②]、“卜居”[③]、“迁居”等不同居住生活形态，当然，

①林翼勋：《宋代城市园林于文学创作之作用——以文同洋州〈守居园池杂题〉组诗及友人唱和为中心》，载张鸣、黄君良、郭鹏编．宋代都市文化与文学风景［M］．北京：北京语言大学出版社，2013年，第179页。

②关于苏轼的旅居情况，参见王启玮．诗意空间的塑造：论苏轼外任游宦期间的差旅书写［J］．《海南大学学报》（人文社会科学版），2017年第6期，第140—149页。

③关于苏轼“卜居”诗，参见程磊：《居的追求与超越——论陶、杜、苏的“卜居诗”》，载冷成金主编．中国苏轼研究（第九辑）［M］．北京：学苑出版社，2018年，第11—33页。

本书仅以苏轼的“家居生活”为主。

研究苏轼各时期的家居空间与环境营造问题，首先得对我们通常不太注意的家宅问题做点讨论。居住是人类存在与生活的基本活动之一，包含着时间维度与空间维度。现代建筑现象学家诺伯舒兹认为建筑是赋予我们人的一个“存在的立足点”（Existential foothold）之方式。[①]建筑从属于诗意，它的目的在于帮助人定居，因为人类居住于天地之间，意味着要在“各种中间物”中来实现“定居”，也就是要将一般的生活情境具体化为人为之场所。“定居”在此处的意思，不仅是表示经济上的一些关系，而且它还是一种存在的概念，代表着要将意义象征化的一种能力。当我们的人为环境具有意义时，这一切便会让人觉得“在家里般的畅快”。[②]苏轼各时期对“家”的营构亦可作如是观。家居空间的选择与经营与诗人的文艺创作之间存在着很深刻的联结，比如苏轼的很多作品写其居住空间的变化，这些变化表现了诗人当时的生活情境与居住心态，对于苏轼的家居空间如何影响于其作品的表现，其间关系是颇堪寻味的。苏轼全集中留下了大量对家居生活的描述，叙述自己家居场所的环境景观、布置方式、燕闲活动以及心境变化，其家居生活空间的经营也是诗人自我文化品位的展示方式。透过苏轼的家居生活实践与书写的诗意表达，苏轼的家居生活最后转化为具备文学、艺术、伦理、修身、宗教、社会场域等多元意义的“自然道场”。[③]

苏轼的生活时代私家园林营建颇为兴盛，宋人把住宅与园林融在一起称为“宅园”。绍圣二年（1095），苏轼的门人李格非就记录了他亲自见闻的重要宅园十九处，撰成《洛阳名园记》一卷。中国古代文人的庭院园林观念与他们浓厚的山水意识息息相关，与苏轼同时代的郭熙之《林泉高致》即言山水的可行、可望、可游、可居。郭熙所谓之“居”，也就是指在风景环境中读书习艺、清谈宴饮之处。中国蔚为大观的庭园艺术融洽诗文与绘画趣味，园艺花木上则以莲、梅、竹、兰、松、菊、柳等包含各类象征意义，从而赋予其本身以更浓郁的诗情画意。苏轼黄州时期营建雪堂对此作了充分实践。庭园艺术往往融合了园主的文心才思和文学修养，可居、可游是他们对营建宅园的重要要求，即使处在困难时期，对家宅的营建也会尽量契合自身的文人趣味，苏轼惠州时期的白鹤峰和海南时期的桄榔庵也是如此，尽管简陋，却自有文人趣味存焉，“斯是陋室，惟吾德馨”的庭园观念和文人修养也极大地影响着苏轼家居空间的经营与环境营造。庭园作为一种精神符号，由此成为我们进入苏轼精神世界的一条隐秘小径。苏轼以庭园为核心，构建起生活的诗意空间和“存在之家”。苏轼各时期的宅园营建有了自身文人诗意情趣的灌注，使苏轼家居的“壶中天地”别有洞天。

庭园是古人理想家庭中的重要组成部分，所谓庭者，“堂前阶也”；院者，“周垣也”，即室有垣墙者曰院。在中国古代文人看来，一个完整的“家”不仅要有着妻子与儿女，还要有着供一家子居住的房子，特别还要有供人休息娱乐和种植花木的院子，正

①（挪）诺伯舒兹著，施植明译．场所精神：迈向建筑现象学［M］．武汉：华中科技大学出版社，2010年版，第3页。
②（挪）诺伯舒兹著，施植明译．场所精神：迈向建筑现象学［M］．武汉：华中科技大学出版社，2010年版，第48页。
③参见刘苑如主编．生活园林：中国园林书写与日常生活［M］．台北：中研院文哲所，2013年，导论部分。

是因为这个原因，所以中国古代的“家”又被称作“家园”，或者也可以换一种说法，庭园正是古人心之所系的文化家园。[①]诚然，庭园的重要在于一家人共享天伦之乐，这是家庭生活得以进行必不可少的空间载体。通常来看，所谓“庭园”是指“凡是以美观和实用为目的，依某种的方式，用艺术的技巧，设施于一定的风致的领域。”[②]这是早期庭园研究学者叶广度先生的定义，他还有另外一个观点，认为文学是诗人在自然之美与庭院之地间，往来感慨寄兴的产物，而庭园又是他们理想中的必然归宿。[③]这一观点用在苏轼的家居庭园营建上也是适用的。另外，任军先生著有《文化视野下的中国传统庭院》一书，其中附有《由“家庭”谈中国传统庭院人居类型》一文，任先生发现“家庭”的深层含义——代表宇宙观的“家”与代表空间观的“庭”。“家庭并置”导致了中国传统庭院人居类型的确立。[④]这真的是很有意思的解读，对叶广度先生的提法做了补充。庭园作为家居空间对人的影响往往是直接表现在家庭关系上，其他或如对个人意志的解放、与他人的互动、人际关系的进行与影响等等都是家居生活研究值得关注的面向。当然，我们今天除了能看到眉山“三苏祠”、黄冈东坡雪堂、惠州合江楼等少数苏轼家居景观遗存外，其他苏轼的家居空间基本只能从苏轼留给我们的文字中去勾勒。而且一般建筑学的宋代民居研究给我们看到的往往只是一间一间空荡荡的房子，或者也只是由历史记载描绘出的空间想象，因为缺少“人”的居住生活内容而多少有些空洞，而本书则试图将苏轼放回到他的家居空间之内进行研究，让其家居空间及其环境营造真正成为诗人创作的展示平台。

在具体探讨苏轼的家居空间与环境营造之前，有必要先对苏轼的风景园林活动做一些基本了解。据周冉的考证，苏轼一生游览过的风景园林共有四百二十六处，其中风景有一百五十三处，园林有两百七十三处；苏轼一生所居的住宅共有二十七处，他自己购买或者建造的有四处，居住于任职地方的官邸有八处；苏轼参与建造营建的风景园林共五十三处，其中风景有十四处，园林有三十九处；另外苏轼详细描写风景园林的文学作品共两百八十篇，其中风景类一百零五篇，园林类一百七十五篇。[⑤]这是笔者目前所看到的对苏轼园林文学研究最为周密的论文，尽管此文多有瑕疵，还有少部分常识性错误，如说苏轼所作诗总量 2452 首，将晏殊《浣溪沙·一曲新词酒一杯》当作苏轼作品，对苏轼的居住情况未涉及定州等，显然是由于并未有效利用《苏轼全集校注》做统计及偶有失误之故，然作者考证基本可从，用心堪称细致，图表的绘制亦独出心裁，作为硕士论文已相当精彩，对笔者进一步考察苏轼各时期的居住情况仍带来了很大方便。但必须要指出的是，由于对象一致，很多地方笔者也无法再做更多推进，只能借助自身的阅读优势对其探讨未深的地方做点补充性讨论。以下即以绪论部分提及 15 卷本的《苏轼全传》的分类方法，对苏轼各时期的家居空间与环境营造作探讨。

---

①杨威．中国传统日常生活世界的文化透视 [M]．北京：人民出版社，2005 年，第 49 页。

②叶广度．中国庭园记 [M]．北京：当代中国出版社，2015 年，第 1 页。

③叶广度．中国庭园记 [M]．北京：当代中国出版社，2015 年，第 6 页。

④任军．文化视野下的中国传统庭院 [M]．天津：天津大学出版社，2005 年，第 194—202 页。

⑤周冉．苏轼风景园林活动考 [D]．天津大学硕士学位论文，2016 年。

第一节 从眉山到密州

苏轼的家居空间开始于眉山，眉山苏宅是苏轼的第一个“家”，他在这里出生与成长。为了考科举，苏轼与父亲、弟弟一同出川，之后因为母亲病故回乡家居，之后父亲病故再次回来。在汴京期间，苏轼购买了南园，后来卖出后多次只能租房和住于苏辙东府，情况非常复杂。凤翔时期，苏轼主要住于“西园”，也曾有一段短暂的“溪堂”读书时间。杭州通判和杭州知州以及密州知州时期，苏轼均住于官邸。以下我们即论述苏轼从眉山到密州时期的家居营建情况。

一、眉山：精致的私家宅园

苏轼的眉山的家居场所即现在的“三苏祠”，是一精致优雅的私家宅园。苏轼在《答任师中、家汉公》中说到眉山家居环境与藏书情况时有“门前万竿竹，堂上四库书。高树红消梨，小池白芙蕖。常呼赤脚婢，雨中撷园蔬”之句，[①]苏辙在《张恕寺丞益斋》中也说到：“我家亦多书，早岁尝窃叩。晨耕挂牛角，夜烛借邻牖。经年谢宾客，饥坐失昏昼。堆胸稍蟠屈，落笔逢左右。乐如听钧天，醉剧饮醇酎。”[②]这是当年苏家的真实写照，兄弟二人共同描绘出了苏轼眉山家居的良好条件与读书环境。这是苏轼祖父苏序和父亲苏洵共同给子孙营造的诗书之家，苏轼兄弟从小就生活在绿竹环绕的优美家居中，他家的竹子种类繁多，斑竹、慈竹、水竹、楠竹、苦竹、大琴丝竹、小琴丝竹，随处可见。[③]竹子作为一种设计语言有着非常重要的意义，它清雅淡泊，是为谦谦君子，又具神姿仙态，风吹竹动是那么的潇洒自然，其素雅宁静之美则令人心驰神往，而且竹子虚而有节，有疏疏淡淡之美，在文人心中具有不慕荣华、不争艳丽、不谄不媚的良好品格。在绿竹环绕的眉山苏宅里，竹子的清姿瘦节、秀美神态与潇洒风韵，都给了童年的苏轼无限的审美乐趣。竹子的挺拔高傲、虚心自持和刚直不阿，又给了苏轼日后有关立身处世的很多有益启示，他后来就在《墨君堂记》中称赞竹子“群居不倚，独立不惧”的风骨，可谓是对竹子精神的最好概括。苏轼在竹子身上看到了自己所追求的高尚品德，种竹、赏竹也成了他日后家居生活中的一大生活雅趣。苏轼一生几乎爱竹成癖，每居一处，便种植翠竹，与他的表兄兼好友文同一般“朝与竹乎为友，暮与竹乎为朋”。苏轼“乌台诗案”中写的《御史台榆、槐、竹、柏四首》中也在深情的想念南轩前的绿竹，想念他的“故园多珍木，翠柏如蒲苇”，眉山家居的良好生态，奠定了苏轼一生文学创作的良好基础。

然而苏家也并非大富之家，据马斗成先生研究，眉山苏氏当时亦为当地大姓，与程氏、石氏并称眉山最富有的三个家族。本来在这三富中是程氏最富而苏氏居末，但后

---

①《苏轼全集校注·诗集》，第 1553—1562 页。

②（宋）苏辙著，陈宏天、高秀芳点校．苏辙集 [M]．北京：中华书局，1990 年，第 136—137 页。

③张忠全．苏轼全传·故乡情愫 [M]．北京：中国文史出版社，2017 年，第 35 页。

来随着三苏的祖辈的行义好施，疏于置办田产，由此导致了苏氏一族的经济状况在后期逐步走向衰落，至苏洵的时代竟然还因为家境困窘而难以静下心来读书迎考，苏洵之妻程夫人为此只得变卖奁田以维持一家生计。[①]苏轼眉山家居的书房名“南轩”，苏轼对他的童年时代的这间书房有很多回忆文字，如《正月十八日蔡州道上遇雪，次子由韵二首》诗中即有回忆此间书房之句，在他仕途辉煌阶段时也常梦到眉山的这座读书室。《梦南轩》云：“元祐八年八月十一日将朝尚早，假寐，梦归谷行宅，遍历蔬圃中。已而坐于南轩，见庄客数人方运土塞小池，土中得两芦菔根，客喜食之。予取笔作一篇文，有数句云：‘坐于南轩，对修竹数百，野鸟数千。’既觉，惘然思之。南轩，先君名之曰‘来风’者也。”[②]“南轩”前面有诸多花木，周围环境十分清雅，苏轼后来在《记先夫人不残鸟雀》中曾深情回忆说自己少时所居书堂之前有竹柏杂花等丛生满庭，还有很多鸟儿在上面筑巢。王文诰《总案》云：“武阳君（程夫人）恶杀生，儿童婢仆皆不得捕取鸟雀。数年间皆巢于低枝，其鷇可俯而窥。”[③]程夫人教子有方，善于在日常生活中将做人需具仁心善念的道理通过一些生活琐事告诉孩子，苏轼为此专门作有《异鹊》诗：

昔我先君子，仁孝行於家。……里人惊瑞异，野老笑而嗟。云此方乳哺，甚畏鸢与蛇。手足之所及，二物不敢加。主人若可信，众鸟不我遐。故知中孚化，可及鱼与猳。柯侯古循吏，悃愊真无华。临漳所全活，数等江干沙。仁心格异族，两鹊栖其衙。但恨不能言，相对空楂楂。善恶以类应，古语良非夸。君看彼酷吏，所至号鬼车。[④]

从苏轼的记载中可以看出，苏家在眉山的境况仅属于小康之家而绝非大户，他们自家居住的宅子，算上院墙内的荷池菜地也只大约五亩左右。家中园艺花木繁盛，常有鸟类光顾，也是苏轼兄弟的玩耍乐园，他们看鸟儿饲食、欢叫，洋溢着一派童真。程夫人则信奉佛教，心地善良，她教导苏轼兄弟不可伤害鸟雀，苏轼后来推己及人，仁及万物，每到一地都会尽全力为当地百姓办实事，可以说与童年时代母亲对他的良好教育是分不开的。苏轼另有《记先夫人不许发藏》一文，与不许伤害鸟雀同出一意，眉山家宅那个神秘的以乌木板覆盖着的大瓮“如人咳声，乃一年而已”，苏轼念着那个大瓮一年多，最终也没有挖掘，后来在凤翔时也在王弗的劝说下不发西园的地坟，可见程夫人教子之成功。

作为书香门第，苏宅有专门给苏轼兄弟营建的书房“南轩”，自然苏轼兄弟就得常到里面读书治学。父亲苏洵要求很严格，苏轼晚年贬谪儋州，他到儋州 11 天后还做了个梦回忆童年时代的读书往事。其《夜梦》诗云：“夜梦嬉游童子如，父师检责惊走书。计功当毕春秋余，今乃初及桓庄初。怛然悸悟心不舒，起坐有如挂钩鱼。我生纷纷婴百缘，气固多习独此偏。弃书事君四十年，仕不顾留书绕缠。自视汝与丘孰贤？《易》韦三绝丘犹然，如我当以犀革编。”[⑤]童年的深刻记忆伴随着诗人的一生。苏轼一生为百事缠绕，

①马斗成．宋代眉山苏氏家族研究［M］．北京：中国社会科学出版社，2005 年，第 170—171 页。

②《苏轼全集校注・文集》，第 8136—8137 页。

③王文诰．苏文忠公诗编注集成总案［M］．成都，巴蜀书社，1985 年。

④《苏轼全集校注・诗集》，第 3470—3473 页。

⑤《苏轼全集校注・诗集》，第 4856—4858 页。

但生平喜好之最当为读书，他一生尽管仕途失意，但好书之情到老不变，苏轼此时回忆他的童年读书生活，与孔夫子“韦编三绝”作对比，言下之意是他出仕受阻，只好多读书汲取前人的智慧，而并非自己比孔夫子读书还要勤奋之意。苏辙之孙苏籀在《栾城遗言》中还记载了苏轼兄弟童年时期的作文生活：“东坡幼年作《却鼠刀铭》，公（苏辙）作《缸砚赋》，曾祖（苏洵）称之，命佳纸修写，装饰钉于所居壁上。”[①]可见“南轩”之内还挂有二苏兄弟的习作，苏洵对二苏兄弟的教导可圈可点，蕴涵着丰富的教育学思想，这点将在后文详论。

另外，苏轼眉山家宅中还有一些怪石，苏轼为此曾作《咏怪石》诗，中有“家有粗险石，植之疏竹轩”之句，此处的“疏竹轩”也就是“南轩”。在这首诗中，苏轼将家中的怪石做了一番庄子式的诗化想象，开启了后来苏轼爱石成癖的先河。苏轼 12 岁时还在眉山家宅里发掘了一方天石砚。其《天石砚铭（并叙）》云：

轼年十二时，于所居纱縠行宅隙地中，与群儿凿地为戏。得异石，如鱼，肤温莹，作浅碧色。表里皆细银星，扣之铿然。试以为砚，甚发墨，顾无贮水处。先君曰：“是天砚也，有砚之德，而不足于形耳。”因以赐轼，曰：“是文字之祥也。”轼宝而用之，且为铭曰：一受其戒，而不可更。或主于德，或全于形。均是二者，顾予安取。仰唇俯足，世固多有。元丰二年秋七月，予得罪下狱，家属流离，书籍散乱。明年至黄州，求砚不复得，以为失之矣。七年七月，舟行至当涂，发书笥，忽复见之。甚喜，以付迨、过。其匣虽不工，乃先君手刻其受砚处，而使工人就成之者，不可易也。[②]

除了这方著名的“天石砚”外，南轩不远处还有一个小水塘，苏轼练字完后经常去那里洗笔，久而久之都把池水染黑了，这个水塘被苏轼成为“洗砚池”，至今仍在三苏祠内。苏家还有一座木山三峰，苏洵《答二任》有云：“庭前三小山，本为山中楂。当前凿方池，寒泉照谽岈。玩此可竟日，胡为踏朝衙？”苏洵另有《木假山记》，以树木遭遇之不幸自况，感怀身世。[③]苏轼《木山（并叙）》亦云：“吾先君子尝蓄木山三峰，且为之记与诗。”[④]综上可见，苏轼的眉山家宅是一个集中了书堂、竹林、柏树、桐树、松树、葵花、水池、怪石、木山、菜园等诸多园林要素的私家宅园。苏轼对眉山老家常怀着挥之不去的眷恋，除了上文提及的苏轼《东湖》诗“吾家蜀江上，江水清如蓝”等回忆眉山老家的文字外，苏轼还有“每逢蜀叟谈终日，便觉峨眉翠扫空”（《秀洲报本禅院乡僧文长老方丈》），“岂如吾蜀富冬蔬，霜叶露牙寒更茁”（《春菜》），“我家峨眉阴，与子同一邦”（《送杨孟容》），“我家岷蜀最高峰，梦里犹惊翠扫空”（《壶中九华诗（并引）》），“岷峨天一方，云月在我侧”（《送运判朱朝奉入蜀》），“少年不愿万户侯，亦不愿识韩荆州。颇愿身为汉嘉守，载酒时作凌云游”（《送张嘉州》），“岷峨家万里，投老得

①参见《苏轼全集校注・文集》，第 2053—2056 页。

②《苏轼全集校注・文集》，第 2099—2101 页。

③（宋）苏洵著，曾枣庄、金成礼笺注．嘉祐集笺注 [M]. 上海：上海古籍出版社，1993 年，第 448—450 页，第 404—406 页。苏洵后来带到汴京南园的乃嘉祐四年冬三苏父子东出三峡时杨纬所赠，与此眉山木山三峰不是同一座。

④《苏轼全集校注・诗集》，第 3360—3363 页。

归无”（《南康望湖亭》），“百岁风狂定何有，羡君今作峨眉叟。……会待子猷清兴发，还须雪夜去寻君”（《送戴蒙赴成都玉局观将老焉》），“长安自不远，蜀客苦思归”（《卢山五咏·障日峰》），“明年花开时，举酒望三巴”（《三月二十日多叶杏盛开》），“瓦屋寒堆春后雪，峨眉翠扫雨余天”（《寄黎眉州》），“天涯倦客，山中归路，望断故园心眼”（《永遇乐·明月如霜》）和《送运判朱朝奉入蜀七首》等等数量丰富的忆乡之作。苏轼晚年离海南岛时，还有“乡关入望，尚期归骨于眉山；残生无与于杀身，余识终同于结草”之句，其浓厚的故乡情结至死未忘，眉山成为了苏轼深层心理情感中的精神生活圣殿与灵魂皈依之所。

当然，苏轼和苏辙在眉山家居时也多有孩童爱玩的天性，如嘉祐八年（1063）苏轼在凤翔收到了身居都城的弟弟苏辙吟咏故乡眉山春天蚕市的诗作，苏轼唱和其诗，在《和子由蚕市》中他深情地回忆童年时光：“忆昔与子皆童丱，年年废书走市观。”在《和子由踏青》中也展示着童年时代的眉山风俗见闻。在《送表弟程（之元）知楚州》中也回忆：“我时与子皆儿童，狂走从人觅梨栗。健如黄犊不可恃，隙过白驹那瑕惜。”[①]童年的嬉戏，欢乐，总是让身陷仕途的苏轼一再回忆。元祐八年（1093），苏轼已身居庙堂高位，但归园田居之思仍时常涌上心头，在《书晁说之〈考牧图〉后》中他写到：“我昔在田间，但知羊与牛。川平牛背稳，如驾百斛舟。舟行无人岸自移，我卧读书牛不知。前有百尾羊，听我鞭声如鼓鼙。我鞭不妄发，视其后者而鞭之。泽中草木长，草长病牛羊。寻山跨坑谷，腾趠筋骨强。烟蓑雨笠长林下，老去而今空见画。世间马耳射东风，悔不长作多牛翁。”[②]苏轼在诗中回忆了童年时代的放牧生活，眉山田园淳朴自然的生活，故园美丽的山水风光，在苏轼看到《考牧图》后在诗人心中引起了强烈的共鸣。苏轼另在《和文与可洋川园池三十首·野人庐》也说自己少年之时辛苦事犁锄，还有点厌烦青山环绕着自己的家宅，可等到老来却觉得华堂无甚意味，还是须时时到野人庐来放松自己的心灵。[③]苏轼少年时虽辛苦稼穑，却野性盎然，大有怡然自得的惬意。诗人在仕途挫折时常会回忆起自己逝去的童年，这种于世事洞察后的心理再体验，使苏轼更加怀念起无忧无虑的眉山之家，“悔不长作多牛翁”的感慨甚为沉重。眉山家园虽然恬静美好，当下的仕途却是污浊黑暗，诗人纵然想着渊明的“田园将芜胡不归”，意欲归园田居，却最终无法真正退隐。

苏轼在眉山共生活了二十六年左右，除了从出生到二十一岁离眉赴京应试（仁宗景祐四年至嘉祐元年），还有两个差不多两年的守孝家居阶段，其中第一次是中进士后回乡守母孝。仁宗嘉祐二年（1057）年四月，苏轼兄弟在京城中进士，程夫人于当年四月

---

①浅见洋二先生在其近作《中国诗歌中的儿童与童年——从陶渊明到陆游、杨万里》一文中也对此类诗人童年的记忆书写问题做了有趣探讨，苏轼在《和子由蚕市》中追忆的是属于兄弟俩私有的童年记忆。浅见先生未举《送表弟程（之元）知楚州》之例，亦属苏轼童年与表亲之间的美好时光，展现了苏轼童年在眉山家居天真无邪的真实的儿童形象，参见［日］浅见洋二著，李贵，赵蕊蕊等译．文本的密码——社会语境中的宋代文学［M］．上海：复旦大学出版社，2017 年，第 119 页。

②《苏轼全集校注·诗集》，第 4189—4193 页。

③《苏轼全集校注·诗集》，第 1373 页。

八日病殁于眉山老家，三苏父子还没来得及将高中喜讯告知家里，却意外等来了家乡传来的讣告，三苏父子急忙赶回眉山，苏轼、苏辙按礼制为母家居守孝直到嘉祐四年（1059年）六月，同年又举家前往汴京。那次返乡，家中因为缺乏男性劳动力，等三苏父子回到家里，房屋已经有些倒塌，篱笆院落也破漏了，如同逃亡的人家一般，苏洵为此作《祭亡妻文》表达了自己无尽的遗憾。还有一次是苏轼兄弟以京官身份回乡守父孝。宋英宗治平三年（1066）四月二十五日，苏洵病逝于京城。头年的五月二十八日，苏轼的第一任妻子王弗病逝于京城，灵柩暂时寄放在汴京寺院。这次苏轼带着父亲与妻子的灵柩与苏辙返乡家居，于英宗治平四年（1067）四月到达，八月葬苏洵于眉山安镇乡可龙里，王弗也葬于翁姑之墓的附近。守孝期间，苏轼大都在家中读书，这个时期他看了不少关于道家神秘故事的书，也看了不少名人字画，不断丰富着自己的知识储备。宋神宗熙宁元年（1068）十月初一，苏轼再娶王弗堂妹王闰之为妻，婚后举家去京城时，好友蔡子华等人还在苏轼家中栽下了一棵荔枝树，且相约荔枝成熟时再相聚，遗憾的是苏轼兄弟这次离乡就再没能回去。多年后苏轼在《寄蔡子华》中还说道当年故人送自己东来，还手植荔枝树等待自己归乡。可是如今荔枝早已成熟，自己的头发却已经花白，还在江南漂泊着，成为家乡的未归之客。[①]眉山宁静恬淡的家居空间和雅致自然的环境营造给了苏轼终生难忘的美好记忆。“乌台诗案”中，上文提及苏轼在监狱中作《御史台榆、槐、竹、柏》四首，其中“竹”、“柏”诗深情地回忆家中的翠竹与珍木，这种浓厚的故乡情结直到诗人临终也没有变淡。值得一提的是，现代室内设计刊物《禅意东方》辑刊第14辑还原了苏轼闲居蜀山时的茶室，茶室正对院竹，“茅屋一间，修竹数竿，小石一块，可以烹茶，可以留客也。”（郑板桥题竹石图语）茶室仅设二席，远可观竹，近可对诗，是为“一盏清茗酬知音”。[②]这正是当年苏轼兄弟在“南轩”读书的场景还原，今天的三苏祠也还有“来凤轩”（苏轼《梦南轩》称“来风轩”），林木葱茏，小溪环流，各类建筑富有浓郁的南方园林风格。[③]让我们时至今日仍能通过苏轼的文字描绘回到当年的眉山苏家。

二、开封：浴室院、西冈与南园等

宋仁宗嘉祐元年（1056）五月，21岁的苏轼与18岁的弟弟苏辙在父亲苏洵的带领下来到汴京（今河南开封），住在汴京城西的兴国寺浴室老僧德香的院子里。[④]元祐八年（1093）九月，苏轼在苏辙东府作《东府雨中别子由》，出知定州，时年58岁，跨度长达37年，就是这37年的时光，苏轼在汴京也只一共生活了11年左右，这期间他曾八次进出汴京。仁宗嘉祐元年（1056）五月至嘉祐二年（1057）四月，三苏父子住在兴国寺长老德香浴室院，兴国寺位于汴河马军衙桥东北，大内右掖门外西去踊路街之南。

①《苏轼全集校注·诗集》，第3499—3501页。

②黄滢、马勇主编．禅意东方（第14辑）[M]．武汉：华中科技大学出版社，2017年，第28页。

③参见蒋侃讯．中国眉山三苏祠造园艺术研究》[D]．北京林业大学硕士学位论文，2008年。

④赖正和．苏轼全传·高处不胜寒[M]．北京：中国文史出版社，2017年，第9—17页。

[①]寺内经营旅馆，收取租金让客人住宿，三苏初次进京，只是暂时寓居于浴室院，虽然他们这次还遇到了洪水，嘉祐四年（1059）十月，三苏再次出川夜泊牛口时，苏轼作《牛口见月》诗还回忆他们这次初到汴京遇到的洪灾，虽然这期间苏轼兄弟双双中举，不过因程夫人病逝三苏只能匆忙回家。苏轼《兴国寺浴室院六祖画赞（并叙）》和苏辙《和子瞻宿临安净土寺》对此段时间生活亦有涉及。嘉祐四年十月至五年二月，三苏父子及苏轼妻王弗、苏辙妻史氏、苏轼子苏迈等一行人举家由眉山前往汴京，正式踏上仕宦之途。这趟旅行结束后，三苏曾将旅程中咏叹见闻的作品集为《南行集》刊刻。[②]到京城后他们全家先在西冈租住了一座宅院（《与杨济甫十首》其一："见在西冈赁一宅子居住"）。三月间，苏轼参加流内铨派遣官员前的考试，被授予河南福昌县主簿，属从九品，未赴任。八月，一家人迁居雍丘（今河南杞县），在欧阳修和杨畋的举荐下，苏轼、苏辙可以参加制科考试。嘉祐六年（1061）正月前后，苏轼、苏辙为集中精力备考就搬到怀远驿，怀远驿在丽景门河南岸，是京城四大馆驿之一。苏轼、苏辙在这里夜以继日地学习，元祐时期与刘攽"三白饭"、"三毳饭"的回忆可以说就是这段备考时光的生动写照。同年七八月间，苏轼购买了一处名"南园"的家宅，汴京内城的西城墙有三座城门，靠南的叫宜秋门，苏轼买的南园就在宜秋门旁，位置极佳，在给杨济甫的信中，苏轼说自己所居厅前有小花圃，平日他就课童种菜，少有佳趣。南园靠近宜秋门，这里有着高大的槐树和古柳，很像山居，颇方便于自己之野性。南园中栽了很多树木、蔬菜，其中也有苏轼最爱的竹林。"似山居"、"便野性"充分表现出了苏轼的居住感受，家居如山居，对于热爱自然山水的诗人来说，这种家宅颇具古野意境之美，充分满足了他们的山林之思。"南斋读书处，乱翠晓如泼"，良好的居住生态也让苏轼的读书生活十分清雅脱俗。苏轼官凤翔府期间，苏辙留京侍奉父亲苏洵，一大家子人就从雍丘迁往南园。这期间苏洵与苏辙还曾在太学前居住，苏辙《次韵子瞻寄眉守黎希声》自注云："辙昔侍先人于京师，与希声邻居太学前。"[③]苏轼此时期所写《与子明九首·其四》云："轼近迁居宜秋门外，宅子稍□，厅前颇有野趣，可葺作一小园。但自揣必不久在都下，无心作此也。"[④]他签判凤翔后，南园就交由苏辙打理。[⑤]南园堂后有石榴，堂前有小花园，园中有萱草、牵牛、修竹，有葡萄架，还有两棵柏树，旁边空隙处有水井，井栏旁芦苇粗大如竹。苏辙在园中还种有蔬菜，并作有《赋园中所有十首》并自注说自己当时在京师，此组诗写有萱草、竹、芦、病榴、葡萄、丛娍、果蠃、牵牛、柏、葵等植物。[⑥]苏轼有《和答子由记园中草木十一首》，以咏梦中"蟋蟀悲秋菊"诗一首，系于苏辙十首之后。苏轼的和诗充分表现了对景物"自然天成"之状态的由衷喜爱，南园的植物景致依随着自

①参见（明）李濂撰，周宝珠，程民生点校《汴京遗迹志》卷十："《宋朝会要》云：兴国寺，乃唐龙兴寺也，开宝二年诏重修，太平兴国元年赐今额。在马军桥东北。"北京：中华书局，1999 年版，第 155 页。

②关于苏轼一家此次进京路线及诗文，参见吴雅婷．三苏《南行集》所见宋代士大夫的行旅活动及旅行书写 [J]．《中山大学学报（社会科学版）》，2017 年第 2 期，第 89—99 页。

③（宋）苏辙著，陈宏天、高秀芳点校．苏辙集 [M]．北京：中华书局，1990 年，第 122 页。

④《苏轼全集校注·文集》，第 8657—8658 页。

⑤参见（清）王文诰．苏文忠公诗编注集成总案 [M]．成都：巴蜀书社，1985 年版。

⑥（宋）苏辙著，陈宏天、高秀芳点校．苏辙集 [M]．北京：中华书局，1990 年，第 28—30 页。

然法则随时令变换，其中呈现出的一系列“野趣”和“荒景”令苏轼很是满意。[①]另外据苏辙记载，汴京南园的住所客厅内还挂有汴绣，很好地装饰了家里的内部空间。苏轼在汴梁和朱仙镇都观赏到了著名的“老鼠嫁女”、“鲤鱼跳龙门”等年画，他们为了庆贺科举成功，还特意买了“鲤鱼跳龙门”的朱仙镇木板年画，拿回去挂在汴梁的住所上。[②]可见南园的经营不光只在园艺花木，也还有很多民俗类的物件装点着他们的家园。

苏辙在南园庭前凿了一个方池，引入泉水，将父亲苏洵途经三峡时杨纬送给他的木山三峰置于池中，并作《木山引水二首》云：

引水穿墙接竹梢，谷藏峰底大容瓢。将流旋滴庐山瀑，已尽还来海上潮。乱点落池惊睡觉，半山含润沃心焦。瓦盆一斛何胜满，溢去犹能浸菊苗。

檐下枯槎拂荻梢，山川迤逦费公瓢。幽泉细细流岩鼻，盆水弥弥涨海潮。但爱坚如湖上石，谁怜收自灶中焦。苍崖寒溜须佳荫，尚少冬青石趼苗。[③]

苏轼对此有和作，“遥想纳凉清夜永，窗前微月照汪汪”，苏轼猜想着在京城的弟弟在清凉的夜里观赏木山的情景，并发出了“材大古来无适用，不须郁郁慕山苗”的慨叹，借庄子典故与左思《咏史》之语表达了对苏辙仕途蹭蹬的愤懑与规劝。苏洵也有诗谈到南堂的木山，其《寄杨纬》诗云：“家居对山木，谓是忘言伴。……飘飘忽千里，有客来就看。自言此地无，爱惜苦欲换。抵头笑不答，解缆风帆满。京洛有幽居，吾将隐而玩。”[④]表现了苏洵对南园的由衷喜爱之情。

英宗治平二年（1065）正月，苏轼一家从凤翔回京，苏辙则因兄长已回父亲身边，于是到流内铨请求派官，被派作大名府推官，不久后他就辞别父亲、兄长，带着家眷赴任。苏轼这次回京被任命为殿中丞（正八品）直史馆，差判登闻鼓院事，为登闻鼓院主管官之一，苏轼为此得以饱读珍本书籍、名人手稿、名家绘画等。可惜妻子王弗从凤翔回来就一直在生病，虽多方求药，仍无力回天，本年五月二十八日病逝于汴京南园。王弗去世后不到一年，苏洵也卒于京师，上文已提及。神宗熙宁元年（1068）七月苏轼服丧期满，不久，同前妻的堂妹二十八娘王闰之结了婚，十二月，苏轼、苏辙带着家小重回汴京南园，苏轼此时 34 岁，苏辙 31 岁，此时王安石变法已轰轰烈烈展开。熙宁二年（1069）二月抵达京城后，苏轼差判官告院，熙宁二年十一月至熙宁三年十二月，苏轼以直史馆“权开封府推官”。苏辙则因在任制置三司条例检详文字时与王安石议事每不合，任职不久即受张方平之邀，出为陈州教授。苏轼此次在京时间只有两年多，因同样反对王安石变法，熙宁四年（1072）七月离京赴杭州任通判。此段时间苏轼的南园还绘有文同的墨竹壁画，《送文与可出守陵州》云：“壁上墨君不解语，见之尚可消百忧。而况我友似君者，素节凛凛欺霜秋。清诗健笔何足数，逍遥齐物追庄周。夺官遣去不自沉，晓梳脱发谁能收。江边乱山赤如赭，陵阳正在千山头。君知远别怀抱恶，时遣墨君消我愁。”[⑤]

---

①参见周冉．苏轼风景园林活动考［D］．天津大学硕士学位论文，2016 年，第 55—56 页。曾枣庄．苏辙评传［D］．成都，巴蜀书社，2018 年，第 39—41 页。

②陈康．苏东坡与中原文化［M］．郑州：郑州大学出版社，2014 年，第 52—54 页。

③（宋）苏辙著，陈宏天、高秀芳点校．苏辙集［M］．北京：中华书局，1990 年，第 36—37 页。

④（宋）苏洵撰，曾枣庄、金成礼笺注．嘉祐集笺注［M］．上海：上海古籍出版社，1993 年，第 490—491 页。

⑤《苏轼全集校注・诗集》，第 518—520 页。

从中亦可见苏轼对墨竹的强烈喜爱以及和文同之间的珍贵友情。

熙宁九年（1076）十二月，苏轼从密州任改知河中府（今山西永济西），熙宁十年（1077）二月，苏轼道出澶濮间，苏辙自京师来迎。他们相约赴河中，于是同至京师。但刚到陈桥驿，苏轼被命改知徐州，不得入国门，于是只好也暂时寓居郊外的范镇东园。陈小青《范镇年谱》云："范镇在京师的园第名东园，当在汴京城东郊。"苏辙《送鲜于子骏还朝兼简范景仁》："犹有城西范蜀公，买地城东种桃李。"《游景仁东园》："松筠自拥蔽，里巷得游嬉。邻家并侯伯，朱门掩芳菲。畦花被锦绣，庭桧森旌旗。华堂绚金碧，叠观凝烟霏。仿佛象宫禁，萧条远喧卑。"金碧辉煌、林木丰盛、远离闹市，可见范镇东园实为一绝佳所在。苏辙为此事作《寄范丈景仁》，其中有云："欣然为我解东阁，明窗净几舒华茵。"①苏轼在此期间也感慨地说："冗士无处着，寄身范公园。"（《送鲁元翰少卿知卫州》）在此期间，驸马都尉王诜还给苏轼送来茶酒果实，苏轼在此还为长子苏迈娶妻，四月二十五日，苏轼一行才到达徐州。

神宗元丰二年（1079）七月二十八日，时任湖州知州的苏轼被押解进京，于八月十八日至十二月二十八日下午关押于汴京东城街北面的御史台监狱，被关于御史台知杂南院，这就是著名的"乌台诗案"，苏轼一生中在汴京的居住空间于此次最为特殊，他是作为一个罪臣等候朝廷宣判的。②上文提及《御史台榆、槐、竹、柏四首》堪为此时苏轼对御史台的残酷环境与凄凉心境的绝佳书写，这里不妨录之如下：

我行汴堤上，厌见榆阴绿。千株不盈亩，斩伐同一束。及居幽囚中，亦复见此木。蠹皮溜秋雨，病叶埋墙曲。谁言霜雪苦，生意殊未足。坐待春风至，飞英覆空屋。（《御史台榆、槐、竹、柏四首·榆》）

忆我初来时，草木向衰歇。高槐虽经秋，晚蝉犹抱叶。淹留未云几，离离见疏荚。栖鸦寒不去，哀叫饱啄雪。破巢带空枝，疏影挂残月。岂无两翅羽，伴我此愁绝。（《御史台榆、槐、竹、柏四首·槐》）

今日南风来，吹乱庭前竹。低昂中音会，甲刃纷相触。萧然风雪意，可折不可辱。风霁竹已回，猗猗散青玉。故山今何有，秋雨荒篱菊。此君知健否，归扫南轩绿。（《御史台榆、槐、竹、柏四首·竹》）

故园多珍木，翠柏如蒲苇。幽囚无与乐，百日看不已。时来拾流胶，未忍践落子。当年谁所种，少长与我齿。仰视苍苍干，所阅固多矣。应见李将军，胆落温御史。（《御史台榆、槐、竹、柏四首·柏树》）③

蠹皮、病叶、乌鸦、风雪都是衰飒之景，逼仄的空间将苏轼被囚禁的心境幽幽地传达出来，诗人"坐待春风"，想要"归扫南轩绿"。后来苏轼被贬黄州，苏轼和苏迈先赴贬途，后来苏辙送哥哥家眷到巴河口时，苏轼作《晓至巴河口迎子由》有"去年御史府，

---

①参见曾枣庄．苏轼评传［M］．成都：巴蜀书社，2018年，第78页。

②关于"乌台诗案"的最新研究，参见巩本栋．"东坡乌台诗案"新论［J］．《江海学刊》，2018年第2期，第192—198页。朱刚．"乌台诗案"的审与判——从审刑院本〈乌台诗案〉说起［J］．《北京大学学报》（人文社会科学版），2018年第6期，第87—95页。

③《苏轼全集校注·诗集》，第2103—2108页。

举动触四壁。幽幽百尺井，仰天无一席”的沉重喟叹，一百多天的牢狱生活，令苏轼心有余悸，何其惨痛之极！

元丰七年（1084）四月苏轼离开贬所黄州，之后经历一系列波折被从登州知州任上召回京城，于元丰八年（1085）十二月上旬末到京，因为苏轼在京城的房产南园此时已被卖掉，他只能租住在酺池寺和皇城附近。据李廌的《师友谈记》记载，苏轼也曾“居阊阖门外白家巷中”，白家巷应属于外城城西攸军厢。[①]开封府浚仪县西北古大梁城内有个酺池寺，黄庭坚是于九月进京担任秘书省校书郎的，当时就住在那里。[②]《太平寰宇记》曰：“蒲池在开封府浚仪县西北古大梁城内，梁孝王作。”蒲、酺同音，有可能蒲池寺就是酺池寺。《苏轼年谱》卷中：“尝为黄庭坚蒲池寺书斋旁画小山枯木。”[③]此期苏轼租住在皇城附近。元代人杨奂在《汴故宫记》中记载汴京登闻鼓院之西叫右掖门，当时的翰林知制诰者多据西掖。黄庭坚也有《雨过至城西苏家》一诗，描写了一次自己到苏轼家拜访的所见所闻。直到元祐四年（1089）四月出京守杭州，此期苏轼在京城大约度过了三年零四个月左右。元祐六年（1091）三月，苏轼再度被召回京，于五月二十六日抵达汴京，仍为翰林学士承旨兼侍读。八月，苏轼因不愿与贾易、赵君锡等小人周旋而请外，出任颍州太守，此次在京时间也就三个月，苏轼这时期有住于汶公馆和兴国寺浴室院，苏轼有《元祐六年六月自杭州召还，汶公馆我于东堂，阅旧诗卷，次诸公韵三首》可证，但苏轼此时期大部分时间应该是住于苏辙东府，苏轼此时作有著名的《感旧诗（并引）》即谈及此期居住生活，稍后苏轼即出知颍州。元丰以前，朝廷的大小官员都没有官舍，都在民间租房子居住。元丰年间，神宗在右掖门之前始建东府、西府，供宰执大臣居住。东府住四位文官（丞相、副丞相），西府住四位武官（枢密院的长官、副长官）。当时苏辙时任副丞相，住在东府。（《苕溪渔隐丛话卷三五·半山老人三》对此有说明）元祐七年（1092）八月，苏轼又被以吏部尚书兼南郊卤簿使召回入京，直到元祐八年（1093）九月出知定州，苏轼这次在京城一共住了一年一个月，这一次也是住在苏辙东府，这也是他最后一次在汴京。苏轼在赴定州前作《东府雨中别子由》，写有“庭下梧桐树，三年三见汝”之句，这成了苏轼和汴京的最后一次离别。

三、凤翔：“西园”与“溪堂”

嘉祐六年（1061）八月间，苏轼接到签书凤翔府判官的诰命后，于十一月十九日辞别父亲去凤翔府赴任，除了王弗、苏迈、任采莲等家眷外，还有马正卿同行。苏辙则一直把苏轼一行宋代郑州西门外才返回京城。一家人到达凤翔后住于凤翔官衙东北，为州长官官邸的西邻。苏轼在《次韵子由岐下诗并引》中说自己到岐下逾月，就在其廨宇北边的空隙地上建亭，庭前为一横池，长三丈，在池之上他还修筑短墙，属之堂。又分堂的北厦作为轩窗与曲槛，如此自己就可以俯瞰池上。出了堂之后往南就是过廊，苏轼

---

①参见梁建国．朝堂之外北宋东京士人交［M］. 北京：中国社会科学出版社，2016 年，第 350—351 页。

②梁建国．朝堂之外北宋东京士人交［M］. 北京：中国社会科学出版社，2016 年，第 354 页。

③孔凡礼．苏轼年谱［M］. 北京：中华书局，1998 年，第 854 页。

以其属之厅。走廊的两旁则各为一小池。这三方水池皆引汧水，苏轼种莲养鱼于其中。这些池子边则栽有桃树、李树、杏树、梨树、枣树、樱桃树、石榴树、樗树、槐树、松树、桧树和柳树三十余株，苏轼还以斗酒换来了牡丹一丛栽种于亭之北，[①]苏轼为此作了二十一首诗，其中《北亭》云："谁人筑短墙，横绝拥吾堂。不作新亭槛，幽花为谁香"，北亭是在原有的短墙基础上改建而成，苏辙《子瞻喜雨亭北隋仁寿宫中怪石》说到苏轼乃"累石作台秋藓上，凿汧通水细渠清"，[②]苏轼确是将原遗弃在草间的隋仁寿宫中太湖怪石置之喜雨亭北。苏轼的怪石癖从眉山《咏怪石》开始，在凤翔时期已不停留于观赏作诗层面，而是真正参与了诗人对庭园的建造与审美。北亭前是横向三丈长的水池，晚上明月皎皎，倒影在池水中荡漾，水池上建有短桥，诗人像"铺白簟"般整天卧于其上。水池并不宽，桥也是短桥，但是厅堂北侧有轩窗，东边邻居有白杨树，可以在无眠之时观看灯下的飞虫。曲栏则正好临于北侧水池之上，诗人可以"无言观物泛"。厅堂北面水池和廊道两面水池上"长漂十里花"，有荷叶田田，鱼儿游戏于莲叶间，水池边上则种有多种草木。北亭之北的牡丹"枝枝大如斗"，短桥边的桃花则"争开不待叶"，花瓣飘落池中惊吓到了鱼儿，溅起的水花打到了桥上。西园更有千叶李花"淡伫更纤浓"，有杏花"结子及新火"，霜降时分，梨花"长见助春冰"。枣树很难长，"居人几番老，枣树未成槎"，就连樱桃树树枝上的露水，诗人也想着采集起来作仙露饮用。石榴的"风流意不尽"，樗树"空闻蜩鴂鸣"，槐树子"采撷殊未厌"，桧树"生成未有意"，松树"郁郁绿毛身"，都是那么地诗情画意。苏轼还亲手移栽柳树于园中，想象着"他年我复来，摇落伤人意"。经过苏轼的经营布景，凤翔小园中既有高大的乔木成荫，茂密繁盛，又有矮小的花果和绚烂的百花，争奇斗艳。池中漂浮的荷叶和游鱼之戏水装点了小园的灵动，空中既有虫叫鸟鸣，又有夜晚明月喜人，四季皆可成景。诗人公务之余家居漫步，想来是极为赏心悦目的。苏轼对凤翔居住空间的经营，已充分显示出了诗人的造园艺术才能。如果说苏轼在汴京时对南园是"无心作"，那么此时对凤翔官舍的修葺可以说是诗人真正地要开始"诗意地栖居"了。苏轼对此还作有《新葺小园二首》：

短竹萧萧倚北墙，斩茅披棘见幽芳。使君尚许分池绿，邻舍何妨借树凉。亦有杏花充窈窕，更烦莺舌奏铿锵。身闲酒美谁来劝，坐看花光照水光。

三年辄去岂无乡，种树穿池亦漫忙。暂赏不须心汲汲，再来惟恐鬓苍苍。应成庾信吟枯柳，谁记山公醉夕阳。去后莫忧人剪伐，西邻幸许庇甘棠。[③]

此诗后一首中之"西邻"是苏轼自称，如此前一首所借邻舍之"树凉"则指的是东邻白杨，也即《轩窗》之"东邻多白杨"，北宋磨勘以三年为期，诗人热爱生活，并不以"漫忙"为意。苏轼将凤翔官舍以诗人的眼光修整成了一栋前有水池，后有亭子的庭园，作为自己的官舍与家居。小园之中后来还建有喜雨亭，苏轼在《喜雨亭记》中说自己至扶风之明年才开始修治官舍，为此他为亭于堂之北，再凿池其南，然后引来流水，种植

①《苏轼全集校注·诗集》，第224—239页。

②（宋）苏辙著，陈宏天、高秀芳点校．苏辙集[M]．北京：中华书局，1990年，第37页。

③《苏轼全集校注·诗集》，第197—199页。

花木，作为自己的休息之所。①如此可见凤翔的官舍后来在苏轼的经营之下主要用来休闲与家居。喜雨亭作为凤翔官舍的建筑，只是一座极为简单的庭园亭子，然而苏轼对喜雨亭的情感是复杂的，他赋予了喜雨亭以儒家经典的治世思想，自己之所以能够去游乐，乃是因为凤翔风调雨顺人民安乐。亭子为苏轼的居住空间提供了一种“家”的向度。②凤翔小园庭院其实并不太大，但传统庭院中常见的花草树木和小桥流水都已具备。经过苏轼自己以诗人之巧思对庭院的巧妙布置，小园在其生活中便不再是简单的田园舍宅。松、柳、桃、李都是常见树木，而其中名贵的牡丹则为小园生色不少，小园建筑一侧有临水的小轩窗，这无疑让凤翔小园优雅灵动起来，小园廊道两侧的池水环绕其中则不显得沉闷，其中亭台花木又屹立于横池短桥四周，经过苏轼的描绘，我们几乎能想象出他自己在庭院中的身影，这种移步换景的闲适生活场景为苏轼带来了很多快乐，此时他的园居生活无疑是轻快的。苏轼经常拿着枕簟来这里休息，其《和子由记园中草木十一首·其七》云：“官舍有丛竹，结根问囚厅。下为人所径，上密不容钉。殷勤戒吏卒，插棘护中庭。远砌忽坟裂，走鞭瘦竛竮。我常携枕簟，来此荫寒青。日暮不能去，卧听窗风泠。”③平时有空的时候，苏轼也常常临池饮美酒，享受惬意的休闲生活，如《和子由除日见寄》说北池近所凿，中有汧水碧，自己临池饮美酒就可消永日。④苏轼此处写来可谓惬意非常，这些被诗人书写于笔端的家居场景无不展示着诗人风雅的生活情趣。

另外，苏轼在凤翔府厅壁上还挂有苏轼仿文同的《平湖墨竹》图。《平湖墨竹》图原先是文同赠予苏洵的，苏洵有《与可许惠所画舒景，以诗督之》诗颇为有趣，文同收到诗后就连夜作《平湖墨竹》图，苏洵得画后把画挂在床前，并让苏轼模仿学习，后来赠予苏轼带到了凤翔。⑤除了小园营建外，苏轼还在太平宫南溪的竹林中修建了一处茅草屋，取名“避世堂”。《南溪之南竹林中新构一茅堂……曰“避世堂”》云：“犹恨溪堂浅，更穿修竹林。高人不畏虎，避世已无心。隐几颓如病，忘言兀似瘖。茅茨追上古，冠盖谢当今。晓梦猿啼觉，秋怀鸟伴吟。暂来聊解带，屡去欲携衾。湖上行人绝，阶前暮霭深。应逢绿毛叟，扣户夜抽簪。”⑥茅堂用竹子建筑而成，茅堂之内想必也有着各类竹制家具。苏轼追求居住空间的雅致与宁静，就是在短暂的溪堂读书生活中也会体现出来。另外，苏轼这一时期还有“短日送寒砧杵急，冷官无事屋庐深”、“官舍度秋惊岁晚，寺楼见雪与谁登”（《九月二十日微雪怀子由弟二首》）、“官居故人少，里巷佳节过”（《馈岁》）、“东邻酒初熟，西舍彘亦肥”（《别岁》）、“儿童强不睡，相守夜欢哗。晨鸡且勿唱，更鼓畏添挝。坐久灯烬落，起看北斗斜”（《守岁》）等涉及家居空间之诗。苏轼在离凤翔回京途中还作有《华阴寄子由》云：“三年无日不思归，梦里还家旋觉非。腊酒送寒催去国，东风吹雪满征衣。里堠消磨不禁尽，速携家饷牢骖騑”，⑦表达了对一家团圆之家庭生活的无尽渴望。当然，凤翔作为苏轼正式为官的第

①参见李溪．壶纳天地——亭子作为“场所”的意义［J］.《建筑师》，2014 年 10 月 20 日出版，第 24—25 页。罗敏．北宋亭记研究［M］. 长沙：湖南人民出版社，2015 年。

②《苏轼全集校注·诗集》，第 367—368 页。

③《苏轼全集校注·诗集》，第 193—196 页。

④参见刘清泉．苏轼全传·湖州惊魂［M］. 北京：中国文史出版社，2017 年，第 2—3 页。

⑤《苏轼全集校注·诗集》，第 392—394 页。

⑥《苏轼全集校注·诗集》，第 465—466 页。

一站，除了对居住空间的营建外，更多的还是为官生活。苏轼在凤翔解衙前役，祈春耕雨，修葺东湖，为当地百姓做了不少实事。

四、杭州：凤咮堂、溅玉斋、方庵和月岩斋

苏轼在京时对王安石的激进变法有很多无法苟同之处，导致他在朝不安，为了避祸，苏轼于熙宁四年（1071）六月，向朝廷上书请求出京外任，这个中缘由在其后来写的《杭州召还乞郡状》里说得很清楚。七月，苏轼带领王闰之和两个儿子（闰之于熙宁三年（1070）五月生子苏迨）离开汴京，经陈州看望苏辙后又与弟弟一起到颍州看望了恩师欧阳修，然后前往杭州赴通判任。当年十一月二十八日，苏轼携妻儿到达杭州，新家被安排在西湖南面的凤凰山顶。杭州的府衙在凤凰山右麓，依山而建，府廨左右分设通判南厅和北厅各一处，苏轼一家则住于北厅，稍后苏轼就在杭州旧官居的基础上叠山理水，修建了凤咮堂、溅玉斋、方庵和月岩斋，并请文同赋诗。为了更清楚地了解苏轼对杭州居住空间的营建，我们不妨将文同的原作《寄题杭州通判胡学士官居诗四首》分述如下：文同首先引用太史书之言说官居在凤凰山下，然后又说此山真真像凤凰一样，有着两翅，在翅膀上各建了一座塔，而凤凰的嘴正好落在所居之池上。官居旧有一堂在山之欲落处，苏轼近来修葺之，谓之凤咮堂，因而求文同作诗：

胡侯外补来钱塘，所居之山名凤凰。不知元本发何处，蛇颈鱼尾盘高冈。婆娑欲下大江饮，万里一息头低昂。谁将浮图压两翅，直使贴地不得翔。前人眼俗不知顾，会有贤者来形相。……应云汝德未衰在，旦暮可起鸣朝阳。

凤凰山形似凤凰，而苏轼官居正位于凤凰嘴处，凤咮堂作为苏轼的家居空间，其饮食起居皆在堂内，文同以诗人的想象谓“凤咮堂”因为“贤者”苏轼的栖居与“形相”会如丹凤朝阳那般给他带来丰富的诗材。小园内东面又有斋房，文同接着说苏轼言山上的草中有很多怪石，他近来取得了百余枚，在东斋之上累石成山，然后又激水其间，称之为溅玉斋：

石林荦荦森座隅，激水注射成飞渠。寒音琤然落环佩，爽气飒尔生庭除。主人清标自可敌，底处胜概为能如。想君不欲时暂去，其余满案堆文书。

溅玉斋在苏轼的营建中成为了一处观赏假山活水的场所，因水流穿过假山溅起水花且如玉晶莹而得名。溅玉斋的地势较高一些，苏轼在斋墙之隅叠石引水，水流穿梭于石头间溅起水花，诗人则静坐斋中就能听到“清泉石上流”的天籁 ，夏季还能感受到“飞渠”水气的清凉，这与白居易的“庐山草堂”颇有异曲同工之妙。①《世说新语 • 简傲》有云：“王子猷作桓车骑参军，桓谓王曰：‘卿在府久，比当相料理。’初不答，直高视，以手版拄颊云：‘西山朝来，致有爽气。’”②苏轼官居凤凰山，想必也常有此感，

①参见曹淑娟．白居易的江州体验与庐山草堂的空间建构［J］．《中华文史论丛》，2009 年第 2 期总第九十四期，第 73—101 页。

②（南北朝）刘义庆著，周兴陆辑著．世说新语汇校汇注汇评［M］．南京：凤凰出版社，2017 年，第 1317—1318 页。

苏轼在《和文与可洋川园池三十首·吏隐亭》中还说诗人纵横忧患满人间，却颇怪先生日日得闲，昨夜于清风之中在北牖安睡，今早起来居然有爽气在西山。该诗亦用此典，故而文同感叹“想君不欲时暂去，其余满案堆文书”，对苏轼繁忙的公务与诗人性情不可得兼表示理解。凤咮堂后又有方庵，文同接着说：

又言：堂后有屋正方，谓之方庵。同按：《释名》：庵，圜屋也。

众人庵尽圆，君庵独云方。君虽乐其中，无乃太异常。劝君刓其角，使称著月床。自然制度稳，名号亦可详。东西南北不足辨，左右前后谁能防。愿君见听便如此，鼠蝎四面人恐伤。

由于党争的关系，苏轼在任杭州通判任前，文同曾以“北客若来休问事，西湖虽好莫吟诗”之句相劝于他，此处诗作亦包含此意。“众人庵尽圆，君庵独云方”，实是说苏轼不懂得收敛锋芒，容易导致政敌攻击。此诗与前两首及后一首颇有不同，文同此处基本全是借题发挥。溅玉斋下又有月岩斋，文同说：

又言：累石为山，上有一峰，穿窍如月，谓之月岩斋。

月为太阴精，石亦月之类。月常寄孕于石中，事理如此何足异。天地始分判，日月各一物。既名物乃人形器，安有形器不消没。况此日与月，晓夜东西走。珠流璧转无暂停，岂与天地同长久。其为劳苦世共知，惟是月有生死时。既然须常换新者，人但不见神所为。日须天上生，月必地中产。君不见虢州朱阳县之山谷间，才成未就知何限。石有不才者，往往其卵毈。灵媪弃置不复惜，任人取去为珍玩。佳者留之待天取，藏满库楼千万许。彦瞻博物天下称更无，定不以予之说寐语。予恐世人不知嵩丘岩洞中，西湖前。其上有石妊月月已满，此人竭来就彼剜剔归上天。所以此石拆副不复合，至今神胞所附之处其痕圆。抛掷道傍凡几岁，风刷雨淋尘土秽。……子平谓我同所嗜，万里书之特相寄。邀我为诗我岂能，窗前累日临空纸。遥想岩前宝穴通，玉蟾从此去无踪，请君为我细书字于侧，名为月母峰。①

此诗在四首诗中作得最长，开头一番说理，颇有苏轼早年《怪石说》之风味。“子平一见初动心，辇致东斋自摩洗”，苏轼的“石癖”从眉山、凤翔时期到杭州依然未变，诗人用在凤凰山上看到的奇石将其叠至山石之上而成一峰，“月岩斋”也因假山上中空有洞似月而得名。每当月光照射到这块奇石的空洞中时，就能完整的投射出月亮的形状。②苏轼后来在《催试官考较戏作》中说：“八月十五夜，月色随处好。不择茅檐与市楼，况我官居似蓬岛。凤咮堂前野桔香，剑潭桥畔秋荷老。”③可见凤咮堂前还种有野桔子树，苏轼的杭州官居还有剑潭桥，桥畔种有荷花。当然，这样的居住环境并不能说明苏轼在杭州的居住已经很完善，事实上，杭州“岛廨宇弊坏”的情况并不乐观，苏轼后来为此专门作《上执政乞度牒赈济因修廨宇书》，杭州官居廨宇情况才有了很大转变。

---

①以上四首诗参见（宋）文同著，胡问涛，罗琴校注．文同全集编年校注 [M]. 成都：巴蜀书社，1999 年，第 81—87 页。

②参见周冉．苏轼风景园林活动考 [D]. 天津大学硕士学位论文，2016 年，第 65—68 页。本书此处在周冉已有的考证上对苏轼杭州官居营建有所丰富，周冉还自绘有凤翔廨宇小园推想平面图，可参看。

③《苏轼全集校注·诗集》，第 747—750 页。

熙宁七年（1074）九月，苏轼辞别杭州赴密州任，哲宗元祐四年（1089）四月，苏轼再次离开汴京，沿途拜访师友后于当年七月三日再次来到杭州任知州，相比十五年前的杭州通判，苏轼二度莅杭已经升官，住进了杭州知州官邸。苏轼在杭州的时间一共五年，第一次在杭州当通判时 36 岁，风华正茂，作得诗词 300 多篇。第二次做杭州知州，苏轼已 51 岁，创作诗词 170 多首。①杭州的山水佳境、人文胜迹吸引了苏轼的目光，但其间繁重的政务也占据了他太多的空间，苏轼二度莅杭时有关杭州家居空间的描绘相对是较少的，诗人此时期的文学书写更多地呈现出一种不在“家”的状态。“三百六十寺，幽寻遂穷年”（《怀西湖寄晁美叔》）“游遍钱塘湖上山，归来文字带芳鲜”（《送郑户曹》），杭州的佳山水曾在通判时期滋养了诗人的灵性。二度莅杭，诗人更多的是感怀，“前生我已到杭州，到处长如到旧游”（《和张子野见寄三绝句》）、“居杭积五岁，自意本杭人。故山归无家，欲卜西湖邻”（《送襄阳从事李友谅归钱塘》），五年的杭州生活，使杭州在诗人心中成了他的又一精神故乡，诗人死后还想葬于杭州，“平生所乐在吴会，老死欲葬杭与苏”（《喜刘景文至》），这确是苏轼的杭州情结的真实写照。

五、密州：西园、超然台与山堂等

宋神宗熙宁七年（1074），苏轼罢杭州通判任，以太常博士直史馆权知密州军州事，是年十二月三日到达任所。②苏轼就任密州知州时，便在府衙大堂上悬挂一《戒石铭》，其文云：“尔俸尔禄，民膏民脂；下民易虐，上天难欺。”③此为在府衙公共空间对自己及为官者的告诫。苏轼的两年密州生活相对是较艰苦的，《次韵刘贡父、李公择见寄二首·其二》就说：“何人劝我此间来？弦管生衣甑有埃。绿蚁沾唇无百斛，蝗虫扑面已三回。磨刀入谷追穷寇，洒涕循城拾弃孩。为郡鲜欢君莫叹，犹胜尘土走章台。”④苏轼从富饶繁华的江南鱼米之乡杭州来到“蝗旱相仍，盗贼渐炽”、“公私匮乏，民不堪命”的密州，强烈的生活反差让他不能不感叹。苏轼刚到密州的一年多时间，忙着治盗贼、灭蝗虫、兴修水利、劝课农桑、因法便民，很多时候来不及享受生活。如在《雨中花慢·今岁花时深院》小叙中苏轼就说：“初至密州，以旱蝗斋素者累月，方春牡丹盛开，遂不获一赏。”⑤直到苏轼的诸多努力换来了“庶将积润扫遗孽，收拾丰岁还明主”（《次韵章传道喜雨（祷常山而得）》）的可喜景象后，他才有空闲时间稍微放松下来，苏轼直到此时才能脱离现实困窘，用心经营自己的家居空间。苏轼开始以自己多年来的园艺经验与诗人之慧心修整郡署，在州治西北城墙上，苏轼利用旧台遗址翻修，建成超然台，作为与同僚好友游乐聚会场所，苏辙以《老子》“虽有荣观，燕处超然”之语为台取名“超然”，寓意观山川胜境以寄情怀是种超然物外的人生哲思，苏轼为此作《超

---

①宋明刚．苏轼全传·西湖情结 [M]．北京：中国文史出版社，2017 年，第 118 页。

②熊朝东．苏轼全传·密州出猎 [M]．北京：中国文史出版社，2017 年，第 1 页。

③熊朝东．苏轼全传·密州出猎 [M]．北京：中国文史出版社，2017 年，第 59 页。

④《苏轼全集校注·诗集》，第 1304—1308 页。

⑤《苏轼全集校注·词集》，第 133—136 页。

然台记》，其中有云：

余自钱塘移守胶西，释舟楫之安，而服车马之劳；去雕墙之美，而蔽采椽之居；背湖山之观，而适桑麻之野。始至之日，岁比不登，盗贼满野，狱讼充斥；而斋厨索然，日食杞菊。人固疑余之不乐也。处之期年，而貌加丰，发之白者，日以反黑。予既乐其风俗之淳，而其吏民亦安予之拙也。于是治其园圃，洁其庭宇……时相与登览，放意肆志焉……曰："乐哉游乎！"①

苏轼刚到密州之时，他安然于没有没有华丽装饰的"采椽"陋居，对于没有"湖山之观"他也不介意，对"适桑麻"的荒野景色他已觉得很满足，苏轼认为："凡物皆有可观。苟有可观，皆有可乐，非必怪奇伟丽者也。哺糟啜醨皆可以醉；果蔬草木，皆可以饱。推此类也，吾安往而不乐？"所以"食杞菊"也会让苏轼感到心满意足，乃至"貌加丰，发之白者，日以反黑"，实在是诗人自身心态的调整所致。密州生活稍微安定后，苏轼才开始经营居所。文中"园圃"是指超然台前的西园，苏轼修葺超然台时将荒芜的废园予以维修，园子因在州治西侧故称。"庭宇"则为西园中的西斋，因位于园之西故名。苏轼有《西斋》诗："西斋深且明，中有六尺床。病夫朝睡足，危坐觉日长。昏昏既非醉，踽踽亦非狂。褰衣竹风下，穆然濯微凉。起行西园中，草木含幽香。榴花开一枝，桑枣沃以光。鸣鸠得美荫，困立忘飞翔。黄鸟亦自喜，新音变圆吭。杖藜观物化，亦以观我生。万物各得时，我生日皇皇。"②可见西园种有桑、枣、松、竹、榴等树木，花木幽香，环境幽雅，景色宜人。绿树成荫招来了雎鸠、黄鸟等飞禽，它们被西园的美丽风光所吸引，纷纷"忘飞翔"、"变圆吭"。苏轼《和子由四首·首夏官舍即事》对西园也有吟咏："安石榴花开最迟，绛裙深树出幽菲。吾庐想见无限好，客子倦游胡不归。坐上一樽虽得满，古来四事巧相违。令人却忆湖边寺，垂柳阴阴昼掩扉。"③陶渊明在《读山海经》中有"孟夏草木长，绕屋树扶疏。众鸟欣有托，吾亦爱吾庐"之句，诗人终究想念着他的眉山家园。《世说新语·言语》有云："简文入华林园，顾谓左右曰：'会心处不必在远。翳然林水，便自有濠、濮间想也。'觉鸟兽禽鱼，自来亲人。"④苏轼的《西斋》诗谈病中杖履西园之内亦可作如是观，虽然时常会"忧来洗盏欲强醉，寂寞虚斋卧空庑"（《寄刘孝叔》），但诗人可以在漫步其中时观万物生机勃勃之意趣，告诉自己不必为一时得失所困扰。在《答李邦直》中，苏轼还说"西斋有蛮帐，风雨夜纷披"，可见西斋之内陈设之一般，经由诗人的妙手点画，一种活泼泼的心情便从其庭园诗文中传出。⑤西园之内还设有西轩，在《闻乔太博换左藏知钦州，以诗招饮》中苏轼以诗作请友人来和他对饮："痛饮从今有几日，西轩月色夜来新。"⑥西斋和西轩作为苏轼在密州的个人生活空间与会友之地，带给了苏轼一种全身心的投入体验。"撷园蔬，取池鱼，酿秫酒，瀹脱粟而食之"，则

---

①《苏轼全集校注·文集》，第 1104—1112 页。

②《苏轼全集校注·诗集》，第 1272—1274 页。

③《苏轼全集校注·诗集》，第 1269—1270 页。

④（南北朝）刘义庆著，周兴陆辑著．世说新语汇校汇注汇评 [M]．南京：凤凰出版社，2017 年，第 216—218 页。

⑤周冉《苏轼风景园林活动考》征引《超然台的周边建筑考略》对小园建制有所发明，参见周冉．苏轼风景园林活动考 [D]．天津大学硕士学位论文，2016 年，第 68 页。

⑥《苏轼全集校注·诗集》，第 1388—1390 页。

能看到西园之内还设有菜圃和鱼池，以苏轼的农人本色，他想必会亲自养鱼和灌园种菜，如陶渊明般“欢然酌春酒，摘我园中蔬”，与朋友共享自己的家酿美酒和家常粗米饭，烹鱼而食，如其所说“乐哉游乎”。

另外，州治的东侧还开了一片花圃取名“东栏”，栏内种植有梨树，苏轼有《和孔密州五绝·东栏梨花》云：“梨花淡白柳深青，柳絮飞时花满城。惆怅东栏二株雪，人生看得几清明。”[①]可见东栏中有两棵梨树，花开之时总惹起诗人的情思，梨花盛极而败令诗人慨叹人生又有几度清明。苏轼另有《山堂铭（并叙）》，说他熙宁九年夏六月之时大雨，野人来告诉他故东武城中的沟渎已经圮坏，冲出了很多乱石，苏轼取而储之，因之在官舍之北墉建造了五座小假山，排列成序，然后植松、柏、桃、李于其上，又于北边开设新堂，作于自己游心寓意之所，然后还为此山堂作铭曰：

谁裒斯坚，土伯所储。潦流发之，神以畀予。因庑为堂，践城为山。有乔苍苍，俯仰百年。[②]

苏轼此处开建的山堂位于假山南面，紧邻北墙，所谓假山是苏轼因势就地取石，用由被山洪冲出的乱石作材料，列成五座依次排列的假山，再加上一些花木果树，苏轼在山堂之中即可观看五座小假山的秀美风光，俯仰之间可“游心寓意”，与客对饮更是滋味无穷。苏轼《与周开祖四首·其二》云：“递中辱书教累幅，如接笑语。即日，远想起居佳胜。某此无恙，已被旨移河中府，候替人，十二月上旬中行，想去益远矣。……今日大雪，与客饮于玉山堂。适遣人往舍弟处，遂作此书。”[③]可见自从有了山堂，苏轼也经常在此会友，直到离开密州前夕。周冉据乾隆《诸城县志》记载知苏轼曾邀约一些好友共同游赏山堂，他们还在一太湖石上题了铭文以作留念，周冉推测山堂也是作为西园的一部分，位于其东北部。[④]

苏轼营建超然台，除了苏辙为其命名外，还引来了司马光、文彦博、鲜于侁、张耒、李清臣、文同等众多好友的诗赋响应，特别是文同的《超然台赋》，更受到了苏轼“意思萧散，不复与外物相关，其《远游》、《大人》之流乎？”（《书文与可超然台赋后》）的由衷赞赏。元代杨仲诚《重修超然台记》也说超然台是“宋熙宁牧守东坡公葺理而为燕息之所也”。从文中“台高而安，深而明，夏凉而冬温”之说，超然台上经过修葺后房屋应该不小，且采光条件很好，即“深而明”，如此“夏凉冬温”的舒适空间，在“雨雪之朝”、“风月至夕”的日子诗人都可在台上宴请宾客，诗酒流连，苏轼密州时期的多篇名作如《水调歌头·明月几时有》、《雪后书北台壁二首》、《望江南·超然台作》等皆成稿于超然台上。[⑤]苏轼对居住空间的经营无疑为绝美诗文的诞生营造了浓郁的氛围。

---

①《苏轼全集校注·诗集》，第 1490—1492 页。

②《苏轼全集校注·文集》，第 2173—2175 页。

③《苏轼全集校注·文集》，第 6177—6178 页。

④周冉．苏轼风景园林活动考 [D]．天津大学硕士学位论文，2016 年，第 69 页。

⑤参见熊朝东．苏轼全传·密州出猎 [M]．北京：中国文史出版社，2017 年，第 96 页。

州治北侧正中还有苏轼为纪念汉初胶西盖公所修建的盖公堂。汉初之前，密州本地有个叫盖公的高人，他“治道贵清静而民自定”的治政思想和苏轼的“民贵君轻”、“以民为本”的治国理念契合一致，苏轼特意在密州署衙东侧“治新寝于黄堂之北，易其弊陋，重门洞开，尽城之南北，相望如引绳，名之曰盖公堂”（《盖公堂记》）。[①]苏轼的这篇记还引起了郑州毕仲游的由衷慨叹，其《盖公堂歌》也受到了苏轼的赞赏。《盖公堂记》中有“治新寝于黄堂之北”之说，其中提到的“黄堂”是苏轼所居之旧厅堂，另外位于“黄堂”之北的还有山堂，孔凡礼先生的《苏轼年谱》将苏轼建成超然台的时间为熙宁八年年末，修建山堂的时间定在熙宁九年六月，修盖公堂的时间定为熙宁九年九月。[②]苏轼还有《和孔密州五绝·堂后白牡丹》借牡丹花称赞孔周翰洁身自爱，只是不知是此处的牡丹是种在山堂之后还是盖公堂之后，但由上所述已可看出苏轼对密州居住空间的营建也是颇为用心的，苏轼另外还建有雩泉亭、快哉亭，为密州的居住条件和人文胜迹做出了很大贡献。

熙宁十年苏轼离开密州赴河中府任，在青州道路上之时遇大雪，苏轼心有所感，怀念密州之园居生活，作《大雪，青州道上，有怀东武园亭寄交孔周翰》：“超然台上雪，城郭山川两奇绝。海风吹碎碧琉璃，时见三山白银阙。盖公堂前雪，绿窗朱户相明灭。堂中美人雪争妍。粲然一笑玉齿颊。就中山堂雪更奇，青松怪石乱琼丝（注云：怪异好石似玉者）。”[③]此诗中苏轼想象了超然台的雪景，强调了密州城郭山川之景色，自己修建的盖公堂前之雪景与绿窗红门相对应，所以盖公堂的四周应该还有一些其他建筑。山堂之雪景则以青松、怪石相伴，这与苏轼在山堂营建假山并种植花木一事相照应。郁郁青松、些许乱石和飘飞白雪在此刻构成了苏轼心中于离开密州之时心中最为怀恋的庭园美景，苏轼在诗歌中“游心寓意”，以灵动的笔触为我们铺展开了密州雪景的美丽画卷。

苏轼在密州共创作了诗歌 127 首、词 26 首、文 26 篇，共计 217 篇。苏轼离密州十年后，于元丰元年八月赴登州路经密州时，苏轼也还有作有一些诗文。苏轼密州两年，使昔日“荒旱连年”、“寂寞山城”、“火冷灯稀”的密州复现“密州风土事体皆佳”的风貌，熙宁九年十二月离别密州前夕，苏轼作《江城子·前瞻马耳九仙山》、《别东武流杯》、《留别雩泉》等诗。十年后的元丰八年十月，苏轼赴登州再经密州时，作《再过超然台赠太守霍翔》、《再过常山和昔年留别诗》，为他的密州情缘记录下了感人的瞬间，至今让人怀想。

第二节 从徐州到扬润

上一节我们考察了苏轼从眉山到密州时期的家居空间与环境营造的文学书写，罗玺逸认为苏轼营建的凤翔小园、杭州凰味堂等建筑、密州西园、山堂和超然台等属于狭义

① 《苏轼全集校注·文集》，第 1079—1084 页。

②孔凡礼．苏轼年谱 [M]．北京：中华书局，1998 年，第 322 页，第 336 页，第 338 页。

③ 《苏轼全集校注·诗集》，第 1449—1452 页。

上的“郡圃”范畴，各类文献中对这些庭园建筑的记载也都说明了这一点，它们属于“官居”或“郡圃”、“郡署”，从财产归属来说，它们是属于官方的庭园。[①]但苏轼每到一地都会在不侵犯当地百姓利益的情况下尽力营建自身的居所。将官居的公共建筑属性以自身的文化修养营建出文人园林的隐逸超拔，在在都将自身所居定位为超越人世束缚、逍遥自在的乐园仙境，这与白居易的“中隐”观影响有着密切关联，苏轼希望世俗的烦恼忧愁不会侵扰他的安居之“家”。官舍的美化不仅提供了长期安歇居住的功能，而且可作优美景观的欣赏，亦可用来作引人入胜的趣味性游览。苏轼在一些短暂居住的地方也会有营建活动，如“避世堂”等地，可见苏轼在自己临时短暂居住的地方也会充分发挥自身的营建才能，正是因为这份文人的诗意，苏轼将普通生存变成了艺术生活。本节我们则继续探讨苏轼从徐州到扬润时期的家居情况。需要说明的是，本节所取题目只为论述方便，事实上这其间情况复杂，前后时间也并不连贯，只是为了体例一致，我们此处仍酌情处理，三级标题仍按论述思路联系使用，以方便前后一致。

六、徐州：逍遥堂

神宗熙宁九年（1076）十二月上旬，苏轼在密州三年任期未满，即被诏命以祠部员外郎直史馆移知河中府，腊月下旬启程，次年二月于赴任途中改知徐州，苏轼赴京暂居范镇东园后，于熙宁十年（1077）四月二十一日到达徐州，至元丰二年（1079）三月离徐州赴湖州任为止，一共在徐州两年，创作诗词文赋共 365 篇，在外地写徐州的作品还有 39 篇。[②]这期间苏轼亦住于徐州官衙，官衙后院有逍遥堂，苏轼与弟弟经常住在那里，苏辙作有著名的《逍遥堂会宿二首》，记载了兄弟俩登上仕途后难得的相聚时光。逍遥堂也是苏轼在徐州的会客之地，如《与王定国》中有“其卒章，则徐州逍遥堂中夜与君和诗也”的记载。以创作苏轼传记文学作品著称的龙吟先生对于徐州非常熟悉，他自幼生长于徐州，曾专门详细寻访了北宋之时徐州的古城遗址，龙吟先生发现当时的州衙就在城中心偏北，苏轼任徐州知州时的家居应就在州衙附近。[③]苏轼到徐州后与弟弟苏辙相聚百余日之后就遇到洪水困城，苏轼忙着抗洪、筑堤、建黄楼，慢慢才有时间会友论文。“彭城官居冷如水，谁从我游颜氏子”（《送颜复兼寄王巩》），苏轼无时不期待着朋友之间的欢聚。元丰元年（1078）春，李常罢齐州太守任，调任淮南西路提点刑狱，赴任途中经过徐州就去拜访苏轼，苏轼为此与李常作“十日饮”（《送李公择》），作有 13 首诗词，临别之际，苏轼将友人千里之外寄来的上等竹笋相赠，并从后花园采来十几朵芍药，送给李常的夫人与侍女，其《送笋、芍药与公择二首》云：

久客厌虏馔，（蜀人谓东北人虏子。）枵然思南烹。故人知我意，千里寄竹萌。骈头玉婴儿，一一脱锦棚。庖人应未识，旅人眼先明。我家拙厨膳，彘肉芼芜菁。送与江南客，烧煮配香秔。

---

①参见罗玺逸．北宋苏轼的营建活动及其营建思想初探 [D]. 重庆大学硕士学位论文，2017 年，第 92 页。

②徐新民、陆明德．苏轼全传 • 黄楼丰碑 [M]. 北京：中国文史出版社，2017 年，第 4—5 页，第 239 页。

③参见龙吟．苏东坡的情感世界 [M]. 广州：暨南大学出版社，2018 年，第 154 页。

今日忽不乐，折尽园中花。园中亦何有，芍药袅残葩。久旱复遭雨，纷披乱泥沙。不折亦安用，折去还可嗟。弃掷亮未能，送与谪仙家。还将一枝春，插向两髻丫。[①]

可见苏轼的徐州官居亦辟有花园，里面种有芍药花。徐州颇多杏树，苏轼的官舍也有栽培。元丰二年（1079）春，苏轼作有名作《月夜与客饮杏花下》，诗云："杏花飞帘散馀春，明月入户寻幽人。褰衣步月踏花影，炯如流水涵青苹。花间置酒清香发，争挽长条落香雪。山城薄酒不堪饮，劝君且吸杯中月。洞箫声断月明中，惟忧月落酒杯空。明朝卷地春风恶，但见绿叶栖残红。"[②]官舍（或者就是官舍附近苏轼之家）庭园之中杏花漫天飞舞，皎洁的明月此刻入户窥人，苏轼和朋友们踏于花上，一起追随着月亮的影子，就好像流水涵青萍一样。苏轼和友人们一起花间饮酒，月亮的影子还落在杯中，王子立、子敏兄弟吹奏的洞箫声为大家饮酒助兴，苏轼遥想孔文举"座上客常满，樽中酒不空"之句，唯恐时间流逝太快。春风吹拂，绿叶残红飘零，满地红花堆积，真是闲适至极又雅趣至极。诗中吹洞箫的王子立为苏辙女婿，不幸早亡，苏轼后来作《忆王子立》云："仆在徐州，王子立、子敏皆馆于官舍，而蜀人张师厚来过，二王方年少，吹洞箫饮酒杏花下。明年，余谪黄州，对月独饮，尝有诗云：'去年花落在徐州，对月酣歌美清夜。今日黄州见花发，小院闭门风露下。'盖忆与二王饮时也。张师厚久已死，今年子立复为古人，哀哉！"[③]表达了对那次月下饮酒杏花下之风雅聚会的怀念与对王子立早逝的哀悼。

苏轼在徐州任上还得了个孙子，为苏迈与吕陶之女所生，叫苏箪，小名楚老，孙子生于八月十二，这年中秋，苏轼写《中秋见月和子由》，其中有云："明月易低人易散，归来呼酒更重看。堂前月色愈清好，咽咽寒螀鸣露草。卷帘推户寂无人，窗下咿哑惟楚老。"[④]以上算是苏轼描写徐州家居空间为数不多的诗文，但清风、明月、落花、流水、琴乐、饮酒等雅事在苏轼的徐州生活中并不少见，这些雅物趣事在此段诗文中比比皆是，很好地体现出了苏轼的生活情态和审美趣味。而且抗洪期间近百个日日夜夜里，苏轼基本就将城墙上临时搭建的草庐当作自己的"官邸"与家居，尽管"水穿城下作雷鸣，泥满城头飞雨滑。黄花白酒无人问，日暮归来洗靴袜"（《九日黄楼作》），苏轼心中仍只有徐州城百姓，此种危难时期与民风雨同舟的博大情怀，是关注苏轼徐州居住空间特别值得提出的。

七、湖州：居于官邸

熙宁五年（1072）十二月，苏轼受两浙转运使邀请前往湖州实地考察、测度堤岸，这是苏轼第一次到湖州。苏轼有《将之湖州戏赠莘老》云："余杭自是山水窟，仄闻吴兴更清绝。湖中桔林新着霜，溪上苕花正浮雪。顾渚茶牙白于齿，梅溪木瓜红胜颊。吴儿鲙缕薄欲飞，未去先说馋涎垂。亦知谢公到郡久，应怪杜牧寻春迟。鬓丝只好对禅榻，

① 《苏轼全集校注·诗集》，第 1699—1702 页。

② 《苏轼全集校注·诗集》，第 1924—1926 页。

③ （宋）苏轼著，韩中华译评．东坡志林 [M]. 北京：北京理工大学出版社，2017 年，第 17—18 页。

④ 《苏轼全集校注·诗集》，第 1791—1795 页。

湖亭不用张水嬉。”[①]苏轼还作《赠孙莘老七绝》，并应孙觉之请作《墨妙亭记》。苏轼第一次到湖州认识了张先、邵迎、贾收等文人，并从孙觉那里读到了其女婿黄庭坚的诗文。熙宁七年（1074）九月左右，苏轼和张先、杨绘、陈舜俞四人同舟离杭，到湖州拜谒刚知湖州不久的好友李常，这是苏轼第二次到湖州。之后便是湖州知州任第三次到湖州。元祐六年（1091）三月，苏轼由杭州知州迁吏部尚书，带了几名官水利的官员到湖州考察太湖流域洪水泛滥的情况，这是苏轼第四次到湖州，这次只在湖州呆了两天，作有《定风波·月满苕溪照夜堂》。[②]其中有三次的湖州之行都很短暂，此处只简单讨论一下苏轼任湖州知州的居住情况。

元丰二年（1079）三月，苏轼接到移知湖州的诏令，四月二十日到任，住于湖州官邸。苏轼一家人就住在府衙之内，与苏轼的办公厅不远。苏轼在湖州常和长子苏迈去城外的道场山、何山等山林间漫游，有时还带着苏辙女婿王子立和妻弟王子敏等人，当年端午，苏轼一行人出游，作《端午遍游诸寺得禅字》，他们还绕城观荷花，登岘山亭游玩，到傍晚还去了飞英寺，且分韵赋诗，苏轼得“月明星稀”共作了四首。苏轼现存湖州作品较少，与妻子王闰之在受惊后将苏轼文稿付之一炬有关，苏轼在《黄州上文潞公书》中就说：“轼始就逮赴狱，有一子稍长，徒步相随。其余守舍，皆妇女幼稚。至宿州，御史符下，就家取文书。州郡望风，遣吏发卒，围船搜取，老幼几怖死。既去，妇女恚骂曰：‘是好著书，书成何所得，而怖我如此！’悉取烧之。比事定，重复寻理，十亡其七八矣。”[③]后来杭州主簿陈师仲（陈师道之兄）告诉苏轼他将苏轼的诗作编成了《超然》、《黄楼》二集（《答陈师仲主簿书》），对湖州诗作也未收录，故而苏轼湖州时期描写家居生活之作并不多，现存湖州诗也多是出游之作，更多是不在“家”的状态。值得提别提出的是当年七月七日下午，苏轼自己收藏的名画拿到湖州官邸院子里去晾晒，看到了文同的《筼筜谷偃竹图》摹本，苏轼睹物思人，不禁痛哭失声，作《文与可画筼筜谷偃竹记》再次哭祭文同。本年七月二十八日，苏轼受弹劾被捉拿押赴御史台，“乌台诗案”就此结束了苏轼的湖州知州生涯，徒令后人生无限感慨。

八、黄州：定惠院、临皋亭、南堂与东坡雪堂

元丰二年（1079）十二月二十八日下午，苏轼出狱，作《十二月二十八日蒙恩责授检校水部员外郎、黄州团练副史，复用前韵二首》，临近春节，苏轼、苏迈在那位曾为苏轼送鱼的亲戚家过了年，大年初一就踏上赴黄州的贬谪之路，在陈州和苏辙相聚三日，帮助文与可处理完身后事后又经蔡州，于元丰三年（1080）元月二十五日到麻城，二十七日住黄冈庶安乡，二月一日到黄州（《到黄州谢表》）。黄州太守陈轼（君式）安排苏轼父子住到了定惠院，住持颙师特为苏轼开啸轩（《定惠院颙师为余竹下开啸轩》）。苏轼在定惠院写有一系列名作，《定惠院寓居月夜偶出》、《卜算子·定惠院寓居作》、《寓居定惠院之东，杂花满山，有海棠一株，士人不知贵也》等皆于定惠院优美的寺院环境

①《苏轼全集校注·诗集》，第783—786页。

②参见刘清泉．苏轼全传·湖州惊魂[M]．北京：中国文史出版社，2017年，第87—97页。

③《苏轼全集校注·文集》，第5201—5205页。

中写出。苏轼还喜欢定惠院里的老枳树，其《记游定惠院》对此有记载。苏轼在定惠院有一段时间都是白天睡觉，晚上才出来散步，带着几分醉意欣赏一下江云媚态、弱柳垂丝，听一听月色下的飒飒松风，对人生还是有“万事如花不可期”的感慨。此段时间他在梦中作诗（《记梦回文诗二首》），以打发时间。苏轼天性喜欢热闹，待不住了就跑出去缠着路人聊天，叶梦得《避暑录话》还记载苏轼劝慰路人没有故事就胡乱编点鬼故事的说法，令人忍俊不禁。苏轼在定惠院寓居时间长了就百无聊赖，他只有“扁舟草履，放浪山水间”，经过一段时间心理调适后才慢慢适应过来。他在《与王定国书》中说：“某寓一僧舍，随僧蔬食，甚自幸也。感恩念咎之外，灰心杜口，不曾看谒人。所云出入，盖往村寺沐浴，及寻溪傍谷钓鱼采药，聊以自娱耳。”[①]苏轼和苏迈在定惠院大概住了两个多月时间。黄州城东有一座安国寺，是僧人修行的寺院，也是当地百姓正月间饮食作乐、祭祀瘟神的场所（《黄州安国寺记》）。这里有茂林修竹、陂池亭榭，像定惠院一样幽静。苏轼隔段时间就去一次，有僧人继莲相待。苏轼在那里焚香默坐，深深地自我反省，一时间物我两忘，身心皆空，一念清净，污染尽落。佛寺部分承担了苏轼的家居场所功能，成为他的书斋乃至澡堂，苏轼在此作《安国寺浴》、《安国寺寻春》等诗。

五月二十九日一大早，苏轼和苏迈前往距黄州40里的蕲水巴河口迎接苏辙和家人，苏轼前几天就听到消息弟弟快到黄州，他怀着欣喜的心情作《今年正月十四，与子由别于陈州。五月，子由复至齐安，以诗迎之》，这次来巴河口，苏轼又写了《晓至巴河口迎子由》，一大家子经过“乌台诗案”后第一次相聚，恍如昨日一般，当晚苏轼一家就搬到了临皋亭居住。[②]苏轼经过身心调整后已有定居黄州之意，《晚游城西开善院，泛舟暮归二首》就有“风光类吾土，乃是蜀江边”、“卜筑计未定，何妨试买园”之句，苏轼从一开始感慨“黄州真在井底”到此时又恢复了他随遇而安的本性。在迎苏辙时苏轼说“欲买柯氏林，兹谋待君必”，可是由于经济原因这终究只是空想。苏轼喜欢武昌寒溪西山，陈慥曾劝他在此买田筑屋，以作终老计，也因“恐好事君子，便加粉饰，云擅去安置所而居于别路。传闻京师，非细事也。”（《与陈季常书》）最终也只得作罢。一家人住进临皋亭后，苏轼总算有了个相对安定的家，这期间他在给司马光、吴复古、王庆源等师友的信中都说自己的临皋亭风光绝美，只是苏轼这段时期的经济生活到底不乐观。另一方面，苏轼有了家人陪伴，朋友间的交游友人也密集起来，多少宽慰着他苦闷的心。苏轼多次邀请陈季常来黄州，季常前后七次来黄，苏轼也三次去岐亭看望老友，

---

①《苏轼全集校注·文集》，第5673—5674页。

②苏轼在定惠院和苏迈住的时候，两个人还能凑合着住，但一大家子来黄州，势必要寻找合适的家居场所，苏轼来黄州结识的朋友乐京给他出了个主意：夏竦任黄州刺史时，为了方便泊舟，在长江边开陂凿道，建了一个澳口（码头），人们为了纪念夏竦，就将这个澳口称作夏澳。夏澳上有一高阜，筑有几间房舍，旧称回车院。后来黄州府衙为接待来此巡察的官员，便将回车院辟为水驿，是为临皋亭。临皋亭年久失修，破旧不堪，来往官员都不愿住在那，临皋亭不大，仅四间破房，稍加修葺，苏轼一家勉强可以住下。因为苏轼的罪官身份，苏轼请黄州太守陈轼帮忙，陈轼为难，苏轼又给鄂州太守朱寿昌写信，陈轼当时即将离任，还是将临皋亭拨给了苏轼一家居住，苏轼大概四月间就和朋友们前去收拾，个中缘由详参王晋川．苏轼全传·东坡·东坡[M]．北京：中国文史出版社，2017年，第60—61页。

③《苏轼全集校注·文集》，第5874—5875页。

前后相聚百余日（《岐亭五首（并叙）》）。据苏轼给陈季常的信："临皋虽有一室，可憩从者，但西日可畏。承天极相近，或门前一大舸亦可居，到后相度。"[①]可知苏轼的临皋亭门前还有一艘废弃的大船。临皋亭内辟有西斋，为苏轼的书房，他此时期有书信提及"黄州临皋亭西斋戏书"，如《书蒲永升画后》等。在临皋亭居住了一段时期后，苏轼乳母任采莲病逝，苏辙12岁的女儿在抵达筠州不久后夭亡，苏轼堂兄苏子正（不欺）也病逝，一连串的死亡变故使苏轼感念人命微弱如此，在《答秦太虚书》中说："吾侪渐衰，不可复作少年调度，当速用道书方士之言，厚自养炼。谪居无事，颇窥其一二。已借得本州岛大庆观道堂三间，冬至后，当入此室，四十九日乃出，自非废放，安得就此。"[②]可见苏轼到黄州近一年时曾到道观闭关修炼。

苏轼在黄州的第二年五月，门下跟随他20年的马梦得实在看不过苏轼的穷困，他费尽心思向黄州太守徐君猷请求把50亩旧营地拨给苏轼耕种，耕地在黄州府东面一百多步的地方，完全被荆棘瓦砾覆盖，已荒凉了很久。这时刚巧又遇天大旱，苏轼亲率一家人开垦，精力耗费殆尽，苏轼为此作有著名的《东坡八首》。苏轼规划着在东坡的低处种上稻谷，高处就种麦子，还要辟一菜园，专门用来种植蔬菜。田边地头则种植桑树、栗树、枣树、松树、柳树，这些树种都可以向朋友讨得，这与杜甫营建成都草堂颇为相似，②好友李常还给他送来了柑橘树种，苏轼又专门写《问大冶长老乞桃花茶栽东坡》，苏轼好茶，家居生活中是缺不了一壶好茶的。"嗟我五亩园，桑麦苦蒙翳。不令寸地闲，更乞茶子蓺……他年雪堂品，空记桃花裔"，动以亩计的花茶种植面积可谓是东坡园艺花木兴盛的反映。食馔助兴、饭后消食、养生必备，花茶以其兼具茶叶的爽口浓醇之味和鲜花的清纯雅香之气也受到了苏轼的喜爱。苏轼很想种竹子，他是有"竹癖"的，苏轼在黄州常去有竹子的人家拜访，"家有十亩竹，无时客叩门"，可惜"好竹不难栽，但恐鞭横逸"，为了一家人的生计，苏轼不得不放弃自己的雅好。蔬果粮食类的庄稼种植与景观欣赏类的园艺花木在苏轼的经营下有机结合，虽然苏轼在《东坡八首》中有很多自白，他说自己在东坡种植作物，起初只是为了求取一家人的食物保证，他也在给杨元素和堂兄的信中分别写到自己在东坡亲自栽种菜果以自娱，在种蔬接果中聊以忘老，可见"自娱"、"忘老"的自白其实也是苏轼营建东坡的一种精神之寄托，东坡的耕地对苏轼而言已经不单是给一家人提供食物来源和居住之地的一处普通场所，同时那里也成为了他的精神寄托之地，苏轼也由此自号"东坡居士"，从此这一称呼成为苏轼最为人所熟知的名号。苏轼之"东坡"自号并不仅只是一块营地，它有着更深厚的文化含义，承载和寄托了苏轼的自我超越。[③]

---

①《苏轼全集校注·文集》，第5753—5759页。

②参见曹淑娟．杜甫浣花草堂伦理世界的重构[J].《台大中文学报》，第四十八期，第39—84页。此文为笔者所见研究杜甫草堂时期家居营建与家庭生活最见功力之作，值得参阅。

③关于苏轼号"东坡"的文化内涵，杨理论、骆晓倩近作《宋代士大夫自我意识与身份认同——从苏轼诗歌说开去》有详细论述，该文通过列举洪迈《容斋随笔》、周必大《二老堂诗话》相关说法，并统计苏轼对白居易与陶渊明相关说法次数，认为"东坡"之号来自对陶渊明、白居易两位先贤的精神感召和启发，可参看，文载《西南大学学报》（社会科学版），2018年第3期，第138—139页。

东坡的经营使得苏轼真正过上了男耕女织的农人生活，苏轼也多次在和朋友们写信时说自己“身耕妻蚕”，已完全成了“识字耕田夫”，在给王巩的信中，苏轼还想要自号“鏖糟陂里陶靖节”。“鏖糟陂”是汴京城外的一处沼泽，苏轼此号是借鏖糟陂的脏乱之意，自谦自己比不上陶渊明。苏轼期待着在东坡安家：“仍须卜佳处，规以安我室。”苏轼在东坡耕种，急需有个工棚，可他无钱，无法造新屋，他想将东坡旧营地的断墙颓垣加以改造，添砖加泥后做成支架，收了麦子的麦秸秆正好可以用来盖顶，征得徐君猷的同意，苏轼很快动工修建，全家出动，左邻右舍也来帮忙。《次韵孔毅甫久旱已而甚雨三首•其二》还说自己去年在东坡收拾瓦砾废弃物以开辟耕地，自己亲自栽种了黄桑三百尺。今年又割了麦草盖雪堂，长久的日炙风吹之下，他已经面如墨色。很多邻居当时都相约着来帮苏轼耕作盖家，他们人人都知道苏轼囊中羞涩。苏轼还想着明年和邻居们一起看决渠雨，至于是饥是饱其实只是在我的感受，又关老天什么事呢。苏轼还呼唤着邻居们在田间饮酒，如果醉倒了随便找一块支头砖就可倒头大睡。[①]元丰四年（1081）十二月，苏轼在东坡的废菜园子上建的雪堂和院墙终于建成（《与杨元素》：“近于城中葺一荒园，手种菜果以自娱。”），苏轼为此作《雪堂记》。雪堂前有细柳、水井，西有微泉，堂下种大冶长老桃花茶、巢元修菜、何氏丛橘（苏轼在《记游定慧院》中说自己路过何氏小圃，向主任乞得一些丛橘，将它们移种到了雪堂之西。），四周则有松柏、枣栗、桑榆环绕。苏轼爱梅花，于堂侧手植梅花一株，大红千叶，一花三实，作陂种稻接木，苏轼乐在其中。

苏轼还以自己的丹青妙笔在雪堂四壁绘上了洁白素雅的雪景，这让他在起居坐卧之时都能见到满屋子的雪花景色。在《雪堂记》中，苏轼在对比了“入雪堂”和“登春台”的不同感受之后，认为以雪观春的话则雪为静，以台观堂的话则堂为静。静能得，动则失，虽然苏轼在写这段文字时主要是在表达自己的心中志向，但也道出了“东坡雪堂”和壁上之雪景构成了一种内蕴深厚的静态空间，雪堂之中的景色可以使人将见其不溯而去，不寒而栗，可以凄凛其肌肤，也能洗涤其烦郁，既无炙手之讥嘲，又免饮冰之病疢。苏轼觉得他的雪堂风光大概就是当年陶渊明的斜川胜境，为此他特别作《江城子（并叙）》。他很喜欢这里的素净雅洁，说这才是他该住的地方。苏轼在雪堂题了18个字：“台榭如富贵，时至则有；草木如名节，久而后成。”（苏轼集卢秉传句自题）不过他主要还是住在临皋亭，雪堂只是常来休憩的处所，更多的是苏轼劳作后的栖息地、修身养性的静修室、接见朋友的会客厅和款待来宾小住的私家馆驿。东坡雪堂给苏轼的心灵提供了可摸可触的物质居所，其命名及幻象制造的阈限空间给了苏轼一个精神的自足之地，充满了与现实相似性的投影，诗人乐在其中，穿梭于现实和虚空。[②]不过客观来说，雪堂的居住环境并没有想象中那么好，苏轼同乡巢谷投奔苏轼时就住在雪堂，苏轼写诗《大

---

①《苏轼全集校注•诗集》，第2372—2375页。

②参见王晋川．苏轼全传•东坡•东坡［M］．北京：中国文史出版社，2017年，第112—113页。关于《雪堂记》的分析，参见杨治宜．“自然”之辩：苏轼的有限与不朽［M］．北京：三联书店，2018年，第97—111页。另外，苏轼的雪堂与白居易的庐山草堂颇为相似，参见曹淑娟．白居易江州体验与庐山草堂的空间建构［J］．《中华文史论丛》，2009年第2期，第73—101页。

寒，步至东坡，赠巢三》有云："东坡数间屋，巢子与谁邻。空床敛败絮，破灶郁生薪。相对不言寒，哀哉知我贫。我有一瓢酒，独饮良不仁。未能赪我颊，聊复濡子唇。故人千钟禄，驭吏醉吐茵。那知我与子，坐作寒蛩呻。努力莫怨天，我尔皆天民。行看花柳动，共享无边春。"[①]此诗无疑更客观地写出了雪堂的简陋。巢谷来黄州后，苏轼还经常带他出去认识黄州的朋友，有一次雪堂差点就被烧了，苏轼还写信给巢谷："日日望归，今日得文甫书，乃云昨日始与君瑞成行。东坡荒废，春笋渐老，饼餤已入末限，闻此，当伺驾耶？老兄别后想健。某五七日来，苦壅嗽殊甚，饮食语言殆废，矧有乐事！今日渐佳。近日牢城失火，烧荡十九，雪堂亦危，潘家皆奔避，堂中飞焰已燎檐矣。幸而先生两瓢无恙，四柏亦吐芽矣。"[②]巢谷在雪堂住了一年多，参寥也来到黄州，也陪苏轼住了一年多，后来又陪他离黄州，上庐山。据清代学者卞永誉纂辑《式古堂书画汇考》收录的《东坡眼病帖》之记载："在城南筑一白雪堂，四百三十步前，有桃李林泉，后有菓菜堂"，[③]那么苏轼的雪堂之后应该还有一处名叫"菓菜堂"的房舍，不过苏轼本集中未有记载，但苏轼种有"元修菜"，其他蔬菜也定不少，开辟菜园后苏轼另起小屋且以菜命名也是完全可能的。

自临皋亭到东坡雪堂约一里许，苏轼作《日日东出门》，出了东门便是蜿蜒曲折的黄泥坂路，苏轼还为此作有著名的《黄泥坂词》。苏轼在《黄泥坂词》记述自己的行迹："出临皋而东骛兮，并丛祠而北转。走雪堂之坡陂兮，历黄泥之长坂。"[④]此文描述了从当时苏轼之寓所临皋亭走到东坡雪堂的具体行进线路：从临皋亭出来后要向东方行走，穿过布满荒草的祠庙后再向北边转，此时就要经过黄泥长坂，再走一会就能到达东坡雪堂的所在地。临皋亭因为临近大江，下大雨的时候江水暴涨之时很容易被淹。元丰五年（1082）春天苏轼写下了著名的《寒食雨二首》，其书法称《寒食帖》。苏轼一家虽然省着钱过日子，且有了东坡耕种，无奈地力贫瘠，收成实在有限，两个多月的大雨导致江水暴涨，苏轼的临皋亭快要被淹，家里也是到处漏雨，破锅里煮的是野菜，湿苇烧得满屋子都是青烟，可谓十分凄惨。这期间苏轼所作《徐使君分新火》也写得十分凄凉："临皋亭中一危坐，三见清明改新火。沟中枯木应笑人，钻斫不然谁似我。黄州使君怜久病，分我五更红一朵。从来破釜跃江鱼，只有清诗嘲饭颗。起携蜡炬绕空屋，欲事烹煎无一可。为公分作无尽灯，照破十方昏暗锁。"[⑤]苏轼现在的家居空间着实糟糕透了，这与杜甫在成都草堂时期茅屋为秋风所破的凄凉之境是颇为相似的，他原先给亲朋好友写的夸赞临皋亭各种宜居的说法实在是宽慰别人且说服自己的。

元丰五年（1082）十月，淮南转运副使蔡承禧（景繁）来黄州临皋亭看望苏轼，看到苏轼一家住在逼仄的临皋亭，生活困窘，便帮助苏轼在临皋亭南边的高坡上筑了几间瓦房，以方便苏轼的生活、写作与消夏。蔡承禧负责建房的材料和人工，苏轼则负责投

---

①《苏轼全集校注·诗集》，第2424—2426页。

②《苏轼全集校注·文集》，第6583—6585页。

③（清）卞永誉纂辑．式古堂书画汇考[M]．杭州：浙江人民美术出版社，2012年，第475页。

④《苏轼全集校注·诗集》，第5576—5579页。

⑤《苏轼全集校注·诗集》，第2345—2347页。

工投劳，元丰六年（1083）三月，三间瓦房竣工，苏轼按眉山“南轩”、汴京“南园”之意将其命名为“南堂”，在《与蔡景繁书》中苏轼说：“某病咳，逾月不已，虽无可忧之状，而无聊甚矣。临皋南畔，竟添却屋三间，极虚敞便夏，蒙赐不浅。”“近葺小屋，强名南堂，暑月少舒，蒙德殊厚。”[①]他还为此专门作有《南堂》五首云：

江上西山半隐堤，此邦台馆一时西。南堂独有西南向，卧看千帆落浅溪。
暮年眼力嗟犹在，多病颠毛却未华。故作明窗书小字，更开幽室养丹砂。
他年雨夜困移床，坐厌愁声点客肠。一听南堂新瓦响，似闻东坞小荷香。
山家为割千房蜜，稚子新畦五亩蔬。更有南堂堪着客，不忧门外故人车。
扫地焚香闭阁眠，簟纹如水帐如烟。客来梦觉知何处，挂起西窗浪接天。[②]

南堂坐北朝南，俯临长江，清风徐来，江景如画。苏轼于是年五月正式搬迁入住，多了南堂这一新住处，苏轼再也不用担心“夜雨屋漏”和“西晒之苦”。[③]苏辙亦作有《次韵子瞻临皋新葺南堂五绝》，表示了对兄长喜建新居的祝贺。苏轼黄州时期家居环境比起凤翔、杭州、密州、徐州、湖州时无疑相对都要差一些，黄州的山野田舍少了苏轼在出知大州之时住于官舍郡圃时的精致与优雅，但从某种程度上来说东坡与雪堂对于苏轼跌宕起伏的一生似乎有着更为重要的精神意义。东坡雪堂没有凤翔小园、密州西园、杭州官舍等精心布置的园林风景，而是只有一些苏轼亲自栽种的花木果蔬以及远山、野溪的风景陪衬，苏轼在《江城子·梦中了了醉中醒》小叙中也说到：“南挹四望亭之后丘，西控北山之微泉”，泉水潺潺，斜山细流，高丘小亭，开阔的天然图画与借景效果给东坡雪堂带来了田园风光的朴野之美，然而雪堂之“胜”最重要的还是苏轼在此处了悟的“道”。黄州简陋的居住空间与日常生活的困苦是苏轼进入仕途以来承受的第一次重大打击，经过身心安顿，苏轼在黄州开始慢慢进入陶渊明躬耕斜川时的那种悠然心境，以前觥筹交错的热闹生活此时更被一种宁静安详的环境经营所改变，“只渊明，似前生”、“吾老矣，寄馀龄”，苏轼很是享受这样的闲居之乐，如在《书赠何圣可》中苏轼就说：“岁云暮矣，风雨凄然，纸窗竹室，灯火青荧，辄于此间得少佳趣。”[④]自从南堂修建好后，苏轼一直住到离开黄州，从前刚来黄州时的狼狈生活随着时间的推移已渐渐稳定下来，虽然经济上还是不宽裕，但苏轼已经可以悠然自得地尽享“八荒之趣”（《雪堂记》）。无论是在东坡雪堂和南堂家中，还是放浪于黄州山水之间，苏轼都自得其乐，若没有后来朝廷量移汝州的诏令，苏轼是打算在黄州度过一生的。

苏轼自元丰三年（1080）二月初踏上黄州土地，至元丰七年（1084）四月七日告别黄州父老，他在黄州的时间实际有四年零四个月，其间含有元丰三年的闰九月和元丰六年的闰六月。苏轼离别黄州，作《满庭芳·归去来兮》、《别黄州》等名作，东坡、雪堂、南堂以及任采莲坟墓则交由黄州好友潘丙照看。苏轼临走前书“赤壁二赋”及《归去来

---

①《苏轼全集校注·文集》，第6164—6166页。

②《苏轼全集校注·诗集》，第2443—2447页。

③参见王晋川．苏轼全传·东坡·东坡[M]. 北京：中国文史出版社，2017年，第241页。

④《苏轼全集校注·文集》，第8077页。

兮辞》赠给潘邠老、潘大观，苏轼后来从登州还朝，还专给潘丙写信：“东坡甚烦葺治，乳媪坟亦蒙留意，感戴不可言。仆暂出苟禄耳，终不久客尘间，东坡不可令荒茀，终当作主，与诸君游，如昔日也。愿遍致此意。”[①]苏轼一生都未能忘怀他的黄州东坡。黄州时期是苏轼文学创作的丰收期，黄州四年多时间，苏轼共作诗 214 首，词 79 首，赋 3 篇，散文 169 篇，书信 288 篇，总数达到了 753 篇（件）。[②]苏轼去世后，张耒和黄庭坚曾到东坡凭吊苏轼，[③]南宋大诗人陆游也在苏轼去世后约七十年，于南宋孝宗乾道六年（1170），自浙江山阴至四川夔州任通判时顺路到黄州寻踪，其《入蜀记》的记载为学者们广泛征引：

（八月）十九日早，游东坡。……东起一垄颇高，有屋三间。一龟头曰“居士亭”，亭下面南一堂颇雄，四壁皆画雪。堂中有苏公像乌帽紫裘横按筇杖，是为雪堂。……亭名见苏公及张文潜集中。坡西竹林，古氏故物，号南坡。今已残伐无几，地亦不在古氏矣。出城五里，至安国寺，亦苏公所尝寓。兵火之余，无复遗迹，惟绕寺茂林啼鸟，似犹有当时气象也。[④]苏轼的东坡雪堂从此成为历史上最为有名的文人庭园之一，至今仍是人们向往的文学圣地。

九、颍州：聚星堂

神宗熙宁四年（1071）苏轼通判杭州时在赴任路上到陈州看望当时任陈州教授的弟弟苏辙，并一起到颍州看望恩师欧阳修，盘桓了二十多天，那是苏轼第一次到颍州。哲宗元祐六年（1091），苏轼被特旨召回京师任吏部尚书，五月二十六日到京时随即改为翰林学士承旨兼侍读。不过由于党争关系，苏轼这次入京仅三个月便再次告别汴京。八月初五，朝廷命苏轼为龙图阁学士、左朝奉郎知颍州军州事，八月十五，朝廷正式下达诰命，并赐对衣一袭、金腰带一条、银鞍辔马一匹。闰八月二十二日，苏轼一家到达颍州，住于颍州知州官邸。苏轼一到颍州便到颍水边考察，“到官十日来，九日河之湄”（《泛颍》），因为朝廷决意开凿八丈沟，苏轼觉得不可行，要求上任后调查了再看，故上任伊始就展开调查，持续了近两个月，苏轼为此写有《申省论八丈沟利害状二首》、《奏论八丈沟不可开状》，终于使得朝廷罢此劳民伤财之工程。苏轼在颍州缉捕盗贼，赈济灾民，与赵德麟同治西湖，一如他出知地方便政绩卓越一样，苏轼这次在颍州虽只半年，却因为文友良朋众多，如陈师道、赵令畤、欧阳棐、欧阳辩等，苏轼公务之余经常和他们诗酒唱合，留下了不少佳作。

关于苏轼此时期的居住空间与环境经营，最值得称道的应属于“聚星堂诗会”和王闰之的“诗家之语”了。苏轼到颍州这一年遇到严重秋旱，苏轼作为地方长官需要求雨，

---

①《苏轼全集校注·文集》，第 5936—5937 页。

②王晋川．苏轼全传·东坡·东坡 [M]．北京：中国文史出版社，2017 年，第 165 页。

③参见张聪：《精英、旅行、名胜与地方史——苏轼之后的黄州》，载张聪著，李文锋译．行万里路：宋代的旅行与文化 [M]．杭州：浙江大学出版社，2015 年，第 247—282 页。

④（宋）陆游著，钱仲联、马亚中主编．陆游全集校注·19 入蜀记 杂著 [M]．杭州：浙江古籍出版社，2016 年，第 114—117 页。

一如在密州等地一样。元祐六年（1091）十月二十五日，苏轼作《祈雨迎张龙公祝文》、《书颍州祷雨诗》（即著名的《祷雨帖》）等文，二十八日，苏轼还到亲家欧阳棐（苏轼次子苏迨娶欧阳棐之女）家作客，作《与赵、陈同过欧阳叔弼新治小斋，戏作》云："江湖渺故国，风雨倾旧庐。东来三十年，愧此一束书。尺椽亦何有，而我常客居。羡君开此室，容膝真有余。拊床琴动摇，弄笔窗明虚。后夜龙作雨，天明雪填渠。（时方祷雨龙祠，作此句时星斗灿然，四更风雨大至，明日乃雪。）梦回闻剥啄，谁呼赵陈予。添丁走沽酒，通德起挽蔬。主孟当啖我，玉鳞金尾鱼。一醉忘其家，此身自籧篨。"①此诗虽名戏作，但苏轼的"客居"之意倒是不假，只是他历来入乡随俗，处处为"家"罢了。苏轼从欧阳叔弼家回去当晚就下起了大雨，十一月一日一早竟下起了大雪，美丽的雪景总是能引起诗人的雅兴，苏轼当即邀约赵令畤等来聚星堂雅集。

聚星堂为皇佑元年（1049）欧阳修知颍州时修建，堂名"颍州聚星"，位于颍州州治，是州署之一室，得名于欧阳修邀集众诗人燕集赋诗的一次文事活动。②苏轼《聚星堂雪》之作乃有意效法恩师欧阳修当年之盛会，他在小叙中说："元祐六年十一月一日，祷雨张龙公，得小雪，与客会饮聚星堂。忽忆欧阳文忠作守时，雪中约客赋诗，禁体物语，于艰难中特出奇丽，尔来四十余年莫有继者。仆以老门生继公后，虽不足追配先生，而宾客之美殆不减当时，公之二子又适在郡，故辄举前令，各赋一篇。"③苏轼将这次诗酒雅集的原因说的很清楚了。朱弁《风月堂诗话》记录了欧阳修当年燕集赋诗以"室中物"为题的详细名目，当时聚星堂之内有鹦鹉螺杯、瘿壶、张越琴、澄心堂纸、橄榄、红蕉子、温柑、凤栖蕉、金橘、荔枝、杨梅等物，壁间有杜甫、李文饶、韩退之、谢安石、焦千之、诸葛孔明、李白、魏郑公等人的画像，众人此次雅集所作之诗编为一集，"流行于世，当时四方能文之士及馆阁诸公皆以不与此会为恨"。④苏轼与赵令畤等人的此次雅集亦可谓不输欧公当年，从《聚星堂雪》中"窗前暗响鸣枯叶"、"众宾起舞风竹乱，老守先醉霜松折"等句中可知聚星堂周围栽有松竹，确为一清雅所在。聚星堂会饮后，苏轼好友刘景文来访，二人往来唱和甚多，刘景文离开前夕，苏轼《用前韵作雪诗留景文》有"东斋夜坐搜雪句"、"欧阳赵陈在户外，急扫中庭铺木屑"之句，可知苏轼颍州书房号东斋，庭院下雪后苏轼好友还在庭中铺木屑防滑，读来甚有意味。

另外，赵令畤《侯鲭录》卷四还记载：

元祐七年正月，东坡先生在汝阴州，堂前梅花大开，月色鲜霁。先生王夫人曰："春月色胜如秋月色，秋月色令人凄惨，春月色令人和悦，何如召赵德麟辈来饮此花下？"先生大喜，曰："吾不知子能诗耶？此真诗家语耳。"遂相召，与二欧饮。用是语作《减字木兰》词云："春庭月午，影落春醪光欲舞。步转回廊，半落梅花婉娩香。轻风薄雾，都是少年行乐处。不似秋光，只共离人照断肠。"⑤

---

①《苏轼全集校注·诗集》，第 3804—3807 页。

②程宇静．欧阳修遗迹研究 [M]．北京：人民出版社，2018 年，第 206 页。

③《苏轼全集校注·诗集》，第 3807—3813 页。

④（宋）朱弁、吴可、黄彻．风月堂诗话·藏海诗话·巩溪诗话 [M]．北京：中华书局，1991 年，第 3—4 页。

⑤赵令畤：《侯鲭录》，朱易安、傅璇琮等主编．全宋笔记（第二编第六册）[M]．郑州：大象出版社，2006 年，第 227—228 页。

元祐七年（1092）年正月十五这日（按：苏轼《减字木兰花·春月》词前小叙有“二月十五日夜与赵德麟小酌聚星堂”，似应以苏轼所说时间为准，赵令畤似误记。），王闰之“能诗”，道出“诗家语”，皆因受丈夫苏轼长期家庭文化生活的耳濡目染所致。苏轼的颍州州堂前梅花大开，赵令畤还带来了洞庭春色酒，此番花下饮之，一如徐州时期《月夜与客饮酒杏花下》那般风雅，但苏轼不久就要离开颍州赴扬州知州任，故而有“只共离人照断肠”之句。二月下旬，赵令畤等在颍州西湖为苏轼饯行，苏轼至此正式结束了与颍州的缘分。

十、扬润：远离家居，多次经过

神宗元丰二年（1079）四月，苏轼自徐州移知湖州时途径扬州，在好友鲜于侁的陪同下，苏轼登上恩师欧阳修所建的平山堂，写下了著名的《西江月·三过平山堂下》。[①]此中所谓“三过”是苏轼任杭州通判、赴密州知州和此次赴湖州时三次过扬州。四过是“乌台诗案”中押解赴汴京路过扬州江面，约在当年八月上旬。苏轼后来在《杭州召还乞郡状》中曾回忆说自己过扬子江，便欲自投江中，而吏卒监守不果。元丰七年（1084）三月苏轼接到诏令从黄州量移汝州团练副使，当时住在金山寺的佛印了元邀他去镇江，范镇来信希望他去许昌，南都（今河南商丘）张安道也希望自己的门生与己为邻，仪真县的太守当时也约苏轼前往居住安家，苏轼最后在仪真暂时安顿了全家。苏轼离开黄州后除了去筠州看弟弟苏辙和游览庐山外就一直顺着长江东行，后转入运河，准备买田宜兴。十月份，苏轼全家从宜兴出发北上扬州，于元丰七年（1084）十月十九日到达扬州，在扬州时苏轼上书请求不去汝州，改在常州居住。可是当地官员认为这是小事并不受理他的请求，苏轼只好继续北上，从运河转淮河于十二月一日抵达泗州，并在那里过年，作《泗州除夜雪中黄师是送酥酒》等诗文，并继续上书请求居住常州。元丰八年（1085）正月四日，苏轼一家沿汴河西行，大约十余日后到南都（今河南商丘），才知他求住常州的请求已被批准，自己的身份也变为检校水部员外郎、汝州团练副史、不得签书公事，常州居住。扬州、泗州不算远，苏轼却刻意磨蹭了40天，此为五过扬州。元丰八年（1085）三月五日，神宗去世，四月初，苏轼全家乘船原路返回常州，四月末船经扬州，为六过扬州。苏轼七过扬州距离六过时只三个月左右，元丰八年（1085）八月二十七日，苏轼迁登州知州途中过扬州。元祐四年（1089）四月，苏轼再度出京赴杭州知州任，六月中旬八过扬州。元祐六年（1091）二月苏轼从杭州被召回京，四月上旬九过扬州。元祐七年（1092）二月，苏轼从颍州知州任调扬州知州，于本年三月底到任扬州，八月底离任，成为苏轼居住扬州最长的一段时期。如果说前九次苏轼与扬州的缘分更多的是一种“旅居”关系，那么这半年的扬州知州生涯才勉强可以说是一种“家居”状态。苏轼此时期

①关于平山堂的景观建构与文化意义，参见王兆鹏．欧阳修对扬州平山堂景观的建构与书写［J］．《新疆大学学报》（哲学·人文社会科学版），2017年第3期，第105—113页。程宇静．欧阳修遗迹研究［M］．北京：人民出版社，2018年，第163—192页。因苏轼对平山堂的文学书写学界已论述太多，此不赘言。

住于扬州知州官邸，期间上书朝廷减免百姓积欠，罢“万花会”，消除漕运危机。苏轼此时期对自身居住空间与环境营造的文学书写颇值得关注，尤以谷林堂之营建以及“仇池石”盆景的创造性经营最为人瞩目。

苏轼对平山堂有着深厚的感情，但他到任扬州知州时已有很多关于平山堂的作品，为了更好地纪念恩师欧阳修，苏轼决定在平山堂后面再建一座祠堂，也好让更多的人前来凭吊。祠堂于当年秋天建成，苏轼从自己《谷林堂诗》中“深谷下窈窕，高林合扶疏”集取两字，题名“谷林堂”，寓意淡泊超然之意。①谷林堂没有平山堂名气大，却实实在在记录着苏轼对恩师的怀念。

苏轼知扬州这段时间得到了一对奇石，作有《双石》一诗，此诗有诗引，说苏轼到扬州时获二石，其一为绿色，石上冈峦迤逦而有穴达于其背，其二则正白可鉴，苏轼将它渍以盆水放置于几案之间。苏轼当时忽然忆起自己在颍州之日曾梦人请自己去住一官府，官府榜上即写有“仇池”二字。苏轼醒来后朗诵杜甫之诗曰：“万古仇池穴，潜通小有天。”于是他乃戏作小诗，说是为博僚友一笑。苏轼此处虽是自陈“戏作小诗”，讲述的是自己以梦境为背景来写双石，还将杜甫的“仇池”之名称以及其象征意义赋予乐这两块偶然得来的石头，在之后的诗作中，苏轼便自称“予有仇池石，希代之宝也”，坐实了“仇池石”的名字，而在晚年的诗作中更是直接以“仇池”称呼此石。②今日扬州盆景的源头就出自苏轼的双石仇池盆景，苏轼喜欢以枯木怪石、枯松竹子入画，他将自身对绘画美学的思考与意境追求移植到盆景艺术中，既装扮了居住生活空间，又一定程度上满足了自身对归隐生活的精神需求。《双石》诗云：“梦时良是觉时非，汲水埋盆故自痴。但见玉峰横太白，便从鸟道绝峨眉。秋风与作烟云意，晓日令涵草木姿。一点空明是何处，老人真欲住仇池。”③苏轼说面对仕途奔波仍是痴心不改，陶渊明的“觉今是而昨非”在苏轼的梦中却是“梦时良是觉时非”，老家眉山总是回不去的故乡，现在有双石的陪伴总算让他心境空明，可以在“仇池洞天”中安顿身心。

苏轼对扬州充满了眷恋，他曾作《请广陵》云：“今年吾当请广陵，暂与子由相别。至广陵逾月，遂往南郡，自南郡诣梓州，泝流归乡，尽载家书而行，迤逦致仕，筑室种果于眉，以须子由之归而老焉：不知此愿遂否？言之怅然也。”④如今真正做了半年的扬州人，却又不得不再次离别。绍圣元年（1094）苏轼从定州任上连续被贬至惠州，于五月上旬再经扬州，成为他一生最后一次与扬州的会面。至于苏轼与润州的因缘，喻世

①参见李云．苏轼全传·龙蛇飞动［M］．北京：中国文史出版社，2017 年，第 94 页。

②姚华认为，苏轼诗歌的“仇池石”意象带有个人化的诗意，其内涵需在对诗的文体特点、游戏性写作语境以及诗人经历的具体还原中呈现。仇池石是归隐之梦的物质寄托、文人精神交游的具体媒介，变化命运中的情感落点，也是黄庭坚追忆苏轼之作中代表生命之生动的记忆碎片。此为学界关于苏轼“仇池石”最新研究，参见姚华．苏轼诗歌的“仇池石”意象探析［J］．《文学遗产》，2016 年第 3 期，第 155—165 页。

③《苏轼全集校注·诗集》，第 3971—3974 页。

④（宋）苏轼著，韩中华译．东坡志林［M］．北京：北京理工大学出版社，2017 年，第 108—109 页。

⑤参见喻世华．苏轼的人间情怀（第四部分《苏轼与润州的情缘》）［M］．镇江：江苏大学出版社，2017 年，第 340—416 页。

华先生已有专论，谓其一生十五次过润州，[5]几乎已题无剩意，此处就不赘言了。

第三节 从定州到常州

本节继续接续上两节的论述思路，考察苏轼在定州、惠州、儋州以及常州的家居空间与环境营造问题。苏轼在定州时期的营造活动最值得称道者当属雪浪斋，这与他一生未改的“石癖”有关。不过苏轼在定州不过半年，随着政局变化他后来不断被贬，最终被安置惠州，惠州时期苏轼居于合江楼、嘉祐寺，而且不断在迁居，他最后还自己营建白鹤新居。儋州时期，苏轼更是在更为艰苦的条件下营建了桄榔庵。北归中原一年多后，苏轼在常州托好友钱世雄借来的孙氏宅去世，结束了自己起伏跌宕的坎坷一生。

十一、定州：雪浪斋

元祐八年（1093）九月十四日，苏轼被免去礼部尚书职，以端明殿学士兼翰林侍读学士调任转运使司河北西路安抚使兼马步军总管，同知定州，苏轼九月二十七日左右在苏辙东府与弟弟相别，作《东府雨中别子由》，途中走了近一个月，于十月二十三日来到定州，住于定州知州府邸。绍圣元年（1094）闰四月初五，苏轼离开定州赴英州贬所，途中再贬惠州，在定州时间也就半年左右。尽管时间短暂，苏轼在定州同样政绩斐然，他治军肃贪，兴办教育，恢复缂丝，造林垦田，为民祈雨，救孤惩恶，推广水稻，试制秧马。①这段时期苏轼关于自身居住空间与环境营造的诗文最值得提及者无疑是“雪浪斋”的营造。苏轼《雪浪斋铭（并引）》云：

予于中山后圃得黑石，白脉，如蜀孙位、孙知微所画石间奔流，尽水之变。又得白石曲阳，为大盆以盛之，激水其上，名其室曰雪浪斋云。

尽水之变蜀两孙，与不传者归九原。异哉驳石雪浪翻，石中乃有此理存。玉井芙蓉丈八盆，伏流飞空漱其根。东坡作铭岂多言，四月辛酉绍圣元。[2]

苏轼在府治后圃偶得一黑质之石，其上有天然白脉，含有水纹，状若水流汹涌，浪花飞溅，宛如一幅水画，很像苏轼的四川同乡、五代后蜀画家孙位、孙知微所绘山涧奔涌图。为了安置此石，苏轼用曲阳所出汉白玉石雕成芙蓉盆，将此黑石制成盆景，盆下为六角形石座，上刻有水波纹，盆唇则刻自撰《雪浪斋铭》。从苏轼诗文及后世的相关图文题咏来看，此“雪浪石”确应为浑实厚重、黑白色纹相杂、具有天然纹理之美的纹理石。苏轼后来将雪浪石搬入定州文庙，并在文庙后置斋，命名为“雪浪斋”，苏轼自号“雪浪翁”，苏门文人群对此多有和诗酬唱。[3]苏轼在《次韵滕大夫三首·雪浪石》

①参见蔡心华．苏轼全传·无私乃天 [M]. 北京：中国文史出版社，2017 年，第 60—118 页。

②《苏轼全集校注·文集》，第 2183—2186 页。

③参见周新华等编著．苏轼定州诗文评注 [M]. 保定：河北大学出版社，2015 年，第 184—187 页。

诗中详细描述他雪浪石的种种妙处，诗云：

太行西来万马屯，势与岱岳争雄尊。飞狐上党天下脊，半掩落日先黄昏。削成山东二百郡，气压代北三家村。千峰右卷矗牙帐，崩崖凿断开土门。揭来城下作飞石，一炮惊落天骄魂。承平百年烽燧冷，此物僵卧枯榆根。画师争摹雪浪势，天工不见雷斧痕。离堆四面绕江水，坐无蜀士谁与论。老翁儿戏作飞雨，把酒坐看珠跳盆。此身自幻孰非梦，故园山水聊心存。

同前：我顷三章乞越州，欲寻万壑看交流。且凭造物开山骨，已见天吴出浪头。（石中似有海兽形状。）履道凿池虽可致，玉川卷地若为收。洛阳泉石今谁主，莫学痴人李与牛。[①]

前一首古诗从描写太行山入手，因为苏轼赴定州时曾经过太行山，来的时候还遇到过沙尘，基本没看清太行山的英姿，苏轼此处是作想象之辞。雪浪石“揭来城下”，气势惊人，它曾经作为攻城武器吓破敌胆，可见雪浪石本是在军事作战中攻城所用的炮石。如今天下太平，此石卧于树根之下，展现出山泉奔流、浪花飞溅的景象，可惜蜀中画师孙位、孙知微不在此，无人能识这是天然还是画作。蜀中的都江堰离堆四面环水，雪浪石上之痕与之相似，然此惟蜀人知之，客人中没有蜀人，苏轼也就没有论说对象，他戏称这是天庭飞泻的暴雨，可以让人边饮美酒边欣赏这水珠跳盆的景观。但苏轼饱经忧患，身心疲惫，“故园山水”如今也只能在心里回想。眉山老家是回不去了，苏轼连上三章乞求朝廷让他到越州去，他在浙西为官近五载，太熟悉那里的山山水水了，故而“欲寻万壑看交流”，苏轼将一切付诸造物，白居易在履道坊疏沼种树，构石楼香山，凿八节滩，这对于苏轼来说虽也可以做到，但他不会像卢仝（号玉川子）那样还写诗说扬州百姓怀疑他搜刮地皮，至于李德裕和牛僧孺当初繁盛一时的洛阳泉石至今又谁为主人呢？苏轼在此诗中表示不会效法“李与牛”那样沉迷于“物恋”，[②]苏轼对“雪浪石”更多的是以超然之心对之。苏轼连写两首雪浪石诗，对此双石做了如此丰富生动的想象描绘、诗意点染和情感寄托，终究也是“石癖”使然，何况组诗第三首就是《沉香石》，接着苏轼还写了《石芝》诗，这些石头无不成为苏轼精神的寄托，表达着他对归隐生活的向往之意。另张邦基《墨庄漫录》卷八载：

故中山后政以公迁谪，雪浪之名废而不问。元符庚辰五月，公始被北归之命，明年夏，方至吴中。时张芸叟守中山，方葺治雪浪斋，重安盆石，方欲作诗寄公，九月，闻公之薨，乃作哀词，有云：“我守中山，乃公旧国。雪浪萧斋，于焉食宿。俯察履綦，仰看梁木。思贤阅古，皆经贬逐。玉井芙蓉，一切牵复。”云云。其词曰：“石与人俱贬，人亡石尚存。却怜坚重质，不减浪花痕。满酌山中酒，重添丈八盆。公兮不归北，万里一招魂。”“思贤”、“阅古”，皆中山后圃堂名也。[③]

---

①《苏轼全集校注·诗集》，第 4242—4250 页。

②参见陈燕妮．居住的诗篇·论唐诗中的洛阳城市建筑景观 [M]．北京：人民出版社，2011 年，第 179—186 页，第 229—239 页。

③张邦基：《墨庄漫录》，朱易安、傅璇琮等主编．全宋笔记（第三编第九册）[M]．郑州：大象出版社，2008 年，第 101—102 页。

则苏轼定州所居堂名“思贤”、“阅古”，张芸叟守中山时修葺雪浪斋，欲作诗寄给苏轼，惜苏轼去世，张芸叟只能在苏轼曾经居住的“思贤”堂、“阅古”堂凭吊，雪浪石盆景如故，苏轼却已仙逝，张芸叟也睹物思人，作文纪念。后来乾隆也得到了一块“雪浪石”，并亲作《御制雪浪石记》和《后雪浪石》诗，将其捐给了定州。[①]今天定州文庙的雪浪斋已不复存在，仅留下了乾隆的“雪浪诗碑”，而雪浪石现存于定州武警医院。

另外，苏轼在定州文庙还种植有龙凤双槐，至今仍存，苏轼还开辟众春园让百姓游赏，园内青松翠柏郁郁青青，还有不少多叶杏，时常有飞鹤光临，苏轼作有《三月二十日多叶杏盛开》、《三月二十日开园三首》、《鹤叹》等诗作，[②]然学界论之已详，此处就不多言了。

十一、惠州：合江楼、嘉祐寺与白鹤新居

绍圣元年（1094）闰四月初三，苏轼“特落端明殿学士、兼翰林侍读学士，依前左朝奉郎知英州”，即“落两职，追一官”。苏轼初五离开定州后，又接第二道圣旨“去左朝奉郎，下降充左承议郎，仍知英州”，苏轼到滑州时又接“合叙复日不得与叙复，仍知英州”，至此苏轼已两次被降职，一次取消复职提升的资格，以本官知英州，中途又被免本官，贬为宁远军（治容州，今广西容县）节度副使，惠州安置。苏轼当时没钱了，还顺道去汝州找苏辙借钱，最后借了 7000 缗铜钱作宜兴安家和贬居惠州之用。离开汝州到姑孰后苏轼又被降一级，落左承议郎，责授建昌军（治所在今江西南城）司马（属官），不得签署公事，惠州安置。随着官职不断变小，俸禄也越来越低，苏轼无奈，到了金陵给亡妻王闰之做了水陆道场后就让苏迨一家带着苏过家眷回宜兴和苏迈一起居住，自己只带小儿子苏过和侍妾王朝云和两位女佣前行。到达庐陵时苏轼接到第五道谪令，再次撤销建昌军司马，改为宁远军（治所在今湖南宁远）节度副使（地位比司马低的属官），仍惠州安置。绍圣元年十月二日，苏轼到达惠州，作《十月二十初到惠州》诗，当天在惠州太守詹范的安排下入住到合江楼。合江楼是宋代三司行衙中皇华馆的一座江楼，在惠州府的东北部，东江和西枝江的合流处，为广东六大名楼之一，与广东镇海楼、肇庆阅江楼等齐名，是惠州专门招待上级过往官员的馆所。按说遭受贬谪的官员，尤其是冠以“安置”的贬官，是没有充分行动自由的，詹太守因为尊敬苏轼才让苏轼住于此处，“待以殊礼”，然此举实冒风险。[③]苏轼住进合江楼后很是满意，他随遇而安的乐观精神又在诗中流淌开了，《寓居合江楼》云：“海上葱昽气佳哉，二江合处朱楼开。蓬莱方丈应不远，肯为苏子浮江来。江风初凉睡正美，楼上啼鸦呼我起。我今身世两相违，西流白日东流水。楼中老人日清新，天上岂有痴仙人。三山咫尺不归去，一杯付与罗浮春。（予家酿酒名罗浮春。）”[④]此处所谓“二江”指惠州东江与其支流西枝江的交汇处，

---

①关于后人对雪浪斋的题咏和乾隆御诗，参见周新华等编著．苏轼定州诗文评注 [M]．保定：河北大学出版社，2015 年，第 188—205 页。

②参见蔡心华．苏轼全传・无私乃天 [M]．北京：中国文史出版社，2017 年，第 123—135 页。

③参见王启鹏．苏轼全传・贬寓蛮荒 [M]．北京：中国文史出版社，2017 年，第 23—24 页。

④《苏轼全集校注・诗集》，第 4442—4445 页。

故楼名合江。苏轼后来在给友人的信中多盛赞合江楼风光之佳，如在《别王子直》中苏轼就说寓居合江楼“得江楼豁彻之观，忘幽谷窈窕之趣”，然而十月十八日，由于章惇的干涉，苏轼在合江楼住了十六天就被赶了出来，无奈只能迁居嘉祐寺。嘉祐寺是归善县城郊的一座破庙，“墙穿屋漏”，“凡百不便”，又远离人居，是一个人迹罕至的地方。寺的四周是密密麻麻的桄榔林，杂草丛生，败叶满地，蚊子昆虫很多，蛇鼠时有出没，居住的条件可说十分恶劣。苏轼在《书过〈送昙秀〉诗后》中提到苏过《送昙秀》诗云：“来时野寺无鱼鼓，去后闲门有雀罗。”[①]嘉祐寺之荒凉冷落于此可见，所幸寺后山不远处有座松风亭，苏轼闲时登高望远也是一种难得的自在享受。[②]苏轼在《和陶移居二首》小叙中也说：“余去岁三月，自水东嘉祐寺迁居合江楼，迨今一年，多病寡欢，颇怀水东之乐也。”[③]所谓“水东之乐”即指在嘉祐寺“晨与乌鹊朝，暮与牛羊夕”的闲适生活。合江楼虽然风景绝佳，苏轼第二次入住时却“多病寡欢”，相比下来嘉祐寺反而要较好一些，他后来住习惯了还写有《纵笔》诗，诗中将自己白头萧散、满鬓风霜，在小阁藤床上养病的情态生动地传达出来，不过他接着就释怀，说报道先生春睡美，自己很惬意，还能听道人轻打五更钟。[④]据说章子厚就因为此诗才将他贬到海南，当然根本原因还是政治斗争所致，此乃后话。苏轼到第二年程之才任广南东路提点刑狱时才重新住进了合江楼，但程之才离开后苏轼又再次被赶出迁往嘉祐寺，其中经历苏轼有诗记录。《迁居•并引》云：

吾绍圣元年十月二日至惠州，寓合江楼，是月十八日迁于嘉祐寺。二年三月十九日复迁于合江楼，三年四月二十日复归于嘉祐寺。时方卜筑白鹤峰之上，新居成，庶几其少安乎。

前年家水东，回首夕阳丽。去年家水西，湿面春雨细。东西两无择，缘尽我辄逝。今年复东徙，旧馆聊一憩。已买白鹤峰，规作终老计。长江在北户，雪浪舞吾砌。青山满墙头，鬖髿几云髻。虽惭抱朴子，金鼎陋蝉蜕。犹贤柳柳州，庙俎荐丹荔。吾生本无待，俯仰了此世。念念自成劫，尘尘各有际。下观生物息，相吹等蚊蚋。[⑤]

由苏轼自序可知，他来惠州住于合江楼仅有十六天，后因地方宵小迎合章惇，苏轼被驱逐到嘉祐寺，住了五个月左右，由于程正辅的帮助，苏轼再住合江楼，约一年零一个月，后来程正辅绍圣三年初改任，苏轼再迁嘉祐寺，这次住了十个月左右，直到白鹤新居建成。诗中的“水东”指嘉祐寺，“水西”指合江楼。苏轼把临时居住的地方亦称为“家”，就他此时的心境来看，他已经做到随遇而安，住到哪里，哪里就成了他的“家”。苏轼第二次住合江楼期间发生了两次大洪水，为此他作有《题合江楼》云：“青天孤月，故是人间一快。而或者乃云不如微云点缀。乃是居心不净者常欲滓秽太清。合江楼下，秋碧浮空，光接几席之上，而有葵苫败屋七八间，横斜砌下。今岁大水再至，居者奔避不暇。岂无寸土可迁，而乃眷眷不去，常为人眼中沙乎？绍圣二年九月五日。”[⑥]从苏

---

①《苏轼全集校注•文集》，第 7742—7743 页。苏轼在此诗中对儿子的诗艺很是满意。

②王启鹏．苏轼全传•贬寓蛮荒［M］．北京：中国文史出版社，2017 年，第 34——35 页。

③《苏轼全集校注•诗集》，第 4737—4741 页。

④《苏轼全集校注•诗集》，第 4770—4771 页。

⑤《苏轼全集校注•诗集》，第 4746—4750 页。

⑥《苏轼全集校注•文集》，第 8115—8116 页。

轼自身的叙述来看，合江楼条件虽然比嘉祐寺好很多，苏轼给程正辅信中也有“几席之下，澄江碧色，鸥鹭翔集，鱼虾出没，有足乐者”的说法，但此期间由于洪水原因其居住生活也是并不平静的，上文所说“多病寡欢”也很大程度上影响了苏轼的居住体验。嘉祐寺虽是“云房寄山僧”（《上元夜》）之处，但苏轼经过心灵调整后已能以“君子食无求饱，居无求安”的心绪暂时安居下来，苏轼此期由孔子“思无邪”之思想作《思无邪斋铭·并叙》云：

东坡居士问法于子由。子由报以佛语，曰：“本觉必明，无明明觉。”居士欣然有得于孔子之言曰：“《诗》三百，一言以蔽之，曰思无邪。”夫有思皆邪也，无思则土木也，吾何自得道，其惟有思而无所思乎？于是幅巾危坐，终日不言。明目直视，而无所见。摄心正念，而无所觉。于是得道，乃名其斋曰思无邪，而铭之曰：

大患缘有身，无身则无病。廓然自圆明，镜镜非我镜。如以水洗水，二水同一净。浩然天地间，惟我独也正。①

苏轼将嘉祐寺居所和合江楼书斋同一命名为“思无邪斋”，苏轼后来在北归途中曾作《虔州崇庆禅院新经藏记》说：“吾非学佛者，不知其所自来，独闻之孔子曰：‘《诗》三百，一言以蔽之，曰：思无邪。’夫有思皆邪也，善恶同而无思，则土木也，云何能便有思而无邪，无思而非土木乎！呜呼，吾老矣，安得数年之暇，托于佛僧之宇，尽发其书，以无所思心会如来意，庶几于无所得故而得者。谪居惠州，终岁无事，宜若得行其志。而州之僧舍无所谓经藏者，独榜其所居室曰思无邪斋，而铭之致其志焉。”②苏轼在此文中将其命名“思无邪斋”的原因说得很清楚，苏轼命名“思无邪斋”后不光作铭，亦有赞文一篇，名为《思无邪丹赞》：

饮食之精，草木之华。集我丹田，我丹所家。我丹伊何？铅汞丹砂。客主相守，如巢养鸦。培以戊己，耕以赤蛇。化以丙丁，滋以河车。乃根乃株，乃实乃华。昼炼于日，赫然丹霞。夜浴于月，皓然素葩。金丹自成，曰思无邪。③

此赞信笔直书，不加点定，融合孔子“思无邪”和道家养生学说，纯以浩然真气出之，结合《思无邪斋铭》“如以水洗水，二水同一净”的佛教义理，殆是天成，非以意造也。苏轼惠州期间的很多作品就在“思无邪斋”中创作，如《书渊明东方有一士诗后》：“此东方一士，正渊明也。不知从之游者谁乎？若了得此一段，我即渊明，渊明即我也。绍圣二年二月十一日，东坡居士饮醉食饱，默坐思无邪斋，兀然如睡，既觉，写渊明诗一首，示儿子过。”④《书黄鲁直画跋后三首·远近景图》：“舟未行而风作，固不当行，若中途遇风，不尽力牵挽以投浦岸，当何之耶？鲁直怪舟师不善，预相风色可也，非画师之罪。绍圣二年正月十一日，惠州思无邪斋书。”⑤苏轼此期在与友人通信中落款基

①《苏轼全集校注·文集》，第 2186—2189 页。

②《苏轼全集校注·文集》，第 1231—1236 页。

③《苏轼全集校注·文集》，第 2346—2350 页。

④《苏轼全集校注·文集》，第 7567—7568 页。

⑤《苏轼全集校注·文集》，第 7937—7942 页。

本就是思无邪斋书，在《用前韵再和孙志举》中苏轼说：“我室思无邪，我堂德有邻。所至为乡里，事贤友其仁。”[①]其中“德有邻堂”则是苏轼白鹤新居的正厅的堂名，取《论语·里仁》中“德不孤，必有邻”作迎客之意，符合客厅的功用。事实上苏轼的新家确实有着热情好客的翟逢亨秀才与以卖酒为生、居家奉佛的林行婆等邻居，苏轼与他们相处得很是融洽。

王友胜先生在最近的论文中认为魏晋以来贵乐生、重审美的求居理念，宋代文人喜好园林、爱建私宅的流行风尚及打造精神文化家园的心理需求，是苏轼不惜“囊为一空”，营造大型住宅的文化动因。[②]诚然如此，相比苏轼住于官舍时期，此时的新居营造更深切的功能是“家”的特质，是他安心放松、安顿归宿的所在，这是苏轼耗费心思财力和时间来经营它的根本原因。绍圣三年（1096）初，程正辅调离广东，苏轼此时就在给他的信中说表兄去此后自己恐寓行衙，这样并非久安之计，所以苏轼意欲结茅于东山之上，只是还尚未有合适之地，要慢慢选择。[③]的确，此年惠州有飓风，苏轼在给章质夫的信中还写道：“数日前，飓风淫雨继作，寓居墙穿屋漏，草市已在水底。蔬肉皆缺，方振履而歌《商颂》。书生强项类如此，想闻此捧腹掀髯一绝倒也。”[④]苏过为此还作有《飓风赋》，再次可见苏轼在嘉祐寺的居住条件之恶劣。正月间，苏轼就和苏过至钓矶登白鹤峰看地，三月左右买地成功，苏轼就开始在买到的归善县城东罗浮山白鹤峰一座废弃的道观基础上营建新居。为了方便就近斫木陶瓦，备材庀工，督造新居，苏轼四月二十日再次迁居嘉祐寺，并亲自设计新居图式，托人到河源请木匠王皋计算木料陶瓦所需数量，又督蒋生斫木，不久就安排苏过到河源县请县令冯祖仁帮忙，用了将近一个月时间采购木材，木材组成木筏顺东江而下运到惠州，苏轼自己则留在白鹤峰督工，此期间朝云不幸逝世，苏过都没有及时赶回家。苏轼原计划年底就要建成，可是直到到绍圣四年（1097）二月十四日才正式完工，营建白鹤峰新居足足花了一年时间，可以说历尽艰辛苏轼才有了自己的家园。

苏轼的白鹤新居共有房屋20间，他按照白鹤观的具体地形来规划，苏轼打算着要按照两进式的格局来营建屋宇。最前面的一进小屋计划盖三间来作为门房，中间可以隔着一个庭院来栽培花木，第二进则用来修建堂屋三间，到时可以设置客厅，仍叫“德有邻堂”，再加一个书房，也叫“思无邪斋”，左侧就用来造居室、厨房和厕所等建筑，房屋的四周再用廊庑来连接，庭院及上山道旁都种上花木。[⑤]至于花木品种，苏轼在《与程全父书》中说他的白鹤峰新居马上建成，自己想从他那里求数色果木，果木太大则难活，太小的话自己不能等待，可以选择大小适中的，而且又须土礁稍大不伤根者为佳。苏轼

---

①《苏轼全集校注·诗集》，第5279—5282页。

②参见王友胜：《苏轼营造白鹤新居的历史背景与文化阐释》，载四川省社会科学重点研究基地苏轼研究中心编：《东亚汉文化圈中的苏轼研究学术论坛论文集》，四川成都，2018年九月，第130—141页。

③《苏轼全集校注·文集》，第5969—5972页。

④《苏轼全集校注·文集》，第8853页。

⑤参见王启鹏．苏轼全传·贬寓蛮荒[M]．北京：中国文史出版社，2017年，第151—153页。王友胜：《苏轼营造白鹤新居的历史背景与文化阐释》，载四川省社会科学重点研究基地苏轼研究中心编：《东亚汉文化圈中的苏轼研究学术论坛论文集》，四川成都，2018年九月，第136页。

还写了柑、橘、柚、荔枝、杨梅、枇杷、松柏、含笑、杞子等品种，告诉程全父不必皆有，仍告书记其东西。[①]从中可见苏轼规划中的园艺花木品种概况，苏轼有诗“门外橘花独的皪，墙头荔子已斑斓”，可见他所要的橘、荔枝都要到了，其他植物应该也不例外。此外，还有其他好友给苏轼送花木，如《与林天和书》：“花木悉佳品，又根拨不伤，遂成幽居之趣。”[②]白鹤新居的园艺花木当然不止这些，苏轼在其他诗文中还提到了柏树、桤树，当然，还有他最爱的竹子。新居落成后，苏轼除了“舍南亲种两株柑”等园艺栽培外，还“先生亲筑钓鱼台”，“柑树”的象征意义表示他期望不依赖官府薪水或亲朋救济的愿望，“钓鱼台”则以姜太公和严光的典故表达其对皇权的既向往又拒斥之心理。苏轼在《白鹤新居上梁文》还提到他“明年”将再造一座望仙台，到时他会随着云霓的仪仗登入缥缈的空山。[③]苏轼的白鹤新居基本是中国传统庭园的布局，以研究中国文学植物学著称的潘富俊先生说：“典型的中国庭园空间分布，大致来说包括石景（山石）、院落、棚架（棚榭）、水体（水池、流水）、花园、道路（园路）、回廊、长廊、亭阁、亭榭等格局，每种建筑格式都有一定的植栽配置。”苏轼的白鹤新居亦可作如是观，而且苏轼对植物有着特殊的感情，在宋代具有很强的代表性，潘先生还专门统计过苏轼全集中的植物品种多达 256 种，仅次于陆游。[④]嘉靖《广东通志》卷十九《古迹・惠州府》就记载：“东坡故居，在白鹤峰上。宋苏轼谪惠，卜居于此。有堂曰德有邻，轩曰思无邪。小斋二，曰睡美处，曰来问所。有亭曰娱江。亭之左有硃池，右有墨沼。有小圃，中有亭曰悠然。”[⑤]苏轼在扬州时就开始写作和陶诗，谪居惠州后对田园生活更是充满了欢喜之情，绍圣三年（1096）十二月二十一日，苏轼有《名容安亭》的小文表达了对渊明“倚南窗以寄傲，审容膝之易安”中孤傲旷达、超脱尘世精神的向往，因而想要建亭以纪念，“故常欲作小亭以容安名之”。[⑥]不过从《广州通志》中却并未见到“容安亭”字样，但白鹤新居建有亭子则是肯定的，苏轼的新家庭园诸要素大体皆备。苏轼还在新居上凿井，其《白鹤峰新居欲成，夜过西邻翟秀才二首・其二》云：“瓮间毕卓防偷酒，壁后匡衡不点灯。待凿平江百尺井，要分清暑一壶冰。”[⑦]苏轼说凿就凿，尽管白鹤峰地势较高，他最终还是如愿以偿，《白鹤山新居凿井四十尺，遇盘石，石尽，乃得泉》云：

海国困蒸溽，新居利高寒。以彼陟降劳，易此寝处干。但苦江路峻，常惭汲腰酸。矻矻烦四夫，硗硗斫层峦。弥旬得寻丈，下有青石盘。终日但迸火，何时见飞澜。丰我粲与醪，利汝椎与钻。山石有时尽，我意殊未阑。今朝僮仆喜，黄土复可抟。晨瓶得雪乳，暮瓮停冰湍。我生类如此，何适不艰难。一勺亦天赐，曲肱有馀欢。[⑧]

---

①《苏轼全集校注・文集》，第 6061—6062 页。

②《苏轼全集校注・文集》，第 6074—6075 页。

③参见杨治宜．“自然”之辩：苏轼的有限与不朽［M］．北京：三联书店，2018 年，第 283—286 页。

④参见潘富俊．草木缘情：中国古典文学中的植物世界［M］．北京：商务印书馆，2016 年，第 432 页，第 34 页。

⑤嘉靖《广东通志》，文渊阁四库全书本。

⑥《苏轼全集校注・文集》，第 8117 页。

⑦《苏轼全集校注・诗集》，第 4806—4809 页。

⑧《苏轼全集校注・诗集》，第 4809—4811 页。

苏轼凿井得泉，高兴地要感谢上苍，苏轼现在新家终于落成，可以再也不必像颜回那样“一箪食，一瓢饮，在陋巷，人不堪其忧，回也不改其乐”，他现在的条件已经比颜回好多了，苏轼可以效法孔子“饭疏食，饮水，曲肱而枕之，乐亦在其中矣。不义而富且贵，于我如浮云”，而且邻人的房子就在他家后面的东北方，邻里友好令人心情愉悦。白鹤新居还正对着河流，数里乡野的美景，在家里即可一览无余，白水山和更为遥远的罗浮山的庞大山脉也可看见。“白鹤新居”、“德有邻堂”和“思无邪斋”，居、堂、斋的命名，象征着儒道佛三家思想和谐地统一于苏轼一身，诚如王友胜先生所说：“‘白鹤’一词实为苏轼超越现实，逍遥自在的文化符号和精神留痕。……苏轼将他的白鹤新居视为远离官场、逃避政治、安顿身心的栖居场所。面对政治失意，退隐田园，营造居所，白鹤新居成为诗人超脱俗累、展露心迹，保持文化优越感的精神家园，成为他娱情山水、凸显审美意识的文化平台。”[①]苏轼在《次韵子由所居六咏》中曾记述自己惠州新居的营建过程及其入住期待：

堂前种山丹，错落马脑盘。堂后种秋菊，碎金收辟寒。草木如有情，慰此芳岁阑。幽人正独乐，不知行路难。

诗人故多感，花发忆两京。石榴有正色，玉树真虚名。粲粲秋菊花，卓为霜中英。萸盘照重九，缬蕊两鲜明。

幽居有古意，义井分西墙。谁言三伏热，止须一杯凉。先生坐忍渴，群嚣自披猖。众散徐酌饮，逡巡味尤长。

先生饭土增，无物与刘叉。何以娱醉客，时嗅砌下花。井水分西邻，竹阴借东家。萧然行脚僧，一身寄天涯。

东斋手种柏，今复几尺长。知有桓司马，榛茅为遮藏。近闻南台松，新枝出馀僵。年来此怀抱，岂复惊凡亡。

新居已覆瓦，无复风雨忧。桤栽与笼竹，小诗亦可求。尚欲烦贰师，刺山出飞流。应须凿百尺，两绠载一牛。[②]

诗中在规划庭园中还描绘出了苏轼入住新居后的怡然自得之乐，他是准备在惠州安度晚年了。绍圣四年(1097)闰二月，苏轼长子苏迈授韶州仁化令，带着妻子、儿子苏箪(楚老)、苏符（仲虎）以及苏过的妻子范氏、儿子苏籥（字天赐）到惠州来探望他和苏过，只有次子苏迨和他的妻儿仍留在宜兴，这是苏轼的意思，他希望苏迨能专心备考参加科举考试。同来的三个孙子最大的已经 20 岁，也成家娶了媳妇，二孙子苏符则由苏轼安排娶了苏辙的外孙女。苏轼在《和陶时运四首（并引）》中说道：“丁丑二月十四日，白鹤峰新居成，自嘉祐寺迁入。咏渊明《时运》诗云：斯晨斯夕，言息其庐。似为余发也，乃次其韵。长子迈，与余别三年矣，挈携诸孙，万里远至，老朽忧患之余，不能无欣然。”诗云：“旦朝丁丁，谁款我庐。子孙远至，笑语纷如。剪发垂髫（一作剪彩垂

---

①王友胜：《苏轼营造白鹤新居的历史背景与文化阐释》，载四川省社会科学重点研究基地苏轼研究中心编：《东亚汉文化圈中的苏轼研究学术论坛论文集》，四川成都，2018 年九月，第 138 页。

②《苏轼全集校注・诗集》，第 4780—4787 页。

髻），覆此瓠壶。三年一梦，乃复见余。”[①]饱经风霜的苏轼沉浸在难得的天伦之乐中，儿孙满堂是他在去年就想着、盼望着的事情。苏轼绍圣三年（1096）正月的组诗《新年五首·其五》就说：“荔子几时熟，花头今已繁。探春先拣树，买夏欲论园。居士常携客，参军许扣门。明年更有味，怀抱带诸孙。”[②]现在他的五个孙子已经在他的身边了，垂老投荒，此刻能一家团聚，苏轼无疑很欣慰。

不过正当苏轼在惠州建好新居静下心来，准备安逸地度过自己晚年的时候，朝廷却传来贬苏轼为琼州别驾、移昌化军安置的诏令，无情的政治风暴又要将它推到了一个“殆非人居”的环境，这时是绍圣四年（1097）四月十七日，距离他搬进白鹤峰新居只有两个月左右，刚定居下来又要离家渡海去当时的蛮荒之地儋州，这让苏轼十分感慨。不过朝廷诏令已下，苏轼不得赶赴贬所，临走之时，他作《三月二十九日二首》云：

南岭过云开紫翠，北江飞雨送凄凉。酒醒梦回春尽日，闭门隐几坐烧香。

门外橘花犹的皪，墙头荔子已斓斑。树暗草深人静处，卷帘欹枕卧看山。[③]

这是苏轼在惠州所写最后的两首诗，在诗中他表面看起来很恬静内心却十分痛苦，刚享受不久的儿孙绕膝之乐，此刻却又要远离亲人。朝云已经去世，苏轼只能与苏过再次走上贬途，白鹤峰新居则留给苏迈、苏过两家居住。苏轼在惠州的时间只有两年七个月左右，这期间他利用与程正辅、詹范等地方长官的良好关系，为惠州人民做了很多好事，如帮助解决诸如驻军用房及扰民、纠正米贱伤农、督促博罗灾后重建、倡议捐助两桥一堤，还帮助广州解决了百姓饮水健康问题，并帮助他们修建病院等。苏轼没有被艰难的贬谪生活吓退，在贬所他仍然以他那一颗普惠世人的善心，积极昂扬地直面生活的惨淡，刚知道自己再贬儋州时苏轼内心是无比痛苦的，他甚至已经在交代后事，不过苏轼最终还是坚持下来了。苏轼在惠州还经营菜园，其《撷菜（并引）》云：“吾借王参军地种菜，不及半亩，而吾与过子终年饱菜，夜半饮醉，无以解酒，辄撷菜煮之。味含土膏，气饱风露，虽粱肉不能及也。人生须底物，而更贪耶？”[④]苏轼在惠州还另外经营有一药圃，主要为家人及当地百姓治病。苏轼在《与王敏仲》中说：“治瘴止用姜、葱、豉三物，浓煮热呷，无不效者。”[⑤]在《小圃五咏》组诗中他还记有药圃中培植的五味药材：人参、地黄、枸杞、甘菊、薏苡，《雨后行菜园》中还记有芥蓝、白菘，此处就不详论了。元符三年（1100）六月苏轼北归时渡海又过惠州，再次与家人团聚，在惠州南华寺六祖普慧大鉴禅师的塔前，苏轼还率全家顶礼祭拜，禳灾集福，写有《南华六祖塔功德疏》，成为他与惠州最后的缘分，至今仍为人津津乐道。

十三、儋州：伦江驿与桄榔庵

绍圣四年（1097）四月十七日，苏轼在惠州接到再贬海南的圣旨，四月十九日，苏轼就带着苏过离开了惠州，这年苏过二十六岁，告别了刚刚团聚不久的娇妻弱子，挥泪

---

①《苏轼全集校注·诗集》，第 4812—4816 页。

②《苏轼全集校注·诗集》，第 4707—4713 页。

③《苏轼全集校注·诗集》，第 4832—4834 页。

④《苏轼全集校注·诗集》，第 4765—4767 页。

⑤《苏轼全集校注·文集》，第 6242—6243 页。

踏上了贬途。[①]七月二日，苏轼和苏过到达儋州。儋州位于海南岛的中北部，现在看来，与昌江、白沙、琼中、澄迈、临高等县相邻。当时，儋州又被人们称为昌化军。[②]苏轼在《与程全父书》中说："初至，僦官屋数椽。"[③]苏轼所说的官屋位于官府西侧，名为伦江驿，是官方所建的驿馆，因官方来客稀少，长期无人居住，早已破败不堪，苏轼父子刚来的时候风雨尚少，但至十月后就"风雨无虚日"，晚上睡觉的时候，雨水会从屋顶漏下来落在苏轼的卧床上，第二天早上醒来枕头周围都是树叶。苏轼在《和陶怨诗示庞邓》中说:

当欢有余乐，在戚亦颓然。渊明得此理，安处故有年。嗟我与先生，所赋良奇偏。人间少宜适，惟有归耘田。我昔堕轩冕，毫厘真市廛。困来卧重裀，忧愧自不眠。如今破茅屋，一夕或三迁。风雨睡不知，黄叶满枕前。宁当出怨句，惨惨如孤烟。但恨不早悟，犹推渊明贤。[④]

苏轼此刻的居住条件与杜甫"茅屋为秋风所破"时何其相似，比起临皋亭来还更加恶劣一些，茅屋风雨，黄叶满枕，可见伦江驿条件之差。苏轼自嘲元祐年间富贵生活时高床软枕不能入眠，如今在破茅屋里却能睡着觉，他想到陶渊明任何时候都能安于贫贱，自己面对不幸终究感到惨惨戚戚，毕竟赶不上渊明的境界。苏轼此时的真实情况确实不乐观，他在《夜梦（并引）》中说："七月十三日，至儋州十馀日矣，澹然无一事。学道未至，静极生愁，夜梦如此，不免以书自怡。"[⑤]苏轼刚来儋州心情无疑是沉重的，他频频做梦，梦中他回到眉山，回到惠州（《和陶还旧居》题下自注：梦归惠州白鹤山居作），可是苏轼终归还是回不去的，伴随着他的只有"萧然默坐"、"静极生愁"的孤独。绍圣四年九月前后，昌化军使张中到儋州，见苏轼生活十分艰难，就派士兵修缮了伦江驿，并以租房的名义请他居住，至此苏轼的居住条件才稍微好了一些，他在给张逢的信中说新军使张中来后，自己"起居佳胜，感慰兼集"。在伦江驿期间苏轼频频给弟弟子由作诗化解苦闷，并继续追和陶渊明诗，他在《和陶归去来兮辞》中说要"以无何有之乡为家"，上文已提及，苏轼此处用庄子之典，既是以它为精神追求之境界，也是其现实生活之艰难处境的无奈表现，因为他当时真的是"无何有"，苏轼凭借他深厚的儒、释、道修养慢慢调整好了心态。

元符元年（1098）上元夜，张中邀请苏过赴宴，苏轼则独坐家中，苏轼为此作有《上元夜，过赴儋守召，独坐有感》云："使君置酒莫相违，守舍何妨独掩扉。静看月窗盘蜥蜴，卧闻风幔落蛜蝛。灯花结尽吾犹梦，香篆消时汝欲归。搔首凄凉十年事，传柑归遗满朝衣。"[⑥]这次张中没有请他，也许原先是请了苏轼的但他不想去。海南地气潮湿，蜥蜴盘窗、蛜蝛轻鸣是常有的现象，"香篆"则点明苏轼在焚香，这个上元夜令苏轼想起来过去的很多事情。然而好景不长，绍圣五年（即元符元年，本年六月改元，1098）四月，朝廷

①关于苏轼此间行程，参见李景新．苏轼仝传•桄榔载酒［M］．北京：中国文史出版社，2017年，第1—18页。

②阮忠．天涯守望——苏东坡晚年的海南岁月［M］．海口：海南出版社，2008年，第101页。

③《苏轼全集校注•文集》，第6063—6064页。

④《苏轼全集校注•诗集》，第4912—4914页。

⑤《苏轼全集校注•诗集》，第4856—4858页。

⑥《苏轼全集校注1诗集》，第4957—4959页。

察访使董必当时奉命察访广西，得知苏轼住在官屋之事后竟派人过海将其赶出了伦江驿官舍。儋州城南有一片桄榔林，苏轼、苏过当时无处可去，只能暂时憩息林中。桄榔，又称“砂糖椰子”、“糖树”，盛产于海南，苏轼他把歇息的那片桄榔林称为“桄榔庵”，说是“庵”，其实并无遮掩，这片桄榔林不过是苏轼暂时找不到落脚点在其中休息而已，苏轼好戏谑，故称树林为“庵”。所以，这原本就是一处自然天成之所，风雨与瘴雾以及蝮蛇等动物皆不能阻绝，而苏轼自己也只能“强安四隅”而已。[①]这片桄榔林周围还分布着槟榔树和椰子树，苏轼身处林中，摘叶以作书铭，于是有了《桄榔庵铭》：

九山一区，帝为方舆；神尻以游，孰非吾居。百柱质赑，万瓦披敷；上栋下宇，不烦斤鈇。日月旋绕，风雨扫除；海氛瘴雾，吞吐吸呼。蝮蛇魑魅，出怒入娱；习若堂奥，杂处童奴。东坡居士，强安四隅；以动寓止，以实托虚。放此四大，还于一如；东坡非名，岷峨非庐。须发不改，示现毗卢；无作无止，无欠无余。生谓之宅，死谓之墟；三十六年，吾其舍此，跨汗漫而游鸿濛之都乎？[②]

苏轼在此处将桄榔林作为自己的安居之家，表达了自己无处不可居、无处不可为家的超然思想，此处“蝮蛇魑魅，出怒入娱”之说，掺杂了他很丰富的文学想象，但如果理性看待“桄榔庵”，则不过是略有遮蔽的桄榔林而已，除了环境清幽外没有任何修饰，但苏轼要“以动寓止，以实托虚”，在艰难的环境中他要寻求内心的静谧与空灵。苏轼还要驱除地、水、火、风构成的对人心的危害，在道家的虚静和佛教的禅境中超尘脱俗。桄榔林旁边有一小池，苏轼在去年九、十月份之间曾来游玩，作《和陶拟古》表达他对池中“幽姿小芙蕖”的喜爱。苏轼没了官屋居住，不得不再筑新居以安身，其实他也早就想有一个属于自己的居所， 他来海南不久就在《籴米》诗中表示“再拜此邦君，愿受一廛地。知非笑昨梦，食力免内愧。”[③]苏轼海南朋友黎子云的载酒堂建好后，他还在《和陶田舍始春怀古二首》中告诉黎子云：“借我三亩地，结茅与子邻。鴃舌倘可学，化为黎母民。”[④]而且此地靠近天庆观，天庆观在儋州城东南的朝天宫前，苏轼住在这里的时候，在百咸井中得一水味美而色白如乳的井，供他的饮食酒茗之用，他在那里还写了《天庆观乳泉赋》，乃是其平生最为得意的文字之一。赋中有云：“吾尝中夜而起，挈瓶而东。有落月之相随，无一人而我同。汲者未动，夜气方归。锵琼佩之落谷，滟玉池之生肥。”[⑤]其间情味与《记承天寺夜游》恰相仿佛。开凿泉井时苏轼还得到一石，形状像龟，于是乳泉也称为龟泉，苏轼还在此乳泉中种植了莲花以美化景致，赋前小序中“尝于城东清水池内种莲”的城东清水池即为乳泉。而且朝天宫道观有一轩堂，名息轩，苏轼可以经常去那里静坐。苏轼也曾到城北的谢氏园去闲逛，曾产生过卜居的念头，但最终苏轼并没有买下，如今想到在桄榔林定居的种种好处，于是苏轼决定就在桄榔林

---

①阮忠．天涯守望——苏东坡晚年的海南岁月 [M]．海口：海南出版社，2008 年，第 104 页。

②《苏轼全集校注・文集》，第 2163—2167 页。

③《苏轼全集校注・诗集》，第 4865—4866 页。

④《苏轼全集校注・诗集》，第 4934—4938 页。

⑤《苏轼全集校注・文集》，第 74—78 页。

中建房安定下来。在《与程秀才书》中，苏轼说："近与小儿子结茅数椽居之，仅庇风雨，然劳费已不赀矣。赖十数学生助工作，躬泥水之役，愧之不可言也。"[①]他和苏过以及"十数学生"搭盖了几间茅屋作安身之所，苏轼也亲自参与了茅屋的建造，毕竟苏轼从来都是一个实干家，虽说花费也不算小，但建房所需的一切物资，稍有缺乏，邻居们都给他送来。桄榔庵的田宅规模并不大，在王介石、张中及学生的帮助下，苏轼起屋五间，还外加一间小房子作为厨房，在南污池之侧，茂木之下，苏轼在绍圣五年（1098）给郑靖老的信中也说了经过，[②]此屋舍也成为苏轼平生最后亲自营建之家居。

桄榔庵新居建好后，苏轼写信告诉程孺秀才："仆既病倦不出，出亦无与往还者，阖门面壁而已。新居在军城南，极湫隘，粗有竹树，烟雨濛晦，真蜒坞獠洞也。"[③]新家和当初的"居无室"相比实在也好不了多少。在《与程全父书》中苏轼还说："某与儿子粗无病，但黎、蜒杂居，无复人理，资养所给，求辄无有。初至，僦官屋数椽，近复遭迫逐，不免买地结茅，仅免露处，而囊为一空。困厄之中，何所不有，置之不足道也，聊为一笑而已。"[④]生活的艰难转瞬就被苏轼的豁达从容轻轻放过，他只是一笑而已。苏轼在《与郑靖老书》中也说："初赁官屋数间居之，既不佳，又不欲与官员相交涉。近买地起屋五间一龟头，在南污池之侧，茂林之下，亦萧然可以杜门面壁少休也。但劳费贫窘耳。此中枯寂，殆非人世，然居之甚安。况诸史满前，甚可与语者也。著书则未，日与小儿编排整齐之，以须异日归之左右也。小客王介石者，有士君子之趣，起屋一行，介石躬其劳辱，甚于家隶，然无丝发之求也。"[⑤]苏轼新家建好给朋友们写了很多书信，内容难免有重复，他需要跟不同的朋友谈自己的近况。

苏轼的新居为五间居室一间厨房，而苏辙在苏轼墓志铭中记载的是筑屋三间，似有误，当以苏轼自身所记为准。苏轼《和刘柴桑》云："万劫互起灭，百年一踟躇。漂流四十年，今乃言卜居。且喜天壤间，一席亦吾庐。稍理兰桂丛，尽平狐兔墟。黄橼出旧枿，紫茗抽新畬。我本早衰人，不谓老更劬。邦君助畚锸，邻里通有无。竹屋从低深，山窗自明疏。一饱便终日，高眠忘百须。自笑四壁空，无妻老相如。"[⑥]儋州新居所谓"一席"表示新居占地很小，四周则有兰桂丛、黄橼树（即香橼，又名枸橼，俗呼佛手柑），紫色的茶芽也在生长，竹林下的茅屋修得低矮，有点阴暗潮湿，好在有窗户面对山林，室内采光还不错。苏轼觉得吃饱喝足，再美美地睡上一觉就没什么烦恼了，只是闰之和朝云都去世了，自己只是一个孤独的鳏夫。新居房屋是简陋了些，但苏轼还是慢慢豁达处之，慢慢地又有了那种不焦不躁的豁达自乐之情，虽说枯寂落寞常有不处人世之感，但苏轼毕竟在贫陋中相对又有了居处的安逸。苏轼为此写了《新居》诗云："朝阳入北林，竹树散疏影。短篱寻丈间，寄我无穷境。旧居无一席，逐客犹遭屏。结茅得兹地，翳翳村

①《苏轼全集校注・文集》，第6068—6070页。

②《苏轼全集校注・文集》，第6189—6192页。

③《苏轼全集校注・文集》，第6070—6071页。

④《苏轼全集校注・文集》，第6063—6064页。

⑤《苏轼全集校注・文集》，第6189—6192页。

⑥《苏轼全集校注・诗集》，第4988—4991页。

巷永。数朝风雨凉，畦菊发新颖。俯仰可卒岁，何必谋二顷。”[①]住在伦江驿时“无一席”，还被驱赶出来，如今有了新家，田里还有刚盛开的菊花，那是苏轼后来自己栽培的。《记海南菊》云：“吾在海南，艺菊九畹，以十一月望，与客汎菊作重九，书此以记。”[②]桄榔庵有了自己的诗学偶像陶渊明最爱的菊花相配，苏轼认为自己“俯仰可卒岁”，又何必再去谋求多余的田地呢。新家在邻居学生的帮助下一个月左右就建好了，苏轼五月份就住了进去，他很快就在小院周围种上蔬菜和各种花木，他的农圃之乐又回来了。

桄榔庵东北角长着一棵巨大的老树，苏轼原先觉得地方狭隘要把它砍掉，可当真要砍的时候又想到它的很多好处，最终还是没砍。[③]苏轼为此写《宥老楮》云：

我墙东北隅，张王维老谷。树先樗栎大，叶等桑柘沃。流膏马乳涨，堕子杨梅熟。胡为寻丈地，养此不材木。蹶之得舆薪，规以种松菊。静言求其用，略数得五六。肤为蔡侯纸，子入桐君录。黄缯练成素，黝面颒作玉。灌洒烝生菌，腐余光吐烛。虽无傲霜节，幸免狂酲毒。孤根信微陋，生理有倚伏。投斧为赋诗，德怨聊相赎。[④]

苏轼总善于从日常生活的平凡小事中发挥他那天马行空的想象，看似“无用”的老树，苏轼却给它列举了多种用处，苏轼酷嗜《庄子》，此处明显是用典，《庄子·逍遥游》云：“今子有大树，患其无用，何不树之於无何有之乡，广莫之野，彷徨乎无为其侧，逍遥乎寝卧其下。”[⑤]苏轼从老楮树中明显也是看到了自己的影子的，而且老树终究点缀了苏轼的新家。桄榔庵周围还有一种叫“黎檬子”的树，苏轼在《黎檬子》一文中说：“吾故人黎錞，字希声，治《春秋》有家法，欧阳文忠公喜之。然为人质木迟缓，刘贡父戏之为‘黎檬子’，以谓指其德，不知果木中真有是也。一日联骑出，闻市人有唱是果鬻之者，大笑，几落马。今吾谪海南，所居有此，霜实累累，然二君皆入鬼录。坐念故友之风味，岂复可见！刘固不泯于世者，黎亦能文守道不苟随者也。”[⑥] 苏轼睹物思人，不由得想起了他的朋友们，黎檬子树也成了苏轼家居的又一伴侣。在苏轼的其他诗文中，我们还看到桄榔庵周围长有美丽的刺桐树、木棉树、枫树，当然也有竹子，桄榔庵树木繁密，经常有飞鸟光临，如燕子、乌鸦、五色雀等等，苏轼对桄榔庵周围的景色几乎都有题咏，对于这些与诗人家居生活密切往来的生命体，苏轼多了一份细腻的体察和审美的眼光，呈现出如杜甫一般“山花山鸟吾友于”的儒者情怀。现在，苏轼的家居空间稳定下来了，他开始用心经营自己的园圃，既是作衣食计，也是与渊明躬耕田园的精神共鸣。苏轼在《和陶西田获早稻（并引）》中说：“小圃栽植渐成，取渊明诗有及草木蔬谷者五篇，次其韵。”诗云：

蓬头三獠奴，谁谓愿且端。晨兴洒扫罢，饱食不自安。愿治此圃畦，少资主游观。昼功不自觉，夜气乃潜还。早韭欲争春，晚菘先破寒。人间无正味，美好出艰难。早知

①《苏轼全集校注·诗集》，第4991—4994页。

②《苏轼全集校注·文集》，第8431—8433页。

③李景新．苏轼全传·桄榔载酒[M]．北京：中国文史出版社，2017年，第1—18页。

④《苏轼全集校注·诗集》，第4997—5001页。

⑤（清）郭庆藩撰，王孝鱼点校．庄子集释[M]．北京：中华书局，2012年，第45—47页。

⑥《苏轼全集校注·文集》，第8228—8229页。

农圃乐，岂有非意干。尚恨不持锄，未免骍我颜。此心苟未降，何适不间关。休去复歇去，菜食何所叹。[①]

苏轼在桄榔庵小圃中种了韭菜和菘，“美好出艰难”的感叹此刻令苏轼更加珍惜这得来不易的新居，他开始享受起周围的农家乐趣。在《和陶下潠田舍获》中，苏轼饱蘸浓墨地写道：

聚粪西垣下，凿泉东垣隈。劳辱何时休，宴安不可怀。天公岂相喜，雨霁与意谐。黄菘养土膏，老楮生树鸡。未忍便烹煮，绕观日百回。跨海得远信，冰盘鸣玉哀。茵蔯点脍缕，照坐如花开。一与蜒叟辞，苍颜两摧颓。齿根日浮动，自与粱肉乖。食菜岂不足，呼儿拆鸡栖。[②]

苏轼聚粪凿泉，灌园种菜，黄菘和木耳长得不错，苏轼虽还不忍心吃它们，却每天都要去看看它们的长势。得到海对岸的来信，苏轼想起了韩愈《李花二首·其一》中“冰盘夏荐碧实脆，斥去不御惭其花”和杜甫《乞瓷碗》诗中的“大邑烧瓷轻且坚，扣如哀玉锦城传”，自己现在不也是“冰盘鸣玉哀”么，“茵蔯点脍缕，照坐如花开”则写出了苏轼的苦中作乐。苏轼现在已经苍颜白发，牙齿松动，与粱肉绝缘，但是蔬菜还是可以饱食的。杜甫还有《催宗文树鸡栅》诗，苏轼想到这，也幽默地要让苏过“拆鸡栖”烧火做菜。

苏轼在儋州出与邻里相亲，入则与过子相对，除了继续修订《易传》、《论语说》，新作《书传》外，苏轼也在以自身的文化优势力所能及地帮助儋州百姓，培养他们的读书风气，也继续采药治病救人。不过渐渐安于新家生活的苏轼无疑也有另一面，《纵笔三首》其一云：“寂寂东坡一病翁，白须萧散满霜风。小儿误喜朱颜在，一笑那知是酒红。”[③]洒脱的语气并不能掩饰苏轼遭遇的寂寞苍老与病魔缠身。《倦夜》诗云：“倦枕厌长夜，小窗终未明。孤村一犬吠，残月几人行。衰鬓久已白，旅怀空自清。荒园有络纬，虚织竟何成。”[④]诗歌弥漫的也还是功业未成的难言惆怅。在《与侄孙元老书》中，苏轼说到儋州生活的“厄穷”，本源于广州、福建泉州的“药物鲊酱”，因为商船不到没有了，饮食百物因海南连年歉收也十分匮乏，故而“老人与过子相对，如两苦行僧尔”。苏轼还在《独觉》中说：“瘴雾三年恬不怪，反畏北风生体疥。朝来缩颈似寒鸦，焰火生薪聊一快。红波翻屋春风起，先生默坐春风里。浮空眼缬散云霞，无数心花发桃李。悠然独觉午窗明，欲觉犹闻醉鼾声。回首向来萧瑟处，也无风雨也无晴。”[⑤]对北风的畏惧，并没有妨碍苏轼与儿子苏过坐在火炉边聊天的快乐。

元符三年（1100）正月初七，苏轼作《庚辰岁人日作，时闻黄河已复北流，老臣旧数论此，今斯言乃验二首·其二》云：“不用长愁挂月村，槟榔生子竹生孙。（海南勒竹，每节生枝如竹竿大，盖竹孙也。）新巢语燕还窥砚，旧雨来人不到门。春水芦根看鹤立，

① 《苏轼全集校注·诗集》，第5001—5004页。

② 《苏轼全集校注·诗集》，第5004—5006页。

③ 《苏轼全集校注·诗集》，第5040—5044页。

④ 《苏轼全集校注·诗集》，第5025—5026页。

⑤ 《苏轼全集校注·诗集》，第4945—4946页。

夕阳枫叶见鸦翻。此生念念随泡影，莫认家山作本元。”[①]桄榔庵的盎然春意和勃发生机让苏轼欣喜，这段时间，他还梦到了韩魏公韩琦，自己酿制的天门冬酒熟，苏轼还“自漉之，且漉且饮”，五色雀的光临也让苏轼心情舒畅，苏过做的“玉糁羹”也极合他的胃口，儿子的读书声和邻居孩童的读书声让他也感到很欣慰，三本经学著作也业已完成，苏轼也听到了很多元祐党人开始纷纷内移的消息，可谓好事连连。苏轼内心亦安捺不住很可能即将北还中原的心情，他为此专门书写自己平生所作八赋，如果确实能还中州，当不脱误一字，结果写完后果然一字不差，苏轼为此很是高兴。

元符三年（1100）年三四月间，苏轼几乎是在忙碌中度过的，四月二十一日，朝廷诏苏轼等一批官员迁徙内郡，五月间好友吴复古来就给苏轼报喜，本月苏轼就正式收到了北迁诏书，六月中旬左右苏轼辞别儋州，六月二十日夜晚，苏轼告别海南，写下了他在海南岛的最后一首诗《六月二十日夜渡海》：“参横斗转欲三更，苦雨终风也解晴。云散月明谁点缀？天容海色本澄清。空余鲁叟乘桴意，粗识轩辕奏乐声。九死南荒吾不恨，兹游奇绝冠平生。”[②]此诗将苏轼旷达的胸襟与坦然的心境展现无遗，苏轼的人生境界经过六十五年人生风雨的锤炼，特别是三次贬谪中一次比一次严重的精神磨难，他已经完全可以笑看未来、坦然面对、波澜不惊了。

十四、常州：毗陵我里

苏轼一生曾 14 次来到常州，并在常州终老，可谓与常州有着极为深厚的缘分。早在苏轼嘉祐二年（1057）进士及第时，仁宗皇帝在皇家御苑琼林苑举行宣布登科进士名次的典礼并赐宴，苏轼与同年进士蒋之奇（字颖叔）、单锡在这次琼林苑上言谈十分投机，便相约一起卜居宜兴，这就是著名的“鸡黍之约”。朱刚先生在《东坡居士的“家”》中曾说当时苏洵在带二苏兄弟入京之前便有迁居中原的打算，苏轼此时答应蒋之奇的约定大约也是遵从父亲的意思。神宗熙宁四年（1071）七月，苏轼外放为杭州通判，他们一家当时先到陈州苏辙家，再走颍州看望欧阳修于十月下旬到扬州，与刘攽、孙洙、刘挚欢聚三日后，于十一月中旬左右经常州、苏州到杭州赴任，这是苏轼第一次到常州。熙宁六年（1073）十二月下旬，苏轼因为赈灾公务再次进入常州境内的无锡县，除夕夜晚，苏轼不愿在万家团聚的时候打扰地方官员，泊船于常州城外，作《除夜野宿常州城外二首》。在赈灾半年间，苏轼踏遍了常州所属晋陵、武进、江阴、无锡、宜兴五县，留下众多诗词文章，并萌发了归老常州的心愿。熙宁七年（1074）四月，苏轼从润州再入常州赈饥，在亲戚单锡（苏轼做媒将外甥女嫁单锡）的导游下游览了宜兴一些景点。九月苏轼接到密州任命，十月上旬再次经过常州，依然去单锡家小住，作《单同年求德兴俞氏聚远楼诗三首》。元丰二年（1079）四月中旬，苏轼调湖州知州时再经常州，“乌台诗案”爆发后，苏轼本年八月初再次经过常州。元丰七年（1084）八月，苏轼路过真州时又见到了蒋之奇，在《次韵蒋颖叔》中有“琼林花草闻前语，罨画溪山指后期”（罨

① 《苏轼全集校注・诗集》，第 5054—5056 页。

②关于苏轼的海南功业和北归行程，参见李景新．苏轼全传・桄榔载酒 M[]．北京：中国文史出版社，2017 年，第 145—211 页。

画溪在宜兴）之句，就是指的仁宗嘉祐二年的那次“鸡黍之约”。元丰七年（1084）九月下旬初，苏轼经润州到常州往宜兴买田，[①]在润州金山时他也打算过去金山对面的蒜山买田与佛印了元禅师比邻，可惜没买成，这次在单锡陪同下，到离宜兴城55里的黄土村看田，最后瞧中了湖㳇附近的一处田庄，为一曹姓人家被官府抵当的财产。他在给王巩的信中说：“近在常置得一小庄子，岁可得百石，似可足食。”[②]苏轼在量移汝州团练副使途中买田，他希望能够结束漂泊的生活，苏轼对江南美丽富饶的土地和温和湿润的气候很是眷恋。苏轼早在杭州通判时期就打算着在地处太湖畔、盛产柑橘的宜兴买田地，他来宜兴后也问过一董姓田庄，不过最终都没买成，至今才真正实现。[③]苏轼这次量移因盘缠耗尽而停留在江苏地带，期间有许多好友都曾相邀苏轼到他们那里共同居住，如佛印、范镇、仪真太守等，然而苏轼最后还是应好友滕元发邀请在常州太湖左岸的宜兴购买田地。买田宜兴成功后，苏轼就开始在宜兴田庄设计一个柑橘园的蓝图，为此他写下了著名的《楚颂帖》：“吾来阳羡，船入荆溪，意思豁然。如惬平生之欲，逝将归老，殆是前缘。王逸少云，我卒当以乐死，殆非虚言。吾性好种植，能手自接果木，尤好栽橘。阳羡在洞庭上，柑橘栽至易得。当买一小园，种柑橘三百本。屈原作《橘颂》，吾园落成，当作一亭，名之曰楚颂。元丰七年十月二日。[④]苏轼在此期间是极度渴望早日退居宜兴安享晚年的。

元丰八年（1085）五月一日，苏轼到扬州，此时苏轼两上《乞常州居住表》获批准，苏轼喜极而作《归宜兴留题竹西寺三首》，因与哲宗驾崩时间才两个月，后来此组诗中“闻好语”之句还被政敌攻击。五月二十二日，苏轼再次到达常州，终于住进了宜兴自家田庄，苏轼为此两上《到常州谢表》，一给新登基的哲宗，一给真正执政的高太皇太后，实因特殊情况所致，苏轼后来在登州也是连上两表。苏轼后来回朝作《和王晋卿（并叙）》中说有“上书得自便，归老湖山曲。躬耕二顷田，自种十年木”之语，可惜还是被召回朝，苏轼此处所说也只是一种理想而已。不过在回到宜兴期间，苏轼在自家美丽的田舍风光中的确心情舒畅，苏轼为此曾填词《菩萨蛮》云：

---

①南宋费衮《梁溪漫志》卷四“东坡卜居阳羡”条载建中靖国元年（1101）苏轼由贬所北归阳羡（今江苏宜兴），士人邵民瞻为之买宅，“为钱五百缗，坡倾囊仅能偿之”，然叶烨认为，苏轼久谪归来，必然囊空如洗，不知五百贯钱从何而来。考苏轼生平，元丰七年（1084）九月离黄州贬所后，在宜兴买田，则《梁溪漫志》所记或有误，买宅应当亦在此时，不应发生在建中靖国年间。参见叶烨．北宋文人的经济生活［M］．南昌，百花洲文艺出版社，2008年，第104页。

②关于苏轼阳羡买田情况，参见宗典．苏轼卜居宜兴考［J］．《中华文史论丛》，1979年第1辑。邵玉健．苏轼全传・毗陵我里［M］．北京：中国文史出版社，2017年，第19—48页。

③苏轼在《书李世南所画秋景》中说：“野水参差落涨痕，疏林攲倒出霜根。扁舟一棹归何处，家在江南黄叶村。”苏轼此诗虽是题画诗，却也暗含着自己希望回归宜兴田庄之意。南宋时期杭州城庆春门内有一个叫作听潮寺的寺庙，后来改名“归德院”，寺里面有一块宋高宗的题诗石刻，题的即为此诗。对此胡晓明先生认为江南的“地方”，可以成为一种观念，成为一种带着情感与记忆的思想，一种富于文化意味的诗学。这对理解苏诗的“江南情结”是颇有益处的，参见胡晓明．江南诗学：中国文化意象之江南篇［M］．上海：上海书店出版社，2017年，第1—2页。

④今天常州市东坡公园里还有“楚颂亭”和“苏子墙”。参见：http://blog.sina.com.cn/s/blog_5a4fdb690102x3se.html，2019年4月3日访问。又见《苏轼全集校注・文集》，第8751页。

买田阳羡吾将老，从来只为溪山好。来往一虚舟，聊随物外游。有书仍懒着，水调歌归去。筋力不辞诗，要须风雨时。[①]

经过了黄州四年多的贬谪和贬汝州途中的一路颠簸，苏轼此时最希望的就是在自己宁静恬淡的田园家居中过平静生活。苏轼此期还与宜兴友人邵民瞻往还，让人不辞万里专门从眉州移来一棵海棠，植于邵氏庭园，以便日日都能看到。那棵海棠至今依然枝繁叶茂地活着，每年春天都开着鲜艳的花朵。苏轼还为邵氏庭园题匾额“天远堂”，蕴含着天高山远、家乡无限之意。至今亦存。[②]苏轼在宜兴已经准备终老于此了，可惜好景不长，六月中旬，苏轼就接到了起赴登州军州事的诏令，苏轼依依不舍，作《次韵周邠》云：“南迁欲举力田科，三径初成乐事多。岂意残年踏朝市，有如疲马畏陵坡。羡君同甲心方壮，笑我无聊鬓已皤。何日西湖寻旧赏，淡烟疏雨暗渔蓑。”[③]他在这时期给佛印和米芾的信里也表达了自己的“忧畏”之情。六月，苏轼赴登州就职，直到七月初才离开常州境内，这次在宜兴家里苏轼总共才住了一个多月。苏轼一家由山东南部乘船入海，到登州已经十月十五日，不过到登州才五天，苏轼就接到任命召其进京做礼部郎中。自去年四月起，苏轼一家基本都是在漂泊，长期处于“旅居”状态，苦乐参半的动荡一直继续了将近两年，直到元丰八年（1085）岁末，一家人在京师才终于得到了安定。元祐时期，苏轼官居要职，在《次韵完夫再赠之什，某已卜居毗陵，与完夫有庐里之约云》中，苏轼说：“柳絮飞时笋箨斑，风流二老对开关。雪芽我为求阳羡，乳水君应饷惠山。竹簟水风眠昼永，玉堂制草落人间。应容缓急烦闾里，桑柘聊同十亩闲。”[④]可见苏轼对宜兴田园生活之渴望。元祐四年（1089）三月苏轼不屑于与群小论战，再次出京守杭州，于六月中下旬再次经常州，依旧在单锡家逗留数日。元祐六年（1091）二月，苏轼再被召入京，于三月下旬途经常州。元祐七年（1092）八月，苏轼又被召回京任兵部尚书，苏轼匆匆回常州宜兴处理家务，于九月初离常州赴京。元符三年（1110）四月，苏轼被允许以琼州别驾身份内迁廉州，渡海到对岸雷州不足一月，被授舒州团练副使，永州居住，在赴永州途中，又接到可以任意居住的旨意。但对于苏轼如何终老的问题，苏轼内心多有变动，他在给郑靖老的信中坦言：“本意专欲归蜀，不知能遂此计否？蜀若不归，即以杭州为家。朱邑有言：‘子孙奉祠我，不如桐乡之民。’不肖亦云。然外物不可必，当更临事随宜，但不即死，归田可必也。”[⑤]后来得到提举成都府玉局观，任便居住的诏令后，苏轼给孙叔静的信中又说：“玉局之除，已有训词，似不忘也。得免湖外之行，余生厚幸。至英，当求人至永请告敕，遂渡岭过赣归阳羡，或归颍昌，老兄弟相守，过此生矣。”[⑥]苏轼原先并不想以全家30余口拖累弟弟，后来颍昌好友王幼安愿意将自己一所大房子借给苏轼一家居住，苏轼回信：“稍定居，当求数亩荒隙，结茅而老焉。”（《答王幼安》）

---

①《苏轼全集校注・词集》，第476—478页。

②龙吟．苏东坡的情感世界[M]．广州：暨南大学出版社，2018年，第44页。

③《苏轼全集校注・诗集》，第2949—2950页。

④《苏轼全集校注・诗集》，第2956—2958页。

⑤《苏轼全集校注・文集》，第6195—6196页。

⑥《苏轼全集校注・文集》，第6450—6451页。

但后来政局有变，苏轼才最终下定决心去宜兴居住。因无法去与弟弟相守，在给子由的信中，苏轼感慨："恨不得老境兄弟相聚，此天也，吾其如天何！然亦不知天果于兄弟终不相聚乎？……兄万有一稍起之命，便具所苦疾状力辞之，与迨、过闭户治田养性而已。"[①]苏轼决定好安居何处后，在仪真休养月余，此期间与米芾往来甚多，六月十一日，苏轼与米芾告别，前往常州。六月十五日，苏轼乘舟沿运河继续自靖江北归常州家园，六月十五日，苏轼贬谪岭海七年后才再次踏入常州境内，住进东门附近顾塘溪北岸好友钱世雄给他租的孙氏宅。苏轼原先就已托钱世雄为他在常州买房："此行决往常州居住，不知郡中有屋可以典买者否？"并告诉钱济明："如闻常之东门外有裴氏宅出卖（虔守霍子侔大夫言），告公令一干事人与问当，若果可居，为问其值几何，度力所及，即径往议之。"[②]此时当是在宜兴别处买宅，因其原先的田庄已经卖出。后来裴氏宅没有买成，而是借住在了孙氏宅。苏轼在《与子由书》中说他已经决计居常州，借得一孙家宅极佳。苏轼病重，住进孙氏宅后近一个月光景几乎都在床上，稍微好点就在馆中栽培花木，苏轼曾手植紫藤、海棠，还新开了洗砚池。七月二十八日，苏轼在久病不愈的情况下于常州溘然长逝。后世的藤花旧馆就是以苏轼终老的孙氏馆不断演变而成的，"藤花"的名字也是取自苏轼种植的紫藤、海棠，今天，藤花旧馆已经改作了苏东坡纪念馆，馆中现有园名为憩心园，即是取自苏轼诗中"今且速归毗陵，聊自憩，此我里"之意。[③]纪念馆于2015年1月8日隆重开馆，馆内复原了苏轼生命中最后48天住于孙氏馆的详细情况，成为纪念苏轼的又一名胜。

以上就是苏轼各时期家居空间与环境营造的大致情况，从中我们可以看出，苏轼的家居文学与他的居住空间与环境营造有着紧密而复杂的关系。当然，以上对苏轼家居空间与环境营造的考察虽说会给人一种苏轼一直在家居的感觉，但正如我们每个人每天都需要住所一样，"家"概念的无处不在使苏轼的家居与官居有着紧密而复杂的联系，如上引王水照先生言，苏轼就其主要经历而言，正好经历了两次"在朝—外任—贬居"的过程。[④]这个过程反映在苏轼的家居空间上，苏轼在京时期大都忙于公事，对自身家居生活的书写比较有限，就算是凤翔时期对汴京南园的诗歌描写，也是异地而作。元祐时期或者租房，或者住于苏辙东府，苏轼虽然也有与苏门文人群广泛唱酬的家居生活诗文，但比起他在贬谪时期的广泛而有深度的家居生活书写，毕竟稍逊一筹。这期间的复杂关联是十分值得深入研讨的，牟复礼认为："中国园林的主要特色并不在于园林实体（如建筑、花、木等），而在于文字书写所建构出的精神与历史、文化象征。"[⑤]眉山苏宅、汴京南园、东坡雪堂、白鹤新居乃至儋州桄榔庵，均可看作是苏轼的私人园林，都是因为有苏轼绝妙文字的书写方才成为文学意义上的"生活园林"，尽管相比众多豪华奢侈

---

①《苏轼全集校注·文集》，第6639—6641页。

②《苏轼全集校注·文集》，第5823—5826页。

③关于常州苏东坡纪念馆的详细情况，参见http://blog.sina.com.cn/s/blog_17b845aa80102xyf4.html，2019年4月3日访问。

④王水照．苏轼研究[M]．北京：中华书局，2015年，第5页。

⑤转引自刘苑如主编．生活园林：中国园林书写与日常生活[M]．台北：中研院文哲所，2013年，第162页。

的大型园林来说，苏轼的这些家园从建筑到花、石、草木的布局都显得有点“简陋”，乃至现代学者撰写的中国园林美学思想史对苏轼的此类家居营建思想都缺乏关注，或者说开掘并不深入[①]，但苏轼的家居空间规划无疑都浸润着他造园的文人巧思，形成了苏轼家居一种独特的美学风尚，这是值得我们深入发掘的。苏轼的家居营建活动中山石、植物、亭台、水景等元素颇为突出，大都从“自然”中撷取素材，在具体建造中不仅建设一方人文的空间实体作为家居空间，而且通过诗文诠释，表现自身的宇宙意识与人格理想等哲思。苏轼的家居园林书写隐喻着其独特生命存有的认知与生活情感的样态及社会文化的构成与衍变的历史轨迹，是其诗意心灵图像的物化表达和精神超越。王振复先生是研究建筑美学的著名学者，他认为建筑首先是一种典型的人居环境和人居文化，它由实在的物质营构走向空间意象而实现居者的精神超拔，我们中华建筑的典型文化性格以及表现在营建观念上的“宇宙观”，在在体现着一种由人工“宇宙”（建筑）以及与自然宇宙相同构的“宇宙意识”，它们具有人与自然相亲和、共发展的特点。[②]这对苏轼的家居营造也是适用的，苏轼各时期营造的官舍园林或私家小园为他的诗意栖居提供了物质载体，成为他日常生活中最坚实的依托。家居营建也为苏轼抵挡政治失意、人生得失和功名权力等外物干扰，每当客观现实逼迫着他离开自己用心经营的“家”时，苏轼都痛苦万分，尽管最后他能“以无何有之乡为家”，但苏轼“诗意栖居”的生活实践，毕竟需要家居建筑的物质承载，于是苏轼在随遇而安的同时也积极营建自己的家园，回到常州也也要想尽办法建构自己的身体与心灵的栖息地。

此处值得提出的是，苏轼曾经的家居场所如今已有很多成为了著名的文学景观，如眉山三苏祠、黄冈东坡赤壁、惠州白鹤峰等，全国各地在苏轼遗迹上建立纪念场所的更不胜枚举。曾大兴先生认为：“文学景观是地理环境与文学相互作用的结果，它是文学的另一种呈现，既不是传统的纸质呈现，也不是新兴的电子呈现，而是一种地理呈现。它是刻写在大地上的文学。”[③]诚然，文学景观是文学地理学研究的题中应有之意，不过具体到苏轼家居文学景观的生成与意义、价值与应用等问题，可以讨论的就更多了。目前除了三苏祠、东坡赤壁、白鹤峰等比较成熟的苏轼家居文学景观外，学界或许还可以在很多方面开展研究，比如陈康先生在其《苏东坡与中原文化》一书中不无感慨地说：“苏东坡在河南的时间累计长达十二年，然而今天可以凭吊的有关他的那些人文因子——故居、园林、墨宝、题诗、遗址等却保留得并不多，至少在他生活于河南期间理当留下最多为官、生活、家居遗迹的开封，也基本看不到这些重要的，即使作为今天人们发展旅游业而发掘、整理、修葺的人文景观。”[④]这与苏轼家居文学景观巨大的研究潜力是不相符的。当然，这是我们关注苏轼各时期家居空间与环境营造的延伸思考，接下来我们将对苏轼的家居经济做点考察。

---

①如岳毅平．中国古代园林人物研究［M］．西安：三秦出版社，2004年版。该书基本未提苏轼，只对王维、白居易、计成、文震亨、张南垣、李渔六家园林思想做了研究。曹林娣、沈岚．中国园林美学思想史・隋唐五代两宋辽金元卷［M］．上海：同济大学出版社，2015年版，该书在“北宋园林美学思想”中只是稍微提及，远不能与王维、白居易等大诗人的园林思想分专节讨论相比。苏轼的园林思想因为分散多处，确是不易把握。

②参见王振复．中国建筑的文化历程——东方独特的大地文化［M］．上海：上海人民出版社，2006年，第1—14页。

③曾大兴．文学地理学概论［M］．北京：商务印书馆，2017年，第229—254页。

④陈康．苏东坡与中原文化［M］．郑州：郑州大学出版社，2014年，第5页。此书细节有瑕疵处甚多，且诸多引文不注出处，笔者此处仅择善而从。

第二章 家居经济——苏轼的家庭收入与消费

我们现在使用的经济概念是指人们对物资的管理，还有人们对生产与使用、处理与分配一切物资等一系列动态现象的总称。经济概念在微观上可以指一个家庭的各类事务管理，在宏观上也可以指一个国家的国民经济发展情况。研究苏轼的经济生活是个大论题，涉及到苏轼为官主政时期的官方经济以及苏轼自己的家居经济。学界目前也有学位论文关注苏轼的经济思想，[①]对于苏轼的家居经济情况也有关注，如马斗成先生《宋代眉山苏氏家族研究》第四章《“求田问舍”——苏氏家族的经济生活》[②]、何忠礼先生《苏轼在黄州的日用钱问题及其他》、吕斌《苏轼的经济状况及其思想创作》、薛颖《北宋官员苏轼的经济情况探析》和叶烨《北宋文人的经济生活》等。而关于“文学与经济”的研究学界已有多方面的思考及成果面世，胡明先生主张可以从四个方面来拓展：一是体现在文学作品与作家头脑里的经济意识与经济理念；二是传统文学作品中描写的经济生活与社会形态；三是经济生活对中国传统文学生存发展的促进与制约；四是文学史人物的微观具体的经济活动与其文学活动的关系。[③]本书对苏轼家居经济的考察大致属于第四种研究路径。许建平先生则对打通经济学与文学的关系也有高见，他认为可以寻找经济与文学的共生关系，从人的欲求上探讨；也可寻求经济利益与文学表现的共振关系，表现在情感层面；寻找利益情感与精神情感的交融转换关系，表现在美感层面；寻找经济生活与文学生活的共源性、契合性的关系，从生活层面上探寻。[④]本书的研究大致可以在许先生所论述的后两种关系中进行。祁志祥先生《历代文学观照的经济维度》一书对“文学与经济”也作出了一些有益探讨，他认为无论是从历史发展还是从现实情况来看，经济元素作为一个文学家生存和创作的重要基础都渗透在作家人生经历中，他们的个人生活和价值观念、创作动机与创作方式、作品内容及其传播接受等层面都与经济脱离不了关系。[⑤]本书将对苏轼的经济生活在宏观和微观方面对其文学创作的促进与制约问题作出考察，结合苏轼的生存环境变化研究其文学创作的思想演变历程与文学书写形态，着重探讨苏轼家居经济的收入与消费情况究竟是如何影响其文学创作的。

诚然，人们的经济活动只是丰富的社会生活中之一种，但一个人的经济基础和经济力量是其个人、家庭乃至整个社会赖以生存与发展的重要决定基础和先决条件。我们在

---

①李瑜．苏轼的经济思想［D］．东北财经大学硕士学位论文，2002 年。

②马斗成．宋代眉山苏氏家族研究［M］．北京：中国社会科学出版社，2005 年，第 170—181 页。

③许建平、祁志祥主编．中国传统文学与经济生活［M］．郑州：河南人民出版社，2006 年，第 2 页。

④许建平．文学研究的新经济视角与分析方法［M］．上海：上海古籍出版社，2008 年，第 7 页。

⑤祁志祥．历代文学观照的经济维度［M］．郑州：河南人民出版社，2012 年，第 1—3 页。

日常生活中不能离开经济生活，它无疑是人的日常生活中的重要一维，而文学创作也离不开人之思考发明和其物质条件，物质生活之基础和精神生活之创造就是人的生活的全部。[①]苏轼经济状况的贫富与其仕途的穷达是紧密相连的，作为一个社会中人，每一个传统文人都必然受到经济生活的限定与或支持，苏轼也不例外。深入了解苏轼具体的经济生活状况，有助于解释其特定的生活内容，并进而解释其创作心理和行为方式。韩愈在《荆潭唱和诗序》中提出“穷苦之言易好”的命题，欧阳修也在《梅圣俞诗集序》中提出“然则非诗之能穷人，殆穷者而后工”之说，这当然有深刻的道理，然而富贵悠游之时亦有好诗，穷苦之时也不见得篇篇皆好，苏轼现存作品对此也均有表现。无论是居庙堂之上的富贵诗文，还是处江湖之远的贬谪诗文，经济的影响可谓无时不在。生活是经济与文学的中介，经济生活是人们是在社会中赖以生存与延续的基本条件，它也是构成人们重要生命活动的基本内容，不仅维持着人们的生命与生理需要，而且还直接影响着人的心理情感和精神创造等活动，因此自然也影响着人们的情感表现与心理发抒等文学活动。基于以上的论述，我们从经济生活视角出发，将作家的经济生活与文学创作之关系从学理层面进行讨论，进而研究作家的各种经济生活状况与他们的心理情感和文学创作的关系也就不失为一种有效且实用的方法。许建平先生对此也认为可以运用历史学的相关研究方法，去考察具体作家的家庭收入，如父祖辈的官秩情况、田亩与商铺收入，作家所任官职以及各级官职在他们所处时代的俸禄多寡等，另外对于家庭的主要消费及消费支出情况也可以深入探讨，再对作家的家庭成员关系情况做出归纳，然后也可以运用经济心理学的一些知识，具体分析作家的经济状况对其心理情绪进的影响，最后即可对作家之经济生活对其文学创作之影响有比较深入的认识。[②]这无疑给笔者探讨苏轼的家庭收入与消费提供了学理依据。

第一节 苏轼的家庭收入情况

叶烨认为，北宋文人在踏入仕途之前，由于他们的经济来源十分有限，经济状况也都普遍较差。而正式踏入仕途之后，文人的总体收入水平就要高于当时的一般社会成员，他们的收入来源有很多，其中主要包括正常的俸禄与赏赐，另外还有部分公使钱可供他们缓解经济压力，著名文人还有润笔，他人的馈赠或接济也是其收入的重要方面，有些文人还有经商、贿赂在内的非正当收入。不过入仕也带来相应的经济开支，如必须承担更多的家族责任、保持与其他社会阶层相比不得不承受更多的花费，再加上文官在仕途中几乎难以避免的贬谪、守制和退职等特殊阶段，因此大多数北宋文官都曾有经济困难的经历。这种状况也可能造成北宋文官的特殊心理感受，即客观富裕，而主观贫穷。[③]作为北宋文官的一员，苏轼的收入除了经商、贿赂外大致如叶烨以上所论。

---

①许建平、祁志祥主编．中国传统文学与经济生活［M］．郑州：河南人民出版社，2006 年，第 5 页。

②许建平．文学研究的新经济视角与分析方法［M］．上海：上海古籍出版社，2008 年，第 35 页。

③叶烨．北宋文人的经济生活［M］．南昌：百花洲文艺出版社，2008 年，摘要部分。

一、正常的俸禄收入

宋代文官分三大类:第一类是通直郎(正八品)以上的朝官,第二类是承务郎(从九品)以上的京官，第三类是作为幕职州县官的选人。宋朝官员的俸禄，一般包括正俸（钱）、衣赐（服装）、禄粟（粮食）、茶酒、厨料、盐糖、薪、随从衣粮、马匹刍粟，还有添支（赠给）、职钱、公使钱以及恩赏等，纷繁复杂。[①]研究苏轼各时期的收入情况必须按照他历年为官情况来统计分析，而苏轼生活的仁宗、英宗、神宗、哲宗、徽宗时代各种官职的实际俸禄情况稍微有点出入，就苏轼生活的时代俸禄制度的较大调整主要有两次，一是以嘉祐二年（1057）颁布《嘉祐禄令》为标志，确立起自枢密使带使相月俸 400 贯至郢、唐、复州内品月俸 300 文一共 41 等的禄制。第二次俸禄调整则以元丰三年（1080）颁布《寄禄新格》为标志，改变了支俸的依据。此后北宋俸禄制度还有零星调整，但都没有突破元丰禄制所确定的体系。[②]好在吕斌、薛颖已在叶烨等学者的研究基础上统计了苏轼一生为官及俸禄情况，笔者在他们所绘表格的基础上按照苏轼每段时期所任官职的时长对其总俸禄情况再次做了统计，当然，数据并不一定精确无误，但却能有效帮助我们直观感受苏轼各时期的俸禄基本收入情况：

表二：苏轼历年任官情况及应得俸禄一览表：[③]

年份	时长	官职	俸禄	备注
仁宗嘉祐六年（1061年）十一月至英宗治平元年（1064）十二月十七日	三年	将仕郎（文散官阶，从九品下，服青）、守大理寺评事、签书陕西凤翔府节度判官公厅事（实际差遣）。嘉祐八年（1063）四月英宗即位，本年冬本官阶磨勘升苏轼大理寺丞，从八品，仍为凤翔签判。	“大理寺评事”月俸 10 千，绢一年 6 匹，棉一年 15 两，职钱一年 16 石，禄一年 10 石，职田 4 顷。理论上苏轼前两年俸禄总共应为 240 千，绢 12 匹，棉 30 两，职钱 32 石，禄 20 石，职田 4 顷，约折合为每年 400 石或钱 40 千。后一年“大理寺丞”俸禄应为 168 千，绢 10 匹，罗 1 匹，棉 15 两，职钱 20 千，禄 30 石。	“大理寺评事”是苏轼的本官阶，即寄禄官阶，无职事，为正九品，属京官阶次，决定苏轼的品位、俸禄。北宋前期，文散官低于本官，则本官带“守”字。文臣京朝官三年一磨勘迁转。英宗治平三年九月改为四年，本官秩满即迁。所谓“职田”，亦曰“职份田”，古代官吏给田以充禄米，按官品等级分给。

①参见黄惠贤、陈锋．中国俸禄制度史（修订版）[M]．武汉：武汉大学出版社，2012 年，第 233—290 页。

②黄惠贤、陈锋．中国俸禄制度史（修订版）[M]．武汉：武汉大学出版社，2012 年，第 226—229 页。

③本表主要参考孔凡礼．苏轼年谱 [M]．北京：中华书局，1998 年版。吕斌．苏轼的经济状况及其思想、创作 [J]．《三峡大学学报》（人文社会科学版），2010 年 8 月增刊，第 142—147 页。薛颖．北宋官员苏轼的经济情况探析 [J]．《历史教学》，2012 年第 16 期，第 7—12 页。叶烨．北宋文人的经济生活 [M]．南昌：百花洲文艺出版社，2008 年版。

英宗治平二年（1065）二月至治平三年（1066）六月	一年四个月	殿中丞（正八品）直史馆（职），差判登闻鼓院事。	此段时期“直史馆”俸禄理论上总共应有月俸共560千，绢48匹，罗1匹，棉40两，职钱53千，禄53石。	昭文馆、集贤院和史馆合称“三馆”，为“典掌禁中图书之府，编书、校书、读书之局，储养名流贤俊、备咨询访问之地，培养两制、执政以至宰相等高级官僚之所。”苏轼此时成为在朝京官，地位，地位比较荣显，可以饱读珍本书籍、名人书稿、名家绘画。
神宗熙宁二年（1069）二月至熙宁四年（1071）四月	两年两个月	熙宁二年二月任殿中丞（正八品）直史馆，差判官告院兼判尚书祠部，熙宁二年四月，权开封府推官。熙宁三年（1070）十二月，罢权开封府推官，依旧官告院。权开封府推官期间，苏轼本官阶磨勘迁转太常博士（朝官阶次）。	此段时期总共俸禄理论上应得月俸910千，绢56匹，罗2匹，棉65两，职钱86千，禄86石。	官告院在元丰五年（1082）之前为兵、吏、司封、司勋官告院简称，主管文臣、武官、将校任命书及封赠。须由带职的京朝官充任，具备较高文学造诣与声望。开封府推官则“掌府事，以狱讼刑罚为生事，户口租赋为熟事，与判官分治。”
熙宁四年（1071）十一月二十八日至熙宁七年（1074年）十月	三年	太常博士、直史馆、通判杭州军州事（七品）	此时期苏轼总俸禄理论上应为月俸总720千，绢60匹，罗3匹，棉90两，职钱75石，禄60石，职田8顷，约折合为每年800石或钱80千。	36—39岁。按宋制，“仕于外，非两制则虽帅监司，止呼寄禄官，惟通判多从馆中带职出补。”通判“职掌倅贰郡政，凡兵民、钱谷、户口、赋役、狱讼听断之事，可否裁决，与守臣通签书施行，所部官有善否及职事修废，得刺举以闻。”

熙宁七年（1074）十二月三日至熙宁九年（1076）十二月	两年	太常博士、直史馆、权知密州军州事。熙宁九年四月左右，苏轼本官阶迁尚书祠部员外郎，官职全称变为朝奉郎（服绿）、尚书祠部员外郎（从六品上）、直史馆、知密州军州事、骑都尉、借紫。	此时期苏轼总俸禄理论上应为月俸总480千，绢40匹，罗2匹，棉60两，职钱74石，禄60石，职田8顷，约折合为每年800石或钱80千。	《宋史·职官七》："宋初革五季之患，召诸镇节度会于京师，赐第以留之，分命朝臣出守列郡，号权知军州事，军谓兵政，州谓民政焉。"骑都尉为勋五转从五品，勋为虚衔，无职钱，无俸钱。按苏轼文散官朝奉郎正六品上应服绿，但因职事特许其服紫，谓之"借紫"
熙宁十年（1077年）四月二十一日至元丰二年（1079年）三月	两年	朝奉郎、尚书祠部员外郎、直史馆、权知徐州军州事、骑都尉（《祭文与可文》）。	此时期苏轼总俸禄理论上应为月俸总480千，绢40匹，罗2匹，棉60两，职钱74石，禄60石，职田8顷，约折合为每年800石或钱80千。	朝奉郎为朝中文散官二十九阶之第十四阶，正六品上，是虚职；"尚书祠部员外郎"是苏轼在朝中的"本官"，从六品，苏轼以此领取俸禄。直史馆是馆职，正八品，备选者"皆天下英俊"；"权知徐州军州事"是差遣官，从五品；"骑都尉"是勋官，从五品。
元丰二年（公元1079年）四月二十日至七月二十八日	三个多月	祠部员外郎、直史馆，知湖州军州事	此时期苏轼总俸禄理论上应为月俸总60千，职田8顷，约折合为每年800石或钱80千，其他按年发放的由于"乌台诗案"爆发皆无。	"乌台诗案"中苏轼在汴京坐牢133天，从被捕到释放，一共经历了5个月。

元丰三年（1080年）二月一日至元丰七年（1084）四月一日	四年零两个月	检校水部员外郎充黄州团练副史，本州安置，不得签书公事	此期间苏轼名义上有每月有月俸4.5千，一年有绢3匹，棉7两，禄5石，但谪居期间的此类俸禄基本不能按时发放，或只能以折支形式发，基本可以忽略不计，苏轼当时积蓄只够家人一年之需，贬谪期间基本只能自给自足。	“尚费官家压酒囊”，就是只有一些微薄的实物配给。“检校”即散官，“员外郎”即编制外的官员，“水部员外郎”就是水部正官之外的散官，是宋检校官十九等之末等。“团练副使”为十等散官之第四等，是宋朝用于安置贬降官员的一种寄禄虚衔，从八品，有一定俸给，但不给全俸。
元丰七年（1084）年四月至元丰八年（1085）二月	未到任	检校尚书水部员外郎，汝州团练副使，不得签书公事	无	因为汝州路途遥远，且路费已尽，再加上丧子之痛，苏轼两次上书朝廷，请求暂时不去汝州，先到常州居住，后于元丰八年二月初被批准。
元丰八年（1085）五月接诏命，十月十五日到登州	五天	朝奉郎、知登州军州兼管内劝农事、骑都尉、借绯。九月十八日，苏轼还在赴任途中，就又以朝奉郎升迁为礼部郎中。	苏轼到任仅5天，俸禄基本未发放。	十月二十日以礼部郎中召回京师。在元丰三年改革官制前，朝奉郎是文散官的官称，属正六品，是一种虚衔。改革官制后，朝奉郎改作寄禄官，朝廷依此发放俸禄，属正七品。
元丰八年（1085）年十二月下旬至元祐元年（1086）年三月	三个月	在朝半月，升守起居舍人，苏轼身着七品服饰进入延和殿侍奉皇帝，皇帝随即赐给他绯色官服和银鱼袋。因为这时苏轼的寄禄官朝奉郎属正七品，所以他还穿着七品服，即绿色官服。①	苏轼此时期俸禄月俸共60千，其他按年支付者应未发。	起居舍人之职主要是随从皇帝左右，负责记录皇帝们的言行，他们可以参与商议国家之礼乐法度和百官的任免赏罚等一些朝廷事务。

①宋神宗元丰三年改官制，规定四品以上官员穿紫色衣服，佩戴金鱼袋；五、六品官员穿绯色官服，佩戴银鱼袋；七、八、九品官员穿绿色官服，没有鱼袋可佩。苏轼在知密州时就已经“借紫”，可是“乌台诗案”贬官，如今还穿着绿色官服。

元祐元年（1086）年三月至九月	六个月	免试升为试中书舍人，知制诰，官阶正四品。中书舍人前的“试”表示这个官员的寄禄官阶比实际职务低二品以上。这中间苏轼还担任了详定役法，但只是临时职务，与俸禄关系不大。	苏轼这半年俸禄按“起居舍人”标准总共应为300千，其他按年发放者或未发。	中书舍人主要负责起草朝廷任免百官和整章建制以及宽赦俘虏等相关诏书，此官可直接参与朝廷的相关商议与决策。一般来说，朝廷规定此官职需要经相关考核。苏轼是继陈尧佐、杨亿、欧阳修之后第四个免试升为中书舍人的文士。
元祐元年（1086）年九月至元祐四年（1089）四月	两年七个月左右	翰林学士、知制诰，兼任经筵侍读，权知礼部贡举，特命主掌贡举考试，前后两个多月。	按“翰林学士”待遇，苏轼此段时期总俸禄应为1860千，绫35匹左右，绢100匹左右，罗2匹左右，棉125两左右，职钱125千左右，禄175石左右。	翰林学士知制诰主要负责起草任命朝廷将相大臣以及册立皇后、太子的相关诏书以及与周边国家往来的国书等。从中唐以来翰林学士就有“内相”之称。此段时期苏轼获得赏赐颇多。
元祐四年（1089年）七月三日至元祐六年（1091年）三月	二十一个月	龙图阁学士、左朝奉郎、钤辖浙西路兵马知杭州	此期苏轼总俸禄应为1260千，绫28匹左右，绢80匹左右，罗2匹，棉100两左右，职钱74石左右，禄140石左右，职田20顷，约折合为每年1000石或钱200千。	北宋景德四年（1007年）置龙图阁学士，为正三品。
元祐六年（1091）五月底至八月	三个月	翰林学士承旨兼任经筵侍读	此期苏轼总俸禄180千，其他按年发放者应未发。	此期党争激烈，苏轼不安于朝。
元祐六年（1091）闰八月二十二日至元祐七年（1092）二月	六个月	龙图阁学士、左朝奉郎知颍州军州事，兼管内劝农史轻车都尉赐紫金鱼袋	此期苏轼总俸禄360千，职田20顷，约折合为每年1000石或钱200千，其他按年发放者或未发。	《送张龙公祝文》详记其官职。
元祐七年（1092年）二月十六日至八月底	六个月	龙图阁学士、充淮南东路兵马钤辖知扬州军州事	此期苏轼总俸禄360千，职田20顷，约折合为每年1000石或钱200千。其他按年发放者或未发。	

元祐七年（1093）九月至元祐八年（1093）九月	一年一个月	龙图阁学士、守兵部尚书兼侍读，差充南郊卤簿使。南郊过后，又诰命苏轼为端明殿学士兼翰林侍读学士、守礼部尚书。	苏轼此期总俸禄为780千，绫14匹，绢40匹，罗1匹，棉50两，职钱50千，禄70石。	在宋代，皇帝每三年到南郊举行一次祭天活动，“卤簿”，指规定防护、保卫、仪仗等诸种事项的典籍，掌管卤簿是兵部的职责之一。苏轼此期得到的皇家赏赐亦颇多。至此苏轼一共当了七年经筵侍读。
元祐八年（1093年）十月二十三日至绍圣元年（1094）闰四月	六个月	以端明殿学士兼翰林侍读学士、左朝奉郎守礼部尚书，充河北西路安抚使，兼马步军都总管（河北西路的军事长官，俗称边帅），知定州军州事及管内劝农使，上轻车都尉，赐金鱼袋	苏轼此期总俸禄为360千，职田20顷，约折合为每年1000石或钱200千。其他按年发放者未发放。另苏轼任翰林学士，可得到随从7人的衣粮供给，此外尚有盐、酒、纸张等实物供应若干。以上几个时期苏轼官翰林时这些收入也应加上。	该年六月二十六日，朝廷决定苏轼出知定州，时任礼部尚书的苏轼因为有田在常州宜兴，对浙江也熟悉，于七月二十四日“乞知越州”，未被准。 该年8月25日王闰之去世，二儿媳妇欧阳氏也相继病逝。九月三日，太皇太后高氏驾崩。官职全称见《祭韩忠献公文》、《北岳祈雨祝文》等。
绍圣元年（1094）十月二日至绍圣四年（1097）四月	两年半	取消苏轼端明殿学士、翰林侍读学士称号，撤定州知州任，以左朝奉郎知英州知州。不久，降以左承议郎身份任英州（今广东英德）知州。“诏苏轼合叙复日不得与叙”。六月五日，撤销左承议郎身份，由英州知州降为宁远军（治容州，今广西容县）节度副使，惠州安置，不得签书公事。	苏轼此期俸禄有“折支券”，但一直未发，可以忽略不计。	宋代的“节度副使”本是个虚衔，品级比司马还低，这个官职对苏轼已无任何实际意义。苏轼于本年十月二日达到惠州，结束长达六个月的长途奔波的劳顿生活。绍圣三年八月，王朝云逝世。
绍圣四年（1097年）七月二日至元符三年（1100）六月	三年	责授琼州别驾（知州的佐官），昌化军安置，不得签书公事	苏轼此官月俸3.5千，禄一年2石。三年所得亦几乎可忽略不计。	自绍圣元年至元符三年，苏轼由三品高官直降为九品芝麻官，降七个品级、十四个官阶。

元符三年（1100）七月至建中靖国元年（1101） 七 月二十八日	一年	廉州（今广西合浦）安置，不得签书公事。（二月下达诏书，苏轼五月才收到）八月因生皇子恩又迁舒州（安徽省安庆）团练副使、永州安置。十一月初又复任朝奉郎（一种寄禄官，是个徒有其名的闲职，无实权，有薪俸），提举成都玉局观（祠禄官名，以道教宫观为名，无职事，是宋代专为年老不能担任实职或其他原因不能、不宜执掌军政事务的官员设置的挂名职衔，仅借名食俸，七品），在外州、军任便居住。	“舒州团练副使”月俸4.5千，绢一年3匹，棉一年7两，禄一年5石。“朝奉郎，提举成都玉局观”月俸15千，绢一年10匹，棉一年10两，禄一年10石，职田8顷。约折合为每年800石或钱80千。联系苏轼后期贫困情况，此类理论上的俸禄即使发了也微乎其微。	七月二十九日，苏轼与苏过一起离开廉州，赶往永州。九月六日在郁林惊闻秦观病逝藤州的噩耗，苏轼为此专门到秦州悼唁，可惜他们到时秦观女婿范冲已扶柩而去。离开藤州，苏轼与苏迈、苏迨及全家在广州相聚，随后乘舟北赴永州，十一月中旬途径英州，朝廷在此下诏，复苏轼为朝奉郎，提举成都府玉局观，外军州任便居住，《乞致仕表》即以此官致仕。五月间，苏轼到达金陵，当他听到向太后去世，曾布得势时，迅速打消了原来去颍昌与弟弟回合并终老的计划，建中靖国元年七月二十八日（1101年8月24日）病逝于常州。

上表统计的数字应该大体接近历史真实，但尚不包括苏轼接受朝廷赏赐、亲友馈赠和使用公使钱的隐性收入情况。对苏轼在这些方面的收入情况笔者目前也无法一一做精确的分析，但我们同样可以从苏轼自己的记录和其他一些旁证对此做简要的梳理。

二、朝廷赏赐与亲友馈赠

苏轼元祐期间属于中高级文官，俸禄优厚，上表已有对比，而且这期间苏轼除了俸禄之外还有不少朝廷赏赐，比如此期间他曾六次上《谢赐对衣金带马状》，感谢朝廷赏赐的“衣一对，金腰带一条，金镀银鞍辔一副，马一匹”，由此可知苏轼在受任翰林学士、龙图阁学士、兵部尚书、礼部尚书等职务时均可获得马匹赏赐。苏轼自己平日出行的交通工具多了起来，他甚至可以将多余之马转赠他人，如其以龙图阁学士出守杭州时即将受赐之马赠予学生李廌。不光是这些，苏轼还有其他赏赐屡见于其笔下，如《谢赐衣袄表》中朝廷赐初冬衣袄，知贡举时期朝廷赐宫烛、法酒，出知杭州知州时朝廷置酒相慰，赐龙茶、银合等，可见苏轼元祐时期朝廷给予他的待遇是相对比较丰厚的，如果再加上亲友之间的礼物馈赠，可以说元祐时期是苏轼一生在经济情况上最富有的时候。苏轼在英宗时期也曾获得赏赐，如治平三年（1066）苏洵逝世于京师，苏轼兄弟护送灵柩返乡，韩琦与欧阳修就曾各赠银300两和200两，作为苏轼兄弟的师长，韩琦和欧阳修以爱才之心资助苏轼兄弟护丧返乡，然苏轼兄弟对他们的美意却并未接受。英宗除赠苏洵光禄寺丞外，另“敕诸路应副人船”，这其中显示的仍是一种特恩。馈赠接济可能仅是解一时燃眉之急，苏轼兄弟当时的经济情况尚能支持他们护柩返乡，请求朝廷给父亲赐官无疑更符合他们兄弟当时的想法。

除了朝廷赏赐的隐性收入，来自亲朋好友的馈赠无疑也应该纳入苏轼的家庭收入来考量。苏轼交游广泛，据吴雪涛、吴剑琴辑录《苏轼交游传》所列，即有307人，[①]当然其中有些并非苏轼朋友反而是政敌，仅是有来往而已，其中还不包括苏轼在各地为官时期的百姓之名，苏轼的朋友圈到底有多大，学界对此尚无定论，但大概在千人左右。苏轼接受朋友馈赠的情况所在多有，这是我们考察苏轼家庭收入必须要注意到的。苏轼尚未出仕前于眉山家居时期，苏家在当地亦可称大姓，虽非大富大贵，维持基本生活是不成问题的。苏辙《藏书室记》称：“先君平居不治生业，有田一廛，无衣食之忧。”[②]苏轼、苏辙守母丧时期虽然回到眉山时家园破败，但回到汴京依然能购买南园，后来卖出之时也值八百余千，可见也不贫困。后来苏轼签判凤翔任满再回京，父亲苏洵去世后再回眉山守孝，那两年多时间需要离职守制，期间不得俸禄，虽然对于苏轼精神世界和经济生活都是重大创伤，心灵的悲痛与现实的困窘交错也令他倍加茫然，但苏轼凤翔签判和直史馆的官俸节余，再加上眉山产业所得，苏轼此时期也不穷困。后来再回京城，任杭州通判、密州知州、徐州知州、湖州知州时，虽然苏轼在密州也有“斋厨索然”之时，但总体上并无衣食之忧。直到“乌台诗案”贬黄州后，苏轼才第一次真正陷入经济上的穷困潦倒。“若问我贫天所赋，不因迁谪始囊空”（《和王巩六首并次韵·其五》），“饥人忽梦饭甑溢，梦中一饱百忧失。只知梦饱本来空，未悟真饥定何物。我生无田食破砚，尔来砚枯磨不出。去年太岁空在酉，傍舍壶浆不容乞”（《次韵孔毅甫久旱已而甚雨三首·其一》）。面对日益拮据的家庭生活，苏轼渴望能有自己的一块田自食其力。马梦得为苏轼求得一块已经废弃的旧营地，交给苏轼一家耕种。耕地位于州衙之东一百多步的山坡上，周围群山环抱，中间一块平地，约有五十亩（《与章子厚》：“仆居东坡作陂种稻，有田五十亩。”）。因废弃久了，遍地瓦砾。苏轼作有《东坡八首》。苏轼贬谪期间的俸禄理论上都很少，实际拿到手的更是屈指可数。因为北宋官员的俸禄发放并不能实际领到应得数目，其中一直存在着“除百钱”和实物折色等贬损问题，故而他们的实际俸禄所得就往往明显低于理论上的规定，除了现金支付外用于充当俸禄的又多为无用之物，如苏轼在黄州团练副史任上所得多为压酒囊，[③]只能说聊胜于无而已，这些使苏轼的俸禄收入在名义规定之外严重缩水。不仅如此，苏轼躬耕东坡后收入也十分有限，如他在《二红饭》中就说：“今年东坡收大麦二十余石，卖之价甚贱，而粳米适尽，

---

①参见吴雪涛、吴剑琴辑录．苏轼交游传［M］．石家庄：河北教育出版社，2001年，目次部分。

②（宋）苏辙著，陈宏天、高秀芳点校．苏辙集［M］．北京：中华书局，1990年，第1238页。

③苏轼《初到黄州》：“至惭无补丝毫事，尚费官家压酒囊。”诗后自注云：“检校官例折支。多得退酒袋。”参见叶烨．北宋文人的经济生活［M］．南昌：百花洲文艺出版社，2008年，第47页。

④《苏轼全集校注·文集》，第8479—8480页。

故日夜课奴婢舂以为饭。”[①]可见一家人努力耕种其实也仅够填饱肚子而已。难得的是苏轼没有世俗文人的架子，他与陶渊明一样，在黄州期间彻底地成为了一个农人，一个为了养家糊口而辛勤劳作的人，也是一个善于在耕种劳作中寻找审美趣味和生命体验的文人，所谓“腐儒粗粝支百年，力耕不受众目怜”（《次韵孔毅甫久旱已而甚雨》）。因为经济拮据，苏轼这段时间开始计划用钱，不像他以前那样“俸入所得，随手辄尽”（《与章子厚参政书》）。而且苏轼贬谪期间总有当地百姓热心帮助他建房安家，其间又多有馈赠，苏轼家里缺些什么，热情的邻居和百姓总会给予苏轼力所能及的帮助。虽然他处于人生低谷，身份敏感，但仍有许多当地官员冒着政治风险给苏轼开辟绿色通道，如苏轼在黄州时期四年四个月中遇到的三任太守陈轼、徐君猷、杨寀都不把他当罪官看，陈轼调任前拨临皋亭给苏轼居住，徐君猷还常常给苏轼送米送面，隔三差五将苏轼请到府衙奉为上宾，借机帮他改善生活。苏轼对此曾在《与徐得之书》中深情地说：“始谪黄州，举目无亲。君猷一见，相待如骨肉，此意岂可忘哉！”[②]徐君猷之弟徐得之老来得子，苏轼家贫无钱，当时朝云也刚产子，苏轼奉上一块精美的小砚台为他祝贺：“须是学书时与之。似太早计，然俯仰间，便自见其成立，但催迫吾侪，日益潦倒尔。”[③]苏轼家贫，实在也是拿不出贵重礼物作贺礼的。另外，苏轼耕种东坡和修建雪堂时期也得到了乡邻之间的极大帮助，为他缓解了许多人力财力上的困难。

黄州贬谪之后，苏轼贬汝州途中经济也不宽裕，元丰七年（1084）秋，苏轼花了“数百千”钱在常州宜兴买了曹氏田庄，范镇又约他买宅为邻，他就把汴京的南园卖了，卖得八百余千。因为范镇之约不能实现，他就把这“八百余千”一并用来买宜兴的田宅了。买下宜兴黄土村的曹氏田产和房屋后，田地一年可以有800石谷子的收成。这块田地和所置房产苏轼真正居住的时间很少，贬谪岭南时他让苏迈和家人就食宜兴。宜兴田庄大概就数百亩田地和数间屋舍，邵玉健先生作为常州学者，经过综合考证，认为苏轼在宜兴所购的田庄就位于湖㳇镇南部三面环山的小平原内，且东侧的可能性最大，那里的风光一如苏轼定居宜兴时所作《蝶恋花》词描写的：“云水萦回溪上路，叠叠青山，环绕溪东……”③我们上文在讨论苏轼与常州时也曾提到。此田庄性质为官田，苏轼在给秦观的信中有说明，后来黄庆基还以此攻击苏轼，苏轼作《辩黄庆基弹劾札子》将此中来龙去脉交代得很清楚，苏轼在札子中说：“臣愍见小民无知，意在得财。臣既备位侍从，不欲与之计较曲直，故于招服断遣之后，却许姓曹人将元价收赎，仍亦申尚书省及牒本路施行。今庆基乃言是本县断还本人，显是诬罔。今来公案见在户部，可以取索案验。”[④]苏轼“许姓曹人将元价收赎”，最后姓曹人因理亏并未再扯皮。苏轼元祐时期除了在社会地位、经济条件方面有了极大改善之外，其实在他的内心世界，过得并不比黄州时期轻松，相反由于激烈的党争，他总是不安于朝，“念我山中人，久与麋鹿并。误出挂世网，举动俗所惊。归田虽未果，已觉去就轻。”（《送吕行甫司门倅河阳》）他是很想及时

①《苏轼全集校注·文集》，第6310—6312页。

②《苏轼全集校注·文集》，第6316页。

③参见邵玉健．苏轼全传·毗陵我里[M]．北京：中国文史出版社，2017年，第40—48页。

④《苏轼全集校注·文集》，第3574—3581页。

抽身归田的。绍圣元年（1094）苏轼由定州贬往英州，他此时又陷入沉重的经济危机，这期间他写了《赴英州乞舟行状》，对我们了解苏轼的收入与支出情况十分有益，这里不妨录之如下：

臣轼言。所准诰命，落两职，追一官，谪守岭南小郡。臣寻火急治装，星夜上道，今已行次濠州。而自闻命已来，忧悸成疾，两目昏障，仅分道路。左手不仁，右臂缓弱，六十之年，头童齿豁，疾病如此，理不久长。而所负罪名至重，上孤恩义，下愧平生，悸伤血气，忧隔饮食，所以疾病有加无瘳。加以素来不善治生，禄赐所得，随手耗尽，道路之费，囊橐已空。臣本作陆行，日夜奔驰，速于赴任，而疾病若此，资用不继，英州接人，卒未能至，定州送人，不肯前去，雇人买马之资，无所从出。道尽途穷，譬如中流失舟，抱一浮木，恃此为命，而木将沉，臣之衰危亦云极矣。窃伏思念得罪以来，三改谪命，圣恩保全，终付一郡。岂期圣主至仁至明，尚念八年经筵之旧臣，意欲全其性命乎？臣若强衰病之余生，犯三伏之毒暑，陆走炎荒四千余里，则僵仆中途，死于逆旅之下，理在不疑。虽罪累之重，不足多惜，而死非其道，则非仁圣不杀全育之意也。辄已分散骨肉，令长子带往近地，躬耕就食，臣只带家属数人，前去汴泗之间，乘舟泛江，倍道而行，至南康军出陆赴任。所贵医药粥食，不至大段失所。臣窃揣自身，多病早衰，气息仅属，必无生还之道。然尚延晷刻于舟中，毕余生于治所，虽以瘴疠死于岭表，亦所甘心，比之陆行毙于中道，稿葬路隅，常为羁鬼，则犹有间矣。恭惟圣主之德，下及昆虫，以臣曾经亲近任使，必不欲置之死地，所以辄为舟行之计。敢望天慈，少加悯恻。臣无任。[①]

苏轼的收入支出总是连在一起难解难分，本节虽主要讨论苏轼收入，此表主要谈自身入不敷出，也谈及其家庭收入的一般情况，故也在此涉及。尽管苏轼在黄州时期已经学会了节约开支，但是富裕起来时还是改不了“禄赐所得，随手耗尽”的习惯，贬谪之途所有费用又均需自己出，苏轼拖家带口，自己的俸禄根本不够用，无奈只能到汝州找弟弟讨钱，苏辙“分俸七千”给苏轼一家，让苏迈、苏追到宜兴安家，苏轼应该也留了一点，与朝云、苏过和两位老婢同赴惠州，后来这笔钱应该也有作为建白鹤新居之用。苏轼到惠州后穷困依旧，在合江楼与嘉祐寺间来回折腾，不得已要自建家园。在《与王敏仲书》中，苏轼说：“某虑患不周，向者竭囊起一小宅子。今者起揭，并无一物，狼狈前去，惟待折支变卖得二百余千，不知已请得未？告公一言，傅同年必蒙相哀也。如已请得，即告令许节推或监仓郑殿直，皆可为干卖。”“某为起宅子，用六七百千，囊为一空，旦夕之忧也。有一折支券，在市舶许节推处，托勘请。自前年五月请，不得，至今云未有折支物。此在漕司一指挥尔，告为一言于志康也。”[②]苏轼“宁远军节度副使”的俸禄本来就少，官府在以实物折支时还往往高估物价，市场折价后拿到手的最多三成左右，而且有时还不一定能够按时领到。苏轼的折支券申请了一年多仍拿不到手，无奈只能请广州太守王古帮忙。不过就苏轼后来谪海南“尽卖酒器，以供衣食”（《和连雨

①《苏轼全集校注·文集》，第3641—3644页。

②《苏轼全集校注·文集》，第6236—6237页，第6241—6242页。

独饮二首并引》）来看，苏轼在惠州也很可能没有拿到那些折支券，到达儋州时基本可以说已身无分文，无可奈何地又陷入“厨无烟”的窘境。所幸苏轼在惠州依旧得到了不少亲朋好友的帮助，《晚香堂苏帖》载苏轼与方子容简：“厄困图穷，众所鄙弃，公独收恤有加，不可一一致谢。既蒙公库贶遗，又烦费宅帑，重叠愧荷。香粳、淳醲悉已拜赐，匆匆复谢不宣。”苏轼营建新居曾得方子容从“公库”中给予贶遗，又拿出私帑进行资助。[①]惠州知州詹范、与惠州临近的循州知州周彦质、广州知州王古、惠州河源县令冯祖仁、博罗县令林忭，其他官员如程天侔、欧阳晦夫，特别是表兄兼姐夫程正辅等都给予苏轼不少物质上的帮助。“惠粟极佳”、“惠米五硕”、“惠羊边、酒壶”等等亲友间的馈赠情况在苏轼全集中都有不少记载。尽管如此，苏轼到惠将近一年时，依旧“衣食渐窘，重九伊迩，樽俎萧然”，到了“典衣作重九”、“落英亦可餐”的地步，只是因为苏轼不断调整自己的心态，没有菜吃就借地种菜，其《撷菜（并引）》上文已做过讨论。苏轼还经常在菜圃中寻找乐趣，如《雨后行菜圃》：“梦回闻雨声，喜我菜甲长。平明江路湿，并岸飞两桨。天公真富有，膏乳泻黄壤。霜根一蕃滋，风叶渐俯仰。未任筐筥载，已作杯案想。艰难生理窄，一味敢专飨。小摘饭山僧，清安寄真赏。芥蓝如菌蕈，脆美牙颊响。白菘类羔豚，冒土出蹯掌。谁能视火候，小灶当自养。”[②]他就在逛菜圃的过程中发现生活乐趣。在惠州时羊肉很难买到，而且很贵，苏轼就通过“烤羊脊骨”的办法苦中作乐，末尾还不忘幽上一默：“然此说行，则众狗不悦矣。”[③]

儋州时期苏轼修建桄榔庵，更是在王介石等当地学子和黎族友人的帮助下一个多月建好的，如果此期苏轼只靠自己贬官微薄的官俸生活，很难想象他能熬过岭海七年的漫长时光。如果我们逐一对苏轼贬谪期间接受朋友馈赠礼物一一做统计，相信对此体会会更深。苏轼在贬谪期间对这些馈赠一般来者不拒，主要就是经济上的入不敷出，但一当他北归中原，苏轼便不再接受类似的接济。如苏轼离海南岛时有很多人送他礼物，苏轼一般都不接受，如《与欧阳晦夫》：“旦夕话别次，仁人之馈，固当捧领。但以离海南，儋人争致赠遗，受之则若饕餮然，所以一路俱不受。若至此独拜宠赐，则见罪者必众。”[④]再如苏轼北归途中给弟弟写信：“程德孺言弟令出银二百星见借，兄度手下尚未须如此，已辞之矣。德孺兄弟意极佳，感他！感他！”苏轼放弃了与弟弟相聚颍昌的计划，因此回常州的费用也大减。苏轼是一个不到万不得已不愿麻烦他人的人，他表示“少留真，欲缉房缗，令整齐也。”[⑤]只能等待苏迈、苏迨携卖宜兴田庄的钱款归来后才能起航。再如苏轼临终前在常州孙氏宅中给钱济明写信道：

某一夜发热不可言，齿间出血如蚯蚓者无数，迨晓乃止，困惫之甚。细察疾状，专是热毒，根源不浅，当专用清凉药。已令用人参、麦门冬、茯苓三味煮浓汁，渴即少啜之，

---

①此处有得于王友胜：《苏轼营造白鹤新居的历史背景与文化阐释》，载四川省社会科学重点研究基地苏轼研究中心编：《东亚汉文化圈中的苏轼研究学术论坛论文集》，四川成都，2018 年九月，第 139 页。

②《苏轼全集校注·诗集》，第 4696—4698 页。

③《苏轼全集校注·文集》，第 6638—6639 页。

④《苏轼全集校注·文集》，第 6400—6401 页。

⑤《苏轼全集校注·文集》，第 6641—6643 页。

余药皆罢也。庄生闻在宥天下，未闻治天下也，如此而不愈则天也，非吾过矣。杨评事与一来亦佳。到此，诸亲知所饷无一留者，独拜蒸作之饷，切望只此而已。[①]

苏轼此处所说“诸亲知所饷无一留者，独拜蒸作之饷，切望只此而已”，可谓是对自身贬谪生涯的无限感慨，因为贬谪固然是一种精神压制，是当权者对政治失意者远离权利中心的一种羞辱，但同时也是在经济上的一种扼制，乃至一种肉体的折磨乃至消灭。因为贬谪的挫折感、失落感乃至绝望感总是通过日常生活的变化而体现出来的。贬官常常由于经济贫困等原因导致健康状况恶化，苏轼尽管在贬谪期间参禅养生，还自种草药来治病救人，同时也自我医治，如惠州时期《小圃五咏》中种人参、地黄、枸杞、甘菊、薏苡，苏轼在惠州种的人参很可能是指玉竹，与人参一样有滋补作用，白居易《赠采地黄者》云：“与君啖老马，可使照地光”，可见地黄也是很好的药材。枸杞更是全身都是宝，甘菊“花叶根实，皆长生药也”，薏苡则能够去瘴气，苏轼种植这些药材完全是为了养生的。但是苏轼岭海七年贬谪，北归中原不久就辞世，这亦是当初章惇等人的预期结局，而其中经济因素的影响不可谓不大。对于赏赐和亲友接济的问题如果我们肯花精力认真地对苏轼全集中此类文字作梳理，相信对苏轼的实际经济状况会有更多细致的把握。

三、公使钱与润笔

苏轼一生为官，其公使钱使用在其部分官任上应该也是其隐性收入的一项，不过对于苏轼在其历任官职上究竟可以支配多少公使钱的问题以目前的材料是比较难做定量分析的，笔者此处也只是就现在掌握的材料对此做点简单讨论。公使钱很多地方又叫公用钱，是朝廷给各级政府机构的日常办公费用，这些费用一般主要由地方自筹，部分不足的部分再由中央拨款。公使钱的使用范围主要用于招待外来官员，另外，本地官员的置酒张乐等费用以及平日办公用品的相关采购，还有从事一些公益慈善性事业等。公使钱的定额没有固定数目，主要因州郡大小之不同以及官僚体制的不同而不同。宋代规定了公用钱的系列管理制度，诸如地方官员没有朝廷允许不能用公用钱交易，没有特殊原因也不能擅用公使钱等，但是由于公使钱制度方面的天然缺陷，官员们平日将公用钱假公济私的现象所在多有，这一点苏轼也不例外。所以公使钱的隐性收入对于苏轼的经济状况也有影响，其作用也是显而易见的。[②]我们上文说苏轼任杭州通判时对杭州有“酒食地狱”之称，此种生活就与杭州公使钱充足有很大关系，相反在密州时期作《后杞菊赋》云：“予仕宦十有九年，家日益贫。衣食之奉，殆不如昔者。及移守胶西，意且一饱。而斋厨索然，不堪其忧。日与通守刘君廷式循古城废圃求杞菊食之，扪腹而笑。”[③]苏轼后来在“乌台诗案”中承认是因为新法削减公使钱太甚的缘故。两位密州最高行政长官的这一笑既有辛酸，也有自甘淡泊的伸屈自如。地方经济困难，苏轼等仍然黾勉从政，

---

①《苏轼全集校注·文集》，第 5831—5832 页。

②薛颖．北宋官员苏轼的经济情况探析［J］.《历史教学》，2012 年第 16 期，第 8 页。

③《苏轼全集校注·文集》，第 13—18 页。

清廉为官，从不中饱私囊，榨取民脂民膏以自肥，这是让人无比钦佩的。苏轼后来在颍州时也有《到颍未几，公帑已竭，斋厨索然，戏作数句》云：

我昔在东武，吏方谨新书。斋空不知春，客至先愁予。采杞聊自诳，食菊不敢余。岁月今几何，齿发日向疏。幸此一郡老，依然十年初。梦饮本来空，真饱竟亦虚。尚有赤脚婢，能烹赪尾鱼。心知皆梦耳，慎勿歌归欤。[①]

因王安石变法，财富集中于国库，地方公使钱急剧压缩甚至为零，“梦饮本来空，真饱竟亦虚”，苏轼做官这么久，竟是越来越穷，吃的穿的越来越差。后来到扬州、回汴京、出知定州，公使钱的问题也肯定存在，但这期间苏轼的整体经济情况还算乐观。至于岭海七年和北归途中的情况，苏轼已是罪官，公使钱问题也就不再存在。另外苏轼的收入中还有一项特殊内容润笔。所谓润笔，即作文受谢之物。北宋文官的润笔收入主要有职务内和职务外的两种润笔形式。[②]苏轼亦然。所谓职务内润笔，主要指某些专任文官受命起草制文并获得报酬。所谓职务外润笔，指文官在其本职工作以外所获得的撰述报酬。这种润笔的受益群体显然不限于知制诰和翰林学士这样的近侍文臣，凡有文名者，皆有可能以诗文创作取得润笔收入。从类型上看，北宋文官取得这类润笔的主要机会是为死者撰写碑铭墓表和行状。洪迈即指出，有宋开国以来，知名文人仅有苏轼不常作墓铭而已。《容斋随笔·续笔》卷六“文字润笔”条云：“本朝此风犹存，唯苏坡公于天下未尝铭墓，独铭五人，皆盛德故，谓富韩公、司马温公、赵清献公、范蜀公、张文定公也。此外赵康靖公、滕元发二铭，乃代文定所为者。在翰林日，诏撰同知枢密院赵瞻神道碑，亦辞不作。”[③]另外，苏轼一般并不接受润笔。如苏轼为士人姚淳所居三瑞堂作诗以褒扬其家风之美，姚淳则以十八罐香为谢，苏轼就并未接受。在《与通长老》中，苏轼说：“姚君笃善好事，其意极可佳，然不须以物见遗也。惠香十八罐，却托还之。已领其厚意，与收留无异，实为他相识所惠皆不留故也。切为多致此恳。”[④]十八罐香价值不菲，苏轼“只为自来不受非亲旧之馈”，还恐他人见怪，故多托朋友再三致意，这着实是苏轼高风亮节的典型体现。再如《与王定国》：“公向令作《滕达道埋铭》，已诺之，其家作行状送至此矣。又欲作《孙公神道碑》，皆不敢违。只告密之，勿令人知是某作，仍勿令以润笔见遗，乃敢闻命。”[⑤]苏轼对朋友所托从来都是认真对待，有诺必践，但他并不邀功，也不受禄，这是非常难得的。苏轼在《书许敬宗砚》中也谈到都官郎中杜叔元君懿之子杜沂在君懿死后请苏轼作墓志铭，并以许敬宗砚作润笔，苏轼也没有接受。

不过苏轼跟一些亲近朋友之间就不怎么“客气”了，如跟好友文同就索要墨竹画作自己的润笔，另外《赵景贶以诗求东斋榜铭，昨日闻都下寄酒来，戏和其韵，求分一壶作润笔也》也说道：“王孙天麒麟，眸子奥而澈。囊空学愈富，屋陋人更杰。我老书

---

①《苏轼全集校注·诗集》，第 3767—3769 页。

②关于宋代文学的“润笔”现象，参见王兆鹏．宋代文学传播探源［M］．武汉：武汉大学出版社，2013 年，第 102—112 页。

③（宋）洪迈撰，孔凡礼点校．容斋随笔［M］．北京：中华书局，2015 年，第 222—224 页。

④《苏轼全集校注·文集》，第 6755 页。

⑤《苏轼全集校注·文集》，第 5728—5730 页。

益放，笔落座争制。欲求东斋铭，要饮西湖雪。长瓶分未到，小砚干欲裂。不似淳于髡，一石要烛灭。”①《与米元章》：“佳篇辱贶，以不作诗故，无由攀和。山研奇甚，便当割新得之好为润笔也。呵呵。”②《书王定国赠吴说帖（定国帖附）》：“定国吴砚，李文靖奉使江南得之。巩获于其孙，盖作风字样，收水处微损，以漆固之。子瞻作《清虚居士真赞》，取以为润笔。子瞻今去国万里，然与砚俱乎？绍圣乙亥春，至广陵，吴说以笔工得子瞻书吴砚铭，览之怅然。平生交游，十年升沉，惟子瞻为耐久。何日复相从，以砚墨纸笔为适也。王巩定国书。此吴汪少微砚也。”③不过苏轼此处的“润笔”更多的是一些文房用品，只要涉及名贵之物，苏轼一般并不接受。苏轼文高天下，作墓志铭以得润笔之资的机会无疑是很多的，但我们从苏轼全集中能找到的有关“润笔”之处大概已如上述，这与刘叉取笑韩愈“此谀墓中人得耳”是颇为不同的。关于苏轼的家庭收入情况大致如上所论，接下来我们再探讨苏轼的家庭消费问题。

第二节 苏轼的家庭消费情况及其对“穷”、“达”之态度

研究宋代消费史的何辉先生认为中国古代并没有“消费”这个词，但在中国古代，不论是“消”还是“费”，当它们作为动词使用时，作为施动者的行为主体既可以是物体、个人和家庭，也可以是军队、国家，甚至还可以是某种抽象的概念。当“费”作名词时，它可以是钱，也可以是物。这是符合中国古代的实际情况的。实际上，中国古代许多朝代，物资除了直接使用外，常常可以折成钱用来纳税或进行物物交易。④这对于我们研究苏轼的家庭消费情况也是有启发的。苏轼的家庭消费大致可分为衣食住行、文化消费、馈赠他人及其他支出等，以下我们分别对此类情况一一做点讨论。

一、衣食住行等日用开支

苏轼的家庭消费首先是家庭成员衣食住行等日常生活消费，由于吃饭穿衣问题多数都需要在家庭内部加以解决，因此从个人消费的需求量来说，家庭日常消费能够满足其大部分生活之所必需。换言之，无论是物质生活消费，抑或是文化生活消费，尽管因人而异，但绝大部分都是在家庭中进行的。⑤苏轼需要供养的家庭人口数量在其文字中有两次说明，一次是《乞常州居住表》中所说：“今虽已至泗州，而资用罄竭，去汝尚远……

①《苏轼全集校注·诗集》，第3883—3884页。

②《苏轼全集校注·文集》，第6458页。

③《苏轼全集校注·文集》，第8001—8002页。

④何辉．宋代消费史：插图珍藏版[M]．北京：九州出版社，2016年，第9—10页。

⑤杨威．中国传统日常生活世界的文化透视[M]．北京：人民出版社，2005年，第82页。

二十余口，不知所归。”[①]另外一次则是由儋州北归中原时所写《答王幼安宣德启》：“俯仰十年，忽焉如昨；间关百罹，何所不有。顷者海外，澹乎盖将终焉；偶然生还，置之勿复道也。方将求田问舍，为三百指之养；杜门面壁，观六十年之非。岂独江湖之相忘，盖已寂寥而丧我。”[②]我们从中可见黄州以前苏轼需要供养的人口在二十人左右，后期则在三十人左右。当然，苏轼人生不同阶段、仕途的不同时期，其所负担的人口数量都不相同，但从以上材料可知基本就在二十到三十之间。据薛颖的研究，在宋代中后期一家人要维持最低的生活标准，每个人每月大约需要一石左右的粮食，另外还需要一点五贯的日常生活费用。而整个两宋时期的谷米价格是在每石两百、三百至五百之间，如果按照当时谷价最高之时的五百文，人口数量则以三十人计算的话，一家人的日常粮食消费的折合钱数是每月十五贯，还要外加四十五贯的日常生活费用支出，这样两项合计下来苏轼一家维持正常生活就得在六十贯左右。苏轼为官各时期的大部分时光俸禄充足，要养活三十人左右的家庭不仅可以做到衣食无忧，而且还应该能有所结余，剩下的钱能变为家庭的积蓄，以备不测。[③]这基本是符合苏轼的家庭经济情况的，我们研究苏轼的家庭消费同样需要考察苏轼在各个不同时期的消费情况。

苏轼未出仕时期，苏家的家庭消费除了日常开支外，应该还有赋役之类的支出。苏轼兄弟迈入仕途后，就享有了减免赋役的经济特权，可视为变相俸禄，一定程度上减少了家庭开支，这在苏轼的家庭消费中也是特别值得提出的。叶烨认为，在北宋社会经济生活中，自给自足的小农经济仍居于主导地位。而入仕前文人的经济生活也以农耕生活为主体，生活范围的狭窄使其收入或开支均一目了然。而文人一旦踏入仕途，情况则迥然不同，在各地任职的经历使其生活内容远较之前丰富，随之而来的各种收入来源与支出，就复杂程度而言也非农耕生活可比。[④]苏轼童年时期和两次眉山守丧时期都不见其记录自身贫困的文字，任凤翔签判时苏轼除了家庭开支外还有余钱修缮自身的居所，我们在第一章中做过考察。按《宋史·食货志》的说法，北宋一匹绢长四十二尺，至少可以做三件成人衣服，苏轼官凤翔期间得到的绢已足够做 66 件衣服，足以解决一家的穿衣问题。在此期间，苏轼还费钱 100 贯购得唐代吴道子所绘木门版送给父亲苏洵，木门版原为长安唐明皇所建藏经龛中所画四版菩萨图。[⑤]可见苏轼官凤翔期间除了家庭日常开支外仍有余钱购买一些贵重收藏品。

除了衣食费用支出，苏轼的家庭消费中还有很大部分的建房费用、出行费用和待客费用等，这些无疑也是苏轼家庭消费中的重要组成部分。苏轼交游广泛，道士、僧侣、儒生，三教九流之人，苏轼都能与他们打成一片。苏轼自称“吾上可陪玉皇大帝，下可陪卑田院乞儿。眼间天下无一个不是好人”。[⑥]苏轼经济宽裕之时对这些支出自不发愁，此处笔者仅关注其贬谪时期的此类费用支出情况。苏轼在“乌台诗案”时期不仅政治地

①《苏轼全集校注·文集》，第 2594—2598 页。

②《苏轼全集校注·文集》，第 5170—5171 页。

③薛颖．北宋官员苏轼的经济情况探析 [J].《历史教学》，2012 年第 16 期，第 10 页。

④叶烨．北宋文人的经济生活 [M]. 南昌：百花洲文艺出版社，2008 年，第 31 页。

⑤《苏轼全集校注·文集》，第 1215—1219 页。

⑥（宋）高文虎录．蓼花洲闲录 [M]. 北京：中华书局，1985 年，第 11 页。

位一落千丈，而且经济情况亦是雪上加霜。苏迈当时一个人在京城，所带银钱因为要给苏轼送饭早已入不敷出，父子俩约定有大难之时就送一条鱼，结果苏迈去陈留筹钱筹粮曾托亲戚给苏轼送饭，忘记将此约定告知，还令苏轼自以为必死，写下了两首绝命诗。苏轼虚惊一场很大程度上还是因为苏轼一家当时的经济情况所致，政治上的穷途末路，经济上的一贫如洗，这在苏轼的绝命诗中都是有所表现的。“百年未满先偿债，十口无归更累人”、“眼中犀角真吾子，身后牛衣愧老妻”，苏轼为以全家托付给弟弟而感到痛苦，更觉得愧对妻子、儿子。苏轼最后尽管无性命之忧，但最终还是被贬为“检校水部员外郎充黄州团练副史，本州安置，不得签书公事”，其从八品的俸禄本就低，现银只领得三分之一，余下的三分之二还只能领一些官府卖完酒之后的酒囊，苏轼自注说是退酒袋，此处的酒囊也许只是苏轼的气话，可能也并非实指，但作为贬官俸禄极为微薄是事实。苏轼到黄州不久，当时章惇已官居高层，对苏轼尚有朋友之谊，曾写信问候他，苏轼作《与章子厚参政书》有云：

黄州僻陋多雨，气象昏昏也。鱼稻薪炭颇贱，甚与穷者相宜。然轼平生未尝作活计，子厚所知之。俸入所得，随手辄尽。而子由有七女，债负山积，贱累皆在渠处，未知何日到此。见寓僧舍，布衣蔬食，随僧一餐，差为简便，以此畏其到也。穷达得丧，粗了其理，但禄廪相绝，恐年载间，遂有饥寒之忧，不能不少念。然俗所谓水到渠成，至时亦必自有处置，安能预为之愁煎乎？[①]

苏轼初贬黄州之时只有长子苏迈同行，二人在定惠院“随僧一餐”，倒也“差为简便”，但不久后闰之、朝云和苏迨、苏过等家眷即将来黄州，苏轼不得不考虑全家人今后的经济问题，他甚至“畏其到也”，担心“年载间”即“有饥寒之忧”了。但话虽如此，一家人再怎么艰难也要一起度过，苏轼对此不愿意多想，他认为水到渠成的事多想也是无益，苏轼从不给自己提前预支忧愁。后来苏轼又给弟子秦观写信，在《答秦太虚书》中，苏轼说：

初到黄，廪入既绝，人口不少，私甚忧之，但痛自节俭，日用不得过百五十。每月朔，便取四千五百钱，断为三十块，挂屋梁上，平旦，用画叉挑取一块，即藏去叉，仍以大竹筒别贮用不尽者，以待宾客，此贾耘老法也。度囊中尚可支一岁有余，至时，别作经画，水到渠成，不须顾虑，以此胸中都无一事。[②]

那时，官府的俸禄暂时还没有接上，但是随着家人全部来黄州与苏轼团聚，他就难免为一家生计发愁。因为苏轼现为贬官，只是虚职而已，又不能签书公事，则地方官员本来享有的公使钱等便利一概付之阙如，更不能住在官舍，只能自己想办法租房或建房。其次，遭遇贬谪往往导致当事官员举家迁徙，其中会凭空造成诸如舟旅之资等一系列的无谓开支。苏轼从湖州被捕入京之时，家人就只能去和苏辙住一起，等到苏轼在黄州稍微安定下来，苏辙也被贬筠州，才专程将哥哥家眷送来黄州。我们在第一章已有所分析，苏轼在黄州初寓定惠院，后迁临皋亭，再建东坡雪堂和南堂，苏轼曾在《次韵孔毅甫久

---

①《苏轼全集校注・文集》，第 5269—5273 页。

②《苏轼全集校注・文集》，第 5753—5759 页。

旱已而甚雨》中说："我生无田食破砚，尔来砚枯磨不出"，[1]他当时已为自己没有田产以供衣食而发愁。贬谪黄州是苏轼入仕以来遭到的第一次重大打击，苏轼当时根本不知道自己还能不能回到京城，他不能不考虑家庭消费的很多问题。全家人来到临皋亭后居住条件并不好，自己平日的积蓄也只够一年之用，如何开源节流成为摆在苏轼当时的大问题，所以他只能用积蓄先维持着日常的基本开支，计划着每月的四千五百钱绝不多用，如有节余则留待宾客，日子还勉强算过得去。何忠礼先生考证苏轼当时每月仍有二十千的俸禄，所谓"日用不得过百五十"，乃是供他个人所花的零用钱，故苏轼在黄州的生活并不是极度穷困。[2]但那些名义上的俸禄都只是"压酒囊"之类的不值钱之物，何先生的说法尚需打点折扣。苏轼说自己"囊中尚可支一岁有余"，则表明家庭尚有积蓄，150 文吃一年有余，苏轼的铜钱积蓄还有五六万之多。不过自己积蓄虽少，所幸黄州物价还不是很贵，那时黄州地区盛产橘子、柿子等果品，因为地处江边水运发达，运费很低，一斗米也才 20 文，一匹绢大约一千二百文钱，再加上各类开销，一个月也得四千多文钱。羊肉味美不亚于北方的牛肉，鹿肉甚贱，鱼蟹几乎不论钱买，猪肉尤其便宜，苏轼在此还发明了著名的"东坡肉"，其日常生活中尚有一些口腹之乐。"至时，别作经画，水到渠成，不须预虑。以此，胸中都无一事"，苏轼此处对秦观所说与对章惇所说几乎一致，他在慢慢寻求着改善生活的办法。

好在故人马正卿为他争取获得了东坡营地，苏轼全家辛勤躬耕慢慢有了点微薄的收成，虽然收入有限，但勉强节省了一点开支，之后苏轼又在乡邻帮助下盖好东坡雪堂，又在蔡承禧的帮忙下建南堂。这期间苏轼也是尽量节约度日，如《与李公择》中说："口体之欲，何穷之有，每加节俭，亦是惜福延寿之道。"[3]因为苏轼在黄州并不宽裕的生活一直都在延续。元丰六年八月二十七日，他写了《节饮食说》，说从今以后，早晚的饮食不过"一爵一肉"，如果有尊贵的客人来，则为三爵三肉，可以减少但绝不能增加，即使是外出做客也是如此。这一时期，他奉行三条生活原则：安分以养福、宽胃以养气和省费以养财。不过，苏轼毕竟是很会生活的人，黄州多鱼，他喜欢自己煮鱼吃，鱼味很是鲜美，自己闲适之时就把其中的经验写下来，所以黄州时期苏轼有《煮鱼法》、《猪肉颂》等诸多妙文，那实在是诗人苦中作乐的智慧结晶。

苏轼刚来黄州时心情苦闷，他既在定惠院、安国寺等佛寺中杜门反思，也放浪山水间出门游玩，叶梦得《避暑录话》载："子瞻在黄州及岭表，每旦起，不招客相与语，则必出面访客。所与游者亦不尽择，各随其人高下，谈谐放荡，不复为畛畦。有不能谈者，则强之说鬼。或辞有无，则曰'姑妄言之'。于是闻者无不绝倒，皆尽欢而后去。设一日无客，则歉然若有疾。其家子弟尝为余言之如此也。"[4]苏轼苦闷的心灵需要自我排解亦需人情的温暖，好友陈季常黄州期间曾七次来找苏轼，着实给他带来了很多安慰。

---

①《苏轼全集校注·诗集》，第 2368—2372 页。

②何忠礼．苏轼在黄州的日用钱问题及其他 [J].《杭州大学学报》，1989 年第 4 期。

③《苏轼全集校注·文集》，第 5615—5617 页。

④叶梦得：《避暑录话》，朱易安、傅璇琮主编．全宋笔记（第二编第十册）[M]. 郑州：大象出版社，2006 年，第 227 页。

苏轼后来盖好雪堂后，家中也常有客人来访，有几个还住了一年多，如苏轼眉山同乡巢谷就在东坡雪堂住了一年，在此期间担任家庭教师，教授 14 岁的苏迨和 12 岁的苏过。此期还有苏轼的大舅哥，弟弟苏辙的几个女婿也轮流来此探望。苏轼的方外好友参寥在巢谷走后也在东坡雪堂住了一年多，苏轼《参寥泉铭（并叙）》云："余谪居黄，参寥子不远数千里从余于东坡，留期年。"[①]道士赵吉也住了半年，后来随苏轼一起离开黄州。苏轼家中尚有"家童"（《临江仙·夜饮东坡醒复醉》："家童鼻息已雷鸣"）可见苏轼家中除家庭成员的日用供给外还要多算上几口需要供养，苏轼接待这些客人的花费也不会少。黄州期间苏轼平时就在东坡耕作，自己筑水坝，建鱼池，整荒地，种蔬菜，自打水井灌溉庄稼，高地播种小麦，低洼储水栽稻。苏轼还虚心地向当地老农请教种植技术，"农夫告我言，勿使苗叶昌。君欲富饼饵，要须纵牛羊"，躬耕东坡让苏轼多少有了余钱招待客人，可是东坡土地贫瘠，产量有限，苏轼还曾想到沙湖买田，著名的《定风波·莫听穿林打叶声》即作于买田途中，但最终因为价格问题并没有买下来，后来苏轼好友杨素还与苏轼商议合买一处庄院，他在《与杨元素》中说：

承令弟见访，岸下无泊处，又苦风雨，匆匆别去，至今不足。示谕田事，方忧见罪，乃蒙留念如此，感幸不可言。某都不知彼中事，但公意所可，无不便者。军屯之东三百石者，便为下状，甚佳。李教授之兄又云：官务相近有一庄，大佳。此彭寺丞见报。亦闲与问看。今日章质夫之子过此，已托于舟中载二百千省上纳。到，乞与留下。果蒙公见念，令有归老之资，异日公为苍生复起，当却为公葺治田园，以报今日之赐也。适新旧守到、发，冗甚，不一一。[②]

承示谕，定襄胡家田，公与唐彦议之，必无遗策。小子坐享成熟，知幸！知幸！近答唐君书，并和红字韵诗，必皆达矣。胡田先佃后买，所谓抱桥澡浴，把揽放船也。呵呵。凡事既不免干渎左右，乞一面裁之，不须问某也。尚有二百千省，若须使，乞示喻，来便附去。见陈季常慥，云，京师见任郎中其孚之子，欲卖荆南头湖庄子，去五六十里，有田五百来石，厥直六百千，先只要二百来千，余可迤逦还，不知信否？又见乐宣德，言此田甚好，但税稍重。告为问看。彭寺丞之流，近日更不敢托他也。浼乱尊听，负荆不了也。[③]

笔者此处之所以引用苏轼给杨元素的这两封信，是因为我们一般只熟知苏轼到沙湖买田，其实黄州时期苏轼一直都在考虑买田之事，东坡毕竟是借来的废弃营地，苏轼当时在政治上已觉得自己无所作为，他必须要考虑在黄州安家的诸多事情。尽管苏轼在黄州这几次买地大都没成功，亦可帮助我们考察苏轼当时真实的经济状况。苏轼当时收入有限而消费众多，节流有限而开源难成，这对他的黄州家居生活是有很大影响的。后来离开黄州，苏轼看着辛勤经营起来的家业马上又要与之告别，他的心情很是复杂。苏轼在黄州中后期已慢慢习惯了当地生活，从刚来黄时作《与王定国书》："自到此，惟以

①《苏轼全集校注·文集》，第 2148—2151 页。

②《苏轼全集校注·文集》，第 6130—6131 页。

③《苏轼全集校注·文集》，第 6135—6136 页。

书史为乐，比从仕废学，少免荒唐也。近于侧左得荒地数十亩，买牛一具，躬耕其中。今岁旱，米贵甚。近日方得雨，日夜垦辟，欲种麦，虽劳苦却亦有味。邻曲相逢欣欣，欲自号鏖糟陂里陶靖节，如何？”[①]到后期愿意在黄州终老，如《次韵曹九章见赠》云：“卖剑买牛真欲老，得钱沽酒更无疑。”[②]《浣溪沙·倾盖相逢胜白头》：“卖剑买牛吾欲老，乞浆得酒更何求。”[③]苏轼以象征功名的“剑”换取躬耕田园的“牛”，他是真实想着要老于黄州的，可是皇命下达，苏轼不得不赴任。苏轼离开黄州后一年多时间全家都在量移汝州途中，这其中的舟旅花费和全家的衣食着落又是一个不小的数字，这期间范镇邀他卜邻而居，苏轼在《答范蜀公》中说：

蒙示谕欲为卜邻，此平生之至愿也。寄身函丈之侧，旦夕闻道，又况忝姻戚之末，而风物之美，足以终老，幸甚！幸甚！但囊中止有数百千，已令儿子持往荆渚，买一小庄子矣。恨闻命之后。然京师尚有少房缗，若果许为指挥从者干当，卖此业，可得八百余千，不识可纳左右否？所赐手书，小字如芒，知公目益明，此大庆也。某早衰多病，近日亦能屏去百事，澹泊自持，亦便佳健，异日必能陪从也。[④]

无论何时何地，有房可供安居都是生活中的头等大事，对于苏轼而言，购房或租房的支出可说是他日常开支中最重要的内容之一。苏轼在京为官时屡次请求由朝中调赴外职，核心原因当然是因为激烈的党争使他不安于朝，但也有一个很重要的原因就是在地方任官可以免除包括房租在内的高昂生活成本。因为居官于地方，任职期间苏轼全家可以居住于官舍，相反在京任官，苏轼要么租房而居，要么借房而居，租房成本又不低，借房苏轼又不想拖累亲友，这是我们考量苏轼家庭消费不可忽略的一个重要方面。苏轼此处买田阳羡，包括前面的黄州买田、后来建白鹤新居、桄榔庵还有北归再次寻找合适的家宅均是如此，这些花费在苏轼的家庭消费中占有极大比重。苏轼从定州贬英州再贬惠州途中大概走了半年，这其中的花费也着实不小，我们可以通过考察苏轼在转官或贬谪路上的消费情况来深入研究苏轼的出行消费，而且还得考虑官员转官或贬谪一般需要些什么样的开支，诸如车马舟船类等支出、住宿吃法等支出，再联系当时的物价情况方可对此问题得出更加清晰的结论。苏轼在此类支出中花费不少，如苏轼贬惠州之时还找弟弟借钱，上文已说过，这是我们考察苏轼的家庭消费中不该忽视的重要问题。另外，苏轼惠州时期和儋州时期家中也都经常来客，不过苏轼这两段时间招待客人的花费应该不会很多，因为黄州时期苏轼有雪堂这一待客之所，食物来源尚有东坡躬耕所得，故客人到访条件虽然简陋，却并不构成多大的难题。惠州、儋州时期苏轼除了微薄俸禄外大都靠亲友接济，借王参军半亩地种菜也只能自图温饱，苏轼此期间到访客人大都只作短暂停留，而且都能与苏轼共患难，此点我们将在下文重点涉及，此处仅提出苏轼的待客消费问题，以窥见苏轼家庭消费情况之一斑。

---

①《苏轼全集校注·文集》，第 5696—5698 页。

②《苏轼全集校注·诗集》，第 2505—2507 页。

③《苏轼全集校注·词集》，第 478—480 页。

④《苏轼全集校注·文集》，第 5394—5395 页。

二、文化消费、馈赠他人及其他支出

除了衣食住行等家庭开支，苏轼最重要的消费支出还有文化生活消费，对于苏轼这样的文人学者，诸如笔墨纸砚等文人必备用品的购买、朋友雅集之间的诗酒唱酬、游山玩水的舟旅之资、艺术鉴藏的文化消费等等对他而言无疑也是一笔重要的开销。苏轼喜欢宣城诸葛笔，黄庭坚曾说此种笔价格不菲。王羲之古凤池紫石砚，米芾在《书史》中也记载："苏子瞻以四十千置往矣。古砚心凹，所谓砚瓦，如铜瓦，笔至水即圆。"[①]四十千并非小数目，由此也可见苏轼在此类开支上的巨大。苏轼还收藏有众多名墨和古砚，对书写纸张也有很高的要求，有些时候纸张差了，苏轼还有不少抱怨的文字记录。这些文化用品有些虽然是朋友所赠，但更多时候无疑也是得自己购买的。苏轼有很多癖好，诸如竹癖、香癖、石癖等等，这些开支也不在少数，其《壶中九华诗（并引）》云："湖口人李正臣蓄异石九峰，玲珑宛转，若窗棂然。余欲以百金买之，与仇池石为偶，方南迁未暇也。名之曰壶中九华，且以诗识之。"[②]此处的"百金"更不是小数目，苏轼"俸入所得，随手辄尽"的习惯与他对此类艺术品的喜爱是分不开的，当时苏轼在贬途中，"百金"应为苏辙"分俸七千"的一部分，尽管此石最终并没有买成功，但从中我们已能看出苏轼在此类物品中的消费习惯之一斑。

苏轼的家庭开支中还有馈赠礼物、金钱等方面应该考虑，其宗教信仰和慈善捐赠之类的消费也是如此，此处笔者统称为馈赠他人之类的消费。苏轼馈赠亲友礼物的诗文在苏轼全集中也有很多，如果我们也能对此类情况做一统计再分时段分析，相信对此会有更清晰的认识。笔者本打算对苏轼一生所收到的礼物以及馈赠他们礼物分别列表统计，然而其中头绪纷繁，只能留待他日，此处我们重点关注苏轼的宗教馈赠类的消费。苏轼在凤翔期间就开始深入了解佛教，签判杭州期间更是逢寺必游。关于苏轼的方外交游情况，司聃先生近来做了综合性研究，[③]从中亦可见苏轼在佛教上的花费也并不少，《与大觉禅师琏公》中就说到苏轼将苏洵生前喜爱的禅月罗汉画施与明州育王寺。苏轼还有《怪石供》和《后怪石供》等供僧盆景，其中怪石虽然都是苏轼捡来的，但大铜盆等都是自己出资，如元丰五年（1082）五月《与佛印》："收得美石数百枚，戏作《怪石供》一篇，以发一笑。开却此例，山中斋粥今后何忧，想复大笑也。更有野人于墓中得铜盆一枚，买得以盛怪石，并送上结缘也。"[④]苏轼此处首创了以水供养纹理彩石的方法，并提出以盘供石的理念，后世文人多效仿之，这与他到寺庙参禅焚香、供奉果品、布施斋僧、刻印佛经、做水陆道场一样，这些佛事活动同样需要一定的物质基础。苏轼在对佛寺的供养上有很多记载，如熙宁元年十月二十六日，苏轼作《四菩萨阁记》，上文曾提及，苏轼在此文中记述了自己将在凤翔时期购买的吴道子四门版菩萨像，当时将其送给父亲苏洵，父亲故去后，苏轼又将门板送给了宗兄惟简大师，"既以予简，简以

---

①（北宋）米芾著，黄正雨、王心裁辑校．米芾集［M］. 武汉：湖北教育出版社，2002 年，第 134 页。

②《苏轼全集校注·诗集》，第 4355—4259 页。

③司聃．苏轼的方外交游及其诗文研究［M］. 北京：中国人民大学出版社，2016 年版。

④《苏轼全集校注·文集》，第 6730—6731 页。

钱百万度为大阁以藏之，且画先君像其上。轼助钱二十之一，期以明年冬阁成。”[①]苏轼此处的花费定然是不少的，而且苏轼在苏洵和程夫人去世后，每逢他们的忌日苏轼一般都要进行佛事活动，如元丰四年四月八日是苏轼母亲程氏忌日，苏轼为之饭僧于安国寺，并将其在岐亭所得知应梦阿罗汉“完新而龛之，设于安国寺”（《应梦罗汉记》）。元丰七年四月二十五日是苏洵忌日，苏轼手写宝积献盖颂佛一偈，赠圆通禅院长老可仙法镜禅师。（《圆通禅院，先君旧游也。四月二十四日晚，至，宿焉。明日，先君忌日也，乃手写宝积献盖颂佛一偈，以赠长老仙公。仙抚掌笑曰：“昨夜梦宝盖飞下，着处辄出火，岂此祥乎！”乃作是诗。院有蜀僧宣，逮事讷长老，识先君云》）再如《真相院释迦舍利塔铭（并叙）》：

洞庭之南，有阿育王塔，分葬释迦如来舍利。尝有作大施会出而浴之者，缁素传捧，涕泣作礼。有比丘窃取其三，色如含桃，大如薏苡，将寘之他方，为众生福田。久而不能，以授白衣方子明。元丰三年，轼之弟辙谪官高安，子明以畀之。七年，轼自齐安蒙恩徙临汝，过而见之。八年，移守文登，召为尚书礼部郎。过济南长清真相院，僧法泰方为砖塔十有三层，峻峙蟠固，人天鬼神所共瞻仰，而未有以葬。轼默念曰：“予弟所宝释迦舍利，意将止于此耶？昔予先君文安主簿赠中大夫讳洵，先夫人武昌太君程氏，皆性仁行廉，崇信三宝。捐馆之日，追述遗意，舍所爱作佛事，虽力有所止，而志则无尽。自顷忧患，废而不举，将二十年矣。复广前事，庶几在此。”泰闻踊跃，明年来请于京师。探箧中得金一两，银六两，使归求之众人，以具棺椁。[②]

苏轼后来北归中原途中作《跋所书圜通偈》云：“轼迁岭海七年，每遇私忌，斋僧供佛，多不能如旧。今者北归，舟行豫章、彭蠡之间，遇先妣成国太夫人程氏忌日，复以阻风滞留，斋荐尤不严，且敬写《楞严经》中文殊师利法王所说《圜通偈》一篇，少伸追往之怀，行当过庐山，以施山中有道者。建中靖国元年四月八日书。”[③]苏轼集子中诸如此类的文字着实不少。苏轼对一些寺院也常有施舍，如熙宁年间苏轼作《与辩才禅师》：“某尚与儿子竺僧名迨于观音前剃落，权寄缁褐，去岁明堂恩，已奏授承务郎，谨与买得度牒一道，以赎此子。”再如元祐三年，苏轼再与辩才禅师简，说与弟弟舍绢一百匹，求为亡父母造地藏菩萨一尊并座及侍者二人，“菩萨身之大小，如中形人，所费尽以此绢而已。若钱少，即省镂刻之工可也。”④他们要将佛像供养于京师寺中。苏轼在颍州时，辩才大师去世，苏轼托参寥前往祭奠，作《答参寥》云：“辩才遂化去，虽来去本无，而情钟我辈，不免凄怆也。今有奠文一首，并银二两，托为致茶果一奠之。”[⑤]惠州时期，苏轼有《与程正辅书》云：

少恳冒闻。向所见海会长老，甚不易得。院子亦渐兴葺。已建法堂甚宏壮，某亦助

① 《苏轼全集校注·文集》，第 1215—1219 页。

② 《苏轼全集校注·文集》，第 2208—2212 页。

③ 《苏轼全集校注·文集》，第 7884—7885 页。

④ 《苏轼全集校注·文集》，第 6698—6701 页。

⑤ 《苏轼全集校注·文集》，第 6710—6712 页。

施三十缗足，令起寝堂，岁终当完备也。院旁有一陂，诘曲群山间，长一里有余。意欲买此陂，属百姓见说数十千可得。稍加葺筑，作一放生池。囊中已竭，辄欲缘化。老兄及子由各出十五千足，某亦竭力共成此事。所活鳞介，岁有万数矣。老大没用处，犹欲作少有为功德，不知兄意如何？可，便乞附至，不罪！不罪！[①]

苏轼此期尚有《与程正辅》云："某辄附上绫、刻丝各一匹，用与表嫂斋僧，表区区微意。"[②]可见苏轼即使在自己"囊中已竭"之时也是尽己所能在做一些佛事，自己钱不够的时候还会说服亲友出资以力成其事。另外，苏轼回中原途中与秦观会面，二人分别后不久秦观去世，在《与范元长》中苏轼请范元长托处度将银五两作为为秦观斋僧之用："漂流江湖，未能赴救，已为惭负。有银五两，为少游斋僧，乞转与处度也。"[③]苏轼在自己经济十分拮据之时仍在做这些佛事，经济宽裕之时就更不用说了。如果我们也对苏轼关于宗教信仰的支出情况做一统计，对这个问题应该会有更深入的看法。

苏轼乐善好施，为官一任即造福一方，早在凤翔时期，苏轼对一些非自己管辖的事往往也会以慈悲心肠施以援手，如《上韩魏公乞葬董传书》云："今父子暴骨僧寺中，孀母弱弟自谋口腹不暇，决不能葬。轼与之故旧在京师者数人，相与出钱赙其家，而气力微薄，不能有所济，甚可悯也。公若犹怜之，不敢望其他，度可以葬传者足矣。陈绎学士当往泾州，而宋迪度支在岐下，公若有以赐之，轼且敛众人之赙，并以予陈而致之宋，使葬之，有余，以予其家。"[④]在惠州时期埋无名枯骨亦是如此。苏轼每当出任地方官之时往往政绩斐然，就算在登州仅五天，也为登州百姓做了很多实事，杭、密、徐、颍、扬、定等地就更不用说，即使是在贬谪时期，苏轼自己都生活困难，但他也常常会解私囊以助公益，如苏轼在黄州筹办"育儿会"，在《黄鄂之风》中就说："若岁活得百个小儿，亦闲居一乐事也。吾虽贫，亦当出钱十千。"[⑤]元丰七年（1084）十月十九日，苏轼量移汝州团练副使，在经过扬州时上《乞常州居住表》，元丰八年（1085）年新年刚过，苏轼在泗州作《再上乞常州居住表》，两表中苏轼都表示自己"举家重病"、"费用竭罄"、"赀用罄竭"、"无屋可居，无田可食"、"二十余口，不知所归"的惨况。但苏轼在自己极度困难的情况下也经常救济比自己更困难的人，如李廌到黄州拜谒苏轼的时候跟苏轼哭诉家贫不能葬亲，二人分别时"轼解衣为助，又作诗以劝风义者"（《宋史·李廌传》）。元丰八年（1085）三月，苏轼途经南都，25岁的李廌从河南禹州来看他，李廌是苏轼同年李惇（字宪仲）之子，李惇去世时李廌才6岁，苏轼这次看了李廌的文章后，称赞他"其文晔然，气节不凡"。其间，李廌哭诉自己死去的父亲、母亲、祖母及前母均因家贫而无力安葬，自己不因为饥寒而悲戚，但若不能安葬亲人则死不瞑目。这时恰逢苏轼友人梁先得知苏轼要归宜兴，临别时送了苏轼绢10匹、丝百两，苏轼百般推辞后才破例收下，他当时本身已经相当困难，但苏轼将梁先所赠全部转送给李廌，并作《李宪仲哀词》送

---

①《苏轼全集校注·文集》，第5978—5980页。

②《苏轼全集校注·文集》，第6037—6038页。

③《苏轼全集校注·文集》，第5461—5462页。

④《苏轼全集校注·文集》，第5379—5382页。

⑤《苏轼全集校注·文集》，第8296—8297页。

给他，并表示以后还会尽力帮助。苏轼守杭州时，拨出结余官钱两千贯，并自掏腰包50两黄金，在杭州城中众安桥设置病坊一座，取名“安乐坊”，且自费修合药剂“圣散子”，施送贫病。苏轼在《与泉老》一文中也提到了一位七十六岁名为徐中的老人“孑然一身，寄食江湖间，自伤身世，潸然出涕，不知当死谁手？”苏轼亦自称自己为“白首流落之人，何暇哀生，然亦为之出涕也。”苏轼请求金陵蒋山法泉禅师收留徐中，自己“即令人制衣物去”。苏轼自己也在困苦之中，但看到落难之人仍是心生悲悯，还为其制衣物，积极联系友人帮助其老有所安，苏轼的古道热肠与博爱胸襟于此可见。再如《与友人一首》：“知君贫甚，仆亦久客乍到，未有以相济。只有五两银（短二钱），且助旦夕薪水之费，不罪！不罪！”[①]此中友人为谁不可确知，但类似的记载还有不少，在苏轼一生中，这样救危济贫的事情极多，其间的花费也是不小的。

苏轼在颍州，赵令畤《侯鲭录》“东坡汝阴赈饥寒”条中说：“元祐六年，汝阴久雪。一日，天未明，东坡来召议事曰：‘某一夕不寐，念颍人之饥，欲出百余石，造饼救之。……’”[②]（一石为120斤）苏轼家中开销不小，来往朋友又多，平时几乎也没什么积蓄，它能够拿出的钱，必然要从家中的生活费中节省，苏轼的爱民之心可昭日月。还是在颍州期间，县尉李直方捕获贼首尹遇，苏轼承诺向朝廷力言给予奖赏，为此苏轼作《乞将合转一官与李直方酬奖状》、《再论李直方捕贼功效乞别与推恩札子》，请求朝廷不升自己朝散郎而将官转授李直方。后来苏轼一直未升朝散郎，紧接着苏轼被贬，李直方究竟有无“恩遇”不得而知，但苏轼此种不计个人得失，一诺千金的风范仍令人感佩不已。再如在惠州时期苏轼营建白鹤峰新居，有人谣传苏轼借助自身关系套取官家财产，南华辩长老写信来问，苏轼作《与南华辩老》云：“近日营一居止，苟完而已，盖不欲久留，占行衙，法不得久居，民间又无可僦赁，故须至作此。久忝侍从，囊中薄有余赀，深恐书生薄福，难蓄此物。到此已来，收葬暴骨，助修两桥，施药造屋，务散此物，以消尘障。今则索然，仅存朝暮，渐觉此身轻安矣。示谕，恐传者之过，材料工钱，皆分外供给，无毫发干挠官私者。知之，免忧。”[③]苏轼修惠州东西新桥时还让弟媳史氏将从前在宫中所受赏赐悉数捐出，此种高风又岂会巧取豪夺。

苏轼在惠州经济拮据的情况下还在惠州城西修了一座放生池，上文已提到。后来去儋州亦买鱼放生，在儋州极为艰难的条件下，仍带头捐资营建载酒堂，又买羊沽酒化解黎子明父子的矛盾和尴尬，买十八大阿罗汉像寄给苏辙。离开儋州之时他几乎已身无分文，就连所欠秀才黎子云的酒菜钱也无力偿还，只得留诗作别，且开玩笑说“以此抵债”。苏轼北归身边唯有幼子苏过、道士吴复古及爱犬“乌嘴”陪同一起渡海。这期间巢谷不远万里从眉山来岭南看望苏辙，接着想渡海看望苏轼，因为途中行李被盗，外加旅途奔波，风烛残年的巢谷病死在路途。苏轼给广南东路提举常平孙叔静写信说巢谷笃有风义，年七十余，听说他谪海南还徒步万里来相劳问，不幸到新州病亡。当地官府为其稿葬，

---

①《苏轼全集校注·文集》，第8641—8642页。

②赵令畤：《侯鲭录》，朱易安、傅璇琮等主编．全宋笔记（第二编第六册）[M]．郑州：大象出版社，2006年，第227—228页。

③《苏轼全集校注·文集》，第6750—6751页。

录其遗物于官库。巢谷有子名巢蒙还在眉山，他已已经派人去叫他来迎丧了，而且颇助其路费，并且仍相约过永而南，自己当更资之。苏轼此时已内移廉州，经济状况可能已颇为好转，方能对巢谷之子有所资助。孙叔静曾经是苏洵的门生，他的两个儿子又分别娶了黄庭坚和晁补之的女儿，与苏轼有着特殊感情，此处所记再次看出苏轼的高风所在。苏轼在地方任上视察民情，如若看到百姓家揭不开锅之时，往往也会尽已所能帮助他们，类似的记载在各类宋代笔记中也是并不少见的。苏轼对一些方外之人也多有接济馈赠，如叶梦得《避暑录话》卷上记载："苏子瞻亦喜言神仙。元祐初有东人乔仝，自言与晋贺水部游，且言贺尝见公密州道上，意若欲相闻。子瞻大喜。仝时客京师，贫甚。子瞻索囊中得二十缣，即以赠之，作五诗，使仝寄贺，子由亦同作。"[①]苏轼花钱"随手辄尽"的诸多项目中，此类消费支出实不能忽视。

另外，苏轼元祐时期还有蓄养家伎的消费，苏轼"元祐更化"回朝后也如一般达官贵人般在家中添置了三四个侍妾，这些侍妾多是歌舞伎，只是用来照应客人的女招待而已，苏轼曾把她们戏称为"搽粉虞侯"。从苏轼《朝云诗（并引）》中所说的"予家有数妾，四五年相继辞去"来看，宋代家养歌舞伎相当于雇工，可以自请辞去，对于主人的人身依附关系有限，而雇主应当也为之支付工钱。[②]不过当时苏轼正是经济宽裕的时候，这些消费是没有任何问题的，直到贬谪之时，苏轼才遣散"数妾"，再也无力承担此类娱乐支出。苏轼除了以上支出外有时还得负责家族成员的一些费用。苏洵一辈有三男二女，苏轼的大伯父苏澹，家居不仕且早亡，子孙未立，苏洵临终前让苏轼荫补（在宋代，达到一定级别的官员请朝廷给自己的亲属或相关人授予官职，叫荫补）他的子孙，后来受苏轼照顾的十六郎的媳妇和儿子苏彭、苏寿就是苏澹的后人，苏轼曾奏请荫补苏澹的曾孙苏彭。二伯父苏涣，进士及第，在外做官。老三就是他的父亲苏洵。大姑妈嫁杜垂裕，死后无力安葬，熙宁元年（1068）七月苏轼遵父命安葬了她。小姑妈嫁石扬言。[③]熙宁时期苏轼也有临时囊中羞涩之时，据他自述，熙宁六年（1073）春，经苏轼撮合，苏轼将堂姐的女儿嫁给了同年宜兴人单锡，当时苏轼手头比较拮据，特向好友驸马都尉王诜借钱 200 贯，作为嫁外甥女的礼金。[④]宋人在诗文中很少谈到为儿娶妇的问题，却常常论及女儿出嫁的嫁妆问题，这是比较有意思的。苏轼有四个儿子，一儿早夭，苏轼知徐州途中在范镇东园为苏迈娶妻，此时也没见他有借钱的记录，可见宋代嫁女比娶妻花费更多。不过苏轼三个儿子的娶妻大事无疑也是他全力操持，其中费用也不会太少，因为对传统社会的家庭来说，婚姻问题必然也是一个经济问题。后来苏迈出仕，俸禄所得对苏轼应当有所帮扶。

关于苏轼的家庭消费问题事实上还有一些角度可供探索，在此特别值得一提的是苏轼两次"不光彩"的罚铜记录，苏轼在"乌台诗案"中自陈在凤翔时一次中元节，陈希

---

①叶梦得：《避暑录话》，朱易安、傅璇琮等主编．全宋笔记（第二编第十册）[M]．郑州：大象出版社，2006 年，第 232 页。

②参见叶烨．北宋文人的经济生活 [M]．南昌：百花洲文艺出版社，2008 年，第 119 页。

③参见赖正和．苏轼全传・高处不胜寒 [M]．北京：中国文史出版社，2017 年，第 45 页。

④参见陈鹏．中国婚姻史稿 [M]．北京：中华书局，1990 年，第 141 页。

亮府里举行招待会，苏轼生气不去，陈希亮毫不通融地对苏轼处以罚铜八斤的处分。通判杭州时，有吏王文敏盗窃官钱，苏轼失察未报亦被罚铜八斤。这是苏轼仅有的两次被罚铜的经历。宋朝每一千文铜钱的重量通常为五斤，八斤铜相当于罚款一千六百文，这亦可看作苏轼的家庭消费，不过无关宏旨，此处我们就不深论了。

三、苏轼对“穷”、“达”之态度

以上我们对苏轼的家庭收入和消费情况作了考察，尽管很多时候文人经济学里是没有阿堵物的，①但是苏轼毕竟也是尘世中人，他同样与常人一样需要经营自己的日常生活，要负责一大家子人的生计问题。收入多时苏轼可以“随手辄尽”，遭遇贬谪入不敷出之时他也必须要想尽办法来应对各种生活中的艰难，不过苏轼善于处“穷”，虽平生不营生计，但“须至远迹颜渊、原宪，以度余生。命分如此，亦何复忧”。②他要的终究还是人生的乐趣与生活的艺术。在此我们稍微引申一下苏轼对自己贫富穷达问题的看法，苏轼在《次韵张安道读杜诗》中有两句非常精彩又充满感慨的诗句：“诗人例穷苦，天意遣奔逃。”③在《病中大雪数日未尝起，观虢令赵荐以诗相属，戏用其韵答之》中，苏轼也有“诗人例穷蹇，秀句出寒饿”的类似说法，④此处虽是苏轼对杜甫等穷苦诗人的评论，但亦代表了他对诗人“穷”与“达”之关系的思考。苏轼还在《贾谊论》中批评贾谊“是亦不善处穷者也”，⑤在《与陈传道书》中说：“古人日远，俗学衰陋，作者风气，犹存君家伯仲间。近见报，履常作正字，伯仲介特之操，处穷益励，时流孰知之者？”⑥对陈传道、陈师道兄弟的古君子之风大加赞赏。在《答陈师仲主簿书》中苏轼亦对诗人之穷达关系做了深刻思考，⑦我们还可以再看看苏轼论述“穷苦”问题的一些看法：

天怜诗人穷，乞与供诗本。（《僧清顺新作垂云亭》）

西来烟障塞空虚，洒遍秋田雨不如。新法清平那有此，老身穷苦自招渠。无人可诉乌衔肉，忆弟难凭犬寄书。自笑迂疏皆此类，区区犹欲理蝗馀。（《捕蝗至浮云岭山行疲苦有怀子由弟二首》）

岂比陶渊明，穷苦自把锄。我今四十二，衰发不满梳。（《答任师中家汉公》）

苏轼认为老天可怜诗人们的穷困，所以给了他们丰富的诗歌素材。对于自己的“老身穷苦”，苏轼也常常将其归之于一些政治因素。对于自己的偶像陶渊明之穷，苏轼与常常将自己的情况与之对比。陶渊明躬耕田园，自己扛着锄头种田养活家人，自己却“衰

---

①杨治宜．“自然”之辩：苏轼的有限与不朽［M］．北京：三联书店，2018 年，第 186 页。

②《苏轼全集校注·文集》，第 5680—5682 页。

③《苏轼全集校注·诗集》，第 545—552 页。

④《苏轼全集校注·诗集》，第 257—261 页。

⑤《苏轼全集校注·文集》，第 358—365 页。

⑥《苏轼全集校注·文集》，第 5909—5910 页。

⑦《苏轼全集校注·文集》，第 5325—5330 页。

发不满梳”，比起渊明来实在自愧弗如。我们接着再看：

我虽穷苦不如人，要亦自是民之一。形容虽似丧家狗，未肯弭耳争投骨。（《次韵孔毅甫久旱已而甚雨三首·其一》）

专人来，忽得手书，且喜居乡安稳，尊体康健。某到黄已一年半，处穷约，故是宿昔所能，比来又加便习。自惟罪大罚轻，余生所得，君父之赐也。躬耕渔樵，真有余乐。承故人千里问讯，忧恤之深，故详言之。（《答吴子野》）

张君持此纸求仆书，且欲发药，君当以何品？吾闻战国中有一方，吾服之有效，故以奉传。其药四味而已：一曰无事以当贵，二曰早寝以当富，三曰安步以当车，四曰晚食以当肉。夫已饥而食，蔬食有过于八珍，而既饱之余，虽刍豢满前，惟恐其不持去也。若此可谓善处穷者矣，然而于道则未也。安步自佚，晚食为美，安以当车与肉为哉？车与肉犹存于胸中，是以有此言也。（《赠张鹗》）

对于自己的“穷苦不如人”，苏轼以自己本就是百姓一员宽慰自己，虽然形容好似丧家狗一般，但自己一身傲骨，绝不肯阿谀谄媚以博取上位。苏轼在黄州之时“处穷约”等类似的说法大量存在，但他躬耕渔樵，有着很多的生活乐趣，对于故人的千里问讯，他很感动。张鹗向他问养生之法，苏轼以自己“善处穷”的一些经验书写下来赠送给他，其中的旷达乐观是苏轼对待“穷”、“达”关系最经典的表现形象。我们再看一些：

我本畏酒人，临觞未尝诉。平生坐诗穷，得句忍不吐。吐酒茹好诗，肝胃生滓污。用此较得丧，天岂不足付。吾侪非二物，岁月谁与度。悄焉得长愁，为计已大误。（《叔弼云履常不饮，故不作诗，劝履常饮》）

人生如朝露，意所乐则为之，何暇计议穷达。云能穷人者固缪，云不能穷人者，亦未免有意于畏穷也。（《答陈师仲书》）

人来，领手教及二诗，乃信北归灾退，并获此佳宠，幸甚！幸甚！又知诗人穷而后工，然诗语朗练，无衰气，如季札者听，亦有以知君之晚节也。（《答钱济明》）

苏轼说自己畏酒，其实他早年确实不好酒，可后来在酒量仍然不大的情况下仍是“空杯亦常持”，堪为中国古代文人好酒的又一经典代表。对于自己“平生坐诗穷”苏轼有着清醒的认识，“乌台诗案”就是最好的教训，但是一旦有了好诗句，他还是不吐不快，这就是苏轼的本色。人生如朝露，感到快乐的事就及时去做，哪有什么时间去计较“穷达”呢？对于“诗能穷人”还是不穷人，苏轼觉得完全可以一任自然。对于“诗穷而后工”之说，苏轼心里无疑是有一定认同的，只是他并不拘泥而已。我们最后再看两例：

先公论往古事著述多矣，想一一宝藏，此岂复待鄙言耶？某当遣人致奠，海外穷苦，不能如意，又不敢作奠文，想蒙哀恕也。归葬知未得请，苦痛之极，惟千万宽中顺受。此中百事，不及雷、化，百忧所集，亦强自遣也。（《与范元长》）

圣俞没，今四十年矣。南迁过合浦，见其门人欧阳晦夫，出所为送行诗。晦夫年六十六，予尚少一岁，须鬓皆皓然，固穷亦略相似。于是执手大笑，曰：“圣俞之所谓风者，例皆如是哉！”天下皆言圣俞以诗穷，吾二人者又穷于圣俞，可不大笑乎！元符三年月

日书。（《书圣俞赠欧阳阀诗后》）

对于自己贬谪海外的痛苦，苏轼心里不能无感怀，在遇到一些伤心事的时候，苏轼无疑也有着脆弱的一面。对于梅尧臣的穷苦，苏轼在北归之时与欧阳阀同生穷困之感，认为比之圣俞有过之而无不及，对于自己晚年漂泊岭海，苏轼总是以微笑面对，但在心灵深处他也是隐隐有不平的。我们以上所列苏轼诗文大致按苏轼作文先后而列，从中我们可以看出苏轼的“处穷”之道，尽管他偶尔也有“老身穷苦”、“丧家狗”之类的自嘲，却自是一副铮铮铁骨。诗人虽穷，却绝不肯趋炎附势，谄媚谋财，苏轼仕途不顺大都因为自身不肯媚世以求高位所致，正如他在《与杨元素》中所说：“昔之君子，惟荆是师；今之君子，惟温是随。所随不同，其为随一也。老弟与温相知至深，始终无间，然多不随耳。”[①]就连苏轼曾经的政敌刘安世也赞叹苏轼“非随时上下人也”。我们关注苏轼的家庭收入与消费，终归也要回到他的这种处事态度上来。

---

①《苏轼全集校注·文集》，第6142—6143页。

第三章 家居心态——苏轼安顿身心的生活哲学

前面两章我们关注了苏轼的家居空间与环境营造、家庭收入与消费的问题，本章我们则关注苏轼的家居心态。笔者此处所说“家居心态”，也就是苏轼安顿身心的生活哲学。作为文人心灵与外部环境相碰撞、交融的产物，文人心态会在很大程度上影响和制约其具体创作，反映其不同的艺术个性，也会影响他们的人生命运、生活道路以及历史评价等诸多问题。如果说创作心态是作家们在从事具体文学创作活动时而表现出的心理特征，同时也是联结其文学创作心理过程和作家个性特质的中介，这些指向的是作家在创作某一文学作品时的心理状态，那么所谓的“文人心态”就还包括作家在某一时期内的心理状态。这种心理状态是融合了作家的人生观、价值观以及创作动机和审美理想等多种心理因素的产物，文人心态无疑是他们在面对主客观世界相互交融然后形诸于文学创作之后的一种结果。这种结果不但决定了文人心态从来都是一种复杂性的构成，同时也决定了文人心态那种与生俱来的个人性特征。[①]苏轼一生宦海沉浮，其心态变化更是充满矛盾，无论在朝还是贬谪，身心安顿问题都是他文学书写中的重要组成部分。关于文人心态的研究是学界目前重点关注的方向之一，笔者在绪论部分已有交代。家居为诗人的存在提供生存基础，是他们自在的、感性活动的家园，为他们提供生存所必需的熟悉感、稳定感和安全感，然而，当平稳的家居日常生活被打破，个体生存出现危机时，诗人在流动与安居之间形成的家居心态无疑也会改变。此处我们将结合苏轼具体的文学创作，围绕着苏轼关于“家”的思考，看其如何在不断变动的住所或者贬谪家居中安顿自己的身心问题。

由于儒家思想的深刻影响，中国古代文人在尚未入仕或者仕途畅达之时，一般均有着“奋厉有当世志”的理想，想着“致君尧舜”，但一旦政治失意遭受挫折，他们也往往会在无可奈何中独善其身，归隐家居，甚至遭遇贬谪，此期他们骨子里的佛道思想也会抬头，他们会更多关注自身的生命安顿问题，这是我国封建知识分子深受儒、道、佛三家思想长期影响而形成的集体无意识，苏轼堪为其中的杰出代表。苏轼在儒学、佛学、道家思想领域都有着自己独特的贡献，学界论之已详。[②]苏轼萃取三家思想精要，以儒

①张立群．心态史的研究与进路［M］．桂林：广西师范大学出版社，2017 年，第 1—2 页。

②参见司聃．苏轼的方外交游及其诗文研究［M］．北京：中国人民大学出版社，2016 年版。

学修身，以道学养生，以佛学治心。“据于儒”、“依于道”、“逃于禅”是中唐以后中国士大夫们日常生活的精神特征，但在苏轼身上，这种儒释道三家思想和谐交融的现象才更具代表性。苏轼将三家传统优雅地整合在自身当中，为其心态调节提供了强大的思想资源。本章即从儒、道、禅三家思想对苏轼家居文学之影响入手，以一窥苏轼的家居情感与心态。我们按照这一思路分三节探讨，第一节具体分析苏轼家居到底如何在儒学中修身养性，这其间体现出的“中隐”、“退居”心态又是如何作用于其文学创作；第二节则再看其在道学中是如何看待万物与自身的，这其中体现出的“超然”、“逍遥”心态又怎样帮助苏轼安顿其身心；第三节再分析苏轼从佛学中得来的“平常心”与“居士”心态又怎样在其文学书写中绽放异彩。以下即分而言之。

第一节 据于儒：“中隐”与“退居”心态

秦观在《答傅彬老简》中认为：“苏氏之道，最深于性命自得之际；其次则器足以任重，畿足以致远。至于议论文章，乃其与世周旋，至粗者也。”[①]这代表了苏门弟子对老师的真实看法。秦观认为苏轼兄弟在性命、自得等儒家学问涵养方面造诣最深，这当然没错，只是当下我们一般都认为“议论文章”才是苏轼之所以为苏轼的核心所在。苏轼生活在浓厚的儒学家庭氛围中，苏洵《自尤（并叙）》诗云：“余家世世本好儒，生女不独治组紃。读书未省事华饰，下笔亹亹能属文。”[②]此处虽是写幼女八娘，却也将苏家儒学家风说得非常明白，不光苏轼兄弟要通儒学，就连幼女八娘也要自幼学习诗书文章，而并非跟从流俗去学女红针黹。苏辙在《亡兄子瞻端明墓志铭》中也说：

公生十年，而先君宦学四方。太夫人亲授以书，闻古今成败，辄能语其要。太夫人尝读《东汉史》至《范滂传》，慨然太息。公侍侧曰：“轼若为滂，夫人亦许之否乎？”太夫人曰：“汝能为滂，吾顾不能为滂母耶？”公亦奋厉有当世志，太夫人喜曰：“吾有子矣！”比冠，学通经史，属文日数千言。[③]

苏轼的家庭教育无疑是很成功的，既有母亲“亲授以书”，以儒家忠孝思想教育之，更有作为文章大家的父亲苏洵的言传身教，严格的儒家传统教育使苏轼从小就熟读经史，“亦奋厉有当世志”，到二十岁时，已能“属文日数千言”。后来嘉祐二年贡举苏轼以《刑赏忠厚之至论》名列第二，后来再入制科三等，苏轼在这期间写有大量的政论文字，内容基本以儒家治世思想为主，展示着苏轼入仕初期一种积极进取的心态。从初仕凤翔到回京任直史馆，乃至守父丧期满后再次回京任开封府推官之时，苏轼都已表现出一种积极稳健的从政风范。这段时期苏轼对整个国家前途都是有着广泛而深入的思考的，如

---

①（宋）秦观撰，徐培均笺注．淮海集笺注［M］．上海：上海古籍出版社，1994 年，第 981—984 页。

②（宋）苏洵撰，曾枣庄、金成礼笺注．嘉祐集笺注［M］．上海：上海古籍出版社，1993 年，第 511—515 页。

③（宋）苏辙著，陈宏天、高秀芳点校．苏辙集［M］．北京：中华书局，1990 年，第 1117—1128 页。

嘉祐八年在凤翔南溪堂读书期间作《思治论》就带有强烈的革新意志和进取色彩。再如任开封府推官期间上《谏买浙灯状》、《议学校贡举状》、《上神宗皇帝书》、《再上皇帝书》等等，苏轼此期间积极为朝廷变法建言献策，不遗余力地为民请命，丝毫不考虑自身得失。熙宁变法深入实施后，苏轼便很少写这样的文字了，但大体可以说在通判杭州以前苏轼所写诗文中，大都展现着其积极进取之身姿。《沁园春·孤馆灯青》中“有笔头千字，胸中万卷；致君尧舜，此事何难”的豪言壮语，基本可说是苏轼前期积极心态的绝佳写照，尽管这首词写于由杭州移守密州早行途中，主要还是表达“世路无穷，劳生有限，似此区区长鲜欢”的郁郁不得志。

一、中隐：开门出仕，闭门归隐

儒家不光有一系列的“学而优则仕”，“致君尧舜”、“兼济天下”的入世哲学，亦有“用之则行，舍之则藏”、“道不行，乘桴浮于海”的避世哲学，儒家传统中也有很多著名的隐士，这与道家和佛教的很多思想是相通的。[①]苏轼所处的北宋时期更是中国儒、释、道思想相互竞争又互相融合的重要阶段，作为士大夫文人，他们的处世思想往往很难说得清到底受哪家思想更深一些，只是不同时期这三种思想的比重稍微不同而已。苏轼也是如此，对我们接下来所讨论的“中隐”问题，虽说主要由白居易首先提出，但“中隐”思想可以说从谢朓时代就开始了，这其中更多的还是儒家思想影响更深一些，故我们放在这一节重点讨论。苏轼对王维、白居易都很推崇，在《李伯时画其弟亮功〈旧隐宅图〉》中苏轼说：“乐天早退今安有，摩诘长闲古亦无。五亩自栽池上竹，十年空看辋川图。”[②]《青玉案（和贺方回韵，送伯固归吴中故居）》也说：“辋川图上看春暮，常记高人右丞句。作个归期天已许。春衫犹是，小蛮针线，曾湿西湖雨。”[③]在他心中，王维是高人，一如杜甫赞叹的那样“不见高人王右丞”，苏轼对王维的“亦官亦隐”是十分了解的，对白居易的“中隐”则更是熟悉。但是他对王维的“吏隐”和白居易的“中隐”观念也有一个慢慢接受的过程，早年的苏轼基本都在准备应试科举，熟读经史，进入仕途之后也要做好自己的本职工作，但他对“中隐”思想的接受早在嘉祐八年二月就形诸文字了。苏轼此期作有《中隐堂诗（并叙）》云：“岐山宰王君绅，其祖故蜀人也，避乱来长安，而遂家焉。其居第园有名长安城中，号中隐堂者是也。予之长安，王君以书戒其子弟邀予游，且乞诗甚勤，因为作此五篇。”其中第一首云：“去蜀初逃难，游秦遂不归。园荒乔木老，堂在昔人非。凿石清泉激，开门野鹤飞。退居吾久念，长恐此心违。”[④]这是苏轼集子中第一次提到“中隐”之处，其中“退居吾久念，长恐此心违”之句大多还是描述王绅，但也在一定程度上表示了苏轼自己的思想。通判杭州时，面对杭州美丽的山水风光，苏轼才真正对“中隐”思想表示了极大认同。《六月二十七日望湖楼醉书五首·其五》云：“未成小隐聊中隐，可得长闲胜暂闲。我本无家更安往，故

①参见（澳）文青云著．岩穴之士：中国早期隐逸传统［M］．济南：山东画报出版社，2009年版。

②《苏轼全集校注·诗集》，第5232—5234页。

③《苏轼全集校注·词集》，第625—628页。

④《苏轼全集校注·诗集》，第282—288页。

乡无此好湖山。”[①]苏轼一生对故乡眉山充满深情，可是此处也承认眉山没有杭州的山水风光，他想学白居易在城市山林中隐居，出门便是朝堂，回家即是山林，这样既能不违背自己的报国志向，也能满足自身的文人情怀。白居易的“中隐”观对后来的文人学士有很大影响，此不走极端、行于中道的思想是划时代的，其《中隐》诗云：

大隐住朝市，小隐入丘樊。丘樊太冷落，朝市太嚣喧。不如作中隐，隐在留司官。似出复似处，非忙亦非闲。不劳心与力，又免饥与寒。终岁无公事，随月有俸钱。君若好登临，城南有秋山。君若爱游荡，城东有春园。君若欲一醉，时出赴宾筵。洛中多君子，可以恣欢言。君若欲高卧，但自深掩关。亦无车马客，造次到门前。人生处一世，其道难两全。贱即苦冻馁，贵则多忧患。唯此中隐士，致身吉且安。穷通与丰约，正在四者间。[②]

这首诗提到了过“中隐”生活所需要的四个要素：政治、经济、风景和交游。[③]白居易集子中有大量描写“家宅”的诗文，体现出对“中隐”生活所需物质条件的文人生活品味，这种品味因其书写转化成了一种文化资源，进入宋代后渐渐发展为士人文化的主流追求。[④]苏轼是王维、白居易隐逸生存哲学的杰出继承者和发展者，诗人虽然是作为“吏”生活在现实世界中，但他却将那里当作吏隐的场所来享受闲适。[⑤]明代袁中道在《白苏斋记》中曾评说苏轼和白居易：“若夫醉墨淋漓于湖山，闲情寄托于花月，借声歌以写心，取文酒以自适，则乐天、子瞻萧然皆尘外人。”[⑥]苏轼和王维、白居易一样“萧然尘外”之风姿是对他们隐逸思想关联的最佳写照。苏轼后来将白居易的“中隐”思想发挥到了极致，典型体现在《醉白堂记》一文中。在这篇美文中，苏轼比较了韩琦与白居易的种种同与不同：

夫忠献公既已相三帝安天下矣，浩然将归老于家，而天下共挽而留之，莫释也。当是时，其有羡于乐天，无足怪者。然以乐天之平生而求之于公，较其所得之厚薄浅深，孰有孰无，则后世之论，有不可欺者矣。文致太平，武定乱略，谋安宗庙，而不自以为功。急贤才，轻爵禄，而士不知其恩。杀伐果敢，而六军安之。四夷八蛮想闻其风采，而天下以其身为安危。此公之所有，而乐天之所无也。乞身于强健之时，退居十有五年，日与其朋友赋诗饮酒，尽山水园池之乐。府有余帛，廪有余粟，而家有声伎之奉。此乐天之所有，而公之所无也。忠言嘉谋，效于当时，而文采表于后世。死生穷达，不易其

---

①《苏轼全集校注·诗集》，第 282—288 页。

②（唐）白居易著，谢思炜校注．白居易诗集校注（典藏本）[M]．北京：中华书局，2017 年，第 1765—1766 页。

③白居易受谢朓“既欢怀禄情，复协沧州趣”之折中态度的影响，于 829 年首次提出“中隐”概念，杨晓山认为，“中隐”这个词，在白居易的时代没有被广泛使用，到了宋代却大为流行。一个值得注意的现象是，人们经常用这个词去命名园林的某个建筑，上举苏轼《中隐堂诗（并叙）》即是此种情况。参见杨晓山．私人领域的变形：唐宋诗歌中的园林与玩好 [M]．南京：江苏人民出版社，2009 年，第 30—33 页。

④参见李丹婕：《白居易的家宅书写——一种文人品位形成的时代语境》，2017 年 11 月 4 日中山大学博雅学院、古典学中心和历史学系联合主办的“从长安到临安——唐宋都城空间与历史”学术工作坊会议论文，未刊稿，此文为笔者于会议纪要中获知。

⑤ [日] 山本和义著，张剑译．诗人与造物：苏轼考论 [M]．北京：中国社会科学出版社，2013 年，第 180 页。

⑥（明）袁中道著，钱伯城点校．珂雪斋集 [M]．上海：上海古籍出版社，1989 年，第 532—534 页。

操，而道德高于古人。此公与乐天之所同也。公既不以其所有自多，亦不以其所无自少，将推其同者而自托焉。①

此记虽是在韩琦逝世之后应其子韩忠彦之请所作，但其中对“山水园池之乐”的向往已见诸笔端。作为王维、白居易隐逸文化思想的推崇者与传播者，苏轼也是以自身的生活实践部分实现了“中隐”思想的。苏轼与白居易一样都在杭州任职过，苏轼还是二度莅杭，前后五年多，他后来在知杭州时作有《予去杭十六年而复来，留二年而去。平生自觉出处老少，粗似乐天，虽才名相远，而安分寡求，亦庶几焉。三月六日，来别南北山诸道人，而下天竺惠净师以丑石赠行，作三绝句》，可见苏轼自身对白居易的自觉追慕之意。诚然，面对相似的生活环境和同样卓绝的文学修养，苏轼在杭州期间对白居易之“中隐”观念表示了极大的认同。如今他也有条件也实现“中隐”，杭州官舍在苏轼的经营下变得可居可游，我们在第一章已做过讨论。事实上，把官邸当作隐居空间的传统有很长的历史，至少可以追溯到谢朓，杨晓山先生认为张九龄和韦应物在这方面表现得更为突出，上文提及林翼勋先生的观点也对此有所补充。②我们的确可以将杭州当作苏轼广义的一个“家居空间”，在这个空间环境中，苏轼既有政治地位，经济条件此时也完全能满足他的各项开支，让他没有穷困之感。杭州优越的自然环境和人文环境也能满足苏轼的游赏需求和交游需要，苏轼后来离开杭州后作有很多回忆杭州生活的文字，如《怀西湖寄晁美叔同年》云：

西湖天下景，游者无愚贤。深浅随所得，谁能识其全。嗟我本狂直，早为世所捐。独专山水乐，付与宁非天。三百六十寺，幽寻遂穷年。所至得其妙，心知口难传。至今清夜梦，耳目余芳鲜。君持使者节，风采烁云烟。清流与碧巘，安肯为君妍。胡不屏骑从，暂借僧榻眠。读我壁间诗，清凉洗烦煎。策杖无道路，直造意所便。应逢古渔父，苇间自延缘。问道若有得，买鱼勿论钱。③

西湖不仅是苏轼的游览场所，很多时候也成了他的办公场地，苏轼的很多公事大都在西湖上办理，这样既能不耽误政事，也能饱览湖山美景。费衮在《梁溪漫志》中对此记载道：“东坡镇馀杭，遇游西湖，多令旌旗导从出钱塘门，坡则自涌金门从一二老兵泛舟绝湖而来，饭于普安院，徜徉灵隐天竺间。以吏牍自随，至冷泉亭则据案剖决，落笔如风雨，分争辩讼谈笑而办。已乃与僚吏剧饮，薄晚则乘马以归，夹道灯火，纵观太守。有老僧绍兴末年九十馀，幼在院为苍头，能言之。当是时此老之豪气逸韵，可以想见也。”④苏轼此时期的“中隐”心态于此可见，后来苏轼在《灵璧张氏园亭记》也说：“开门而出仕，则跬步市朝之上。闭门而归隐，则俯仰山林之下。”⑤其中流露出的“中隐”

---

①《苏轼全集校注·文集》，第 1072—1079 页。

②关于此类情况的详细说明，参见侯乃慧．唐代郡斋诗所呈现的文士从政心态与困境转化［J］.《国立政治大学学报》，民国 86 年，第 4 期，第 1—37 页。

③《苏轼全集校注·诗集》，第 1301—1303 页。

④费衮：《梁溪漫志》，上海师范大学古籍整理研究所编．全宋笔记（第五编第二册）［M］. 郑州：大象出版社，2012 年，第 164 页。

⑤《苏轼全集校注·文集》，第 1162—1166 页。

心态还被政敌攻击为目无君上，但总体来说，苏轼杭州通判时期作为知州副手政务稍微轻松一些，苏轼办事效率又高，确实部分实现了“中隐”的生活状态，后来出守杭州时作为一州长官政务相对繁忙，其“中隐”生活就要打点折扣。苏轼后来在密州建超然台，为此他作有著名的《超然台记》，苏轼以“游于物之外”的超然心态继续在杭州时期的“中隐”生活，超然台成为苏轼在密州时经常游览会客的场所，这座高台既是苏轼“超然”之伟大品质的纪念丰碑，也是对苏轼“中隐”观念的最佳解读。

以上我们对苏轼广义上的家居“中隐”心态做了简要论述，由于苏轼后来调任密州、徐州，抗旱除蝗、抗洪救灾占去了他的很多时间，苏轼这时也常有归隐之思，超然台和黄楼的营建也部分满足了苏轼的诗酒之乐，但他此时期的“中隐”生活比起杭州通判时期明显是要逊色不少的。湖州时期更爆发“乌台诗案”，让他一度对政治感到了畏惧，所以苏轼还有一种“退居”心态在此我们要做重点论述。

二、退居：我曰归哉，行返丘园

关于出处问题一直都是儒家重点关注的话题之一，“学而优则仕”与“道不行，乘桴浮于海”的矛盾在儒家思想中一直存在。苏轼的退居心态无疑是在宦海沉浮的经历中产生的，他通判杭州时曾和苏辙一起去颍州看望恩师欧阳修，对老师退居颍州的致仕生活十分向往。①他时常想着像陶渊明那样归园田居，如赴密州途中有“宦游到处身如寄，农事何时手自亲”（《至济南，李公择以诗相迎，次其韵二首》），在徐州有“中年亲友难别，丝竹缓离愁。一旦功成名遂，准拟东还海道，扶病入西州。……故乡归去千里，佳处辄迟留。”（《水调歌头·安石在东海》）“天涯倦客，山中归路，望断故园心眼。”（《永遇乐·明月如霜》）“此生飘荡何时歇？家在西南，长作东南别。”（《醉落魄（离京口作）》）、故山犹负平生约，西望峨嵋，长羡归飞鹤（《醉落魄（席上呈元素）》）。这期间所作《放鹤亭记》更是此期苏轼描述退居隐逸之乐的名篇，“清远闲放，超然于尘垢之外”的“鹤”，成了苏轼退居心态的最佳象征。苏轼后来在黄州作《后赤壁赋》，其中亦有一只孤独的鹤，他还在定州作《鹤叹》，其中更是长叹“我生如寄良畸孤”，苏轼三次写鹤，其人生境遇一次比一次差，前后对照，让人感慨万端。苏轼徐州时期的心态是颇为复杂的，一方面他想及早抽身退隐，与弟弟苏辙的“夜雨对床”之约言犹在耳，但是苏轼又觉得自身功名未就，所谓“何日功成名遂了，还乡，醉笑陪公三万场”（《南乡子·和杨元素》），他是很想为天下百姓多做一点实事的。无奈“乌台诗案”将他推

---

①林岩先生近来尝试提出“退居型士大夫”的概念，苏轼强烈的“退居”心态或许对此概念有所助益，参见林岩：《晚年陆游的乡居与自我意识——兼及南宋“退居型士大夫”的提出》，载中国陆游研究会、绍兴市陆游研究会主编．陆游与南宋社会：纪念陆游诞辰 890 周年国际学术研讨会论文集［M］．北京：中国社会科学出版社，2017 年，第 95—134 页。王宏芹．晚年陆游的日常生活与诗歌创作：几个侧面的研究［M］．成都：四川大学出版社，2018 年版，对此问题亦有涉及，可参看。林岩：《学问比来多可喜，文章非特巧争新——侯体健〈刘克庄的文学世界：晚宋文学生态的一种考察〉述评》，载马东瑶、周剑之主编．宋代文学评论·第 1 辑［M］．北京：中国社会科学出版社，2015 年，第 229—243 页。另外林先生关于司马光洛阳十五年的退居生活与苏辙晚年作为一个北宋退居士大夫的日常化写作等文章对此概念也有论述。

入了生活低谷，无论在经济条件还是政治地位上苏轼都受到了重大打击，这段时期他不得不开始全面思考自己的身心安顿问题。

苏轼黄州时期的家居心态是最值得玩味的，这时期的苏轼作品量多质优，学界已有很多讨论，[①]笔者此处仅论述其中的“退居”心态。苏轼在此期间给家居不仕的堂兄苏不危（字子安，苏轼伯父苏涣第三子）写信，对他所拥有的田园牧歌式的恬静与逍遥生活表达了羡慕之情：

> 近于城中得荒地十数亩，躬耕其中。作草屋数间，谓之东坡雪堂。种蔬接果，聊以忘老。有一大曲寄呈，为一笑。为书角大，远路，恐被折，更不作四小哥、二哥及诸亲知书，各为致下恳。巢三见在东坡安下，依旧似虎，风节愈坚。师授某两小儿极严。常亲自煮猪头，灌血精，作姜豉菜羹，宛有太安滋味。此书到日，相次，岁猪鸣矣。老兄嫂团坐火炉头，环列儿女，坟墓咫尺，亲眷满目，便是人间第一等好事，更何所羡。可转此纸呈子明也。近购获先伯父亲写《谢蒋希鲁及第启》一通，躬亲褾背题跋，寄与念二，令寄还二哥。因书问取。[②]

苏不危比苏轼年长三四岁，时年五十左右。大意是说，猪年将至，冬日年关，老兄嫂围坐火垆烤火取暖，儿女环列左右，祭奠祖先坟墓近在咫尺，眼目所见都是亲戚眷属，这就是人世间第一等美好的事情，还有什么可以羡慕的呀。这封充满温情的家书让我们看到了苏轼对温馨家庭生活的无限向往。苏轼早在杭州通判时期就给叔丈王庆源写信，信中他曾引用韩愈的《将仕》诗云：“居闲食不足，从官力难任，两事皆害性，一生常苦心”，这亦是苏轼出仕为官与归隐家居的矛盾所在，苏轼接着说“何时归休，得相从田里，但言此，心已驰于瑞草桥之西南矣。”[③]贬官黄州时期，苏轼与叔丈也常通信，“瑞草桥”亦常常见于信中。[④]闲云野鹤的自在生活始终是苏轼心中之向往。此处的“瑞草桥”苏轼在很多地方都有提及，它不光只是地处四川青神县城西的岷江岸边的蜀中一地名，这里还是他的爱妻王弗的出生之地。王弗死后归葬眉山，苏轼在眉山守父丧家居时常去陪伴妻子，留下了“归来瑞草桥边路，独游还佩平生壶。……我欲西归卜邻舍，隔墙拊掌容歌呼。不学山王乘驷马，回头空指黄公垆。”（《庆源宣义王丈以累举得官，为洪雅主簿雅州户掾，遇吏民如家人，人安乐之，既谢事，居眉之青神瑞草桥，放怀自得，有书来求红带，既以遗之，且作诗为戏，请黄鲁直学士秦少游贤良各为赋一首，为老人

①较早出版的专研苏轼黄州作品的有饶学刚．苏东坡与黄州［M］．北京：京华出版社，1999年版。王琳祥．苏东坡谪居黄州［M］．武汉：华中师范大学出版社，2010年版。最近出版的相关著作除了《苏轼全传•东坡•东坡》外，尚有林素玲．苏轼黄州与岭南时期诗歌审美意识研究［M］．新北：花木兰文化出版社，2016年版。论文方面有汪超．人地关系与苏轼的黄州地方书写［J］．《南海学刊》，2017年第3期，第54—60页。夏明宇．对话与突围：苏轼在黄州的空间书写［J］．《青海师范大学学报（哲学社会科学版）》，2017年第4期，第103—112页。又见曾大兴、夏汉宁、刘川鄂主编．文学地理学•第6辑［M］．北京：中国社会科学出版社，2018年，第237—259页。均可参看。

②《苏轼全集校注•文集》，第6614—6616页。

③《苏轼全集校注•文集》，第6557—6558页。

④参见《苏轼全集校注•文集》，第6561—6563页。

光华》）苏轼在黄州还在写给妻弟王元直的家书中说：“但犹有少望，或圣恩许归田里，得款段一仆，与子众丈、杨宗文之流，往还瑞草桥，夜还何村，与君对坐庄门吃瓜子炒豆，不知当复有此日否？”[①]苏轼在自身遭遇政治打击时总是向往着亲情的美好与单纯，“与君对坐庄门吃瓜子炒豆”的休闲自在令当时身心疲惫的苏轼倍加向往。不过尽管苏轼时常想着要退居还乡，但只要听到国家有大事发生，自己又不能建言献策之时，苏轼的报国情怀又会不由自主涌上心头，如《与李公择书》云：“吾侪虽老且穷，而道理贯心肝，忠义填骨髓，直须谈笑于死生之际，若见仆困穷便相怜，则与不学道者大不相远矣。……祸福得丧，付与造物。”[②]苏轼蒙冤遭贬，身处逆境之时仍不忘报国之志，这种勇于担当不顾个人得失的道德勇气引得陆游在《跋东坡帖》中大加赞叹：“公不以一身祸福，易其忧国之心。千载之下，生气凛然，忠臣烈士，所当取法也。”[③]苏轼从黄州量移汝州时曾给叔丈王庆源再次写信说：

> 穷僻少便，久不上状。窃惟退居以来，尊体胜常。黑头谢事，古今所共贤。二疏师傅，渊明县令，均为高退，昔人初不为优劣也。谨以此为贺。二子学术成就，瑞草桥果木成阴，卧想数年出仕，无一可愧者，此又有余味矣。除却虚名外物，不知文太师何以加此，想当一笑也。某蒙恩量移汝州。回念坟墓，心目断绝。方作舟行，何时复到汝，到后又须营办生事。此身漂然，奉羡何及。乍热，惟万万顺时自重。[④]

苏轼“卧想数年出仕，无一可愧者”，这令他感到欣慰，此刻又要踏上旅途，贬居的生活已经结束，但漂泊的日子又再次来临，苏轼极需要一个安定的家，为此，苏轼规划着买田置业，润州、宜兴、舒州（《与李惟熙帖》）都是苏轼心中的理想的卜居之地。苏轼的买田经历我们上文已说过，我们在此再专门来探讨一下苏轼当时的退居心态问题。苏轼买田宜兴成功后曾在宜兴舟中挥毫书《楚颂帖》，该帖元丰七年十月二日作，我们上文提到过，它所传达出的意趣和渊明《归去来兮辞》中那种“载欣载奔”之状是一样的。就在同一天，苏轼还在宜兴舟中抄写了陶渊明《杂诗》：“丈夫志四海，我愿不知老。亲戚共一处，子孙还相保。觞弦肆朝日，尊中酒不燥。缓带尽欢娱，起晚眠常早。孰若当世士，冰炭满怀抱。百年归丘垄，用此空名道！”[⑤]四天之后，苏轼在宜兴舟中再书《寄题文与可学士洋州园池三十首》，对买田筑室后充满无穷乐趣的园居生活充满了向往，历尽坎坷的他此刻退居的念头是如此强烈。元丰八年（1085）二月初，苏轼乞居常州的请求获得已经病危的神宗的批准，苏轼接到诏令后喜极而泣，作《满庭芳》，词前小叙云：“余居黄五年，将赴临汝，作《满庭芳》一篇，以别黄人。既至南都，蒙恩放归阳羡，复作一篇。”全词将自己的退居心态与报国念头的复杂交织用精练的语言传神地表达了出来：

---

①《苏轼全集校注·文集》，第5943—5944页。

②《苏轼全集校注·文集》，第5617—5619页。

③（宋）陆游著，钱仲联、马亚中主编．陆游全集校注·15渭南文集校注3[M]．杭州：浙江古籍出版社，2016年，第248—249页。

④《苏轼全集校注·文集》，第6561—6562页。

⑤《苏轼全集校注·文集》，第8727—8728页。

归去来兮，清溪无底，上有千仞嵯峨。画桥西畔，天远夕阳多。老去君恩未报，空回首、弹铗悲歌。船头转、长风万里，归马驻平坡。 无何、何处是？银潢尽处，天女停梭。问人间何事，久戏风波。顾问同来稚子，应烂汝、腰下长柯。青衫破、群仙笑我，千缕挂烟蓑。[①]

苏轼买田成功，此时居常州的请求也获批准，如果不是后来重被重用，苏轼的退居生活想必真能如愿以偿。《归宜兴留题竹西寺·其一》云："十年归梦寄西风，此去真为田舍翁。剩觅蜀冈新井水，要携乡味过江东。"[②]苏轼心目中最好的退居之处自然是老家眉山，可是现在也只能去太湖之边作田园农夫了，好在蜀冈通蜀，禅智寺有蜀井，苏轼表示要带一点蜀井的水回宜兴田庄，以慰故乡之思。不过苏轼回到宜兴自家田庄不久，就接到知登州诏令，亲朋对此都表示祝贺，但苏轼自己却矛盾重重，在写给佛印、米芾等好友的信中苏轼坦言"如蓬蒿藜藿之径"、"衰病之余乃始入闹，忧畏而已"。这期间苏轼还作《次韵周邠》："南迁欲举力田科，三径初成乐事多。岂意残年踏朝市，有如疲马畏陵坡。羡君同甲心方壮，笑我无聊鬓已皤。何日西湖寻旧赏，淡烟疏雨暗渔蓑。"[③]《次韵答满思复》："自甘茅屋老三间，岂意彤庭缀两班。纸落云烟供醉后，诗成珠玉看朝还。谁言载酒山无贺，记取啼乌巷有颜。但恐跛牂随赤骥，青云飞步不容攀。"[④] 他对朝廷启用自己再次出知地方感到疲惫不堪，苏轼此时还有一封绝妙的书信将自己这时期的心态表达得惟妙惟肖，在《书遗蔡允元》中，苏轼说到："仆闲居六年，复出从仕。自六月被命，今始至淮上；大风三日不得渡。故人蔡允元来船中相别。允元眷眷不忍归，而仆迟回不发，意甚愿来日复风。坐客皆云东坡赴官之意，殆似小儿迁延避学。爱其语切类，故书之，以遗允元，为他日归休一笑。"[⑤]坐客将苏轼赴登州知州任的情态比喻为"小儿迁延避学"，把当日苏轼极不情愿赴任的心态表达得很是传神，苏轼自己也很喜欢这个比喻，这是他当时心态的绝佳描述。苏轼还是在"家"与"朝"之间徘徊不定，矛盾不已。《行香子·述怀》 中的清静潇洒生活才是苏轼所期待的：

清夜无尘，月色如银。酒斟时、须满十分。浮名浮利，虚苦劳神。叹隙中驹，石中火，梦中身。虽抱文章，开口谁亲。且陶陶、乐尽天真。几时归去，作个闲人。对一张琴，一壶酒，一溪云。[⑥]

苏轼宦海沉浮，朝堂公共生活之外还有丰富的私人空间领域。在出世与入世问题上，苏轼总是矛盾的，他期待着"一张琴，一壶酒，一溪云"的闲适生活，但现在自己只能宦海奔波。到登州仅五日，苏轼被召回朝，一年之内数次高升。苏轼此期间给王庆源的信不断地诉说自己想到四川做官，"追陪杖履"，"知宅酝甚奇，日与蔡子华、杨君素

---

①《苏轼全集校注·词集》，第 515—519 页。

②《苏轼全集校注·诗集》，第 2832—2833 页。

③《苏轼全集校注·诗集》，第 2949—2950 页。

④《苏轼全集校注·诗集》，第 2962—2963 页。

⑤《苏轼全集校注·文集》，第 8087—8088 页。

⑥《苏轼全集校注·词集》，第 642—647 页。

聚会，每念及此，即致仕之兴愈浓也。”[①]回到汴京后，苏轼又对王庆源说：

久不奉状，愧仰增积。即日退居多暇，尊体胜常。某进职北扉，皆出奖庇。自顷流落江湖，日欲还乡，追陪杖屦，为江路藉草之游，梦想见之。今日国恩深重，忧责殊大，报塞愈难，退归何日，西望惋怅，殆不胜怀。想叔丈与丈人及诸侄，岁时相遇，乐不可名，虽清贫难堪，然熬波之余，必及鸰原，应不甚寂寞也。岁晚苦寒，伏乞保重。[②]

苏轼再次入朝，因为“国恩深重，忧责殊大”，“日欲还乡”之思只能“梦想见之”，只能对着故乡的方向瞭望，虽然退居生活可能“清贫难堪”，但苏轼不会寂寞与煎熬。苏轼此期还有给王庆源的信，他跟叔丈说自己名位已过分，日负忧责，只需幅巾还乡，平生之愿就已足矣。只希望叔丈千万保爱，得为江边携壶藉草之游，有这种快乐他就已经很满足了。苏轼在登上一生官职顶峰之时，依然不恋权势，而是有着强烈的退出仕途归园田居的愿望。这期间，每当朋友要去四川做官，苏轼在作这类文字时也总是掩饰不住对故乡的深切思念。在《送戴蒙赴成都玉局观将老焉》中，苏轼侃侃而谈：“拾遗被酒行歌处，野梅官柳西郊路。闻道华阳版籍中，至今尚有城南杜。我欲归寻万里桥，水花风叶暮萧萧。芋魁径尺谁能尽，桤木三年已足烧。百岁风狂定何有，羡君今作峨眉叟。纵未家生执戟郎，也应世出埋轮守。莫欺老病未归身，玉局他年第几人。会待子猷清兴发，还须雪夜去寻君。”[③]诗歌透露出苏轼想退休安度余年之意。再如苏轼期待着回乡，他想像王子猷雪夜访戴一样在回到故乡后与朋友雅聚。苏轼当时身居高位，但类似的心态无时不有，我们还可以举出很多例子来，如《送家安国教授归成都》：“别君二十载，坐失两鬓青。吾道虽艰难，斯文终典型。屡作退飞鹢，羞看干死萤。一落戎马间，五见霜叶零。夜谈空说剑，春梦犹横经。新科复旧贯，童子方乞灵。须烦凌云手，去作入蜀星。苍苔高朕室，古柏文翁庭。初闻编简香，始觉锋镝腥。岷峨有雏凤，梧竹养修翎。呜呼应嶰律，飞舞集虞廷。吾侪便归老，亦足慰余龄。”[④]家安国是苏轼少年时期的同学，此次家安国回乡，再次勾起了苏轼浓厚的退居之念。元祐四年（1089），苏轼在《跋李伯时〈卜居图〉》中也说道：“余本田家，少有志丘壑，虽为搢绅，奉养犹农夫。然欲归者盖十年，勤请不已，仅乃得郡。”[⑤]他还说士大夫逢时遇合，位至卿相并不困难，惟归田退隐为古今难事。他如果能退隐，一定不乱鸟兽，活脱脱渊明再世。再如赵君锡、贾谊诬陷苏轼“山寺归来闻好语，野花啼鸟亦欣然”之时，苏轼尽管因为太皇太后高氏的庇护并未受罚，但他的退居之念越来越强烈，多次上表乞求出知地方。太皇太后还以神宗想要重用苏轼的遗言规劝他安心留在朝廷辅助哲宗，苏轼为此很受感动，但是他实在不愿在朝四处受人攻击，自己身心俱疲，在朝实在做不了多少事情，太皇太后为平衡各方势力也终于让苏轼出知杭州。

---

①《苏轼全集校注·文集》，第 6567—6568 页。

②《苏轼全集校注·文集》，第 6561—6562 页。

③《苏轼全集校注·诗集》，第 2963—2967 页。

④《苏轼全集校注·诗集》，第 3253—3257 页。

⑤《苏轼全集校注·文集》，第 7928—7930 页。

苏轼二度莅杭，一方面在其位而谋其政，为杭州百姓做了很多实事，赈灾济民、治理西湖，苏轼把杭州治理得有声有色，可是这依然没有减弱他的“退居”心态。还是在给王庆源的信中，苏轼又一次地向叔丈表达他的退居愿望：“某为郡粗遣，衰病怀归，日欲致仕。既忝侍从，理难骤去，须自藩镇乞小郡，自小郡乞宫观，然后可得也。自数年日夜营此，近已乞越，虽未可知，而经营不已，会当得之。致仕有期，则拜见不远矣。惟望倍加保啬，庶归乡日犹能陪侍杖屦上下山谷间也。”[①]苏轼此中心态是很有意思的，他“日欲致仕”之心并不是说场面话，而是真的在慢慢规划着策略与步骤，苏轼想在大州求小郡，再从小郡求宫观虚职，然后顺利求得致仕。不过苏轼二度莅杭两年后又被以翰林学士承旨召还朝，回京途中他连上辞免状，在《杭州召还乞郡状》中苏轼深有感慨地说：“非不怀恋天地父母之恩，而衰老之余，耻复与群小较短长曲直，为世间高人长者所笑。”[②]被召回朝三个月，苏轼还是连章乞郡，出知颍州，在接到赴知颍州诰命时他曾给王巩写信说：

某启。自公去后，事尤可骇。平生亲友，言语往还之间，动成坑阱，极纷纷也。不敢复形于纸笔，不过旬日，自闻之矣。得颍藏拙，余年之幸也。自是刳心钳口矣。此身于我稍切，须是安处，千万相信。日与乐全翁游，当熟讲此理也。某甚欲得南都，而侄女子在子开家，亦有书来，云子开欲之，故不请。想识此意。[③]

这种全身避祸以求早日退隐之心态在苏轼元祐年间颇为典型，离别时苏轼在苏辙东府还作《感旧诗（并叙）》云：“青山映华发，归计三月粮。我欲自汝阴，径上潼江章。想见冰盘中，石蜜与柿霜。”[④]苏轼想到了颍州之后就上奏朝廷请求回眉山老家安度晚年，老家的石蜜和柿霜是他所爱，回去后就可以吃个够了，苏轼此时最后感慨：“报国何时毕，我心久已降。”苏轼在颍州时也想着回四川去，当时李廌想来投奔他，还被他制止了，苏轼在《请广陵》中说：“今年吾当请广陵，暂与子由相别。至广陵逾月，遂往南郡，自南郡诣梓州，泝流归乡，尽载家书而行，迤逦致仕，筑室种果于眉，以须子由之归而老焉：不知此愿遂否？言之怅然也。”[⑤]可见苏轼退居还乡心愿之迫切。在《送路都曹（并引）》中，苏轼说：“我亦倦游者，君恩系疏慵。……怀哉江南路，会作林下逢。”[⑥]类似的如《送运判朱朝奉入蜀七首》、《臂痛谒告，作三绝句示四君子》等等，都有苏轼表达自己退居心态的诗句。苏轼做了半年颍州知州，又被调往扬州，在扬州期间苏轼开始写作和陶诗，其中亦多有表达自身退居心态之作，如《和陶〈饮酒〉二十首·其五》：“嗟我亦何为，此道常往还。未来宁早计，既往复何言。”[⑦]半年后又再次被召回朝，这是苏轼一生在汴京的最后时光，大概一年一个月左右。苏轼这段时期也常有退

---

①《苏轼全集校注·文集》，第 6571—6572 页。

②《苏轼全集校注·文集》，第 3374—3383 页。

③《苏轼全集校注·文集》，第 5716—5718 页。

④《苏轼全集校注·诗集》，第 3725—3729 页。

⑤（宋）苏轼著，韩中华译评．东坡志林［J］．北京：北京理工大学出版社，2017 年，第 108—109 页。

⑥《苏轼全集校注·诗集》，第 3900—3906 页。

⑦《苏轼全集校注·诗集》，第 3983—3984 页。

居心态，特别是妻子王闰之病逝，更让年迈的苏轼备受打击。在《祭亡妻同安郡君文》中，苏轼说："我曰归哉，行返丘园。曾不少须，弃我而先。"[①]可见夫妻俩也在规划着返乡的事情。苏轼此时期还常将"仇池"作为自己的告老归隐之地，"仇池"也因此成为苏轼表达归隐之思、还家之梦的象征性词汇："梦中仇池千仞岩，便欲揽我青霞蟾。且须还家与妇计，我本归路连西南"、"万古仇池穴，归心负雪堂。殷勤竹里梦，犹自数山王"、"东坡信畸人，涉世真散材。仇池有归路，罗浮岂徒来"，姚华对此认为，在空间和时间的双重意义上，"仇池"都是一个理想化的"他处"，苏轼借微物而咏神奇，在一块石头上实现了山水、四季、故乡和梦境之寄寓。[②]只是无奈妻子病故，太皇太后也驾崩，哲宗亲政后政局大变，苏轼出知定州，临行前欲面辞哲宗上任也被拒绝。尽管如此，苏轼在定州亦尽职尽责为百姓做了很多好事，然而退居之心仍然时常浮上心头，《次韵李端叔送保倅翟安常赴阙，兼寄子由》云："松荒三径思元亮，草合平池忆惠连。白发归心凭说与，古来谁似两疏贤。"[③]苏轼对陶渊明一直很敬仰，在扬州更开始和陶，此期政坛正酝酿着一场大风暴，苏轼很想学陶渊明、谢惠连及时隐退。但苏轼就是这样，不会因为自己有退居之念就消极起来，他每任一官，都要尽己所能为百姓排忧解难。苏轼此期得到黑白双石建雪浪斋，又开辟众春园供百姓游览，在《三月二十日多叶杏盛开》中，苏轼感慨道："我老念江海，不饮空咨嗟。刘郎归何日，红桃烁残霞。明年花开日，举酒望三巴。"[④]

定州任职半年后，苏轼被五降诏令一路贬到惠州安置，但他被贬惠州，仍是希望早日返回中原的，无论是贬途中《临城道中作（并引）》云："吾南迁其速返乎，退之衡山之祥也"，[⑤]还是到达惠州后在《新酿桂酒》中以"蛮村"称惠州，《和陶贫士》中更直言"坐念北归日"，在表兄程正辅来后，在《追饯正辅表兄至博罗，赋诗为别》中苏轼还是有"孤臣南游堕黄菅，君亦何事来牧蛮"之语。[⑥]苏轼也多次写信希望正辅表兄能够帮助自己返回北方，而且一如在黄州时一样，苏轼即使在自己极端困难和遭遇严酷打击的时候仍不忘报国之志，此期最典型者当属赴惠州贬所期间所作《南康望湖亭》："八月渡长湖，萧条万象疏。秋风片帆急，暮霭一山孤。许国心犹在，康时术已虚。岷峨家万里，投老得归无。"[⑦]报国与退居两种心态还是在苏轼心中反复交织，直到后来章惇特奏元祐臣僚独不赦且终身不徙的明令发布，苏轼也才自我安慰道："譬如元是惠州人，累举不第，虽欲不老于此邦，岂可得哉！"、"北徙已无望，作久计矣"、"某睹近事，已绝北归之望。然心中甚安之。未说妙理达观，但譬如元是惠州秀才，累举不第，有何不可"（《与程正辅书》）。《白鹤峰新居欲成，夜过西邻翟秀才二首·其一》

①《苏轼全集校注·文集》，第 7062—7063 页。

②参见姚华．苏轼诗歌的"仇池石"意象探析［J］.《文学遗产》，2016 年第 3 期，第 158 页。

③《苏轼全集校注·诗集》，第 4296—4299 页。

④《苏轼全集校注·诗集》，第 4310—4314 页。

⑤《苏轼全集校注·诗集》，第 4321—4323 页。

⑥《苏轼全集校注·诗集》，第 4528—4532 页。

⑦《苏轼全集校注·诗集》，第 4363—4366 页。

也说自己“中原北望无归日，邻火村舂自往还”，[①]苏轼就在这样的矛盾又超然的心态中不断反思与挣扎，他也渐渐归于平静，这才有了营建白鹤峰新居的计划，也才真正“不辞长作岭南人”。

从惠州再贬儋州，苏轼在心态调整上也是花了很长时间的，刚到海南时作的诗文中比他初到黄州、惠州时还要绝望，苏轼并不像一开始在藤州与苏辙相会前所说“他年谁作舆地志，海南万里真吾乡”那般豁达，当他真正要踏上儋州那条生死难卜之路时，他的心态是复杂的。苏轼并非没有恐惧，刚刚才在白鹤峰安“家”，如今的“家”除了苏过陪伴外，完整意义上的“家”早已支离破碎，苏轼的内心是焦灼的，这在苏轼到海南后的其他文字中是常常能够看到的。如给雷州太守张逢的信说：“回望愈远，后会未涯。”《行琼儋间，肩舆坐睡，梦中得句云“千山动鳞甲，万谷酣笙钟”，觉而遇清风急雨，戏作此数句》也说：“四州环一岛，百洞蟠其中。我行西北隅，如度月半弓。登高望中原，但见积水空。此生当安归，四顾真途穷。”[②]苏轼刚到海南也会在《试笔自书》中喟叹“何时得出此岛耶？”在《夜梦（并引）》中也说：“七月十三日，至儋州十馀日矣，澹然无一事。学道未至，静极生愁。”[③]他经常失眠，有时悄悄披衣而起，独自向郊外走去，如《和陶赴假江陵夜行》题下自注“郊行步月作”，诗人的苦闷与痛苦透过诗句传达出来。那段时期的苏轼无疑也是凄凉绝望的，尽管他已两度被贬，也有一定的心理准备和贬居经验，可是经过心态调整后，诗人再次焕发出了对生活的热爱本性，作了“千山动鳞甲，万谷酣笙钟”后，苏轼再作《次前韵寄子由》：“离别何足道，我生岂有终。渡海十年归，方镜照两童。还乡亦何有，暂假壶公龙。峨眉向我笑，锦水为君容。”[④]在海南三年里，苏轼的“退居”心态也是很强烈的，尽管从事实上他那时已经是在退居了。苏轼此时期依旧有很多谈及自己退居的文字，如《与冯祖仁书》：“某慰疏言。伏承艰疚，退居久矣，日月逾迈，衰痛理极，未尝获陈区区，少解思慕万一，实以漂寓穷荒，人事断绝，非敢慢也。”[⑤]等等，可见苏轼也是将自己的贬谪看作退居的，可是这并非苏轼想要的“退居”。苏轼在离开海南前夕作《儋耳》诗，其中有云：“野老已歌丰岁语，除书欲放逐臣回。残年饱饭东坡老，一壑能专万事灰。”[⑥]野老丰岁、饱食而眠正是苏轼此时心态的写照，他期待的退居生活没有“罪人”的政治身份，所谓“名不正则言不顺”，苏轼想过的是一种作为一名正常退居官员的生活。

苏轼离开海南后“老病唯退为上策”、“归田”等类似说法在其笔下还是不断涌现。苏轼病逝前夕在金山寺作水陆道场，还作有《醮上帝青词》云：[⑦]

---

①《苏轼全集校注·诗集》，第 4804—4806 页。

②《苏轼全集校注·诗集》，第 4841—4846 页。

③《苏轼全集校注·诗集》，第 4856—4858 页。

④《苏轼全集校注·诗集》，第 4846—4850 页。

⑤《苏轼全集校注·文集》，第 6089—6090 页。

⑥《苏轼全集校注·诗集》，第 5121—5123 页。

⑦在道教斋醮仪式中，要向天神奏告祈祷，“青词”即是斋主向上天表达心意愿望的祝告词文，一般用红色颜料写青藤纸上。关于“青词”的文体形式和文学性、文学心态问题，参见张海鸥、张振谦：《唐宋青词的文体形态和文学性》，载台湾丽文文化事业出版《宋代文学研究丛刊（第十四卷）》，2007 年，第 249—264 页。谷曙光．贯通与驾驭：宋代文体学述论［M］．北京：人民文学出版社，2015 年，第 152—176 页。

臣闻报应如响，天无妄降之灾；恐惧自修，人有可延之寿。敢倾微悃，仰渎大钧。臣两遇祸灾，皆由满溢。早窃人间之美仕，多收天下之虚名。滥取三科，叨临八郡。少年多欲，沉湎以自残；褊性不容，刚愎而好胜。积为咎厉，遘此艰屯。臣今稽首投诚，洗心归命。誓除骄慢，永断贪嗔。幸不死于岭南，得退归于林下。少驻桑榆之暮景，庶几松柏之后凋。①

多年的为官生涯，此时在苏轼笔下显得都不值一提，此时他最想做的就是“退归于林下”。但对于退居何处，苏轼有过很多矛盾：归老眉山、归老宜兴、归老舒州、归老颍川？在某些时段，苏轼同时又有好几种想法，苏轼还曾乞“越州”，请“广陵”，也曾想“买田于泗水之上而老焉”（《灵璧张氏园亭记》）、“买田京口”（《书浮玉买田》），这些都曾是苏轼为自己人生设定的诸多可能性，但是最终只有一种能成为现实，而且他必须面对。但苏轼北归一年就溘然长逝，他所期待的“退居”生活事实上并没有持续多久。李泽厚先生在《美的历程》中对苏轼的“退居归隐”问题有一段非常经典的话，李先生认为苏轼一生并未退隐与“归田”，但是他经由诗词文创作所表达出的人生空漠之感，却是比前人口头或事实上的所言所为更深刻沉重。因为苏轼的“退隐”已不只是对政治与社会的退避，不是对政治杀戮与强权统治的恐惧哀伤，尽管他也有阮籍和陶渊明那种具体的政治失意，但是他对整个人生与世上的纷纷扰扰究竟有什么目的和意义这个根本问题的怀疑情绪、厌倦心理以及乞求解脱与舍弃已经比他的前辈们更深刻许多。阮籍、陶渊明等对政治的退避是可能做到的，但是对社会的退避实际却不可能做到，除非出家做和尚，但是做和尚也仍旧要穿衣吃饭，仍然会有烦恼，他们仍然无法逃出社会，所以这便成了一种无法解脱却又要求解脱的对整个人生的感伤与厌倦。②李先生的观点对我们了解苏轼的“退居”心态无疑是十分有益的。

苏轼一生都没有真正归隐，小“家”的伦理维度始终让位于国家的政治维度，苏轼很多次的思想斗争都以“入世”思想占上风结束，或者说是出于对世俗皇权的妥协。“我欲乘风归去，又恐琼楼玉宇，高处不胜寒。起舞弄清影，何似在人间？”他总想着要在“人间”建立了功业才安心退隐，只有不断遭遇打击之时退居之念才会越发强烈。以上讨论了苏轼笔下那么多的“退居”心态的文学书写，可以说苏轼内心对出仕为官一开始就是有所抵触的，包括他的婚姻，苏轼在《与刘宜翁使君书》中曾说：“轼龆龀好道，本不欲婚宦，为父兄所强，一落世网，不能自逭。然未尝一念忘此心也。今远窜荒服，负罪至重，无复归望。杜门屏居，寝饭之外，更无一事，胸中廓然，实无荆棘。”③可见苏轼对“道”的追求无时或忘，所以他总是想着早日退居去习道。但另一方面，苏轼又秉持儒家的仁义思想，他每任一官，总是一心为民，一心为国，忧国忧民之心至死不变。儒家经典《毛诗序》中有“言之者无罪，闻之者足以戒”的垂训，苏轼虽不愿仕宦，但入仕之后，苏轼公忠体国，立朝挺挺大节，务求寓物托讽，有补于世，直至因此酿成“乌

①《苏轼全集校注·文集》，第6821—6823页。

②李泽厚．美的历程[M]．北京：三联书店，2009年，第164—165页。

③《苏轼全集校注·文集》，第5281—5287页。

台诗案”。苏辙在《亡兄子瞻端明墓志铭》中说：“初，公既补外，见事有不便于民者，不敢言，亦不敢默视也，缘诗人之义，托事以讽，庶几有补于国。”[①]这种直言敢谏的精神令苏轼吃尽了苦头，可是他依然不忘自身对百姓的责任。《论语·里仁》有云：“子曰：‘富与贵，是人之所欲也；不以其道得之，不处也。贫与贱，是人之所恶也；不以其道得之，不去也。君子去仁，恶乎成名？君子无终食之间违仁，造次必于是，颠沛必于是。’……子曰：‘士志于道，而耻恶衣恶食者，未足与议也。’”[②]苏轼庶几近之。贬谪期间，苏轼撰写了《易传》、《书传》、《论语说》三部经学著作，虽然《易传》是父子三人合作的结晶，但总体来说是苏轼总其成，代表了苏轼对《易经》的总体看法。《书传》和《论语说》为苏轼独立撰写，虽然《论语说》后来失传，但马德富、舒大刚等先生已辑得不少，亦可看出苏轼对儒家经典的熟稔与对名山事业的执着。儒家“立德、立功、立言”三不朽（《左传·襄公二十四年》：“太上有立德， 其次有立功，其次有立言，虽久不废，此之谓不朽。”）的古训对苏轼自我人格的完善、社会责任的完成和文化创作的建树都起到了巨大的指引作用。《论语·学而》有云：“子曰：‘君子食无求饱，居无求安，敏于事而慎于言，就有道而正焉，可谓好学也已。’”[③]这些儒家的经典语录也都在苏轼的思想深处扎根。“士不可以不弘毅”的古训和范仲淹“先天下之忧而忧，后天下之乐而乐”、“居庙堂之高则忧其民，处江湖之远则忧其君”的楷模示范都让苏轼严格地以先贤标准要求自己。但是苏轼同时又有着浓厚的归隐情结，黄庭坚《苏李画枯木道人赋》也说：“东坡先生佩玉而心若槁木，立朝而意在东山。其商略终古，盖流俗不得而言。”[④]对苏轼而言，“家”既是真实之地，更是隐喻上的精神纯真的境界。守护这一孩童时代乐园最好的办法，就是让它留驻于回忆和想象之中。因此他唯一“在家”的方式，就是与世相违，如回归广莫之野的无用的大樗。[⑤]对此，西方学者萨义德的一段话对我们理解苏轼的“退居”心态也有很有帮助，他在《知识分子论》中曾指出：“当士人参与社会政经文化活动的机会增加时，为了避免成为各种权利结构的一员，唯有转身离开而以‘业余者’、‘圈外人’的身份，才得以保有足够的自由去成长，改变心意，发现新事物，重新发现一度搁在一旁的东西。”[⑥]苏轼总在心灵层面上想着“退居”，想着守护自身的精神家园。但现实中的他又屡遭贬斥，儒家的思想底色也指导着他不会因自身遭遇的坎坷而真正忘却君国百姓，虽然黄州、惠州、儋州时期他的居住条件和饮食条件都很差，但他总是能够以儒家的君子之道来让自己随遇而安，并尽自己所能为国

---

①（宋）苏辙著，陈宏天、高秀芳点校．苏辙集 [M]．北京：中华书局，1990 年，第 1117—1128 页。

②（魏）何晏注，（宋）邢昺疏，（十三经注疏）整理委员会整理．十三经注疏·论语注疏 [M]．北京：北京大学出版社，1999 年，第 48—50 页。

③（魏）何晏注，（宋）邢昺疏，（十三经注疏）整理委员会整理．十三经注疏·论语注疏 [M]．北京：北京大学出版社，1999 年，第 11 页。

④（宋）黄庭坚著，郑永晓辑校．黄庭坚全集辑校编年 [M]．南昌：江西人民出版社，2008 年，第 545—546 页。

⑤杨治宜．“自然”之辩：苏轼的有限与不朽 [M]．北京：三联书店，2018 年，第 189 页。

⑥［美］萨义德著，单德兴译．知识分子论（第三版）[M]．北京：三联书店，2016 年，第

为民办实事。苏轼在《与滕达道》中说：“虽废弃，未忘为国家虑也。”[①]苏轼在与友朋之间的通信中常有此类表达，上文我们也有所提及。苏轼这种对国家强烈的忧患意识和责任心态，让他虽处困境，仍不忘天下黎民，他随时关注着国家动向。苏轼“拙于谋身，锐于报国”，“志常在民，造福于民”，堪称真正的儒者，但他据于儒却又并不执着于儒，晚年对渊明之归隐苏轼欲以晚节师范其万一，但是他比渊明有更多的政治抱负和深远的政治思考，苏轼一再受辱而不忍归隐，这才是他的复杂然而又伟大之处。

第二节 依于道：“超然”与“逍遥”心态

上一节我们主要从“中隐”和“退居”讨论了苏轼家居生活中从儒学影响上表现出的两种心态。本节我们则主要讨论苏轼受道家思想影响所表现出的“超然”与“逍遥”心态。苏轼八岁即入天庆观随道士张易简读小学，从小就打下了一定的道教与道家知识基础，对道教的养生炼气之说也多少有点理解。事实也是如此，苏轼对道家思想的接受主要来自《庄子》，对道教养生术的修习则多来自亲友相传和自我研习。苏轼全集中有关道家道教的内容数量非常可观，如果我们对苏轼诗词文中的道家道教典故作统计，相信会有更为清晰的结论。对于苏轼受道家思想影响及其文学书写，学界已取得诸多成果。②笔者此处仅拈出“超然”与“逍遥”心态对苏轼的身心安顿作点论述。

一、超然：虽有荣观，燕处超然

如果说苏轼童年时代对道家道教只有一些粗浅认识，出仕之前又因为主攻儒家经史之学而对道家道教学说关注不够的话，那么苏轼凤翔期间他就已在逐步加深自己的道学修为了。苏轼在凤翔时与太守陈希亮不合时也很闹情绪，如《壬寅重九，不预会，独游普门寺僧阁，有怀子由》云：“花开酒美盍不归，来看南山冷翠微。忆弟泪如云不散，望乡心与雁南飞。明年纵健人应老，昨日追欢意正违。不问秋风强吹帽，秦人不笑楚人

---

①《苏轼全集校注·文集》，第 5530—5532 页。

②这方面的成果主要有钟来茵．苏东坡养生艺术［M］．南京：江苏文艺出版社，1995 年版。该书主要为辑录与点评，对苏轼一生的养生经历、养生功旨要等做了简要分析。杨存昌．道家思想与苏轼美学［M］．济南：济南出版社，2003 年版。该书对苏轼以道为核心的人生哲学做了研究。冷成金．苏轼的哲学观与文艺观（2 版修订本）［M］．北京：学苑出版社，2004 年版。该书对苏轼的庄学思想与其道论、苏轼庄学思想中的自然观与生命观等问题做了探索。王水照、朱刚．苏轼评传［M］．南京：南京大学出版社，2004 年版，该书 2011 年再版，第二章“究天人之际：苏轼的哲学”也对苏轼的“道”做了探讨。其他有所涉及的也有不少，如张惠民、张进．士气文心：苏轼文化人格与文艺思想［M］．北京：人民文学出版社，2004 年版。贾喜鹏．苏轼隐逸情结论［M］．北京：大众文艺出版社，2007 年版。阮延俊．苏轼的人生境界及其文化底蕴［M］．广州：世界图书出版广东有限公司，2014 年版。等等，文繁不举。

讥。”[①]苏轼才华横溢，仁宗嘉祐六年以“贤良方正能直言极谏科”入三等，自宋初以来，获此殊荣者在苏轼之前仅吴育一人而已，故苏轼在凤翔被百姓称为“苏贤良”。那时他初入官场，年轻气盛，又因为仕途顺利，难免有点心高气傲。太守陈希亮来凤翔后有意挫挫苏轼的锐气，故意不给他好脸色，苏轼才有了一些如上举诗文那般发泄不满情绪的诗文。后来两人冰释前嫌，苏轼在南溪堂读道书也有了很多心得，看待事物的态度有了很多改变。苏轼在此期间作有《凤鸣驿记》，其中有云：“古之君子，不择居而安。安则乐，乐则喜从事”，[②]其中传达出的对随缘自适之心态的认识在此时期已在慢慢发展。后来随着他阅历的增长和仕途的历练，以及道学修养的加深，其“超然物外”、“逍遥齐物”的处世哲学才得以最终形成。这期间苏轼还曾在太平宫溪堂作《读道藏》云：“嗟予亦何幸，偶此琳宫居。宫中复何有，戢戢千函书。”[③]苏轼那段时间就静坐溪堂读道家道教经典，极大地扩充了自己的道学知识储备，后来回京任直史馆时期也得以饱览馆内收藏，眉山服丧期间苏轼也常读道书。长期的研读道学书籍无疑开拓了苏轼的心胸与眼界，终于使他在知密州时写下了经典之作《超然台记》。在这篇文章中，苏轼提及弟弟苏辙以老子“虽有荣观，燕处超然”之思来命名自己新建之台，苏轼在此记中也将老庄的“超然”思想发挥到了一个全新的水平，这对他以后的处世心态产生了极大影响。

苏轼常幻想着庄子式的“乘天地之正，而御六气之辩，以游无穷”，另一方面，苏轼也凭借自身卓绝的艺术修养，本能地对一些世外桃源有着无限的向往。如《次韵子由书王晋卿画山水二首》：“老去君空见画，梦中我亦曾游。桃花纵落谁见，水到人间伏流。”“山人昔与云俱出，俗驾今随水不回。赖我胸中有佳处，一樽时对画图开。”[④]苏轼对山水田园家居的向往无时不有。再如《书王定国所藏〈烟江叠嶂图〉》云：“不知人间何处有此境，径欲往买二顷田。……桃花流水在人世，武陵岂必皆神仙。江山清空我尘土，虽有去路寻无缘。还君此画三叹息，山中故人应有招我归来篇。”[⑤]亦表达着诗人对美好山水田园生活的向往。苏轼的题画诗数量非常可观，这些作品大都传达出诗人的出世之思与桃源梦想。苏轼自身出处仕隐，独善与兼济的矛盾可谓无时不在，但尽管有着“出世”与“入世”的精神困扰，苏轼还是能凭借自己的达观豁达与超旷洒脱泰然地面对仕途的荣辱得失。“水到人间伏流”一如“何似在人间”，苏轼时而消沉，时而欢乐，时而幻灭，时而奋发的矛盾状态，希望与绝望、痛苦与超越总是矛盾地交织在他的诗词文章中，形成了苏轼独特的矛盾心态。所以尽管苏轼有着“奋厉有当世志”的强烈入世之念，但当仕途中有“身与世违”的失落时，挫折与幻灭总是让他要借助道禅哲学来调整，经由不断修炼之“道眼”与“法眼”的观照让自己虽置身红尘之中，仍能超然万物之外。苏轼在密州时曾作《后杞菊赋（并叙）》云：

---

①《苏轼全集校注·诗集》，第245—248页。

②《苏轼全集校注·文集》，第1186—1189页。

③《苏轼全集校注·诗集》，第388—390页。

④《苏轼全集校注·诗集》，第3717—3718页。

⑤《苏轼全集校注·诗集》，第3379—3383页。

吁嗟先生，谁使汝坐堂上称太守？前宾客之造请，后椽属之趋走。朝衙迭午，夕坐过酉。曾杯酒之不设，揽草木以诳口。对案颦蹙，举箸噎呕。昔阴将军设麦饭与葱叶，井丹推去而不嗅。怪先生之眷眷，岂故山之无有？

先生听然而笑曰："人生一世，如屈伸肘。何者为贫，何者为富？何者为美？何者为陋？或粮核而瓠肥，或粱肉而墨瘦。何侯方丈，庾郎三九。较丰约于梦寐，卒同归于一朽。吾方以杞为粮，以菊为粮.春食苗，夏食叶，秋食花而冬食根，庶几乎西河南阳之寿。"①

对贫、富、美、陋等而视之，这种心态完全就是庄子齐物思想的再表达，此赋对苏门四学士之一的张耒也产生了很大影响，张耒面对与苏轼相似的生活窘况时，作《杞菊赋·有序》云："如先生者犹如是，则予而后无叹也。"②对苏轼这种安贫乐道与超然达观的生活态度大加赞赏。苏轼在密州还作有《薄薄酒二首（并引）》，所谓"百年瞬息万世忙，夷齐盗跖俱亡羊，不如眼前一醉是非忧乐两都忘"，"达人自达酒何功，世间是非忧乐本来空"，③两首诗都写得意趣盎然，还引来了黄庭坚、李之仪等众多诗人的和作。苏轼在诗中以一种超拔之心态对待世间名利，将赵明叔普通的俚语升华到一种是非齐一、生死齐一的"齐物"境界和佛家"万事皆空"的哲理高度，从中亦可看出苏轼本人对待人生之心态。苏轼后来贬黄州、惠州、儋州期间给友人的信中多次提到"凡百粗遣"也是此种心态的反映，如《答苏子平先辈》："某凡百粗遣，厄困既久，遂能安之。昔时浮念杂好，扫地尽矣。"④凡事"粗遣"就不会生气与懊恼，乐天知命，与世无争，苏轼就在这样的心态调整中获得心理平衡。

然而另一方面我们也要承认，苏轼性格的确不善收敛，这与他的弟弟苏辙颇有不同，关于这点在苏洵的《名二子说》和张方平对二人的经典评价中已表达得很清楚。在道学修养上，苏轼自陈不及乃弟，事实也是如此，引导苏轼修心养性、渐入佳境的就是其弟苏辙，而真正的辅导则应该始于二者相聚徐州的百余日内。苏轼此期有一首题目很长的诗名为《子由将赴南都，与余会宿于逍遥堂，作两绝句，读之殆不可为怀，因和其诗以自解。余观子由，自少旷达，天资近道，又得至人养生长年之诀，而余亦窃闻其一二，以为今者宦游相别之日浅，而异时退休相从之日长，既以自解，且以慰子由云》，⑤苏轼对弟弟的修道功夫是颇有认识的。苏辙将当时已刊行的张伯端的《悟真篇》要诀与兄长分享，兄弟分别时，苏轼还作《初别子由》云："我少知子由，天资和而清。好学老益坚，表里渐融明。岂独为吾弟，要是贤友生。……南都信繁会，人事水火争。念当闭阁坐，颓然寄聋盲。妻子亦细事，文章固虚名。会须扫白发，不复用黄精。"⑥徐州公务繁忙，苏轼仍要抽时间炼气，而且他在赴徐州途中结识了道士吴复古，将其养生秘诀

---

①《苏轼全集校注·文集》，第13—18页。

②（宋）张耒撰，李逸安、孙通海、傅信点校．张耒集[M]．北京：中华书局，1990年，第10页。

③《苏轼全集校注·诗集》，第1400—1406页。

④《苏轼全集校注·文集》，第6338—6340页。

⑤《苏轼全集校注·诗集》，第1533—1537页。

⑥《苏轼全集校注·诗集》，第1563—1567页。

归纳整理，书写成文，成为传世名作《问养生帖》。苏辙和苏轼一起在徐州结识云龙山人张天骥后，苏辙对其父张希甫的辟谷养气功感兴趣，他还向七十四岁的王仲素学习，有《赠致仕王景纯寺丞》云："潜山隐君七十四，绀瞳绿发方谢事。腹中灵腋变丹砂，江上幽居连福地。彭城为我驻三日，明月满舟同一醉。丹书细字口传诀，顾我沉迷真弃耳。年来四十发苍苍，始欲求方救憔悴。他年若访潜山居，慎勿逃人改名字。"[①]苏辙仕途不顺，"年来四十发苍苍"，他很想在道家道教的学说中修习养生延年之术，其求道之心是颇为迫切的。苏辙的态度无疑对兄长苏轼有着很大影响，虽然苏轼此时尚未遭遇重大打击，但"龆龀好道"的他对此类养生术兴趣很是浓厚，苏轼有《赠王仲素寺丞（名景纯）》云：

养气如养儿，弃官如弃泥。人皆笑子拙，事定竟谁迷。归耕独患贫，问子何所赍。尺宅足自庇，寸田有余畦。明珠照短褐，陋室生虹霓。虽无孔方兄，顾有法喜妻。弹琴一长啸，不答阮与嵇。曹南刘夫子，名与子政齐。家有鸿宝书，不铸金褭蹄。促膝问道要，遂蒙分刀圭。不忍独不死，尺书肯见梯。我生本强鄙，少以气自挤。孤舟倒江河，赤手揽象犀。年来稍自笑，留气下暖脐。苦恨闻道晚，意象飒已凄。空见孙思邈，区区赋病梨。[②]

苏轼坦言自己"苦恨闻道晚"，对养气养生之术一直不得其法，所以他不仅要向弟弟学习，也利用各种机会向一些学道有成的高人请教，这为他以后的"超然"、"逍遥"心态打下了坚实的基础。苏轼在徐州任职时受驸马都尉王诜之托为其新建的宝绘堂作记，在应邀而作的《宝绘堂记》中苏轼说："君子可以寓意于物，而不可以留意于物。寓意于物，虽微物足以为乐，虽尤物不足以为病。留意于物，虽微物足以为病，虽尤物不足以为乐。"[③]苏轼正是以这种"寓意于物"的超然心态来看待"物"之审美的。经过徐州时期对道家道教更深刻的了解，以及对"物"的进一步认识，苏轼的处世心态更加平和。他曾在济南时向吴复古请教悟道养生之法，吴复古告诉他以"和"、"安"为贵（《问养生》），有此超然心态，就能不争不畏，不怒不忧，不卑不亢，不贪不执。苏轼在徐州还作有《过云龙山人张天骥》，其中有云："吾生如寄耳，归计失不早。故山岂敢忘，但恐迫华皓。"[④]苏轼每与道士或山人之类的世外高人交往时，归隐心态就特别浓重，或者是在离别之时、漂泊之际，苏轼也是想着归家，如：

吾生如寄耳，宁独为此别。（《罢徐州，往南京，马上走笔寄子由五首·其一》）

吾生如寄耳，何者为我庐。（《和拟古九首·其三》）

宦游到处身如寄，农事何时手自亲。（《至济南李公择以诗相迎次其韵二首》）

黄州在何许，想象云梦泽。吾生如寄耳，初不择所适。但有鱼与稻，生理已自毕。独喜小儿子，少小事安佚。相从艰难中，肝肺如铁石。便应与晤语，何止寄衰疾。（时家在子由处，独与儿子迈南来）（《过淮》）

---

①（宋）苏辙著，陈宏天、高秀芳点校．苏辙集 [M]. 北京：中华书局，1990 年，第 129 页。

②《苏轼全集校注·诗集》，第 1544—1549 页。

③《苏轼全集校注·文集》，第 1122—1127 页。

④《苏轼全集校注·诗集》，第 1540—1544 页。

这种“人生如寄”的思想也帮助着苏轼以“超然”之心看待整个人生。总体来说，杭州、密州、徐州、湖州时期苏轼尽管也有很多苦闷的时候，但大体未遭受多大的政治打击，直到“乌台诗案”爆发，苏轼才真正遇到了如何安顿身心的哲学问题，他要思考有关生命价值与人生意义何在。所幸苏轼此时的道学修养和佛禅修养都达到了一定高度，这些思考又大都呈现在他的一系列作品中。黄州时期苏轼的心态是复杂的，“乌台诗案”后苏轼被贬黄州，到达陈州时苏轼作《子由自南都来陈，三日而别》：

夫子自逐客，尚能哀楚囚。奔驰二百里，径来宽我忧。相逢知有得，道眼清不流。别来未一年，落尽骄气浮。嗟我晚闻道，款启如孙休。至言虽久服，放心不自收。悟彼善知识，妙药应所投。纳之忧患场，磨以百日愁。冥顽虽难化，镌发亦已周。平时种种心，次第去莫留。但余无所还，永与夫子游。此别何足道，大江东西州。畏蛇不下榻，睡足吾无求。便为齐安民，何必归故丘。[①]

此诗中苏轼已在表达自己入乡随俗、随遇而安的想法了，其中“道眼”、“闻道”等语表明苏轼要借助道家思想安顿身心，所谓“便为齐安民，何必归故丘”的类似说法在苏轼贬谪期间大量出现，这中间的主要思想因素还是道家顺其自然、逍遥齐物的思想。老子《道德经》有“人法地，地法天，天法道，道法自然”之论，在道家看来，“道”是天地之根和万物之本，“自然”则作为终极价值和精神皈依贯穿于人、地、天、道四者之中。苏轼对“自然”的思考无疑也会受老子的影响，他在黄州要谋求自己的身心安顿之道，但苏轼这里的“道”只能显现为天地之道，他要通过天地来顺应道之自然。苏轼初到黄州时就有所谓“长江绕郭知鱼美，好竹连山觉笋香”的表述，他无疑也是在顺应着黄州的天地自然。当然，苏轼刚来黄州时有过很多的心灵挣扎，贬官薪俸本来就少，发放也往往不及时，经常会有断米断酒之忧，在艰苦环境中，如何调试身心，排遣胸中烦恼，找到自己的精神家园，就是苏轼不得不面对自我的大问题。刚开始他寓居定惠院，后来迁居临皋亭，特别是来黄州一年多就连续逝去好几位亲人，这让他对人生的思考达到了一种很深的层次与高度。苏轼在离黄州前作《安国寺记》，说刚来黄州时“闭门却扫，收召魂魄”，在躬耕东坡、营建雪堂、南堂之后，苏轼才渐渐地安于黄州虽然贫困但是清静悠闲的生活。在《与子明兄》中，苏轼说：“吾兄弟俱老矣，当以时自娱。世事万端，皆不足介意。所谓自娱者，亦非世俗之乐，但胸中廓然无一物，即天壤之内，山川草木虫鱼之类，皆是供吾家乐事也。如何！如何！”[②]苏轼此处所称呼的子明兄，即为苏涣次子苏不疑，宋承议郎，通判嘉州。苏不疑比苏轼年长十多岁，时年五十六七。此信大意是说，我们兄弟俩都老了，应当及时自娱自乐。人世间的万事万物都不必在意，不要将不愉快的事情放在心上。我所说的自娱自乐，并不是世间普通人所称的快乐，而是内心空旷寂静，没有一丝杂念，也就是说，天地之间的青山绿水、花草树木、虫鱼鸟兽等等，都是给我们家庭带来欢乐的事情呀！在此信中，我们完全能感觉到苏轼对家庭兄弟们的友好亲爱与诚挚感情，它们是那样自然地流露在笔墨文字、言辞话语之间。然而，没有

① 《苏轼全集校注·诗集》，第 2115—2118 页。

② 《苏轼全集校注·文集》，第 6622—6624 页。

极为诚恳、朴实淳厚的心意，不能融合天道自然法则，就不能懂得这种欢乐，也不能做出这样的言辞表达。苏轼的家族兄弟之间感情和睦，情真意切，可以看到，苏轼经历了那么多的艰难困苦，却仍然豁达乐观，一方面得益于家庭亲情的温暖关爱，另一方面也是苏轼长时间思考天地万物与自身生命的产物，在这封自然朴实的家书之中，苏轼实现了天理人情的高度统一。

二、逍遥：乘物游心，上下同流

苏轼对道家的“上下与天地同流”、“乘物以游心”的逍遥游美学有着强烈的兴趣。《庄子·齐物论》云：“天下莫大于秋豪之末，而大山为小；莫寿于殇子，而彭祖为夭。天地与我并生，而万物与我为一。既已为一矣，且得有言乎？”[①]庄子明确主张天人合于自然、合于道，因为“道通为一”，人之自然与天之自然可以浑然一体，达到一种高度自由的精神状态。万物并生，物我为一，万物都参与到宇宙大化的流行之中，都以其“自化”姿态感受宇宙万物活泼泼的情感意志。故而苏轼可以“胸中廓然无一物”，可将自己之身心纳入天地自然的大化流行中，融入生生不已的自然化生之长河中，是以“天壤之内，山川草木虫鱼之类，皆是供吾家乐事也”，苏轼的此类表达无疑都是受庄子哲思之启发的。庄子相比老子而言，更多的不是关注积极问世的政治哲学，他更多关心个体存在的身（生命）心（精神）问题，李泽厚、徐复观等先生都认为，庄子的人生观是以审美的态度对待社会人生，庄子追求的人格是一种审美的人格，庄子的人生哲学是倡导一种审美的“艺术化生存”方式，这一点已经成为学界共识。[②]庄子将绝对先验存在的“道”落实在了具体的现实人生和生活方式上，这对苏轼的心态调整产生巨大影响。早在《送文与可出守陵州》中，苏轼就说：“清诗健笔何足数，逍遥齐物追庄周。夺官遣去不自沉，晓梳脱发谁能收。”[③]此诗是用来夸赞他的表兄和好友文同的，苏轼赞美文同能在文学绘画上进入庄子描绘的逍遥齐物境界，在人生逆境中也能保持不忧不惧的良好心态。这四句诗用在苏轼身上亦无不可，可以看作他的夫子自道。“夺官遣去不自沉”，苏轼如今也被贬官了，在《与王定国书》中，他表示自己“罪大责轻，得此甚幸，未尝戚戚”，苏轼此处对自身的贬谪“未尝戚戚”是对知心好友说的，可以看作他的心里话。在封建时代，臣子被贬，很多时候是不敢怨君的。《庄子·人间世》云：“是以夫事其亲者，不择地而安之，孝之至也；夫事其君者，不择事而安之，忠之盛也；自事其心者，哀乐不易施乎前，知其不可奈何而安之若命，德之至也。”[④]苏轼当时的“事亲”问题随着父母离世已不存在，他面对的主要有“忠君”问题，可是现在自己已被贬谪，成了朝堂之外的一名贬官，对于朝廷对自己的处罚，苏轼心灵深处并不认为自己“罪有

① （清）郭庆藩撰，王孝鱼点校．庄子集释［M］．北京：中华书局，2012 年，第 85—89 页。

②参见李泽厚．中国古代思想史论［M］．北京：三联书店，2008 年，第 185—230 页。徐复观．中国艺术精神［M］．北京：商务艺术馆，2010 年，第 52—136 页。

③《苏轼全集校注·诗集》，第 518—520 页。

④ （清）郭庆藩撰，王孝鱼点校．庄子集释［M］．北京：中华书局，2012 年，第 161—163 页。

应得”，他只能以“哀乐不易施乎前，知其不可奈何而安之若命”安慰自己，在道家无为与淡泊的人生思考中排解愁绪。苏轼慨叹“长恨此身非我有，何时忘却营营”，他想回归内心率真之状态，“小舟从此逝，江海寄余生”，苏轼希望这一状态不受外界影响，让他可以在天地自然中从容安放自己沉重的肉身。可是每当他有此消极思想之时，随着文字的排解他马上又释然了。当时人们读到这首《临江仙·夜归临皋》时，以为苏轼真的驾一叶小舟走了，太守徐君猷还以为州失罪人，结果到临皋亭一看，苏轼还正在房里睡觉，鼾声大作。庄子的“超然”、“逍遥”之思让苏轼在情绪发泄之后又能随遇而安起来，这种乐观洒脱的性格让他身遭贬谪之时也能如此“享受生活”。在此心态的影响下，《念奴娇·大江东去》、《前赤壁赋》、《后赤壁赋》等一系列经典名作都在苏轼笔下诞生。苏轼更像一位存在主义者，讲求“随物赋形”，“若有所思而无所思，以受万物之备”（《书临皋亭》），苏轼的活动，的确使黄州“每一个场所都有它特定的意义和价值。”[①]也许天性使然，苏轼骨子里就有一种庄子的潇洒与超脱，他的心态总能很快调整过来。在黄州中后期，苏轼的日常生活变得诗情画意起来，如《鹧鸪天》词云：“林断山明竹隐墙。乱蝉衰草小池塘。翻空白鸟时时见，照水红蕖细细香。村舍外，古城旁。杖藜徐步转斜阳。殷勤昨夜三更雨，又得浮生一日凉。”[②]诗人以庄子“以物观物”的姿态去书写朴素的自然，山明竹隐，衰草池塘，白鸟红渠，村社古城，夏天中的一场夜雨，在苏轼的笔下悠悠而来，显得是那么天然和谐，这种审美愉悦正是“天乐”的状态。《庄子·天道》云：“以虚静推于天地，通于万物，此之谓天乐。”[③]再如《西江月》：

顷在黄州，春夜行蕲水中，过酒家饮。酒醉，乘月至一溪桥上，解鞍曲肱，醉卧少休。及觉已晓，乱山攒拥，流水锵然，疑非尘世也。书此语桥柱上。

照野弥弥浅浪，横空隐隐层霄。障泥未解玉骢骄，我欲醉眠芳草。可惜一溪风月，莫教踏碎琼瑶。解鞍欹枕绿杨桥，杜宇一声春晓。[④]

苏轼作此词时“疑非尘世”，他的诗心与哲思让平常的景色顿时靓丽起来，苏轼酒醉卧桥，与天地自然同流，这种物我浑然一体，彼此不分的状态真正应和了庄子的逍遥之境。天地有大美，自然有大情，苏轼“乘物以游心”，在一种物我两忘的高度自由状态中挥写此词，苏轼将自然的生命律动与气韵通过文学作品的形式传达了出来，短短的一首词，却让我们看到了天地自然中包含着道的朴素，宇宙人生中涌动着永恒的生命之流。如此，苏轼也才能以他的超然之思与逍遥姿态唱出了赤壁的宇宙自然之歌：

---

①参见杨挺：《从寄居到栖居：黄州时期苏轼的活动空间与身份认同及其处境书写》，载杨挺．场所、身份与文学：宋代文人活动空间的诗意书写［M］．成都：四川大学出版社，2016 年，第 115 页。该文以西方理论阐释苏轼，多有创获。作者另有《漂泊与栖居：惠州时期苏轼的活动空间与自我认同及其处境书写》，本书第 125—146 页。《儋州时期苏轼的处境书写与身份认同及其“存在意义”》，载《第三届东坡居儋文化思想研讨会暨第二十二届苏轼学术会议论文集》，2018 年 4 月，海南大学。三文将苏轼在黄州、惠州、儋州的思想历程与文学创作阐释得很有深度。

②《苏轼全集校注·词集》，第 429—431 页。

③（清）郭庆藩撰，王孝鱼点校．庄子集释［M］．北京：中华书局，2012 年，第 467—469 页。

④《苏轼全集校注·词集》，第 364—367 页。

逝者如斯，而未尝往也；盈虚者如彼，而卒莫消长也。盖将自其变者而观之，则天地曾不能以一瞬；自其不变者而观之，则物与我皆无尽也，而又何羡乎！且夫天地之间，物各有主，苟非吾之所有，虽一毫而莫取。惟江上之清风，与山间之明月，耳得之而为声，目遇之而成色，取之无禁，用之不竭，是造物者之无尽藏也，而吾与子之所共适。[①]

苏轼以"造物"赠予的风和月作为原始素材，将它们当作与声、色相连的美，即音乐与绘画，赋予它们"清风"、"明月"这样的名词，诗人运用这样的名词，创造出与贬谪者日常生活世界完全不同的崭新的诗世界来，并悠游其中。[②]苏轼此时的确是优游卒岁，夫复何求的。在《与赵晦之书》中，苏轼说："示谕，处患难不戚戚，只是愚人无心肝尔，与鹿豕木石何异！所谓道者，何曾梦见。旧收得蜀人蒲永升山水四轴，亦近岁名笔，其人已亡矣，聊致斋阁，不罪浼渎。藤既美风土，又少诉讼，优游卒岁，又复何求。某亦甚乐此，安土忘怀，一如本是黄州人，元不出仕而已。"[③]这封书信是我们观照苏轼黄州家居心态的最好窗口，一方面他并非"不戚戚于贫贱"，另一方面他又真的能做到随遇而安，人在哪里就将自己当作哪里的人，在超然与逍遥的心态中安享黄州的岁月。"莫说峨眉眼前景，何处故乡不堪回"（《次韵徐积》）"我生百事常随缘，四方水陆无不便"（《和蒋夔寄茶》）这种超然物外、无往而不乐的诗意表达，代表着我们对苏轼最普遍的认知。

苏轼后来离开黄州后作《送沈逵赴广南》云："我谪黄冈四五年，孤舟出没烟波里。故人不复通问讯，疾病饥寒疑死矣。"[④]苏轼曾有一段时间患病家居不出，由于当时消息不通，连神宗、范镇等都以为苏轼去世了，为其长叹不已，故而苏轼有此诗句。当他真正离开黄州反观自己四年多的黄州生活时，他的心情无疑是复杂的。苏轼黄州后期的家居生活尽管令他着迷，但他在接到量移汝州的诏令后还是要走出家门，走进朝堂，走进民间。不过经过了黄州四年多的历练，苏轼的"道眼"与"法眼"越发明亮了。苏轼全集中提及"道眼"者有多处，所谓"道眼"为佛教用语，是指能洞察一切，辨别真妄的眼力。除上文提及《子由自南都来陈三日而别》外，尚有以下几例：

得闲闭阁坐，勿使道眼浑。（《用旧韵送鲁元翰知鄆州》）
聊将试道眼，莫作两般看。（《怡然以垂云新茶见饷，报以大龙团，仍戏作小诗》）
悬知一生中，道眼无由浑。（《九月十五日观月听琴西湖一首，示坐客》）
先生年来六十化，道眼已入不二门。（《花落复次前韵》）
道眼转丹青，常于寂处鸣。（《杭州次周焘韵游天竺观激水》）

经过一系列的人生历练，诗人的"道眼"已不再浑浊。元祐时期苏轼虽然获得了一生中最高的官位与荣誉，但他却并没有得到想象中的快乐，反而烦恼更多，苏轼元祐三

---

①《苏轼全集校注·文集》，第 27—39 页。

②［日］山本和义著，张剑译．诗人与造物：苏轼论考 [M]．北京：中国社会科学出版社，2013 年，第 38 页。

③《苏轼全集校注·文集》，第 6284—6285 页。

④《苏轼全集校注·诗集》，第 2659—2662 页。

年八月五日作《乐苦说》一文曾说：“乐事可慕，苦事可畏，此时未至时心耳。及苦乐既至，以身履之，求畏慕者初不可得，况既过之后复有何物？比之寻声、捕影、系风、趁梦，此等犹有仿佛也。如此推究，不免是病，且以此病对治彼病，彼此相磨，安得乐处？”[①]我们常会发现，人们在得到原先想望的地位或权利时反而会有某种失落感，苏轼在仕途巅峰时期作此感慨，虽主要来自党争因素，但更多的是苏轼对自己身心安顿问题的深刻思考。惠州时期，诗人再次体验贬谪之苦，合江楼与嘉祐寺之间的来回折腾令他备尝艰辛，不过此时的苏轼比起黄州时期更加老练从容，《记游松风亭》中“此间有甚么歇不得处”之语，其中道家的随缘自适与佛家的不二法门让他“如挂钩之鱼，忽得解脱”。人生有时真的只要换一种角度，便可从人为桎梏中解脱出来，获得心灵的自由。苏轼“到惠州将半年，风土食物不恶，吏民相待甚厚”，他又将自己当作惠州人了。《与程正辅》有云：“譬如元是惠州秀才，累举不第，有何不可？”[②]无论是徐州时期的“使君元是此中人”，还是元祐时期的“我是识字耕田夫”，苏轼的“超然”与“逍遥”心态使他能与任何人交流，到什么地方都能与喜爱他的人打成一片。

苏轼晚年有浓厚的道教信仰（特别是惠州时期）近来为多数学者深入讨论。[③]在惠州时苏轼经常与当地白云、罗浮一代的古代名人安期生和葛洪梦往神交，他曾一度渴望成仙，但也理性地质疑长生不老的虚妄，先看几个例子：

我欲乘飞车，东访赤松子。蓬莱不可到，弱水三万里。不如金山去，清风半帆耳。（金山妙高台）

赤松共游也不恶，谁能忍饥啖仙药。已将寿夭付天公，彼徒辛苦吾差乐。（陪欧阳公燕西湖）

胸中几云梦，余地方恢宏。长庚与北斗，错落缀冠缨。黄公献紫芝，赤松馈青精。溪山久寂寞，请续离骚经。（次韵程正辅游碧落洞）

苏轼学道更多地只为身体健康，以排遣仕途之中常常出现的心中烦闷，长生不老之说苏轼是始终不信的。苏轼在《仙不可力求》中就说：“王烈入山得石髓，怀之以饷嵇叔夜。叔夜视之，则坚为石矣。当时若杵碎或错落食之，岂不贤于云母、钟乳辈哉？然神仙要有定分，不可力求。退之有言：‘我能诘曲自世间，安能从汝巢神仙。’如退之性气，虽出世间人亦不能容，况叔夜悻直，又甚于退之也。”[④]在《和陶读山海经（并引）》中苏轼也说自己读《抱朴子》有所感，用渊明《读山海经》之韵赋诗，其十二云：“古强本妄庸，蔡诞亦夸士。曼都斥仙人，谒帝轻举止。学道未有得，自欺谁不尔。稚川亦隘人，疏录此庸子。”[⑤]其十、其十一也是表达对神仙之说的怀疑，既为“仙人”，且又“家居”

①《苏轼全集校注·文集》，第8467—8468页。

②《苏轼全集校注·文集》，第5965—5966页。

③参见 Ronald C.Egan，Word,Image，and Deed in the Life of Su Shi，Canmbrige，Mass：Harvard University Press，1994，237—250. 杨治宜.“自然”之辩：苏轼的有限与不朽[M]. 北京：三联书店，2018年，第251—300页。

④《苏轼全集校注·文集》，第8474—8475页。

⑤《苏轼全集校注·诗集》，第4642—4644页。

（苏轼有“山中幽绝不可久，要作平地家居仙”之语），苏轼对自身矛盾性的清醒心态极大地影响着其文学创作。[①]杨治宜在最近出版的《“自然”之辩：苏轼的有限与不朽》中也对苏轼的“内在的乌托邦”做了颇富意味的探讨。笔者也认为苏轼对道教“神仙”之说的信仰有着强大的文本支持，无论是苏轼孩童时期的道士老师张易简的道教启蒙，还是苏轼在凤翔上清太平宫读《道藏》，在黄州天庆观道堂“养炼”四十九日，抑或晚年在《与王庠五首·其一》、《刘宜翁使君书》等篇章中的夫子自道，所谓“龆龀好道……未尝一念忘此心也”等都能说明他的“道心”，然而杨治宜对钟来茵先生的质疑也是鞭辟入里的。苏轼无疑是个“杂家”，他也认为自己“常恐坦率性，放纵不自程”，常常不能专心致志独守一项“法门”。不过惠州时期苏轼有大把的空闲时间供他研究炼丹养气之说，在《游罗浮山一首示儿子过》中，苏轼曾说道：“东坡之师抱朴老，真契早已交前生。”[②]《和陶读山海经》中，苏轼亦云：“愧此稚川翁，千载与我俱。画我与渊明，可作三士图。学道虽恨晚，赋诗岂不如。”[③]他对神仙方术始终怀有好奇心理。

苏轼在惠州、儋州时期特别喜欢陶渊明和柳宗元的为人与作品，尤其是陶渊明，苏轼“欲以晚节师范其万一也”。面对仕途挫折与晚年多病之身，苏轼需要在先贤的作品中求得精神上的解脱与超越，《和陶归园田居六首（并引）·其一》云：“环州多白水，际海皆苍山。以彼无尽景，寓我有限年。”[④]他想让自然的无边景色陪伴自己的有限之身。《白水山佛迹岩》：“此山吾欲老，慎勿厌求取。溪流变春酒，与我相宾主。”[⑤]苏轼想老于山林之下，让溪水变成春酒，像李白与敬亭山那样，“宾主”尽欢。苏轼此时致仕愿望强烈，他需要让漂泊的心灵有一方止泊之地，让苦难的精神不再焦虑，在凄惨的境地下获得解脱。苏轼的矛盾一如既往的存在，但他在惨淡的贬谪生活中又有着超强的解脱心灵束缚的艺术表现力，庄子的齐物论和逍遥游都在他的笔下呈现出哲理的光辉，苦难也因此被超越，艰苦生活的打击让苏轼思想的光芒驰骋天地。惠州比黄州更为荒远贫困，且瘴气严重，苏轼却高唱“罗浮山下四时春，卢橘杨梅次第新。日啖荔枝三百颗，不辞长作岭南人”（《食荔枝》），这种“仿佛曾游岂梦中，欣然鸡犬识新丰”（《十月二日初至惠州》）的超然平和情态，使苏轼每到一地即入乡随俗，以之为家。“烟雨蒙蒙鸡犬声，有生何处不安生”（《山村五绝·其一》），苏轼的旷达让其生命在精神超迈平和中得以延伸，将其晦暗的日常生活中引向澄明之境。可是苦难还在继续，苏轼再次被贬，而且是当时北宋的最南端海南儋州。在《试笔自书》中，苏轼又感伤又超然地写道：

吾始至南海，环视天水无际，凄然伤之，曰：“何时得出此岛耶？”已而思之，天

---

①关于中国文人的修仙问题，汉学家的研究颇值得注意，参见［美］康儒博著，顾漩译．修仙：古代中国的修行与社会记忆［M］．南京：江苏人民出版社，2019 年版。

②《苏轼全集校注·诗集》，第 4430—4440 页。

③《苏轼全集校注·诗集》，第 4626—4628 页。

④《苏轼全集校注·诗集》，第 4509—4513 页。

⑤《苏轼全集校注·诗集》，第 4472—4480 页。

地在积水中，九州在大瀛海中，中国在少海中，有生孰不在岛者？覆盆水于地，芥浮于水，蚁附于芥，茫然不知所济。少焉水涸，蚁即径去，见其类，出涕曰："几不复与子相见。"岂知俯仰之间，有方轨八达之路乎？念此可以一笑。戊寅九月十二日，与客饮薄酒小醉，信笔书此纸。①

苏轼的风趣幽默常常见诸笔端，此又是一例。此期间苏轼的苦难与孤寂、超然与逍遥反复呈现，一方面是海南"此间食无肉，病无药，居无室，出无友，冬无炭，夏无寒泉，然亦未易悉数，大率皆无耳。惟有一幸，无甚瘴也"（《与程天侔》），可说是物质贫乏到了极点，然而与物质的匮乏、生存环境的恶劣相比，更令人窒息的是精神上的孤寂与痛苦。尽管如此，苏轼还是在不断调整自己身心，在《书海南风土》中，苏轼说："儋耳颇有老人，年百余岁者往往而是，八九十者不论也。乃知寿夭无定，习而安之。"②苏轼感叹不已，但也只能以"湛然无思"应对。苏轼此期作有《千秋岁》云："岛边天外，未老身先退。珠泪溅，丹衷碎。声摇苍玉佩，色重黄金带。一万里，斜阳正与长安对。道远谁云会，罪大天能盖。君命重，臣节在。新恩犹可觊，旧学终难改。吾已矣，乘桴且恁浮于海。"此词为和秦观韵，为苏轼侄孙苏元老寄给苏轼，此词虽"超然自得、不改其度"，却也有着强烈的愤激之情，如我们上文所讲，苏轼并非"不戚戚于贫贱"。③在惠州时期，苏轼在《王氏生日致语口号》中说："万里乘桴，已慕仲尼而航海。"④他是服膺于孔子"天下有道则见，无道而隐"的"道隐"的。可是另一方面这里又是苏轼幻想中的世外桃源，在《次韵子由三首・东亭》中，苏轼说："仙山佛国本同归，世路玄关两背驰。到处不妨闲卜筑，流年自可数期颐。遥知小槛临廛市，定有新松长棘茨。谁道茅檐劣容膝，海天风雨看纷披。"⑤对于海南这样的"仙山佛国"，苏轼只能以"本同归"宽慰自己。《和陶游斜川》亦云："谪居淡无事，何异老且休"，⑥他是将贬谪当作退休致仕了，这当然是无奈之语。《和陶归去来兮辞（并引）》小叙云："子瞻谪局昌化，追和渊明《归去来辞》，盖以无何有之乡为家，虽在海外，未尝不归云尔。"⑦杨治宜认为苏轼的平静心灵才是他真正的家，无论他在哪里，都在不断的归家之旅中。他把"家"的物理空间转换成身体的隐喻。⑧诚然如此，苏轼的贬谪在其超然心态调整下变换成"归家"之旅，不断地向内心自然状态复归。苏轼长年异乡漂泊，思乡愁绪常常在其诗文中展现。《和陶还旧居》云："痿人常念起，夫我岂忘归。不敢梦故山，恐

---

①《苏轼全集校注・文集》，第 8704—8705 页。

②《苏轼全集校注・文集》，第 8125—8126 页。

③关于此词的讨论，参见王水照：《"苏门"诸公贬谪心态的缩影 —— 论秦观〈千秋岁〉及苏轼等和韵词》，载王水照．苏轼研究 [M]．北京：中华书局，2015 年，第 112—128 页。

④《苏轼全集校注・诗集》，第 5436—5440 页。

⑤《苏轼全集校注・诗集》，第 4902—4903 页。

⑥《苏轼全集校注・诗集》，第 5011 页。

⑦《苏轼全集校注・诗集》，第 5092—5099 页。

⑧参见杨治宜．"自然"之辩：苏轼的有限与不朽 [M]．北京：三联书店，2018 年，第 240—247 页。

兴坟墓悲。”[①]苏轼刚到海南时就梦见了惠州新居白鹤峰。他的生命不断地被“寄居”，故乡之“家”在他心中终究只是幻想而已。苏轼对陶渊明《归去来兮辞》的重新定义，不管他在何处，只要返璞归真，皆是在“家”栖居。《和陶东方有一士》：“瓶居本近危，甑坠不知完。梦求亡楚弓，笑解适越冠。忽然返自照，识我本来颜。归路在脚底，殽潼失重关。屡从渊明游，云山出毫端。借君无弦琴，寓我非指弹。岂惟舞独鹤，便可摄飞鸾。还将岭茅瘴，一洗月阙寒。”[②]他的故乡此时并不仅是实体意义上的眉山，而是“此心安处即吾乡”的自然本心，苏轼要在生活困顿中求得安乐与平和，于是所有居处皆为故乡。“回首向来萧瑟处，归去，也无风雨也无晴”，这种随缘任运的超脱与旷达可谓是苏轼一生心灵境界的真实写照。空间距离在诗人的灵思冥想中转换成了心理距离，可以通过诗歌的建构在他的一念之间跨越。“此心安处是吾乡”是苏轼赠予王巩家歌妓柔奴的，白居易《初出城留别》云：“我生本无乡，心安是归处。”《种桃杏》：“无论海角与天涯，大抵心安即是家。”《吾土》：“身心安处为吾土，岂限长安与洛阳。水竹花前谋活计，琴诗酒里到家乡。荣先生老何妨乐，楚接舆歌未必狂。不用将金买庄宅，城东无主是春光。”[③]柔奴可能受白居易启发，苏轼又借柔奴之语表达自己的诗意哲思。

我们在上一节重点谈过苏轼的“退居”心态，此处谈他“超然”与“逍遥”心态，引申的结果亦是“归家”，然而苏轼毕竟回不去，他只能用心经营好自己的每一天。《二月十九日，携白酒鲈鱼过詹使君，食槐叶冷淘》云：“枇杷已熟粲金珠，桑落初尝滟玉蛆。暂借垂莲十分盏，一浇空腹五车书。青浮卵碗槐芽饼，红点冰盘藿叶鱼。醉饱高眠真事业，此生有味在三余。”[④]苏轼善于在“三余”时间安顿自己的身心，“三余”乃是指冬者岁之余，夜者日之余，阴雨者晴之余。苏轼的很多诗都会把日期写上，就像日记一样，这在宋代的确形成了一股风气。马东瑶教授在最近的研究文章中认为：“日记体诗对于促进和形成宋诗的日常化特色具有重要作用：其独特性则在于，日记体诗在宋诗‘易道易晓’的整体发展趋向下，既有 ‘欲要人知’的一面，也有对个人体验的保留。”[⑤]苏轼将日期写上，亦是在保留自己每一天的个人体验。不仅如此，苏轼惠州时期继续在追和陶渊明的哲理诗中阐释了自己对身心安顿问题的哲学思考：

天地有常运，日月无闲时。孰居无事中，作止推行之。细察我与汝，相因以成兹。忽然乘物化，岂与生灭期。……还将醉时语，答我梦中辞。

——《和陶形赠影》

丹青写君容，常恐画师拙。我依月灯出，相肖两奇绝。妍媸本在君，我岂相媚悦。君如火上烟，火尽君乃别。……醉醒皆梦尔，未用议优劣。

——《和陶影答形》

---

①《苏轼全集校注·诗集》，第 4853—4856 页。

②《苏轼全集校注·诗集》，第 4900—4902 页。

③参见《苏轼全集校注·词集》，第 526—530 页。

④《苏轼全集校注·诗集》，第 4507—4509 页。

⑤马东瑶．论宋代的日记体诗［J］.《文学遗产》，2018 年第 3 期，第 58—68 页。令可参见顾宏义、李文整理、标校．宋代日记丛编［M］．上海：上海书店出版社，2013 年版。

二子本无我，其初因物着。岂惟老变衰，念念不如故。知君非金石，安足长托附。莫从老君言，亦莫用佛语。……仲尼晚乃觉，天下何思虑。

——《和陶神释》

对陶渊明的原诗所蕴涵的生命体悟，学界目前已有十分精彩的研究，戴建业先生在其《澄明之境：陶渊明新论》中将三首诗的精义阐释得几乎已题无剩意。戴先生认为，陶渊明诗中的形、影、神既分别代表着每个独立个体在超越生死上的三种态度，也代表着他们在面临死亡深渊时的三种不同存在方式与价值取向。“形”在意识到“适见在世中，奄去靡归期”这一不复疑的人生结局后，它主张人生应该及时地放纵感性行乐，因为既然无望长生，那就得穷尽今生。“影”则认为在人生不可言，养生又每苦拙的情况下应该选择求名，不能使躯体长存就得让精神不朽。求名的捷径就是立善，因为血肉之躯虽然要与草木一同腐朽，但是通过立善是可以让荣名在漫长的历史中长存的，形固不能久生而名尚可久传。“影”认为“形”这种纵酒行乐的人生取向实在是毫不足取，酒虽能消解忧愁，但是“方此讵不劣”？最后“神”则以天地自然之说力辩“形”和“影”的‘惜生’之非。陶渊明认为个体的短暂生命实无永恒性可言，因为他根本没有渴望追求个人不朽的冲动——不管是想获得长寿的躯体，还是想留下长存的美名。陶渊明还将超脱生死进而超越自我相互联系起来：独立之个体完全能将自己的精神追求提升到上下与天地同流之高度，如此则一己的短暂躯体生命便能与天地同在；将个体冥契于自然进而同一于万物，如此便不会再因生命从来都会灭亡而“念之心中焦”（《己酉岁九月九日》），如此也便会有“纵浪大化中，不喜亦不惧”的洒落与超然。[①]

苏轼逐首追和陶渊明《形影神》三诗，同样也是借形、影、神论辩以表达自己的人生哲思。《和陶形赠影》中“形”说自己与“影”一直相随相伴，“相因以成兹”，这是自然之道，应该“相应不少疑”。《和陶影答形》中，“影”回答“形”说自己与“形”如火上之烟雨镜中之像，虽然有阴晴变化，但“了不受寒热”，醉时醒时都是梦而已，一如“庄生梦蝶”一般，根本不用去计较孰优孰劣。《和陶神释》则阐明“神”如何解答“形”与“影”对人生的看法。诗歌一开头就单刀直入，直言“形”与“影”“二子本无我”，乃是因为物之附着而已。人从年老乃至衰弱，一动念想之时已非故我，人生的各种欲望也加速了人的衰老，人不能如金石一样长存，故“神”也不会附托“形”与“影”。苏轼在这里不采用道家“不老长生”和佛家“西方净土”的看法，他还是希望追随陶渊明饮酒，借助酒的作用超脱生死之境。但是苏轼接着说，不论醉醒，也总有尽头，恐怕不是那么容易逃出天数。人的平生就像儿童玩耍，到处留下玩乐的用具，所到之处为人聚观，手指目视中即生毁誉。如今一把火将一切好恶都烧掉，那就既没有负载之沉重，又没有“寇攘之惧”。诗人将孔子晚年“天下何思何虑，同归而殊途”的觉悟，联系到烧掉好恶和烦恼而追求解脱的主题上来。[②]可见苏轼在和渊明的哲理诗中又加上

①戴建业．澄明之境：陶渊明新论（第三版）[M]．海口：海南出版社，2015年，第54—55页。

②参见杨松冀．精神家园的诗学探寻——苏轼“和陶诗”与陶渊明诗歌之比较研究[M]．北京：人民出版社，2012年，第182—183页。金甫暻．苏轼“和陶诗”考论——兼及韩国“和陶诗”[M]．上海：复旦大学出版社，2013年，第137—139页。另此组诗的详细笺证可参见卞东波．宋代诗话与诗学文献研究[M]．北京：中华书局，2013年，第381—384页。

了许多自己的见解。苏轼希望在现世人生之中获得身心的安顿，他并不期望着依靠道教的神仙之说和佛教的西方净土获得最终的归宿，而是超然物外，逍遥世间，天下何思何虑，同归而殊途。苏轼在和渊明三首哲学诗中接着渊明的思考作深沉的哲学叩问，渊明在现实中抛开形体之累而在精神中达到解脱，苏轼在陶诗中看到了自己想要的生活境界。苏轼在《和陶归去来辞》中明确提出了“盖以无何有之乡为家”，面对渊明的有家可归，苏轼也在庄、陶合一中找到了自己的安居之家，其身心至此才真正实现了安顿。事实上，苏轼心态的调整，不仅很大程度上得益于自身深厚的儒释道修养，还得益于与弟弟苏辙之间的相互倾诉，岭海时期更是在与陶渊明精神的交流中不断获得超然之哲思。苏轼和陶的过程，也是他在面对生活困境中求得超脱和心灵净化的过程。苏轼反复地说“渊明形神似我”、“我即渊明，渊明即我”、“我其后身则无疑”，但这只是性情上，而非在境界上达到了渊明的高度。苏轼“陶写伊郁”，有赖于对渊明精神境界的学习。苏轼自觉地随渊明之精神不断提升自我的心性修为，苏轼因为人生坎坷而导致心头之凄凉不平与孤寂落寞都在这一过程中慢慢淡化。

岭海七年贬谪，苏轼的心态在后期更为超然洒脱与逍遥自适，在《司命宫杨道士息轩》中，苏轼说道：“无事此静坐，一日似两日。若活七十年，便是百四十。黄金几时成，白发日夜出。开眼三千秋，速如驹过隙。是故东坡老，贵汝一念息。时来登此轩，目送过海席。家山归未能，题诗寄屋壁。”[①]在“家山归未能”的情况下，苏轼仍以“无事静坐”可以一天抵两天安慰自己，我们在其超然之思中表达中无疑也品味出了淡淡的哀愁。所幸北归中原的诏令终于来到，苏轼北归途中在金山寺妙高台看到了李公麟曾给他画的一幅肖像图，诗人感慨万千，提笔写下了《自题金山画像》云：“心似已灰之木，身如不系之舟。问汝平生功业，黄州惠州儋州。”[②]“心似已灰之木，身如不系之舟”，两句皆出《庄子》典故，“已灰之木”出《齐物论》，比喻历经沧桑后，自己早已忘却争夺虚名浮利，进入了超然物外之境。“不系之舟”出《列御寇》，指得道者像随波漂浮的扁舟，虚心遨游的境界。苏轼在题此诗前不久曾作《藤州江下夜起对月，赠邵道士》云：“我心本如此，月满江不湍。”[③]苏轼《广倅萧大夫借前韵见赠复和答之·其二》：“闲诗自放，笔老语翻疏。……一笑沧溟侧，应无愤可摅。”[④]苏轼屡遭打击，此时却“无愤可摅”，他的超然与逍遥心态令他对世间万事万物充满了悲悯。就算是对曾经的好友与政敌章惇，苏轼也早已宽恕了他，在《与章致平书》中苏轼说：“但以往者，更说何益，惟论其未然者而已。”[⑤]过去的事情再说又有何用，倒不如一起笑谈未来。苏轼逝世前夕给苏辙的信也说：“葬地，弟请一面果决。八郎妇可用，吾无不可用也。更破十缗买地，何如？留作葬事，千万莫徇俗也。”[⑥]对于自己死后安“家”何处的问题，苏轼一依自然，不作刻意“徇俗”之举。苏轼以诗词文章和对生命的享受对抗命运的荒诞，这种超然与

①《苏轼全集校注·诗集》，第5078—5080页。
②《苏轼全集校注·诗集》，第5573—5574页。
③《苏轼全集校注·诗集》，第5159—5162页。
④《苏轼全集校注·诗集》，第5179—5180页。
⑤《苏轼全集校注·文集》，第6113—6115页。
⑥《苏轼全集校注·文集》，第6639—6641页。

逍遥使他在极端困难的条件下仍能“归去，也无风雨也无晴”。上文我们分两节讨论苏轼的“超然”与“逍遥”心态，其实它们在本质上殊途同归，强分两节只是保持体例而已。苏轼脚踏沉稳的大地，也仰望澄澈的星空，他不断反思生命的意义与价值，也努力创造生活中的各种乐趣，随缘自适，逍遥无待。《后赤壁赋》中的道士、仙鹤，分明是“庄生梦蝶”的隐喻，诗人在不断的人生参悟中将自己融入了自然宇宙的广阔天地，这使他在“无何有之乡”中恬然澄明，实现了对现实世界的超越和解脱。

第三节 逃于禅：“平常心”与“居士”心态

关于苏轼与佛教的研究，学界著作已有几十种之多，笔者深知要想在前辈著作基础上有所推进无疑是很困难的。[①]此处仅拈取苏轼主要受佛禅影响而生成的“平常心”与“居士”心态，看其在佛禅思想中如何安顿身心的问题，以及佛禅的“出家”思想又与苏轼的在“家”居士心态有着怎样的关联。苏轼的家庭不光是传统的诗礼之家，也有着浓厚的佛教传统。苏洵早年游嵩洛及庐山，与讷禅师、宣僧、景福顺长老等多有交往，苏轼母亲程夫人更是信奉佛教，一派菩萨心肠，在《真相院释迦舍利塔铭（并叙）》中苏轼也说父母“性行仁廉，崇信三宝”，苏轼从小耳濡目染，儒佛道三家思想从小就在他的心中扎根了，可以说苏轼从小就是在儒释道三家思想的熏陶中成长起来的。但是苏轼童年时期对佛学的了解应当十分有限，他开始读佛书当始于凤翔签判时期。苏轼在《王大年哀辞》中自陈王大年对他喜爱佛学的影响：“君博学精练，书无所不通。尤喜予文，每为出一篇，辄拊掌欢然终日。予始未知佛法，君为言大略，皆推见至隐以自证耳，使人不疑。予之喜佛书，盖自君发之。”[②]苏轼的佛学修养也就是在凤翔以后才慢慢加深的，

---

①较有代表性的有周裕锴．中国禅宗与诗歌［M］．上海：复旦大学出版社，2017 年版，周先生尚有《文字禅与宋代诗学》，《禅宗语言》，三书均为再版著作，其中对苏轼与佛教的论述所在多有。《宋代诗学通论》和周先生的一系列论文对此亦有涉及。陈中浙．苏轼书画艺术与佛教［M］．北京：商务艺术馆，2004 年版。该书以《我书意造本无法 苏轼书画艺术与佛教》于 2015 年再版。梁银林．苏轼与佛学［D］．四川大学博士学位论文，2005 年。该文从苏轼习禅的历程、苏轼的佛学修养、苏轼文学的佛学观照、苏轼诗歌融摄佛典的形式四个方面对苏轼与佛学这一论题进行了考察。近来出版的有萧丽华．从王维到苏轼：诗歌与禅学交会的黄金时代［M］．天津：天津教育出版社，2013 年版。此书收集的苏轼与佛教论文功力深厚，见解精到。另有吴明兴．苏轼佛教文学研究［M］．新北：花木兰文化出版社，2014 年版。该书从佛教文学发生论、苏轼的文学与佛学思想、苏轼对文学与佛学的会通实践、苏轼文学生命的终极归趋、切近曹源一滴的清凉法乐等方面对苏轼的佛教文学做了综合考察，是目前有关苏轼与佛教的综合性著作。司聃．苏轼的方外交游及其诗文研究［M］．北京：中国人民大学出版社，2016 年版。此书对苏轼的方外交游亦有创新。左志南．近佛与化雅：北宋中后期文人学佛与诗歌流变研究［M］．北京：中国社会科学出版社，2017 年版。该书从苏轼学佛路径的文学书写、苏轼学佛与其诗歌语言及诗学思想、静观与苏轼诗歌创作思维以及与王安石、黄庭坚之比较等方面对苏轼与佛教也做了精彩研究。承蒙左先生惠赐大作参阅，特此致谢！

②《苏轼全集校注·文集》，第 7082—7084 页。

特别是杭州通判时期，“三百六十寺，幽寻遂穷年”（《怀西湖寄晁美叔同年》）的自白即可见一斑，苏轼在杭州时几乎走遍了当地的寺院，结识了很多名僧。据统计，苏轼一生交往过的禅僧就不下百人，其中有着很多著名的高僧大德。苏轼在自己公务之余或谪居时期不断地寻僧访道与参研佛书，长期的积累使他的佛学修为不断加深。从苏轼诗文中我们能看到很多苏轼参研佛经的经历，特别是黄州、惠州、儋州时期，如黄州时“闲居未免看书，惟佛经以遣日，不复近笔砚矣”（《与章子厚参政书》），惠州时期“老拙慕道，空能诵《楞严》言语，而实无所得，见贤者得之，便能发明如此。诵语精妙，过辱开示，感怍无已”（《与程天侔书》）、海南时期“《楞严》在床头，妙偈时仰读”（《次韵子由浴罢》），可见苏轼特别喜欢《楞严经》，贬谪之时经常在看。苏轼对《金刚经》、《华严经》、《圆觉经》、《维摩诘经》、《金光明经》等佛教经典也很熟悉，《五灯会元》还把他列为东林常总禅师的法嗣，尽管苏轼一些具体观点并不受禅门丛林认可，但是他杰出的文学才华和公认的文坛声望使得佛门禅林很是愿意找他“护法”。不过周裕锴先生也认为，《五灯会元》卷一七将苏轼列为临济宗黄龙派东林常总禅师的法嗣，这乃是编撰者为壮临济宗声势之所为，其实并不可靠。考察苏轼一生行迹交游，倒与云门宗更接近。[①]苏轼一生一次入狱，差点丧命，三次被贬谪，两次被迫自请外任，足迹遍布北宋大半个疆域，外部险恶环境强烈地刺激着他的心境，佛老思想也就日益成为他谪居生活的支点。元丰八年（1085）苏轼从张方平受《楞伽经》就称自己“老于忧患，百念灰冷”。[②]

苏轼每到佛寺必参禅论道，养性修身，在《黄州安国寺记》中苏轼说：“道不足以御气，性不足以胜习。不锄其本，而耘其末，今虽改之，后必复作，盍归诚佛僧，求一洗之。”[③]结合苏轼的实际情况来看，他真正对禅宗做深入地了解的确应当开始于黄州时期，尽管杭州时期苏轼已在广泛结交僧人了，不过那时苏轼仕途顺利，他的人生感叹多是起源于佛寺的创作氛围，还谈不上有多少深刻的禅意。密州时期苏轼也多有佛禅之思，也更多地加入了自己的人生体验，在登临密州常山、饮酒微醉等最易生发人生感慨之时，他也会将佛禅的人生观照化入文学创作。徐州时期，苏轼也多有对人生虚幻的深入认识，典型者如《永遇乐·彭城夜宿燕子楼，梦盼盼，因作此词》：“燕子楼空，佳人何在？空锁楼中燕。古今如梦，何曾梦觉，但有旧欢新怨。”[④]但只有苏轼经历“乌台诗案”的重大打击后被贬黄州，这种人生虚幻的沉重感喟才越加鲜明与突出。在这段时期，苏轼广读佛经，初次遭遇人生重大挫折，使苏轼以前积累的佛学素养此刻显得越发重要。苏轼刚来黄州寓居定惠院，在这里写下了经典名篇《卜算子·黄州定惠院寓居作》：“缺月挂疏桐，漏断人初静。谁见幽人独往来？缥缈孤鸿影。惊起却回头，有恨无人省。拣尽寒枝不肯栖，寂寞沙洲冷。”[⑤]他那时的心境无疑是忧惧、寂寞、孤独、痛苦的，这

---

①周裕锴．文字禅与宋代诗学［M］．上海：复旦大学出版社，2017年，第54—58页。

②《苏轼全集校注·文集》，第7474—7478页。

③《苏轼全集校注·文集》，第1237—1239页。

④《苏轼全集校注·词集》，第222—228页。

⑤《苏轼全集校注·词集》，第249—258页。

种压抑的情绪直到到黄第二年才开始慢慢缓解。我们上文提到过，苏轼来黄一年中相继失去了三位亲人，在那种黯然神伤的情境之下，更加唤起了苏轼对佛学的亲近之心。于是苏轼在定惠院期间也到城南安国寺“焚香默坐”、“收招魂魄”、“间一二日辄往”。在黄州天庆观里他借得“道堂三间，燕坐其中，谢客四十九日”，静坐参禅，修身养性，以消除身心之痛苦。苏轼在《病中游祖塔院》中曾说“因病得闲殊不恶，安心是药更无方”，此段时期他更要“安心”这味药谋求心灵的安宁与平和。苏轼黄州时期多病，他在生病期间更是“杜门僧斋，百想灰灭”（《与蔡景繁书》），面对个人存在价值与政治伦理实践的矛盾冲突以及疾病缠身，苏轼要用佛禅的般若智慧去淡化与消解，在那个时候，儒、道两家的思想资源均不足以支持苏轼对身心关系的思考，他需要“逃于禅”，在佛禅的智慧中安顿身心。

一、平常心：非心非佛，即心即佛

苏轼身处的北宋中后期禅宗得到更加深入的发展，佛禅教义在士大夫的精神世界也日益占据重要地位，佛禅教义的修心理论给他们的心灵栖息提供了一方精神园地，佛禅的生命哲学有效地补充了儒、道在心性修养理论上之不足。禅宗将个人存在的价值重点放在宗教解脱层次，与儒家思想将重点放在政治和伦理实践层次不同，特别是禅宗思想中所讲的自心觉悟，这是从佛教善有善报恶有恶报的伦理思想逐步转变为在存在论之意义上的对人生状态的根本说明，这一点在中国传统儒家思想中尤为欠缺，“儒门淡薄，收拾不住”的根本原因很大程度上就在这里。[①]上引苏辙《亡兄子瞻端明墓志铭》也说：“后读释氏书，深悟实相，参之孔、老，博辨无碍，浩然不见其涯也。”难以想象苏轼家居心态的调节如果少了佛禅这一维将会变成什么样子。苏轼对佛禅的洗“心”、安“心”等功能有着充分的认识，如在《送刘寺丞赴余姚》中说：“我老人间万事休，君亦洗心从佛祖。手香新写法界观，眼净不觑登伽女。”[②]《和蔡景繁海州石室》中也有类似说法：“前年开阁放柳枝，今年洗心参佛祖。梦中旧事时一笑，坐觉俯仰成今古。”[③]其他的相关表述还有不少。但是苏轼对佛禅的态度又是极其微妙的，一方面他不断地参读佛经义理，另一方面苏轼又本着实用主义的态度并不虔诚信奉，如他在黄州时期作《答毕仲举书》：

所云读佛书及合药救人二事，以为闲居之赐甚厚。佛书旧亦尝看，但暗塞不能通其妙，独时取其粗浅假说以自洗濯，若农夫之去草，旋去旋生，虽若无益，然终愈于不去也。若世之君子，所谓超然玄悟者，仆不识也。……学佛老者，本期于静而达，静似懒，达似放，学者或未至其所期，而先得其所似，不为无害。仆常以此自疑，故亦以为献。[④]

此处苏轼对佛教的态度有所谓“猪肉”、“龙肉”之论，当时和后世还引来了不少

①周裕锴. 文字禅与宋代诗学 [M]. 上海：复旦大学出版社，2017 年，第 66—67 页。

②《苏轼全集校注·诗集》，第 1998—2001 页。

③《苏轼全集校注·诗集》，第 2474—2481 页。

④《苏轼全集校注·文集》，第 6183—6185 页。

禅门高僧的批评，但苏轼这种实用的精神哲学是与他一贯坚持的精神修养方式、与他对理学家的不满完全一致的。苏轼不像理学家那样热衷于建立一个超验的、绝对的理的世界，他对超然玄悟的心性、真如本体的追求也不感兴趣，他更加关注的是佛禅对人生现实的指引作用，苏轼用禅宗思想缓和他实际所感到的伦理规范与自然感情、政治生活与个体存在之间的紧张关系，谢思炜先生认为，这实际上是他不承认这种紧张关系而又不接受理学的解决办法的不得已的结果。苏轼在遭遇挫折之时“逃于禅”，更多的是帮助自己开解心结，转换心态，勇面磨难。无论是禅宗还是老庄，其中蕴含的隐逸与养生等等思想，所有的这些精神与心理方面乃至是生理手段合在一起，它们都为苏轼提供了缓和其紧张心灵、消弭其分裂思绪、维持其平衡心境的方法，进而也帮助他形成了旷达乐观的人生态度。所以，苏轼接受禅宗思想的影响，其实并不在于他对纯粹的禅学道理有多少实质性的发挥或独到深刻的体会，而主要是在于他一方面是将禅宗思想与老庄哲学结合在一起，将其中之隐逸与养生等观念更自然地糅合在一起；另一方面苏轼还将禅宗那种反常合道的思维方式和他自己天生的“戏谑”性格更自然地结合在一起，这就更加充分地显示出了禅学思想作为一种人生与生活艺术所发挥的重要作用。所以苏轼在谈禅时始终保持“借禅以为诙”（《闻辩才法师复归上天竺》）的态度，而最终向往的境界则是“何时杖策相随去，任性逍遥不学禅”。[①]谢先生之论无疑是符合苏轼思想实际的。苏轼临终前作有《答径山琳长老》：“与君皆丙子，各已三万日。一日一千偈，电往那容诘。大患缘有身，无身则无疾。平生笑罗什，神咒真浪出。”[②]姚秦时期的高僧鸠摩罗什临终之前让弟子念咒以求不死，但最终还是不免死亡，苏轼对此表示了嘲讽，所以当时好友钱济明侍立于床前问他：“公平日学佛，此日如何？”苏轼道：“此语亦不受。”径山惟琳禅师提醒他说：“先生践履至此，更须著力。”苏轼应声道：“著力即差。”这成为了苏轼留在尘世的最后语言。[③]苏轼拒绝了虚无缥缈的来生和西天，他还是以“平常心”看待出处死生，一切都顺其自然，“反常合道”，苏轼以自己对人生的深刻体验消解了死亡之痛苦与恐惧。由此我们可见苏轼对佛教更多还是持马祖道一洪州禅一系提倡的“即心即佛”、“非心非佛”、“平常心是道”的心态，他的“东坡居士”之号也实实在在表明自身的在“家”身份，苏轼没有成为一个陷入苦读佛经、不食人间烟火的佛教徒，而是成了一位在家的居士。佛禅的智慧让苏轼对世间万事顺其自然，讲求“平常心”，这让苏轼安顿身心的生活哲学又多了一层来自佛禅的理论支持。

禅宗只是中国佛教的一个重要分支，严格地来看，它其实就是一种中国式的精神现象哲学，而且从一定意义上看它还是人间性的。因为在中国的传统哲学当中，禅宗思想最为关心也最为重视人之个体的灵魂解脱与精神超拔。它不仅在天与人之关系中破除天命与偶像，主张抛开经典而突出自性，而且它还在自力与他力的关系中主张自心即是佛，

①谢思炜．禅宗与中国文学［M］．北京：人民文学出版社，2018 年，第 158—160 页。

②参见《苏轼全集校注 • 文集》，第 8866 页。

③周煇《清波杂志》云：东坡初入荆溪，有“乐死”之语，盖喜其风土也。继抱疾稍革，径山老惟琳来问候，坡曰：“万里岭海不死，而归宿田里，有不起之忧，非命也邪？然死生亦细故尔。”后二日，将属纩，闻根先离，林叩耳大声曰：“端明勿忘西方！”曰：“西方不无，但个里着力不得。”语毕而终。宋人傅藻所编《东坡纪年录》也有类似记载。

认为要实现拯救还是得依靠自己，而老师仅仅只是学生入道入门的接引人，只是学生成佛的一种外缘力量，只是摆渡而已。[①]马祖提出“平常心是道”，讲求在日常生活中不造作，无常无断，无凡无圣，一切自然而然，他认为道根本不用刻意去修，只需别污染自性即可。什么是污染？但凡内心有生死心且有造作趣向就皆是污染。如若想要直会其道，那么平常心就是道。什么是平常心？其实只要无造作，不存是非与取舍，无断常与凡圣之别，就是平常心。所以佛经说不是凡夫俗子之修行，也不是圣贤之修行，而是菩萨修行。现在只需行、住、坐、卧，在应机接物之中就尽是道。这里所谓“道”指的是人的觉悟和达到这种觉悟的途径，至于“平常心”则是指的觉悟本身，意为不在个人意识上进行区别，不做任何二元对立之分辨与思考，只需直接指向人们日常生活中的一切自发自然活动即可。[②]后期禅宗更是把他们所欲表达的思想以及种种方便手法都以日常生活中“吃”、“穿”、“睡”，甚至“屙屎送尿”这种“鄙俗”之事来给予最后的提升。在禅宗看来，生活本身就是本体之所在，用心之处就在日常生活中之中，无心之心、平常心这一真心就是道，就是自然。“春有百花秋有月，夏有凉风冬有雪。若无闲事挂心头，便是人间好时节”，在禅宗的思维中，只有以平常心对待世间万事万物，无执无着，心无挂碍，以一种自在无染之心破除我执、法执，那么生活中行住坐卧皆是参禅，“青青翠竹，尽是法身；郁郁黄花，无非般若”，日月星辰、草木虫鱼、山河大地皆是禅的对象。苏轼这种洒脱超然的人生哲学往往在其处于危难困苦之时给他一种参破荣辱死生的启悟，这使他总能以一种通透无碍的态度重新对艰难的生活充满自信。在那“浮云时世改，孤月此心明”（《次韵江晦叔二首》之一）、“云散月明谁点缀，天容海色本澄清”（《六月二十日夜渡海》）的句子中，正可以看出苏轼“参禅悟道”与“吐露胸襟，无一毫窒碍”之间的密切关系。[③]而苏轼的这种“平常心”表现在家居生活中就是追求一种心灵的宁静与平和。苏轼在《与言上人书》中说：“雪斋清净，发于梦想。此间但有荒山大江、修竹古木。每饮村酒，醉后曳杖放脚，不知远近，亦旷然天真。”[④]他在人生低谷之中以“平常心”对之，使他无论处在什么环境中，都能保持一种悠闲淡泊的从容心态。《吾谪海南，子由雷州……作此诗示之》也说：“平生学道真实意，岂与穷达俱存亡。”[⑤]苏轼被贬谪便会以修行人自居，“我本方外人，颜如琼之英。十年尘土窟 一寸冰雪清。揭来从我游 坦率见真情”（《次韵答参寥》），从性情而言，苏轼喜爱自然，颇有以天地自然为家之意。《与秦少游书》云：“某昨夜偶与客饮酒数杯，灯下作李端叔书，又作太虚书，便睡。今日取二书覆视，端叔书犹粗整齐，而太虚书乃尔杂乱，信昨夜之醉甚也。本欲别写，又念

---

①张节末．禅宗美学 [M]. 杭州：浙江人民出版社，1999 年，第 15—16 页。

②贾晋华．古典禅研究 中唐至五代禅宗发展新探(修订本)[M]. 上海：上海人民出版社，2013 年，第 134—135 页。

③周裕锴．中国禅宗与诗歌 [M]. 上海：复旦大学出版社，2017 年，第 96 页。

④《苏轼全集校注・文集》，第 6796—6797 页。该尺牍全称应为《与雪斋言上人》，参见汪超．日藏朝鲜刊五卷本〈欧苏手简〉考 [J].《文献》，2018 年第 5 期，第 114—130 页。此五卷本《欧苏手简》卷五有题名苏轼尺牍、小品 15 篇，题名苏轼七绝诗一首，为目前苏轼全集外失收之吉光片羽，汪先生此文值得重视。

⑤《苏轼全集校注・诗集》，第 4835—4839 页。

欲使太虚于千里之外，一见我醉态而笑也。无事时寄一字，甚慰寂寥。不宣。”[①]与其殚精竭虑求完满，不如把缺憾也当作一种活泼泼的生命体验，此种家居日常生活的“平常心”最能看出苏轼在禅学修为上的造诣。苏轼在《送参寥师》中有“欲令诗语妙，无厌空且静。静故了群动，空故纳万境”之诗句，[②]只有心静了，以平常心看待天地万物了，才能体悟自然界里的动。只有心灵放空了，才能将世间万境化入我心。空是空间，是时空，也是容器，看似无物，却能包容万物。心灵有安居之处，面对困难与挫折就有不会迷失，保持平常心，就不会被外界的是非纷扰所牵引、左右、诱惑，苏轼对此深有体悟。惠州、儋州时期，禅宗思想更成为苏轼的精神支柱的重要一维，佛禅的般若空观继续让他在逆境面前保持“平常”心态：

人间何者非梦幻，南来万里真良图。（《四月十一日初食荔枝》）
吾生一尘，寓形空中。（《和陶答庞参军》）
梦幻去来，谁少谁多？弹指太息，浮云几何？（《和陶停云》）
万劫互起灭，百年一踟蹰。（《和陶和刘柴桑》）

苏轼的“人生如梦”、“人生如寄”等类似的慨叹在禅家空观的思维中不断重现，苏轼有时看破红尘，转眼却又眷恋人间，“四十七年真一梦，天涯流落泪横斜”（《天竺寺》），“此生念念随泡影，莫认家山作本元”（《庚辰岁人日作，时闻黄河已复北流，老臣旧数论此，今斯言乃验二首・其二》），苏轼的“平常心”在其人生皈依的追求中给了他极大的精神力量，每每在他消沉落寞之时给予他不断前进的动力。[③]苏轼胸襟开阔，气量恢宏，善于以顺处逆，以理化情，形成豪爽的性格，达观的人生观，在逆境中解脱苦闷与忧愁，这与其“平常心”显然不无关联。苏轼在《与子由弟》中总结弟弟教自己的修炼要旨和自己的体会时说：

任性逍遥，随缘放旷，但尽凡心，别无胜解。以我观之，凡心尽处，胜解卓然。……因见二偈警策，孔君不觉耸然，更以闻之。书至此，墙外有悍妇与夫相殴，詈声飞灰火，如猪嘶狗嗥。因念他一点圆明，正在猪嘶狗嗥里面，譬如江河鉴物之性，长在飞砂走石之中，寻常静中推求，常患不见。今日闹里忽捉得些子，如何！如何！元丰六年三月夜，已封书讫，复以此寄子由。[④]

此文也作《论修养帖寄子由》，大意是说，凡是学佛修道的人，观察妄惑，消除爱欲，从粗线条到细微处，每一个念头都不要忘记，总会等到那一天，得到见性开悟的境界，不被任何意念、事物所拘执。相反苏轼写此文时他家墙外面的那对“悍妇与其夫”互相

---

①《苏轼全集校注・文集》，第 5751—5752 页。

②《苏轼全集校注・诗集》，第 1892—1896 页。

③蒋寅先生认为，苏轼的平常心态一直贯彻在他后半生的生活中，这种经历了种种穷途忧患后的沉着和洞彻一切死生因果后的豁达，是真正的心灵超越。这种态度较之李白、杜甫的好高骛远或逃避委顺都要可贵。唯其如此，东坡才会留下让人称道的政绩，而不只以文学名世。从根本上说，只有东坡才是对时间、从而也是对人生的胜利者。参见蒋寅：《反抗・委顺・淡忘——李白、杜甫、苏轼的时间意识及其思想渊源》，载蒋寅 . 视角与方法：中国文学史探索 [M]. 北京：北京大学出版社，2018 年，第 299—314 页。

④《苏轼全集校注・文集》，第 6630—6632 页。

殴打“如猪嘶狗嚎”，就在于对人生缺乏了一份“平常心”，不懂万事万物皆可以平常心态观之，如此则无处没有“可歇脚处”，在“寻常静中推求”，也就不会为了一点生活琐事而大打出手。这段话，同时也是对“所谓自娱者，亦非世俗之乐，但胸中廓然无一物”的最好诠释。

二、居士：外涉世务，居家礼佛

苏轼在佛禅般若空观下形成的“平常心”令他在挫折中保持了一种心理平衡，以下我们再谈一下苏轼的“居士”心态。何谓“居士”？张海鸥先生认为，居士之称谓，传说起于西周之时，至宋代，其外延和内涵略有变化，有道艺处士、居家修佛之士、文人居士之区别。《礼记·玉藻》谓：“居士锦带。”郑玄注曰：“居士，道艺处士也。”孔疏：“居士锦带者，用锦为带，尚文也。”可见西周的居士指有道艺特长或文化修养的士人。佛教在东汉明帝时期就传入中国，佛教发源于天竺，梵语之中“迦罗越”是指居家修佛者，后来汉语将其译为“居士”。高僧慧远在《维摩经疏》中说：“居士有二：一，广积资财，居财之士名为居士；二，在家修道，居家道士名为居士。”可知佛门称居士时，“士”固然是条件之一，但最重要的是官位，能为佛门施助钱财。唐宋时期儒释道三教融会，文人们便将居士之称谓广泛应用于居家之士，其中居士原先具有的“道艺处士”之意也有所恢复，这样使得居士一词不独为佛门所用。宋代此风尤盛，还出现了佛徒儒士化和文人居士化交互并现的奇观。不过非常值得注意的是，宋人自称“居士”者一般皆是指闲居在家或处于谪居之际。①苏轼在黄州以前并未给自己取“居士”称号，躬耕东坡时期，因为自身情境与白居易类似，白居易深受禅宗影响，晚年他与香山寺僧如满结香火社，白衣鸠杖，自号 “香山居士”、“醉吟先生”。苏轼受其影响，再加上自身对佛禅智慧的急切需求，苏轼的“东坡居士”之号才开始流传开来。

苏轼多次表示自己是修行之人，如“我本山中人，寒苦盗寸廪。文辞虽少作，勉强非天廪”（《监试呈诸试官》）、“我本麋鹿性，谅非伏辕姿”（《次韵孔文仲推官见赠》）、“我本江湖一钓舟，意嫌高屋冷飕飕。羡师此室才方丈，一炷清香尽日留”（《书双竹湛师房二首》）、“嗟我本何人，麋鹿强冠襟。身微空志大，交浅屡言深”（《和潞公超然台次韵》）、“我本山中人，习见匪独闻”（《云龙山观烧得云字》）、“我本修行人，三世积精炼。中间一念失，受此百年谴”（《南华寺》）等等，在此都表达着苏轼对自己“修行人”的身份确认，包括上文提及的《次韵答参寥》。惠洪的《冷斋夜话》卷七更记载了他的前世佛缘：

苏子由初谪高安时，云庵居洞山，时时相过。聪禅师者，蜀人，居圣寿寺。一夕，云庵梦同子由、聪出城迓五祖戒禅师。既觉，私怪之，以语子由。未卒聪至，子由迎呼曰：“方与洞山老师说梦，子来亦欲同说梦乎？”聪曰：“夜来辄梦见吾三人者，同迎

①参见张海鸥．宋代隐士居士文化与文学［M］．北京：社会科学文献出版社，2017 年，第 5—8 页。萧丽华．从佛典语境看苏轼的佛教居士形象［J］．《长江学术》，2017 年第 3 期，第 85—98 页。萧丽华．唐宋佛教居士形象的两个人物——王维与苏轼［J］．台湾《佛光学报》，2018 年 07 月，第 203—246 页。

五祖戒和尚。”子由拊掌大笑曰：“世间果有同梦者，异哉！”良久，东坡书至曰：“已次奉新，旦夕可相见。”二人大喜，追笋舆而出城，至二十里建山寺而东坡至。坐定无可言，则各追绎向所梦以语坡。坡曰：“轼年八九岁时，尝梦其身是僧，往来陕右。又先妣方孕时，梦一僧来托宿，记其颀然而眇一目。”云庵惊曰：“戒陕右人，而失一目。暮年弃五祖，来游高安，终于大愚。”逆数盖五十年，而东坡时年四十九矣。后东坡复以书抵云庵，其略曰：“戒和尚不识人嫌，强颜复出，真可笑矣。既法契，可痛加磨砺，使还旧规。不胜幸甚。”自是常衣衲衣。[①]

苏轼常穿衲衣的记载还有不少，他对自身的在家“居士”身份是有着高度自觉的，尤其是黄州以后，他希望自己在“家”也能习得忘“家”的佛法，所谓“平生寓物不留物，在家学得忘家禅”（《寄吴德仁兼简陈季常》）的表达可谓是苏轼“居士”心态的绝佳注脚。故而苏轼不会出“家”，而总是以在“家”的居士身份营建家居，经营自己虽清贫却其乐融融的家居生活。苏轼的“居士”心态明显地受士人圈中广泛存在的维摩诘信仰之影响，这里的维摩诘居士是佛教大乘佛法中的著名在家菩萨，维摩诘是梵语，翻译成汉语就是净名、无垢，其意思是洁净、没有染污的人。盛唐时期的著名诗人王维即以“摩诘居士”自号，苏轼对王维和维摩诘无疑是十分熟悉的，苏轼集子中有关“维摩”者更是所在多有，如“小阁低窗卧晏温，了然非默亦非言。维摩示病吾真病，谁识东坡不二门”（《臂痛谒告，作三绝句示四君子·其三》）、“请判维摩凭，一到东坡界”（次韵定慧钦长老见寄八首（并引）·其八）等等。维摩诘居士深闻法要，契入不二，能处相而不住相，对境而不生心，得圣果成就，被奉为菩萨。维摩诘居士的妻子貌美，名叫无垢，有一双儿女，儿子名为善思童子，女儿名为月上女，皆具宿世善根。一家四口，平日即以法自娱。所以经中描述维摩居士“虽处居家，不着三界；示有妻子，常修梵行”，这种不可思议的宿世妙缘，是佛化家庭的最早典范。《维摩诘经》所代表的精神，是佛法在世间，不离世间本位而解脱成佛的法门。虽然人身在家，但心已经跳出欲、色、无色三界，故能一切不执着。[②]正是这种“家居”心态和身份的确立，苏轼尽管对佛教没有虔诚的信仰，却在佛学修为上达到了一定的高度。“居士”心态让苏轼有充分的闲情逸致品味日常生活的种种美好，也在研习各种佛经中将自身对佛教禅理的理解提升到了一个很高的层次。

在《海月辩公真赞（并引）》中苏轼有云：“惟清通端雅，外涉世而中遗物者，乃任其事，盖亦难矣。”[③]清净通达，温文尔雅，对外不避世事，对内虚静空明。此亦是一种在“趋世”与“遗世”之间寻求平衡的“居士”心态。苏轼黄州学佛有成，在后来频繁的迁调乃至晚年岭海七年的贬谪中，苏轼都能充分运用自身从佛教禅理中习得的“不二法门”充分应对，即使在被贬海南天涯海角的绝境，在那种地理空间与人生空间的双

---

①（宋）惠洪、费衮撰，李保民、金圆校点．冷斋夜话 梁溪漫志［M］．上海：上海古籍出版社，2012 年，第 43—44 页。

②中国文人对维摩诘有着广泛的信仰，参见孙昌武．中国文学中的维摩与观音［M］．天津：天津教育出版社，2005 年版。

③《苏轼全集校注·文集》，第 2508—2512 页。

重极点中，苏轼也能在佛禅习得中作终极的人生思考，进而解脱心灵，超越苦难，佛禅教义无疑为苏轼在红尘俗世中营建了心灵的庇护所与栖息地。佛禅的生活哲学重视“心”的表达，讲求在空寂的内省中保持一种超脱的心灵境界。苏轼将对佛禅的参悟渗入到一草一木、一花一石之中，无论是黄州时期的东坡雪堂、南堂，还是惠州时期的白鹤峰和儋州时期的桄榔庵，苏轼都能在自己建造的家居场所中顿悟真如佛性。在佛禅的“法眼”观照下，苏轼的家居营建从“生活园林”走向了“精神园林”，这在儋州时期《桄榔庵铭》中有着最深刻的体现。“生谓之宅，死谓之墟。三十六年，吾其舍此，跨汗漫而游鸿濛之都乎”，苏轼以庄子式的想象和佛禅的般若智慧完成了自己对家居最深刻的体悟，也在追寻现实的生活家园与心灵的精神家园中获得了特殊的审美情趣与感受。

苏轼在徐州曾作《游桓山，会者十人……得泽字》有云：“悟此人世间，何者为真宅？”结尾也说“想像斜川游，作诗寄彭泽。”[①]陶渊明作有《自祭文》，其中说：“岁惟丁卯，律中无射。天寒夜长，风气萧索，鸿雁于征，草木黄落。陶子将辞逆旅之馆，永归于本宅。”[②]苏轼在此处的发问也是思考出处生死、家归何处的问题。苏轼在徐州还为处士王复作《种德亭（并叙）》说：“名随市人隐，德与佳木长。……木老德亦熟，吾言岂荒唐。”[③]同时作《滕县时同年西园》云：“我独种松柏，守此一寸心。……种木不种德，聚散如飞禽。”[④]苏轼在徐州另有《三槐堂铭并叙》，在盛赞王祐及其子孙的功绩和阴德时亦表达了“种德”思想。后来贬谪黄州在路过麻城作《万松亭（并叙）》有云：“十年栽种百年规，好德无人助我仪。（古语云：一年之计，树之以谷；十年之计，树之以木；百年之计，树之以德。）县令若同仓庾氏，亭松应长子孙枝。”[⑤]苏轼认为人世间的“真宅”应如王复“种德亭”和时同年“西园”那般用一生心血去培育，“种德”世间，普惠众生，四海为家，茅庐华宇皆能住人，亦皆可为家，这是苏轼家居心态与观念中最为让人敬佩之处。

苏轼在儒、释、道三家思想的深刻影响中不断做着“出世”与“入世”的深刻思考，这在其家居心态中有着微妙而复杂的呈现。以上对苏轼“中隐”、“退居”、“超然”、“逍遥”、“平常心”与“居士”心态的粗浅归纳实不能概括苏轼家居心态的全部。张海鸥先生还曾以苏轼谪居或外任时期的疏狂心态作文，认为苏轼与白居易等许多杰出文人士大夫一样，在他们贬谪或外任的时期都在尽他们所能充分利用这疏离仕途的空闲时间，放纵着自己的自由精神，将自己擅长的文学艺术创作活动推向了新的高潮。[⑥]所谓“疏狂”心态是苏轼仕宦生活中的重要组成部分，很难说到底受哪家思想的影响更深一些。宋代封建专制政治越发强化，士大夫在与专制皇帝的比较中更形矮小，伴君如伴虎。在经济和强权的夹击下，地主阶级及其精英士大夫集团的生存，倍感艰难。[⑦]苏轼一生尽忠报国，

---

①《苏轼全集校注·诗集》，第 1912—1916 页。

⑥［晋］陶渊明著，龚斌校笺．陶渊明集校笺［M］．上海：上海古籍出版社，2018 年，第 534—541 页。

③《苏轼全集校注·诗集》，第 1714—1716 页。

④《苏轼全集校注·诗集》，第 1840—1842 页。

⑤《苏轼全集校注·诗集》，第 2138—2140 页。

⑥参见张海鸥．宋代隐士居士文化与文学［M］．北京：社会科学文献出版社，2017 年，第 114—127 页。

⑦参见余贵林．宋代士大夫的心态与行为［J］．《中州学刊》，1993 年第 2 期；余贵林．别号与心态——宋代士大夫心态研究之二［J］．《内江师范学院学报（社会科学版）》，1995 年第 1 期。

“奋厉有当世志”，无论他是“穷”是“达”，其兼济天下之志无时或忘，陆游“不以一身祸福，易其忧国之心”和宋孝宗以皇帝之尊对苏轼的经典评价都足资说明，这是我们研究苏轼的家居心态不能否定的重要方面。比如他在惠州不在其位而谋其政，借着表兄程正辅的力量为当地居民做了诸多好事，再如惠州农民纳粮问题、为惠州捐资建东、西新桥，推广秧马、治病救人，与广州知州王敏仲设计方案将蒲涧山滴水岩的泉水引入广州，在海南书柳宗元《牛赋》劝告黎族人民爱惜耕牛而移风易俗，推广中原先进的农业耕种方法和引进中原优良品种，带领当地百姓掘土挖井，改善生活条件，更开门授徒，讲学明道，帮助海南姜唐佐“破天荒”等等。他没有因为贬谪家居而自怨自艾，而是以闲居者身份最大限度地帮助当地百姓改善民生。苏轼有“天其以我为箕子”的高度身份自觉，每到一地就依靠自身的文化优势为当地造福。苏轼就是这样，在任职为官时总是为民做好事，实践其“达则兼济天下”的儒家思想，贬谪闲居之时则多以佛老思想作为安顿身心的精神支柱，以求得内心的自赎与逍遥。儒、道、禅的合力，使苏轼可以“四海为家”，可以追寻独立自主的自我和克服存在意义上的焦虑。面对外界迫害的困窘与绝望，苏轼通过家居心态的调和寻找自由的栖居之“家”。儒释道三家思想精华在苏轼身上实现了完美合一，这也是苏轼最为后人所推崇的一大亮点，他的高明是用人生的标准去运用佛禅与道学，并与儒家思想相参照，从而真正地实现了三教合一。

苏轼的三教合一体现在他的一系列文学创作中，如在惠州时期作《虔州崇庆禅院新经藏记》云：“吾非学佛者，不知其所自来，独闻之孔子曰：‘《诗》三百，一言以蔽之，曰：思无邪。’夫有思皆邪也，善恶同而无思，则土木也，云何能便有思而无邪，无思而非土木乎！”[①]苏轼还以“思无邪”名其书房。苏轼有着深厚的佛学修养，但此处却称自己“非学佛”者，亦属所谓“反常合道”。苏轼建中靖国元年（1101）正月一日在行船中作《南华长老题名记》：“是二法者，相反而相为用。儒与释皆然。南华长老明公，其始盖学于子思、孟子者，其后弃家为浮屠氏。不知者以为逃儒归佛，不知其犹儒也。……明公告东坡居士曰：‘宰官行世间法，沙门行出世间法，世间即出世间，等无有二。’……”[②]这是苏轼晚年论儒释相通的代表性文字。儒家与佛家在超凡入圣、修心养性方面实有共同之处。苏轼另有《祭龙井辩才文》可谓代表：“孔老异门，儒释分宫。又于其间，禅律相攻。我见大海，有北南东。江河虽殊，其至则同。”[③]苏轼既提倡儒学意义上的“身”之精进、奋厉，又以道禅哲学让“心”若闲庭信步，从身累之中获大解脱。经历了“乌台诗案”、岭海七年的政治斗争，苏轼着实体验了现实的残酷与险恶，这令他的人生幻灭感不时抬头，但儒家隐逸思想与道禅哲学的浸润又使苏轼将老庄哲学之超越与达观结合佛家顺乎自然、平常心是道之态度结合起来，使他又能在滚滚红尘中求得了个人心灵的平静与安宁。苏轼以一种旷达的宏观心理将人生一切视为世间万物流转的短暂现象，佛教追求的出世与道家道教提倡的逍遥自由以及儒家“达则兼济天下，穷则独善其身”

---

①《苏轼全集校注·文集》，第1231—1236页。

②《苏轼全集校注·文集》，第1243—1247页。

③《苏轼全集校注·文集》，第7067—7070页。

（《孟子·尽心上》）的立身处世原则，三者本来就有着很多相通之处，儒释道三家都强调避世自审的隐逸情怀，这种态度表现在苏轼的家居营建中的很多方面，其中苏轼对幽深素雅之居住环境的喜爱以及远离世俗烦恼的卜居选址都受儒释道三家思想之影响。在《和陶拟古九首》其三中苏轼写到："客去室幽幽，服鸟来座隅。引吭伸两翅，太息意不舒。吾生如寄耳，何者为吾庐。去此复何之，少安与汝居。夜中闻长啸，月露荒榛芜。无问亦无答，吉凶两何如。"[①]苏轼的"吾庐"意识和家居世界让他能很好地调试自己的心态，人生虽如寄，但又无处不是"无何有之乡"，儒释道的融会、整合与统一，让苏轼的人生境界天趣洋溢、生机浩荡、超然无累、自足完满。

此处值得讨论的是，苏轼的终极精神归宿也许并不在纯粹的儒释道思想追求之中，儒家之良心自然、道家之精神自然、禅家之生活自然，皆实现了对世俗功利的自觉超越，达到天人物己之和谐，并表现为内心完满自足的平静与自由，这便是"闲"的状态，是一种自觉超越后的自由心灵体验。[②]但是这种体验最根本还是体现在苏轼的文艺创作之中，苏轼就是要用诗、书、画等艺术形式，在枯燥无聊甚至遍布坎坷与苦难的人生中开辟出一方自我的生活审美空间，从而实现对生活的超越和人生的救赎，进而把握自然、宇宙、人生的节奏和韵律。为了获得视觉、听觉、味觉、嗅觉、触觉等感性层面的愉悦与放松，苏轼修建家居、园圃，以此抵御外部世界、人事纷扰的侵蚀。苏轼注重具有较高心灵超越性的静修和游艺的雅闲文化活动，真正在艺术的创造中实现了诗意的栖居。苏轼极善于通过或形象生动、或深沉缠绵的文字将内心的喜怒哀乐抒发得淋漓尽致，吟诗填词、作文绘画，笔墨挥洒中最令精神宣畅，而且挥毫泼墨本身就是一种活动肢体、锻炼身心的养生之法，苏轼通过文艺创作缓解内心的痛苦，也在某种程度上起着"精神疗伤"的作用。何薳《春渚纪闻》记载："先生尝谓刘景文与先子曰：'某平生无快意事，惟作文章，意之所到，则笔力曲折，无不尽意。'自谓世间乐事无逾此者。"[③]是的，真正帮助苏轼摆脱困惑和痛苦、体验到人身自由的不是禅学、儒学或道学，而是他那丰富多彩的文学创作，他的那些或庄或谐的富有禅意的文字，那些充满诗意的深度体验，才使他感受到了一种真正的生命欣悦。[④]也正是在苏轼挥洒自如的一系列文学书写中，他才真正找到了灵魂的归宿和真正的安居之"家"。

---

①《苏轼全集校注·诗集》，第 4887—4888 页。

②苏状．"闲"与中国古代文人的审美人生 [M]. 上海：复旦大学出版社，2013 年，第 10—11 页。

③何薳：《春渚纪闻》，朱易安、傅璇琮等主编．全宋笔记（第三编第三册）[M]. 郑州：大象出版社，2008 年，第 237 页。

④参见周裕锴．文字禅与宋代诗学 [M]. 上海：复旦大学出版社，2017 年，第 73 页。

余论：父子·夫妻·兄弟——苏轼的家居生活伦理与文学呈现

梁漱溟先生在其名作《中国文化要义》中认为中国是伦理本位的社会，人生实存于各种关系之上，此种种关系，即是种种伦理。伦者，伦偶，正指人们彼此相与。相与之间，关系逐生。其中家人父子是这其中最天然的基本关系，所以伦理首先重家庭。父母总是最先有的，其次则是有兄弟姊妹，长大后则有夫妇与子女，有了夫妇、子女宗族戚党也由此而生。当然，人的伦理始于家庭，但不止于家庭，①人的存在意义建立在父子、夫妻、兄弟姊妹等构成的家族人伦网络中。苏轼的家居营建构成了家屋、家园的空间范畴，其家居生活伦理则建基于血缘与天然情感之上。我们此处将由被认为最为重要的家庭关系"父子"、"夫妻"、"兄弟"三层伦理关系入手，进入苏轼一家更为日常的生活世界。关于苏轼的伦理思想，已有刘袆的博士论文做了系统论述，②该文从苏轼的政治伦理、经济伦理、文艺伦理和人生哲学四方面做了探讨，却并未讨论同样重要的苏轼家居伦理思想与文学创作的关系。赵园先生认为士大夫与"家庭"和"家族"有关的相关言说与叙述，与他们的其他一些活动以一种富于个性的方式紧密联系着，无疑为我们有关历史生活的系列想象提供了很多丰富而感性的内容。③李泽厚先生提出的"情本体"之说认为中国化的生活美学本来就是"以情为本"的，"情本体"是其人类学历史本体论所讲中国传统作为乐感文化的核心，是以"情"为人生的最终实在、根本，以审美生存作为人生的目的和生命的真谛，④这对我们理解苏轼的家居生活伦理同样适用。苏轼诗文词中有数十次谈及自己的"多情"，其"情"之多，不仅在家庭之父子、夫妇、兄弟，也在其他女性，乃至花草树木等天地万物之上。

苏轼的祖父苏序育有苏澹、苏涣、苏洵三个儿子，共有十六个孙儿、孙女。孙辈排名第一位苏位（苏澹长子）、第二苏佾（苏澹次子）、第三苏不欺（苏涣长子）、第四苏不疑（苏涣次子）、第五苏洵长女（早夭）、第六苏澹女儿、第七苏洵次女（早夭）、

①梁漱溟．中国文化要义［M］．上海：上海人民出版社，2018年，第37—56页，第92—111页。

②刘袆．苏轼伦理思想研究［D］．湖南师范大学博士学位论文，2010年。该文近来已由台湾花木兰文化出版社出版。

③参见赵园．家人父子：由人伦探访明清之际士大夫的生活世界［M］．北京：北京大学出版社，2015年，第1页。

④李泽厚．哲学纲要［M］．北京：北京大学出版社，2011，第39—63页。亦可参见刘建平．东方美典：20世纪"中国艺术精神"问题研究［M］．北京：人民出版社，2017年，第187—210页。

第八苏涣长女、第九苏洵长子苏景先（早夭）、第十苏涣三子苏不危、第十一苏八娘（苏轼胞姐）、第十二苏涣次女、第十三苏轼、第十四苏涣三女、第十五苏辙、第十六苏涣四女，也即苏轼的堂妹小二娘。苏轼育有四子，其中苏遁早夭，其他三子的基本情况上文已述。苏迈、苏迨、苏过亦子孙繁衍，从中可见苏轼生活的家庭网络之一斑。在宋代，以儒家文化之封建伦理为内容的家训家诫成为“家法”，并与国家“王法”相辅相存，互为表里。除了最重要的父子关系、母子关系、夫妻关系外，中国传统家庭中还有诸多亲缘关系，诸如兄弟姊妹、姑嫂叔嫂、婆媳、妯娌、叔侄等等，均会不同程度地影响家庭生活的面貌。传统儒家伦理讲究人伦关系的固有秩序以及在日常交往中应遵守的准则。在传统家庭生活中，家人父子之间是如何进行日常性交往的，夫妻之间又是如何彼此对待维系家庭的，兄弟姊妹之间又应如何友善相处等都有一定之规，这些规则实际上都是对家庭成员彼此之间的日常行为模式之规范与制约，也是维系一个家庭之和谐必不可少的重要运行机制。[①]血缘纽带将家庭成员间的各种“天伦”关系圈定在“家”这一较为稳固的天然共同体的范围内，所谓家庭伦理也就是家庭成员之间处理这些“天伦”关系所应遵循的原则与道理。苏轼的家居生活伦理实践是其家居生活世界与经验世界的重要组成部分，包括今天也仍然是如此。

苏轼的家居生活伦理是通过儒家之礼教的道德教化成“诗礼传家”之典型，其家居教子之道仍属传统儒家的君子之道、仁义之道乃至天道，上文对此也已有部分说明。儒家向来重视父子关系在家庭中所起到的重要作用，其伦理规范特别提倡子对父的“孝”。《论语·学而》有云：“弟子入则孝，出则悌，谨而信，泛爱众而亲仁。”[②]儒家以“孝悌”为本来阐释“仁”，也将孝悌建基于血缘情感之上，强调人的责任与本分，将人伦感情归结于亲子、兄弟、夫妇之间相互爱敬的生活情理之中，将安身立命的根底建立在血缘关系构成的现世之上。苏轼一家的“父子伦理”总体看来并不呆板，也没有如司马光《居家杂仪》所述及的繁琐教条之礼仪，苏轼之家更多亲子间的温情随意与荣辱与共，所谓“父为子纲”的不平等性在苏轼家中也并无典型表现，而更多的是一种相互依赖的亲情互动之关系。苏洵给予苏轼兄弟的是抚养、教育、前期经济支持和父子情感等方面，苏轼、苏辙对其子孙也是一样，而苏轼、苏辙对苏洵、程夫人则是孝顺、赡养和心理慰藉等。《礼记·中庸》云：“君子之道，造端乎夫妇，及其至也，察乎天地。”“仁者，人也，亲亲为大；义者，宜也，尊贤为大。亲亲之杀，尊贤之等，礼所生也。”在儒家思想看来，人的终极存在不在个体，而是在原初和真切的人际关系，也就是说家之关系，这又特别体现在亲子关系之中。所以人类的根本所在其实并非是社会性的，而实实在在是家庭性的。[③]除了亲子关系之外，夫妻关系也一直为儒家特别强调。作为儒家群经之首，《周易·家人卦》也特别注重女人在家中的作用，如初九爻辞为“闲有家，悔亡。”《彖辞》曰：“家人，女正位乎内，男正位乎外。男女正，天地之大义也。家人有严君焉，

---

①王玉波．中国古代的家［M］．北京：商务印书馆，1995 年，第 108 页。

②（魏）何晏注，（宋）邢昺疏，（十三经注疏）整理委员会整理．十三经注疏·论语注疏［M］．北京：北京大学出版社，1999 年，第 7—8 页。

③参见张祥龙．家与孝：从中西间视野看［M］．北京：三联书店，2017 年，第 39 页。

父母之谓也。父父，子子，兄兄，弟弟，夫夫，妇妇，而家道正。正家而天下定矣。”①苏轼一生与三位女子结缘，王弗、王闰之、王朝云都在其家居生活中扮演着重要角色。至于兄弟手足关系，儒家更是将其与朋友一伦并论，如《论语·子路》云：“切切偲偲，怡怡如也，可谓士矣。朋友切切偲偲，兄弟怡怡。”②李泽厚先生对此认为“兄弟”、“朋友”二伦个体独立性和自主性较强，可能才更显示“士”之不同于常人所在。兄弟之所以更重和睦，因为自然血缘，关系亲密，言行直率，反易因细小事故而吵架成仇。孔门讲述人伦秩序，更多的不只是重视人们外在的一些社会关系或生活位置，他们更重视那些与责任感密切关联的内在情感——心理之形成。朋友与兄弟之间有着彼此无法替代的不同的情感关系或情理结构。③苏轼、苏辙的兄弟关系自始至终皆是“怡怡如也”。父慈子孝，兄友弟恭，夫妻和睦是儒家认为具有普适性的和谐家庭之表征。父子兄弟雍雍穆穆，夫妇琴瑟和鸣，母子泄泄融融，苏轼一家可为儒家家居伦理之典范。

关于父子一伦，我们先接上文所论看苏轼家居伦理中的“父慈子孝”之表现，苏轼集子中除《小儿》诗中述及偶有对儿子发怒的时候，其他时间都展示着一位慈祥的父亲形象，而且常常表现出与儿子们共同研习诗文的特点，在苏迈、苏迨、苏过信中，苏轼是父亲，也是老师与朋友。《孟子·离娄上》云：“人有恒言，皆曰天下国家。天下之本在国，国之本在家，家之本在身。”张祥龙先生认为，这种亲子一体、家庭连体之身需要修习“六艺”来获得。所有这些，会导致人的内时间意识的深长化，当人们的内时间意识达到那种能够在代际之间切身反转的程度，也就是能够养育自己的子女之时，他们终于意识到，过去自己的父母同样对自己有着养育之恩情，那个时候孝意识就开始出现了。④正是作为父亲的苏洵对苏轼兄弟的耳提面命与谆谆教导，使苏轼在同样成为父亲后对三位儿子的教育有了一个绝佳的榜样，我们在苏轼的教子实践中常能看见苏洵的影响在，如《周易》为苏轼家学，嘉祐七年（1062）十月，苏轼在凤翔作《病中闻子由得告不赴商州三首·其三》云：“策曾忤世人嫌汝，《易》可忘忧家有师。”⑤对于父亲的学问，苏轼、苏辙总是用心研习，后来兄弟二人在苏洵的著述基础上都有不小推进，如《东坡易传》为父子三人心血之结晶，只是由苏轼总其成，苏轼、苏辙的各类史论文字也都继承了苏洵的重史之家学。关于《周易》，苏轼除了著《东坡易传》外，平日里他也很注重对儿子易学功夫的培养，如元符元年（1098）九月十五日，苏轼因为很久没有收到苏辙的信，很是担忧，他“以《周易》筮之”，最后说“吾考此卦极精详，口以授过，又书而藏之”。⑥苏轼其时正在修订《东坡易传》，故而在此说自己考释卦爻辞甚为详尽，对儿子讲授卦辞并书写令其收藏的做法不光有着苏洵当年教学的影子在，也有着苏轼自己的新见。在苏轼的亲授中，苏过不仅可以获得《周易》和卜筮的一些知识，

---

①黄寿祺、张善文．周易译注：新修订本［M］．上海：上海古籍出版社，2018年，第422—430页。

②（魏）何晏注，（宋）邢昺疏，（十三经注疏）整理委员会整理．十三经注疏·论语注疏［M］．北京：北京大学出版社，1999年，第181页。

③李泽厚．论语今读［M］．北京：三联书店，2008年，第402—403页。

④张祥龙．家与孝：从中西视野间看［M］．北京：三联书店，2017年，第108—109页。

⑤《苏轼全集校注·诗集》，第252—257页。

⑥《苏轼全集校注·文集》，第8119—8122页。

也能从中受到“君子以言有物，而行有恒也”的品德教育。

苏轼处理“父子”关系中除了“父慈子孝”与诗礼传家，更多患难中的祸福与共与风雨同舟，如黄州时期苏迈只身陪伴父亲奔赴贬所，再如绍圣二年(1095)九月，苏轼在《和陶贫士七首·其七》中说道：”我家六儿子，流落三四州。辛苦更不识，今与农圃俦。买田带修竹，筑室依清流。未能遣一力，分汝薪水忧。坐念北归日，此劳未易酬。我独遗以安，鹿门有前修。”[①]苏轼此时被贬惠州一年，衣食渐渐窘迫，重阳节快到了却“樽俎萧然”，苏轼半生为官，却未能帮助他的儿孙们过上好日子，此诗寄给了在许下、高安、宜兴众子孙，苏轼此时想念的仍是北归，他内疚于不能缓解子孙们为生计奔波的劳苦，只能以前贤庞德公为榜样“独遗以安”。除了父子关系，苏轼也常在写孙辈的诗文中谈及对子孙们的复杂情感。绍圣五年（1098）正月，苏轼在儋州听说苏辙第四孙出生时，继《次韵子由浴罢》后作《借前韵贺子由生第四孙斗老》：

今日散幽忧，弹冠及新沐。况闻万里孙，已报三日浴。朋来四男子，大壮泰临复。开书喜见面，未饮春生腹。无官一身轻，有子万事足。举家传吉梦，殊相惊凡目。烂烂开眼电，硗硗峙头玉。（李贺诗云：头玉硗硗眉宇翠，杜郎生得真男子。）但令强筋骨，可以耕衍沃。不须富文章，端解耗纸竹。君归定何日，我计久已熟。长留五车书，要使九子读。（吾与子由共九孙男矣。）箪瓢有内乐，轩冕无流瞩。人言适似我，穷达已可卜。早谋二顷田，莫待八州督。（吾前后典八州。）[②]

苏轼此诗充分表达了对孙辈的希望，也表现了他当时的真实心态，听说弟弟已得第四孙，苏轼很是高兴，对于贬谪，他觉得反倒无官一身轻，儿孙们以后也不需在文学事业上有多少建树，只需身体健康，耕读传家即可，他和弟弟还有一定藏书，完全可以满足儿孙们的读书需求。一箪食，一瓢饮即可如颜回一般自得其乐，早早谋划好维持生计所需的田产，又何必一定要出仕做官。苏轼、苏辙在政治上大起大落，但都子孙繁衍，人才辈出，苏辙曾写过一篇《古今家诫叙》，文中引用老子“慈故能勇，俭故能广”加以发挥：“父母之于子也爱之深，故其为之虑事也精。以深爱而行精虑，故其为之避害也速，而就利也果。此慈之后以勇也。”[③]他的教子就体现了这种“爱深而行精虑”的特点，苏轼也是一样的，元符三年（1100）清明离别儋州前夕，苏轼作《和陶郭主簿二首（并引）》，说当时清明节他听到苏过读书，声节闲美，使他想起了少时读书的场景，一如《夜梦（并引）》所述一样。苏轼追怀苏洵之遗意，而且想念身在淮、德之二幼孙，苏轼当时无以自遣，乃和渊明二篇，他还自称是随意所寓，无复伦次，诗云：

今日复何日，高槐布初阴。良辰非虚名，清和盈我襟。孺子卷书坐，诵诗如鼓琴。却念四十年，玉颜如汝今。闭户未尝出，出为邻里钦。家世事酌古，百史手自斟。当年二老人，喜我作此音。淮德入我梦，角羁未胜簪。孺子笑问我，君何念之深。

雀鷇含淳音，竹萌抱静节。（此两句先君少时诗，失其全首。）诵我先君时，肝肺为澄澈。犹为鸣鹤和，未作获麟绝。愿因骑鲸李，追此御风列。丈夫贵出世，功名

---

① 《苏轼全集校注·诗集》，第4598—4609页。

② 《苏轼全集校注·诗集》，第4964—4967页。

③（宋）苏辙著，陈宏天、高秀芳点校．苏辙集[M]．北京：中华书局，1990年，第428—429页。

岂人杰。家书三万卷，独取服食诀。地行即空飞，何必挟日月。[①]

苏轼在儿子的读书声中反思读书与人生究竟是一个怎样的关系？苏轼年轻时被邻里所钦羡的滋味还记忆犹新，一方面读书给他带来了无限荣耀，另一方面也让他受尽冤屈。“家世事酌古，百史手自斟”，苏轼对自己的家学无疑是珍视的，现在他人到晚年，历尽沧桑，面对儿子的读书声，又想到已经逝去多年的父亲和年幼的孙子，他写下这两首充满感慨的诗篇。朗诵父亲苏洵的遗诗，苏轼肝肺俱澄澈，他最终还是认同读书的重要性，“惟愿孩儿愚且鲁，无灾无难到公卿”等牢骚之语只是对孩子健康平安的希冀，苏轼最终认同的还是“丈夫贵出世，功名岂人杰”，至于最后的神仙之语，不过是对现实际遇的超越之思而已。建中靖国元年（1101）二月，苏轼北归至虔州，作《和犹子迟赠孙志举》有云：

我从海外归，喜及崆峒春。新年得异书，西郭有逸民。（阳行先以《登真隐诀》见借。）小孙又过我，欢若平生亲。清诗五百言，句句皆绝伦。养火虽未伏，要是丹砂银。我家六男子，朴学非时新。诗词各璀璨，老语徒周谆。愿言敦夙好，永与竹林均。六子岂可忘，从我屡厄陈。[②]

苏轼贬儋州时“无复生还之望”，如今历尽坎坷北归，在此次韵侄子苏迟赠孙志举之诗中，苏轼称赞孙志举清诗绝伦，而苏家六男子苏迈、苏迨、苏过、苏迟、苏适、苏远尽管都“诗词各璀璨”，但所学“非时新”，六个子侄跟随者自己和弟弟屡遭厄运，苏轼常常深为自责。这是苏轼晚年谈及父子伦理颇有代表性之作，总体来看，承父教、秉母训的苏轼（包括苏辙）继承了眉山苏氏优良的家教传统，精心培养后代，为宋代苏氏文学家族的兴盛奠定了坚实的基础。[③]但是苏轼一生又有十一年多的时间居于贬所，在这个过程中其儿子们，尤其是苏过承担了照顾父亲饮食起居等日常生活的重任，苏轼家居生活中的父子伦理也由此更显得弥足珍贵，在后世也赢得了士人的一致赞誉。

关于苏轼的夫妇伦理，学界的研究已然太多，此处仅依笔者浅见做点补充。我们上文说过，苏轼幼年好道，欲求隐居，本是不愿意结婚生子的，苏轼少时曾有逃婚之举，龙吟先生认为他自认少年“本不欲婚宦，为父兄所强”，其逃婚对象为当时雅州知州雷简夫之女。[④]此可备一说。元丰三年（1080）正月，苏轼赴黄州贬途中在《游净居寺（并叙）》中也有“十载游名山，自制山中衣。愿言毕婚嫁，携手老翠微”之语，[⑤]可见他对于自己的家室之累有时还是不免有牢骚之语，但尽管如此，这也只是其遭遇重大政治打击后与自己心中多年的退居愿望相结合而表现出的一时心态，对于家庭，苏轼总是充满着无限深情的。苏轼一生有三个伴侣：结发之妻王弗、继室王闰之和侍妾王朝云，朝云在闰之去世后安于侍妾之位，并没有成为苏轼的正妻，[⑥]他对苏轼情深义重，陪其贬谪岭南，

①《苏轼全集校注·诗集》，第5074—5078页。

②《苏轼全集校注·诗集》，第5265—5269页。

③参见王毅．宋代文学家庭[M]．长沙：湖南师范大学出版社，2008年，第386—395页。

④龙吟．苏东坡的情感世界[M]．广州：暨南大学出版社，2018年，第1—25页。

⑤《苏轼全集校注·诗集》，第2131—2135页。

⑥美国学者柏文莉有《宋代的家妓与妾》一文，对宋代士大夫的“妾”观念有所发明，参见张国刚主编．家庭史研究的新视野[M]．北京：三联书店，2004年，第206—217页。

不幸病死惠州。

王弗与苏轼只有十年的美满婚姻，仁宗至和元年（1054），16 岁的王弗嫁给苏轼，英宗治平二年（1065）五月二十八日王弗病逝于汴京，苏轼当时将其灵柩暂时殡于京城之西。治平四年（1067）六月，苏轼按照父亲遗命把王弗安葬在父母亲坟墓的西北八步处，并作《亡妻王氏墓志铭》，苏轼在墓志铭中痛苦地呼喊："呜呼哀哉！余永无所依怙。"[①] 元丰四年（1081）十一月，苏安节（苏轼堂兄苏子明的儿子）到黄州看苏轼，临别时苏轼写了 14 首短诗给他，其中有一首说到："东阡在何许，寒食江头路。哀哉魏城君，宿草荒新墓。"[②]这首悼亡诗没有《江城子・十年生死两茫茫》有名，但亦有沉重的沧桑之感。王弗有着矜持而稳重的性格，与苏轼豪放率真的个性不同，她对丈夫有着深入的了解，常以自己洞察人心的慧心帮助苏轼，每当客人来访，她总是"立屏间听之"，帮助苏轼明辨人情是非，上文曾述及此点。王弗也常会对苏轼不合理的行为给予纠正，如苏轼《记先夫人不发宿藏》的等类似记载。在苏轼心中，王弗既是他的爱妻，更是他生活中的诤友与知己。苏轼写给王弗的文字，除了流传最广的《江城子》和《亡妻王氏墓志铭》外，经龙吟先生抉发，尚有《正月二十日，与潘、郭二生出郊寻春，忽记去年是日同至女王城作诗，乃和前韵》、《寓居定惠院之东，杂花满山，有海棠一株，士人不知贵也》、《六年正月二十日，复出东门，仍用前韵》、《南歌子・感旧》等，治平二年（1065）六月初在英宗主持的制科考试中拒绝写诗作赋，直到熙宁二年（1069）二月为父亲守丧期满还朝，苏轼一篇诗都没写。笔者认同龙吟先生的看法，苏轼除了为父丁忧外，更多的还是为了他的爱妻王弗。[③]

王弗小苏轼三岁，王闰之则小苏轼十二岁，嫁给苏轼时虚龄二十一岁，他们的婚事则在王弗病亡的一年内就已定下，熙宁元年（1068）七月苏轼除父丧，十月就与闰之成亲。王闰之字季璋，王朝云字子霞，均为苏轼所取。现存苏轼集子中提及王闰之的文字很多，如《腊日游孤山访惠勤惠思二僧》、《明日重九，亦以病不赴述古会，再用前韵》、《次韵和王巩六首（其五）》（自注部分着意点明妻子贤惠）、《小儿》、《杭州召还乞郡状》、《黄州上文潞公书》、《予以事系御史台狱，狱吏稍见侵，自度不能堪，死狱中，不得一别子由，故和二诗授狱卒梁成，以遗子由，二首（其二）》、《十二月二十八日，蒙恩责授检校水部员外郎、黄州团练副史，复用前韵二首（其二）》、《菩萨蛮・画檐初挂弯弯月》、《菩萨蛮・凤回仙驭云开扇》、《与李公择》、《与章子厚》、《与朱康叔》、《与陈季常》、《与钱穆父》、《杜介送鱼》、《与钱济明》、《闻正辅表兄将至，以诗迎之》、《蝶恋花・同安生日放鱼，取金光明经救鱼事》等。[④]此外苏轼在黄州时有《菩萨蛮》云："画檐初挂弯弯月，孤光未满先忧缺。还认玉帘钩，天孙梳洗楼。佳人言语好，不愿求

---

①《苏轼全集校注・文集》，第 1624—1626 页。

②《苏轼全集校注・诗集》，第 2300—2311 页。

③龙吟．苏东坡的情感世界 [M]．广州：暨南大学出版社，2018 年，第 28—55 页。

④龙吟．苏东坡的情感世界 [M]．广州：暨南大学出版社，2018 年，第 58—100 页。

新巧。此恨固应知，愿人无别离。”亦是写给闰之以表达夫妻之爱永不分离的。[①]作于熙宁七年（1074）四月的《少年游·润州作代人寄远》尽情描绘妻子思念丈夫的幽怨：“去年相送，余杭门外，飞雪似杨花。今年春尽，杨花似雪，犹不见还家。对酒卷帘邀明月，风露透窗纱。恰似姮娥怜双燕，分明照、画梁斜。”[②]词题中之“人”是王闰之，“远”指行役中的自己，此词以“男子作闺音”之缠绵语表达了苏轼对妻子的思念。彼时他们成婚仅七年，闰之也生了苏迨、苏过，对于当时在家的闰之，苏轼不说自己想念她，而说她想念在外奔波的自己，这虽说是情感表达的常见之法，但亦可见出苏轼夫妇之间的恩爱。

苏轼还有多首诗以“老孟光”称呼闰之，如《和参寥》“芥舟只合在坳堂，纸帐心期老孟光”，此诗上文曾提及，为苏轼在黄州时期唱和参寥所写，表达了对妻子安贫乐道，不慕虚荣品格的称赞。王闰之“乌台诗案”时期带着当时都不足十岁的苏迨、苏过，还有苏迈的妻子范氏、儿子苏箪（楚老），还有苏轼兄弟的乳母，年逾七十的任采莲，全家老小都得她和朝云操持。我们在上文中也多次提到王闰之和苏轼的一些生活片段，著名的《后赤壁赋》中“我有斗酒，藏之久矣，以待子不时之须”之语更能见出王闰之的贤惠，我们很难想象如果没有闰之的那壶酒还会不会有此篇美文的诞生。诚然，作为苏轼继室的王闰之不像王弗那般聪慧，有过目不忘的本领，也不像王朝云那样多才，她最明显的特长无疑就是贤惠与柔情。

王闰之在苏轼的家居生活中应该处于主心骨的地位，她为苏轼摒去外界的风雨，更为苏轼的家居生活营造了一个温馨的港湾。苏轼每有大事常要和他的“老妻”、“老媳妇”商量，其集子中此类称呼有几十处之多，尽管苏轼比闰之大 11 岁，远没有他“老”，苏轼如此称呼妻子更多的是表达敬重和怜爱之意，其中也很可能是受杜甫影响。元祐八年（1093）年八月一日，闰之在汴京因病去世，苏轼无比哀痛，作《祭亡妻同安郡君文》，表达了“惟有同穴，尚蹈此言”的巨大悲痛，“我曰归哉，行返丘园”也成了永远不能实现的空想。苏轼将闰之灵柩和相继去世的二儿媳妇欧阳氏的灵柩寄放在汴京城西十五里远的惠济院，同年十月，苏辙作《祭亡嫂王氏文》，对闰之品性做了高度评价。绍圣元年（1094）六月九日，苏轼好友李公麟为闰之画了佛像供奉在金陵清凉寺，上文所说李公麟润笔即是闰之遗言将自己首饰、器物变卖后所得。此时苏轼已从定州被贬岭南，父子数人为此专程绕道金陵为闰之还愿，苏轼作《阿弥陀佛赞》。元祐八年（1093）十一月十一日，苏轼赴定州任前专为亡妻设水陆道场，作《释迦文佛颂》祭奠。在定州《与钱济明》中说：“老妻奄忽，遂已半年，衰病岂复以此汩缠。但晚景牢落，亦人情之不免。”[③]绍圣二年（1095）苏轼谪惠州，《闻正辅表兄将至，以诗迎之》自注云：“轼丧妇已三年矣！正辅近有亡嫂之戚，故云。”[④]苏轼对闰之的追思一如《江城子·十年生死两茫茫》悼念王弗那般真挚动人。哲宗元符三年（1100）正月十五，苏轼在儋州作《追和戊寅岁

①王晋川．苏轼全传·东坡·东坡 [M]．北京：中国文史出版社，2017 年，第 78 页。

②《苏轼全集校注·词集》，第 37—39 页。

③《苏轼全集校注·文集》，第 5807—5809 页。

④《苏轼全集校注·诗集》，第 4616—4622 页。

上元》，中有“合浦卖珠无复有，当年笑我泣牛衣”之句，诗人《跋》曰：“又复悼怀同安君，末章故复有‘牛衣’之句，悲君亡而喜予存也。”[①]闰之自从进入苏轼的生命里，便与其生命相始终。苏轼病逝之时，还是念念不忘要和闰之一起“死同穴”，而未说要归葬眉山与王弗同葬，这虽然与当时政治形势相关，但也能看出苏轼与闰之夫妻二十多年的深情所在。徽宗崇宁元年（1102）四月二十三日，苏辙与夫人史氏联名再写了一篇祭文，即《再祭亡嫂王氏文》，深切表达了作为弟弟、弟媳、小叔、妯娌的苏辙夫妇对兄嫂的深切缅怀与纪念。崇宁元年（1102）年闰六月十二日，苏轼与王闰之合葬于“汝州郏城钧台乡上瑞里嵩山峨眉山”，也就是今天的郏县茨芭乡苏坟村东南。[②]闰之与苏轼共同生活了二十六年，经历了丈夫的屈辱与辉煌，然而她既不因苏轼遭贬而心生怨言，也没有为丈夫的位极人臣而喜形于色。她安于忧患、穷而不怨、富而不骄、质朴贤惠、温柔体贴，这些苏轼、苏辙都看在眼里。闰之对苏轼的饮食起居和爱好习性了如指掌，而对丈夫的性格脾气，她也做了最大的包容和体谅，其天生仁慈厚道的宽阔胸怀和朴素的生活习惯与苏轼非常合拍，尽管闰之并非才女，却以女性特有的温柔与坚韧为苏轼营造了温馨的家庭氛围。

关于王朝云，苏学研究界历来关注较多，相反王闰之还关注得少一些。[③]王朝云生于仁宗嘉祐八年（1063）癸卯，生肖与王闰之一样属兔。神宗熙宁七年（1074）苏轼任杭州通判时，王闰之怜悯朝云身世，将她买下作为侍女，朝云由此进入苏家，时年 12 岁。此后的二十三年中，她也跟着苏轼一起走南闯北，无论升迁贬谪，朝云始终“敏而好义，忠敬如一”，可算是苏轼亲自教出来的女弟子。对此，苏轼《朝云墓志铭》已有清晰的记载。苏轼“乌台诗案”获罪遣散婢仆时，朝云不肯离去，后苏轼坐牢 140 天，闰之因忧惧交攻也卧病多时，当时苏轼乳母任采莲年迈体弱，家中事务除了苏辙有所照应和苏迈给父亲送饭之余有所帮衬外，朝云为苏家着实贡献良多，故苏轼出狱到黄州终将朝云纳为侍妾。苏轼此后在给友人的书信中也时常提及，如《与蔡景繁书》中曾以“蓝小袖”代指朝云。朝云并非如孔凡礼先生《苏轼年谱》所谓“名妓”，毕竟当时她才是十一岁的孩子，然朝云出身低微，且是孤儿的身份是可以肯定的，其名来自宋玉的《高唐赋》。苏轼写给朝云的诗词文尤多，如《常润道中有怀钱塘，寄述古五首（之三）》、《减字木兰花·得书》、《减字木兰花·赠小鬟琵琶》、《诉衷情·琵琶女》、《南歌子·云鬓裁新绿》、《南歌子·有感》、《南乡子·有感》、《雨中花慢·今岁花时深院》、《朝云诗五首》、《四时词之二》、《沁园春·情若连环》、《虞美人·冰肌自是生来瘦》、《蝶恋花·玉枕冰寒消暑气》、《殢人娇·赠朝云》、《红梅三首》、《去岁九月二十七日，在黄州生子遁，小名干儿，颀然颖异。至今年七月二十八日，病亡于金陵，作二诗哭之（其二）》、《朝云诗（并引）》、《十一月二十六日，松风亭下，梅花盛开》、《再用前韵》、《花落复次前韵》、《浣溪沙·轻汗微微透碧纨》、《和陶和胡西曹示顾贼曹》、《蝶恋花·花

①《苏轼全集校注·文集》，第 8725 页。

②参见郏县档案馆编．三苏坟资料汇编［M］．开封：河南大学出版社，1986 年版。平顶山市政协《苏东坡与平顶山编委会》编著．苏东坡与平顶山［M］．开封：河南大学出版社，2008 年版。此两本书对三苏祠有详细介绍。

③参见喻世华。苏轼的人间情怀［M］．镇江：江苏大学出版社，2017 年，第 33—47 页。

褪残红青杏小》、《三部乐·情景》、《王氏（朝云）生日致语口号》、《雨中花慢·嫩脸羞蛾》、《西江月·梅花》、《朝云墓志铭》、《惠州荐朝云疏》、《悼朝云诗（并引）》、《题栖禅院》等。涉及朝云的更有《谢郡人田、贺二生献花》、《西斋》等。[①]朝云能歌善舞，精通琵琶、胡琴、唱曲、茶艺，不仅“冰肌玉骨”（《西江月·梅花》），而且天生奇香，“襟袖上，犹存残黛，渐减余香”（《雨中花慢·嫩脸羞娥》）。龙吟先生目光如炬，在《苏东坡的情感世界·佳人篇》中，他认为苏轼在质朴可爱的江南村姑和“冰肌玉骨”的吴越女子中，分别有闰之与朝云的相互调剂，这种挚爱与深情代表着苏轼对女性的真实情感。[②]笔者对此深表赞同。朝云常给苏轼唱曲解闷，在黄州为苏轼生子，在元祐时期也常给苏家雅客烹茶调香，弹奏乐器，上文对此也有所涉及，秦观、米芾等人的集子中对朝云每多赞誉。

苏轼贬惠州时期所作《朝云诗（并引）》中曾提及自己家中有数妾，四五年间相继辞去，只有朝云随他南迁，苏轼读白居易诗，并作《朝云诗》，朝云一生没有被苏轼扶正成为他正式的“妻子”，但两人的感情并未因名分问题而有所削弱。朝云在惠州承担着照顾苏轼饮食起居的主妇重任，精打细算操持一家人的生活，她念佛练字，熬药唱曲，与苏轼炼丹、参禅、论道，并不以贬谪为悲。然而惠州严酷的环境还是夺走了朝云的生命，绍圣三年（1096）七月五日，朝云在惠州病逝，年仅三十四岁。综观朝云一生，她与苏轼的关系超越了一般侍妾与家主的关系，庶几近于志同道合之友朋。朝云死后，苏轼在与朋友的书信中不止一次哀叹朝云，苏轼的夫妇伦理一伦在朝云辞世后就结束，如果严格一点，苏轼的夫妇伦理生活在闰之去世时就已结束，但朝云虽只是妾侍，却是苏轼生命中最重要的女性之一，苏轼对他的三位伴侣的怀念是至死未变的，朝云与苏轼的感情生活同样可以从“夫妇伦理”视角观之。

当然，苏轼在处理“夫妇伦理”关系中仍有与其他一些与女性的特殊情感，如他杭州通判时期在《初自径山归，述古召饮介亭，以病先起》诗中即有“惯眠处士运庵里，倦卧佳人锦瑟旁”之语，苏轼身边不缺红粉佳人是毋庸置疑的，这与当时时代风气与苏轼自身性情皆有关系，如王明清《挥麈后录》卷六记载：“姚舜明庭辉知杭州，有老姥自言故娼也。及事东坡先生。云公春时每遇休暇，必约客湖上，早食于山水佳处。饭毕，每客一舟，令队长一人，各领数妓任其所适。晡后鸣锣以集，复会圣湖楼，或竹阁之类，极欢而罢。至一二鼓夜市犹未散，列烛以归，城中士女云集，夹道以观千骑骑过，实一时盛事也”。[③]苏轼也从不掩饰他对美女的热爱，他在黄州送潘大临赴京赶考时曾作《蝶恋花（送潘大临）》云：“别酒劝君君一醉。清润潘郎，又是何郎婿。记取钗头新利市，莫将分付东邻子。回首长安佳丽地，十五年前，我是分流帅。为向青楼寻旧事，花枝缺处留名字。”[④]对于当年出入青楼妓馆的往事，苏轼并不讳言，他后来在杭州、徐州等

①参见龙吟．苏东坡的情感世界［M］．广州：暨南大学出版社，2018 年，第 178—258 页。

②龙吟．苏东坡的情感世界［M］．广州：暨南大学出版社，2018 年，第 115—117 页。

③王明清：《挥麈后录》，上海师范大学古籍整理研究所编．全宋笔记（第六编第一册）［M］．郑州：大象出版社，2013 年，第 169—170 页。

④《苏轼全集校注·词集》，第 319—322 页。

很多地方也都有携妓出游的时候，如《携伎乐游张山人园》，不过苏轼“故将俗物恼幽人”终归有唐突女性之嫌，实不必为尊者讳。

苏轼除了纳朝云为妾外，元祐时期如上所说他家蓄有数妾，“侍妾”是古人对贴身女性的称呼，她不仅要为男主人宽衣侍寝，同时也是女主人的使唤丫鬟，当年年幼的朝云进入苏家也是扮演的这种角色，这在苏轼家老辈人中也有先例，如《保母杨氏墓志铭》中喂养苏辙的杨氏即为此种情况。按陈鹄《耆旧续闻》卷二的说法，苏轼的侍妾中有叫“榴花”的，陆辰州曾告诉陈鹄《贺新郎》词用榴花事，乃妾名也。后来他悟到苏轼词中用“白团扇”、“瑶台曲”皆侍妾故事。[①]苏轼写给榴花的词有《贺新郎·乳燕飞华屋》、《南歌子·紫陌寻春去》等，龙吟先生对此有精妙解读。他说苏轼无疑是千古伟人，但也是个有血有肉的奇男子，他有情有欲，时勇时怯，既诡谲狡狯，也有着戏呆愚痴，他在一定程度上是风流才子……我们唯有回到凡人之情态，才能看到苏轼那种身上与生俱来的高妙与卑微。[②]除了“榴花”，龙吟先生推测还有一个名为“碧桃”的，一个名叫“红杏”的，甚至有叫“瑶草”、“春草”之类的，笔者这里不去关注她们的具体名字，但苏轼“元祐更化”回朝后也如一般达官贵人般在家中添置了三四个侍妾是事实，但这些侍妾多是歌舞伎，用来照应客人的女招待而已，苏轼曾把她们戏称为“搽粉虞侯”，苏轼早在黄州时就“老来厌逐红裙醉”，这其中应该没有像朝云那样与苏轼有肌肤之亲的特殊侍妾。另外冯梦龙编《情史类略》还有记载苏轼将婢女春娘换取蒋运白马致使春娘触槐而死的悲剧，此事虽然聚讼纷纷，笔者却更认为是小说家为博人眼球而杜撰。联系苏轼对那些命运悲惨的女子总是充满了同情与悲悯来看，此事更不可能发生，至于诗人的携妓饮酒或携妓游历自不必为贤者讳，在苏轼的时代那是文人间的雅事。至于“爱妾换马”之事，以苏轼之人品实难想象其发生，更何况冯梦龙杜撰“苏小妹”将苏轼堂妹认作亲妹的编排早已破绽百出，此事实不足一辩。笔者在此处关注苏轼的侍妾与佳人问题，旨在与苏轼家居生活中的夫妇伦理作比照。在苏轼所处的时代，有身份的男人宠幸侍妾，是家庭生活中的常事。宋太祖“杯酒释兵权”时即劝石守信等将领多买歌儿舞女以享乐，这在宋代成为时尚。苏轼对此其实已能保持相对朴素的家风，即是在元祐时期青云直上时，苏轼家妓也不过数人。特别是在南都期间见原先好友徐君猷的爱妾胜之在他死后不久就转投他人怀抱后，其薄情寡义之举让苏轼更对蓄婢纳妾之事引以为戒。自从外放颍州、扬州后，苏轼家侍妾已陆续辞去几个。贬岭南时苏轼想把姬妾都遣散，唯独朝云不肯离去。苏轼对朝云的痴爱，乃至对其他侍妾的相思，并没有影响到他和“老妻”闰之的正常夫妻情分。这除了闰之宽厚大度，深知自己在才情方面之不足外，也与她对丈夫深深的爱恋有关。闰之在苏轼的家庭生活中担当着贤妻良母的角色，朝云则在情调与温存方面让作为多情文人的苏轼处处称心。

苏轼在为司马光妻子写的《故妻张氏温国夫人》中曾有“夫妇之好，义同宾友。勤瘁相成于艰难之中，而死生契阔于安乐之后”之语，这既是对司马光夫妇的赞美，也是

---

①陈鹄：《耆旧续闻》，上海师范大学古籍整理研究所编．全宋笔记（第六编第五册）[M]．郑州：大象出版社，2013 年，第 51 页。

②龙吟．苏东坡的情感世界 [M]．广州：暨南大学出版社，2018 年，第 167—172 页。

苏轼与王弗、闰之、朝云的婚姻感想。如龙吟先生所说，检视苏轼如今现存的全部著述，我们根本找不到后世封建士人贬称自己妻子为“贱内”、“拙荆”的字样，这是苏轼与一般封建士大夫的重要区别所在。[①]龙吟先生意在称赞苏轼，然而在苏轼的时代，以上说法在士大夫群体中并不流行，我们似乎不能以今人的用语习惯和思维模式来度量古人。上文所论苏轼的家居夫妻生活形态，有些像是随手摄取的生活小景，苏轼出之以诗，经了提炼，即使非上乘之作，亦堪玩味。三位夫人的身影隐现其间，在画面的某处，是这小景的构成部分。[②]我们已可从中看到苏轼的家居夫妇相处之道，苏轼与其妻共同分担、负荷贬谪之苦，共同分享、感受富贵之乐。衣食住行、油盐柴米，苏轼一家的家居生活画面少不了这其中三位女性的身影。

接下来我们再看一下苏轼家居生活中的兄弟伦理问题，苏辙生于仁宗宝元二年（1039），比苏轼小三岁，他们兄弟的手足情深是千古佳话。苏洵在《极乐院造六菩萨阁记》中提到他一共育有三男三女，[③]苏轼排第五，苏辙排第六，苏洵长子苏景先在苏轼出生后第二年就夭折，苏辙《次韵子瞻寄贺生日》云：“兄弟本三人，怀抱丧其一。”[④]苏辙“幼从子瞻读书，未尝一日相舍”（《逍遥堂会宿二首》（并引）》），他们之间的深情厚谊是从小一起读书、共同成长而发展起来的。在《祭亡兄端明文》中苏辙曾深情说道：“手足之爱，平生一人。幼而无师，受业先君。兄敏我愚，赖以有闻。寒暑相从，逮壮而分。”[⑤]他们一起读书考进士、应制科考试，共同守母孝，入仕后才不得不分开，后来又共同守父孝。虽然常常聚少离多，但他们的感情从未减淡，反而随着时间变得越发醇厚。仁宗嘉祐六年（1061），苏轼赴凤翔任职，兄弟俩第一次分别于郑州西门。英宗治平二年（1065），苏辙出任大名府推官，二别于京城。神宗熙宁三年（1070）春，苏辙赴陈州任学官，三别于京城。熙宁四年（1071），苏轼赴杭州通判任，苏辙送哥哥到颍州而四别。熙宁十年（1077）八月，苏辙随兄长赴徐州任“留百余日”后五别于徐州。元丰三年（1080）正月间，经过“乌台诗案”，苏轼、苏辙再次会聚陈州，这次会面仅三天，苏轼作《子由自南都来陈，三日而别》，此是六别。当年五月二十九日，苏辙送哥哥家眷到黄州，与苏轼相从仅二十日再别于黄州 30 里外的车湖刘郎洑王生家，此为七别。元丰七年（1084）四月底，苏轼量移汝州团练副使时到筠州看望弟弟一家，停留十日于五月八日再次分别，此为八别。苏轼后来乞居常州获批，时任歙州绩溪县令的苏辙从 200 公里外赶来相会，兄弟俩相聚几日后又匆匆分别。元祐时期苏轼兄弟同朝

①龙吟．苏东坡的情感世界 [M]. 广州：暨南大学出版社，2018 年，第 85 页。

②此处有得于赵园．家人父子：由人伦探访明清之际士大夫的生活世界 [M]. 北京：北京大学出版社，2015 年，第 105 页。

③参见（宋）苏洵著，曾枣庄、金成礼笺注．嘉祐集笺注 [M]. 上海：上海古籍出版社，1993 年，第 401—404 页。苏洵长女出生不久便于天圣六年（1028）夭折，次女于庆历五年（1045）十二岁左右去世，当时苏轼十岁。幼女八娘十六岁时嫁给苏洵舅父程濬之子程正辅，程家对八娘很不好，八娘也于皇佑四年（1052）病逝，苏洵为此作有《自尤》诗，两家也因此互不往来近四十年，直到苏轼谪惠州时两家才重归于好。

④（宋）苏辙著，陈宏天、高秀芳点校．苏辙集 [M]. 北京：中华书局，1990 年，第 899 页。

⑤（宋）苏辙著，陈宏天、高秀芳点校．苏辙集 [M]. 北京：中华书局，1990 年，第 1099—1100 页。

为官，相聚时日较之以往为多，苏轼很长一段时间都寓居于苏辙东府，可是苏轼也常不安于朝，常有外任，哲宗亲政后兄弟俩更是接连被贬谪，之后的七八年时间里他们在一块的时间屈指可数。绍圣四年（1097）苏轼贬海南途中作《吾谪海南，子由雷州，被命即行，了不相知，至梧乃闻其尚在藤也，旦夕当追及，作此诗示之》，此诗上文曾述及，兄弟俩于五月十一日会于藤州，“自是同卧于山程水驿间者，两旬有余。”六月十一日，苏轼与弟弟依依惜别，这次分别，成了兄弟俩的永诀。苏轼病逝前夕因为政局变动不能到颍昌与苏辙一起居住，他还写了一封至今令人唏嘘不已的书信，说他们兄弟俩老境不能相聚是天意，自己又有什么办法呢，此信上文已引用过，此处不赘。

查慎行的《苏诗补注》附有苏辙与兄长的唱和诗499首，[①]而且苏轼每到一个地方都有相关的诗文书信寄给他的弟弟，如果加上兄弟二人的往还书信，这一数字无疑还要增加许多。苏轼和苏辙早年读韦应物诗有“夜雨对床”之约，这一约定不光是他们对往昔美好岁月的深情回望，也是支撑着二人在苦难人生中走向人生彼岸的精神期待。苏轼去世后，苏辙夫妇最终也跟兄长嫂嫂同葬于河南郏县小峨眉山，为“夜雨对床”之约划上了句号。在苏轼、苏辙六十多年的兄弟情谊中，他们总是在以诗文创作叙说各自的生活和对人生的种种思考，兄弟间以此情感纽带形成了彼此生活与情感上的巨大支撑。《颜氏家训·兄弟》云：“夫有人民而后有夫妇，有夫妇而后有父子，有父子而后有兄弟。一家之亲，此三而已矣。自兹以往，至于九族，皆本于三亲焉，故以人伦为重者也，不可不笃。”[②]兄弟伦理作为“三亲”之一，其重要性于此可见。兄弟关系乃天合关系，不同于夫妻的人合关系，早于夫妇而久于父子，一奶同胞且手足情深。苏轼、苏辙于家门之内自相师友，其兄弟情谊堪称千古典范。为了弟弟苏辙，苏轼往往能写出最好的诗词，这样的例子于苏轼集子中俯拾即是，二人关系诚如苏辙所言“手足之爱，平生一人”，此点我们这里再次强调，苏辙敬爱兄长，以“师”相待，“抚我则兄，诲我则师”，苏轼对弟弟更是誉之为“岂独为吾弟，要是贤友生”，苏轼、苏辙兄唱弟和或者弟唱兄和，在六十多年的亲情滋养中无疑淡化了仕途坎坷带给他们的心灵痛苦。

李泽厚先生在其名作《哲学探寻录》中讨论了人生为何而活、如何活以及人类归宿何在、“家”在何方等问题后，认为人只有以亲子情、男女爱、夫妇恩等人伦感情作为人生真谛与生活真理，人生无常，能常驻在心灵的，正是那可珍惜的真情“片刻”。我们在这日常、平凡的似乎是凡尘俗世的缘分中，就可以去尽情欢庆自己偶然的降生；在这强颜欢笑和忧伤焦虑中，我们就可以去努力把握当下，留连和留住这生命的真实存在，这就是生命的故园情意，同时也就是儒家的“立命”，重要的是让情感的偶然有真正的寻找和家园归宿。我们在这种似如往昔的平凡与有限，甚至是转瞬即逝的真实情感中进入天地之境界，如此便可以真正安身立命，使生命永恒不朽。这样，“道在伦常日用之中”才是人际的温暖、欢乐的春天，是精神又为物质，是存在又是意识，是真正的生活、生命和人生。[③]苏轼的家居伦理在李先生的哲学视域中亦有相当的代表性，苏轼与父亲苏洵、

①（清）查慎行补注，王友胜校点．苏诗补注［M］．南京：凤凰出版社，2017年，第17页。

②（南北朝）颜之推著，王利器集解．颜氏家训集解［M］．北京：中华书局，1996年，第22—31页。

③参见李泽厚．实用理性与乐感文化［M］．北京：三联书店，2008年，第163—192页。

儿子苏迈、苏迨、苏过之间的父子亲情，与王弗、王闰之、王朝云之间的夫妇情爱，与苏辙之间的同胞手足之深谊，在在展示着苏轼之“多情”，正是在这亲子情、男女爱与夫妇恩、兄弟谊等人伦关系中，苏轼体现了其作为儿子、父亲、丈夫、兄长等多重身份的家庭本色，共同展现出了苏轼家居生活伦理的多重视域。苏轼还“以无何有之乡为家”，在天地万物中，他珍重自己的情感生存，努力超越着生成变坏的表相，以自己的文艺创作直呈随处充满的生命真实，将那种化“留意”于物的物我相互奴役，变为了齐同物我的契合如如之境界。[①]一方面，家居是苏轼的私密生活空间，向其精神深处无限收缩，另一方面，家居又直接通向宇宙，连接着最为广大的开阔的空间，苏轼的家居生活伦理事实上也就在这内与外的两极之间绵延展开。“惟江上之清风，与山间之明月，耳得之而为声，目遇之而成色，取之无禁，用之不竭，是造物者之无尽藏也”，苏轼与天地万物一起建构了一种基于情感共同体之上的有“情”的人生，这是一种对于完“美”生活的追求。在这个意义上，伦理与美学往往成为一件事。[②]苏轼无疑在他一系列有限的物质家居空间之外获得了更为广阔的家居栖息之所，从而实现了真正意义上的诗意地栖居。

①参见朱良志．论苏轼的“无还”之道［J］.《文艺研究》，2017 年第 11 期，第 5—22 页。

②刘悦笛．生活中的美学［M］. 北京：清华大学出版社，2011 年，第 235 页。

结 语

歌德说："凡是值得思考的事情，没有不是被人思考过的；我们必须做的只是试图加以重新思考而已。"[①]本书瞩目于苏轼的家居生活与文学创作之研究，亦是在前贤时哲的无数思考之后的继续探索。王水照先生谓苏轼是现世性与超越性完美契合在一起的一位智者，他在当时及身后总是拥有着一代又一代的众多读者，还有无数研究者和文艺专家倾毕生精力对其进行研究。苏轼在各方面的重大成就引起了他们连绵不绝的文化怀念与情感共鸣，形成了一部同样博大精深的苏轼接受史，主要以审美陶冶、理性阐释和创作滋养为重要内容，并一直延伸到了今天。[②]本书的立论起点基于"家居"与"生活"、"文学"之间的紧密联系，围绕着苏轼广泛而深入的"家"书写来深入其内心情感世界。苏轼是一位热爱生活的智者，其家居营建是其作为杰出文人之审美全方位的体现，贬谪时期尽管条件艰苦，他也从未放弃自己的文人情趣，苏轼总能在调试"生"的自然与"活"的不自然之间找到属于自己的心灵栖息地。刘悦笛先生的生活美学研究中有所谓"乐活"和"艺活"之说，所谓"乐活"就是一种健康可持续的生活方式，有"美"才能有"乐"，刘先生还谓"艺活"是美带给我们的一种"艺术化"之生活方式，是延续了日常生活经验的一种升华。[③]苏轼的家居生活的文学书写恰恰呈现出了这样一种"乐活"与"艺活"的审美存在。无论是眉山的家宅，还是后来苏轼仙逝时所居之孙氏宅，其家居空间经营与环境营造均着意于"家园"之氛围与诗意之栖居。苏轼一生经历北宋仁宗、英宗、神宗、哲宗、徽宗五朝，历任三部尚书、八地知州，三起三落，十年流放，可谓风雨坎坷，其家庭经济情况也一直影响着他对于"穷"、"达"关系之思考，无论是"穷"或是"达"，苏轼始终心怀天下百姓，就算在自己极端困难的情况下，他仍旧会力所能及地去帮助他人。在苏轼的家居心态中，他的"中隐"、"退居"、"超然"、"逍遥"、"平常心"与"居士"等心态也在影响着苏轼的家居之思，他总是努力在入世与出世之间、传统与现代之间的矛盾张力中安顿身心，由此建构起了他自己独特的生活哲学。苏轼作为继欧阳修、司马光之后北宋最有影响力的文人之一，其家居空间的室内陈设与文人意趣问题也成为北宋士大夫家居空间的典型代表，苏轼的室内陈设有着摆放有序的各类家具，而且这些家具往往承载着苏轼的文人之思，带有他本身浓厚的文人意趣。另外，其中的一些精美家具以及其他家居之物还常常作为文学交际的礼物流动成为苏轼经营朋友关系的

①歌德．歌德的格言和感想集［M］．北京：中国社会科学出版社，1982 年，第 3 页。

②王水照．苏轼研究［M］．北京：中华书局，2015 年，第 3 页。

③刘悦笛．生活中的美学［M］．北京：清华大学出版社，2011 年，第 4 页。

重要载体，为他的情感交流与文学创作带去了不少的灵感与诗趣。

苏轼是古今罕见的具有古典趣味与现代意识的超级文豪，其家居生活本身就成为他施展才华、表现情致与体验美感的绝佳“作品”，服饰、饮食、雅集、煎茶、饮酒、焚香、园艺、读书、鉴藏、养生、教子、谈禅论道、对弈听曲等等家居生活形态使苏轼的家居带有温情与人情，其典型士大夫式的优雅品味在中国古代士大夫文化体系中占有重要地位，其贬谪期间超越当下的诗意生存也使他的家居生活美学之思深入到了世界人生的幽微之处。苏轼的父子亲情、夫妇之爱与兄弟之谊也使其家居文学书写成为一种基于生命哲学和入世精神却又超越洒脱的性灵表达，苏轼的人间情怀与家园追求最深刻地展示着诗人存在的深度，是植根于生活世界的文化精神的外显。综合本书所论，苏轼的家居不仅是他的日常生活方式，也是其文学创作的底色，更是他气质个性的自然流露和趣味格调的充分展现。

现代哲学界普遍认为，只要人还需要真正的栖居，只要我们没有完全忘记我们的家园，家居就不会完全死亡。[①]苏轼的家居生活往往能将高雅与通俗合二为一，在居庙堂之高时，苏轼能进行最为风雅的各类家居生活，而在遭遇贬谪不得不面对生活苦难的时候，他又能与自然环境和当地百姓打成一片，表现出了超然达观的广阔心胸。苏轼的家居生活没有白居易晚年那么风流潇洒，贬谪期间也没有陶渊明采菊东篱的澄明洒落，但它充满着人间深情和超越智慧以及闲适优雅、从容不迫的潇洒风神。如何在不完美的世界调节自己的心灵，进入理想的人生境界，苏轼的家居文学无疑给了我们很大启示。行走于苏轼的家居生活世界，他的作品让我们在日益浮躁的当下牢记世界之出处与生命之意义，他的各类形而上的思考总是牢牢地植根于其日常生活，其咳珠唾玉般的诗词文章，哪怕隔了一千多年的时光，仍然能让我们感受到诗人笔下真切而实在的呼吸。殷智贤先生在《我们如何居住》一书中曾说到知识分子对中国家居文化的介入越来越少，影响力越来越小，今天的住宅里几乎不包括知识分子的思考。[②]这一感慨无疑是沉重的，事实上，我们拥有着丰富的家居文化之物质及精神遗产，其中苏轼的家居生活即是其中的重要存在，笔者此书对此也仅是做了一些力所能及的工作。所有研究苏轼的学者都会深深感慨苏轼的“说不全、说不完、说不透”，在中国古代文化史上，的确很少有人能像苏轼一般在古代文、史、哲及其他艺术门类都表现出特别卓越的才华。本书所论苏轼的家居生活文学仅是苏轼博大精深的文学世界之一隅，然而仅这一隅已足以让我们流连与赞叹，并让我们对当下的诗意家居有了更多可资借鉴的精神资源。而且苏轼的家居生活文学还有着强烈的现代性，其家居生活形态中的美食烹饪、待客雅集、汲水煎茶、制酒饮酒、燕居焚香、园艺花木、读书艺文、鉴藏博古、养生炼气等等放在今天同样有着强烈的现代意义，它启发着我们如何在今日过一种优雅闲适的家居生活。不光是在此类形而下的器物层面苏轼的家居文学有现代意义，而且苏轼家居文学中体现出的一系列形而上的人生思考同样启迪着我们今天的身心安顿问题，《东坡易传》中有“恐天下沿其末而不知反其宗……恐天下相追于无穷而不已”之语，苏轼对“家”生活的一系列文学呈现无疑再次让我们思考何处为家？何为生活？我们是谁？来自何方？又将去往何处？

---

①彭怒、支文军、戴春主编．现象学与建筑的对话［M］．上海：同济大学出版社，2009 年，第 238 页。

②转引自衣晓龙．诗意的家居——明清徽州［M］．新北：花木兰文化有限责任公司，2017 年，第 177 页。

参考文献

（按音序排列）

一、中国古代典籍

[1]（唐）白居易撰，朱金城笺注．《白居易集笺校》[M]. 上海：上海古籍出版社，1988.

[2]（清）卞永誉纂辑．《式古堂书画汇考》[M]. 杭州：浙江人民美术出版社，2012.

[3]（宋）晁公武撰，孙猛校正．《郡斋读书志校正》[M]. 上海：上海古籍出版社，2011.

[4]（宋）陈敬著，严小青编著．《新纂香谱》[M]. 北京：中华书局，2012.

[5]（宋）陈师道撰，任渊注，冒广生补笺，冒怀辛整理．《后山诗注补笺》[M]. 北京：中华书局，1995.

[6]（宋）陈槱．《负暄野录》[M]. 北京：中华书局，1985.

[7]（宋）陈元靓．《事林广记》[M]. 北京：中华书局，1999.

[8]（唐）杜甫著，萧涤非主编，张忠纲终审统稿，廖仲安、张忠纲、郑庆笃、焦裕银、李华副主编．《杜甫全集校注》[M]. 北京：人民文学出版社，2014.

[9]（唐）杜甫著，谢思炜校注．《杜甫集校注》[M]. 上海：上海古籍出版社，2016.

[10]（宋）道潜撰，孙海燕点校：《参寥子诗集》上海：上海古籍出版社，2017 年版。

[11]（宋）杜绾著，王云、朱学博、廖莲婷整理校点．《云林石谱（外七种）》[M]. 上海：上海书店出版社，2015.

[12]（宋）范成大等著，刘向培整理校点．《范村梅谱（外十二种）》[M]. 上海：上海书店出版社，2017.

[13]（明）高濂著，王大淳点校．《遵生八笺》[M]. 杭州：浙江古籍出版社，2017.

[14]（清）郭庆藩撰，王孝鱼点校．《庄子集释》[M]. 北京：中华书局，2012.

[15]（宋）高文虎录．《蓼花洲闲录》[M]. 北京：中华书局，1985.

[16]（宋）惠洪、费衮撰，李保民、金圆校点．《冷斋夜话 梁溪漫志》[M]. 上海：上海古籍出版社，2012.

[17]（宋）惠洪著，（日）释廓门贯彻注，张伯伟等点校．《注石门文字禅》[M].

北京：中华书局，2012.

[18]（宋）洪迈撰，孔凡礼点校．《容斋随笔》[M]. 北京：中华书局，2015.

[19]（宋）黄庭坚等撰，龙榆生笺校．《苏门四学士词（外三种）》[M]. 上海：上海古籍出版社，2017.

[20]（宋）黄庭坚著，郑永晓整理．《黄庭坚全集辑校编年》[M]. 南昌：江西人民出版社，2011.

[21]（宋）洪遵撰，汪圣铎编著．《泉志》[M]. 北京：中华书局，2013.

[22]（明）计成．《园冶》[M]. 重庆：重庆出版社，2017.

[23]（宋）刘辰翁批点．《增刊校正王状元集注分类东坡先生诗》[M]. 上海商务印书馆涵芬楼用南海潘氏藏宋刊本景印．

[24]（宋）吕大临著，廖莲婷整理校点．《考古图》[M]. 上海：上海书店出版社，2016.

[25]（清）厉鄂辑撰．《宋诗纪事》[M]. 上海：上海古籍出版社，2013 年．

[26]（宋）李格非．《洛阳名园记》[M]. 文渊阁《四库全书》本．

[27]（宋）林洪撰，章原编著．《山家清供》[M]. 北京：中华书局，2013.

[28]（宋）李诫．《古法今观 —— 营造法式》[M]. 南京：江苏科学技术出版社，2017.

[29]（宋）李焘撰．《续资治通鉴长编》[M]. 北京：中华书局，2017.

[30]（南北朝）刘义庆著，周兴陆辑著．《世说新语汇校汇注汇评》[M]. 南京：凤凰出版社，2017.

[31]（清）李渔．《闲情偶寄・插图珍藏版》[M]. 北京：人民文学出版社，2017.

[32]（宋）陆游著，钱仲联、马亚中主编．《陆游全集校注》[M]. 杭州：浙江古籍出版社，2016.

[33]（宋）李之仪．《姑溪居士全集》[M].《丛书集成初编》本。

[34]（宋）米芾著，黄正雨、王心裁辑校．《米芾集》[M]. 武汉：湖北教育出版社，2002.

[35]（宋）梅尧臣著，朱东润编年校注．《梅尧臣集编年校注》[M]. 上海：上海古籍出版社，2006.

[36]（宋）孟元老撰，伊永文笺注．《东京梦华录笺注》[M]. 北京：中华书局，2006.

[37]（宋）欧阳修等著，王云整理校点．《洛阳牡丹记（外十三种）》[M]. 上海：上海书店出版社，2017.

[38]（宋）欧阳修著，洪本健校笺．《欧阳修诗文集校笺》[M]. 上海：上海古籍出版社，2009.

[39]（宋）秦观著，徐培均笺注．《淮海集笺注》[M]. 上海：上海古籍出版社，2000.

[40]（清）纪昀点评，（清）李香严手批．《李香严手批纪评苏诗》[M]. 成都：四

川大学出版社，2007.

[41]（宋）苏过撰，舒星校点，蒋宗许、舒大刚等注．《苏过诗文编年笺注》[M].北京：中华书局，2012.

[42]（明）李濂撰，周宝珠、程民生点校．《汴京遗迹志》[M].北京：中华书局，1999.

[43]（宋）苏轼撰，（明）王如锡辑，章原评注．《东坡养生集》[M].北京：中华书局，2011.

[44]（宋）苏轼撰，（明）王如锡编，吴文清、张志斌点校．《东坡养生集》[M].福州：福建科学技术出版社，2013.

[45]（宋）苏轼等著，王水照编．《宋刊孤本三苏温公山谷集六种》[M].北京：国家图书馆出版社，2012.

[46]（宋）苏轼撰，孔凡礼点校．《苏轼文集》[M].北京：中华书局，2016.

[47]（宋）苏轼著，（清）冯应榴辑注，黄任轲、朱怀春校点．《苏轼诗集合注》[M].上海：上海古籍出版社，2001.

[48]（宋）苏轼撰，（清）温汝能纂订．《东坡和陶合笺》[M].民国四年扫叶山房石印本．

[49]（宋）苏轼著，（清）查慎行补注，王友胜校点．《苏诗补注》[M].南京：凤凰出版社，2017.

[50]（宋）苏轼撰，（清）王文诰辑注，孔凡礼点校．《苏轼诗集》[M].北京：中华书局，2016.

[51]（宋）苏轼撰，（清）赵克宜辑订．《角山楼苏诗评注汇钞》[M].清咸丰二年刻本．

[52]（宋）苏轼著，（清）朱孝臧编年，龙榆生校笺．《龙榆生全集：东坡乐府笺》[M].上海：上海古籍出版社，2017.

[53]（宋）苏轼著，（宋）傅幹注，刘尚荣校证．《东坡词傅幹注校正》[54].上海：上海古籍出版社，2016.

[54]（宋）苏轼撰，邹同庆、王宗堂点校．《苏轼词编年校注》[M].北京：中华书局，2016.

[55]（宋）苏轼著，张志烈、马德富、周裕锴主编．《苏轼全集校注》[M].石家庄：河北人民出版社，2010.

[56]（宋）苏洵、苏轼、苏辙撰，曾枣庄、舒大刚主编．《三苏全书》（20册）[M].北京：语文出版社，2001.

[57]（宋）苏易简等著，朱学博整理校点．《文房四谱（外十七种）》[M].上海：上海书店出版社，2015.

[58]（宋）苏辙著，陈宏天、高秀芳点校．《苏辙集》[M].北京：中华书局，1990.

[59]（宋）唐庚撰，唐玲校注．《唐庚诗集校注》[M].北京：中华书局，2006.

[60]（明）屠隆著，赵菁编．《考槃馀事》[M]．北京：金城出版社，2012.

[61]（晋）陶潜撰，龚斌校笺．《陶渊明集校笺（修订版）》[M]．上海：上海古籍出版社，2018.

[62]（元）脱脱等．《宋史》[M]．北京：中华书局，1985.

[63]（宋）王安石著，王水照主编．《王安石全集》[M]．上海：复旦大学出版社，2016.

[64]（清）翁方纲．《米海岳年谱》[M]．北京：中华书局，1991.

[65]（宋）王黼著，诸莉君整理校点．《宣和博古图》[M]．上海：上海书店出版社，2017.

[66]（清）汪师韩选评．《苏诗选评笺释》[M]．清光绪十二年钱塘汪氏长沙刻本．

[67]（宋）王素，（宋）王巩撰，张其凡、张睿点校．《王文正公遗事 清虚杂著三编》[M]．北京：中华书局，2017.

[68]（清）王文诰撰．《苏文忠公诗编注集成总案》[M]．成都：巴蜀书社，1985.

[69]（唐）王维撰，杨文生编著．《王维诗集笺注》[M]．成都：四川人民出版社，2018.

[70]（明）文震亨撰，胡天寿译注．《长物志》[M]．重庆：重庆出版社，2017.

[71]（清）徐松辑．《宋会要辑稿》[M]．北京：中华书局，2014.

[72]（宋）佚名等著，朱学博整理校点．《百宝总珍集（外四种）》[M]．上海：上海书店出版社，2015.

[73]（清）永瑢等．《四库全书总目》[M]．北京：中华书局，2016.

[74]（南北朝）颜之推著，王利器集解．《颜氏家训集解》[M]．北京：中华书局，1996.

[75]（清）张道撰．《苏亭诗话》[M]．清光绪十九年长沙使院刻本．

[76]（宋）朱肱等著，任仁仁整理校点．《北山酒经（外十种）》[M]．上海：上海书店出版社，2016.

[77]（宋）张耒撰，李逸安等点校．《张耒集》[M]．北京：中华书局，1990.

[78]（清）查慎行著，（清）张载华辑．《初白庵诗评》[M]．上海六艺书局石印本．

[79]（宋）赵希鹄等著，尹意点校．《洞天清录（外二种）》[M]．杭州：浙江人民美术出版社，2016.

[80] 朱易安、傅璇琮、上海师范大学古籍整理研究所编．《全宋笔记》（全十编）[M]．郑州：大象出版社，2003—2018 年．

二、中国近人著述

（一）专著

[1] 艾秀梅．《日常生活审美化研究》[M]．南京：南京师范大学出版社，2010.

[2] 卞东波．《宋代诗话与诗学文献研究》[M]．北京：中华书局，2013.

[3] 卞东波．《域外汉籍与宋代文学研究》[M]. 北京：中华书局，2017.

[4] 鲍沁星．《南宋园林史》[M]. 上海：上海古籍出版社，2017.

[5] 包伟民．《宋代城市研究》[M]. 北京：中华书局，2014.

[6] 白振奎．《从宫阙到竹林——魏晋士族经济生活与文学》[M]. 郑州：河南人民出版社，2012.

[7] 陈从周著，凌原译．《中国文人园林：汉英对照》[M]. 北京：外语教学与研究出版社，2016.

[8] 陈峰．《生逢宋代：北宋士林将坛说》[M]. 上海：三联书店，2013.

[9] 程杰、纪永贵、丁小兵．《中国杏花审美文化研究》[M]. 成都，巴蜀书社，2015.

[10] 程杰．《梅文化论丛》[M]. 北京：中华书局，2007.

[11] 程杰．《中国梅花审美文化研究》[M]. 成都：巴蜀书社，2008.

[12] 陈景周.《苏东坡词历代传播与接受专题研究论稿》[M]. 苏州: 苏州大学出版社，2014.

[13] 陈康．《苏东坡与中原文化》[M]. 郑州：郑州大学出版社，2014.

[14] 曹林娣、沈岚．《中国园林美学思想史·隋唐五代两宋辽金元卷 》[M]. 上海，同济大学出版社，2015.

[15] 程民生．《宋代地域文化史（修订版）》[M]. 合肥：安徽文艺出版社，2017.

[16] 程民生．《宋代物价研究》[M]. 北京：人民出版社，2008.

[17] 陈鹏．《中国婚姻史稿》[M]. 北京：中华书局，1990.

[18] 程千帆、吴新雷．《两宋文学史》[M]. 上海：上海古籍出版社，1991.

[19] 曹瑞娟．《宋代生态诗学研究》[M]. 北京：中国社会科学出版社，2016.

[20] 蔡世华．《遗爱千载苏徐州——苏轼徐州文化遗存价值研究》[M]. 徐州：中国矿业大学出版社，2017.

[21] 成玮．《制度、思想与文学的互动——北宋前期诗坛研究》[M]. 上海：复旦大学出版社，2013.

[22] 蔡心华．《苏轼全传·无私乃天》[M]. 北京：中国文史出版社，2017.

[23] 程宇静．《欧阳修遗迹研究》[M]. 北京：人们出版社，2018.

[24] 陈燕妮．《居住的诗篇——论唐诗中的洛阳城市建筑景观》[M]. 北京：人民出版社，2011.

[25] 蔡元培．《中国伦理学史》[M]. 上海：上海科学技术文献出版社，2015.

[26] 陈贻焮．《杜甫评传（上中下）》[M]. 北京：北京大学出版社，2011.

[27] 陈炎．《中国审美文化史·唐宋卷》[M]. 上海：上海古籍出版社，2013.

[28] 陈植锷．《北宋文化史述论》[M]. 北京：中国社会科学出版社，1992.

[29] 陈中林、徐胜利．《苏门词人群体概论》[M]. 武汉：湖北人民出版社，2014.

[30] 陈中浙.《我书意造本无法——苏轼书画艺术与佛教》[M]. 北京: 商务印书馆，2015.

[31] 戴建业．《澄明之境：陶渊明新论》[M]．海口：海南出版社，2015.

[32] 戴建业．《文献考辩与文学阐释 —— 戴建业自选集》[M]．武汉：华中师范大学出版社，2012.

[33] 戴玉霞．《苏轼诗词英译对比研究：基于和合翻译理论的视角》[M]．西安：西安电子科技大学出版社，2016.

[34] 董治祥、刘玉芝．《鹤兮归来：苏东坡在徐州》[M]．北京：中国戏剧出版社，2000.

[35] 复旦大学文史研究院编．《都市繁华：一千五百年来的东亚城市生活史》[M]．北京：中华书局，2010.

[36] 方健．《北宋士人交游录》[M]．上海：上海书店出版社，2013.

[37] 傅暮蓉．《剑胆琴心：查阜西琴学研究》[M]．北京：文化艺术出版社，2011.

[38] 傅璇琮编．《黄庭坚和江西诗派资料汇编》[M]．北京：中华书局，1978.

[39] 傅璇琮、蒋寅主编．《中国古代文学通论·宋代卷》[M]．沈阳：辽宁人民出版社，2016.

[40] 傅璇琮主编，张剑本卷主编．《宋才子传笺证 · 北宋后期卷》[M]．沈阳：辽海出版社，2011.

[41] 傅璇琮主编，祝尚书本卷主编．《宋才子传笺证 · 北宋前期卷》[M]．沈阳：辽海出版社，2011.

[42] 傅璇琮．《中国古代诗文名著提要 · 宋代卷》[M]．北京：中华书局，2009.

[43] 方永江．《且思：苏祠外浅尝》[M]．北京：中国文史出版社，2016.

[44] 巩本栋．《唱和诗词研究 —— 以唐宋为中心》[M]．北京：中华书局，2013.

[45] 歌德．《歌德的格言和感想集》[M]．北京：中国社会科学出版社，1982.

[46] 顾宏义等整理．《宋代日记丛编》[M]．上海：上海书店出版社，2013.

[47] 谷曙光．《贯通与驾驭：宋代文体学述论》[M]．北京：人民文学出版社，2015.

[48] 郭绍虞著，蒋凡编．《宋诗话考》[M]．上海：复旦大学出版社，2015.

[49] 郭英德．《探寻中国趣味 —— 中国古代文学之历史文化思考》[M]．北京：商务印书馆，2017.

[50] 郭英德．《中国古代文人集团与文学风貌》[M]．北京：中国人民大学出版社，2012.

[51] 郭英德．《中国古代文学与教育之关系研究》[M]．北京：北京大学出版社，2012.

[52] 高友工．《美典：中国文学研究论集》[M]．上海：三联书店，2008.

[53] 葛兆光．《中国思想史》[M]．上海：复旦大学出版社，2013.

[54] 高正伟．《杜甫涉酒诗文辑录与研究》[M]．北京：中国社会科学出版社，2018.

[55] 黄宝华．《黄庭坚评传》[M]．南京：南京大学出版社，2011.

后 记

本书是我的博士论文，以苏轼的家居生活与文学创作为研究论题，灵感主要来自于朱倩如《明人的居家生活》一书，后来又得到王水照先生论文的支持，2017 年暑假之时我就有了一些想法，觉得这个角度有一定的创新意义。紧接着我查询了各方资料，发现学界目前并无论述苏轼家居生活与文学世界的专文，故而与导师戴建业先生商定选择此题。我一开始时也是自以为找到了一个很好的角度，且相信自己一定能较好地将这个问题论述清楚的，然而正如刘勰《文心雕龙·神思》中所说："方其搦翰，气倍辞前；暨乎篇成，半折心始。"由于自己学养不足，读书不精，目前摆在读者诸君面前的拙作自不免有着不少问题。

戴建业师曾幽默地说把苏东坡读好绝不可能得抑郁症，在撰写本书之前，尽管我也读过不少苏轼作品及相关著作，但我对这位旷世文豪的理解总体来说也是相对有限的，所以我试图在博士阶段通过精读所有的苏轼文本真正走进东坡的心灵世界，去汲取他身上那些令人敬佩的生活智慧与人生哲思，故而选择此题也实在有点私心，我想在系统研读苏轼中为我今后的人生打下东坡乐观豁达式的生命基调，让自己不管以后遇到什么困难的事情，我心中都能有东坡的人生情思与智慧幽默相伴，让自己在以后人生的道路上"也无风雨也无晴"，能够坦然面对人生的喜乐忧愁，"我心本如此，月满江不湍"，苏轼的人生哲学令我沉醉。

当然，本书相对顺利的撰作离不开亲友师长们的支持与鼓励，同门师兄阮延俊已有《苏轼的人生境界及其文化底蕴》一书，但开题之时戴老师对我的选题还是表示了首肯，认为苏轼研究是做不完的，而且博士论文选择大作家来系统研究对自身的学术训练也很有帮助，本书如果在学术上还有一些可取之处，实在离不开戴师的真情鼓励与辛勤指导。特别是师母生病，老师平时要照顾师母很是忙碌，但他与师母对待戴门弟子始终如自己的孩子一般，每次到老师家拜访我们总是如沐春风，正如老师所写"人间最美师生情"一样，我永远珍惜这份珍贵的师生情，并在我以后的教师生涯中不断向戴老师学习，做一个无愧于学生的好老师。

本书的撰作，汤江浩老师、韩维志老师和王炜老师都对我的题目给予了热情指导，提出了许多宝贵的意见。2018 年 6 月，周裕锴先生到华师参加"文本世界的内与外——多重视域下的中国古典文学研究"学术会议，我也曾就本题目向周老师咨询。周老师是我硕士论文的答辩主席，我在西南民族大学读书时也曾旁听了先生的《唐宋诗歌研究》、《中国古代阐释学研究》和《中国禅宗与诗歌》等硕博课程，受益匪浅，周老师对本选题当时也给予了部分肯定，惜限于时间，未能向周老师多多请益。后来我向周老师索取一些苏轼会议的电子资料，也获得了先生的慷慨赐予，在此我由衷地对周老师给予我的关怀表示真心的感谢。在会议上，硕导徐希平师也对我的选题给予了指导，尽管老师也认为苏轼研究难度太大，但仍对我的选择表示了鼓励。2017 年底，我曾回成都和徐门弟子一起为祝贺恩师六十大寿小聚，徐师对我的学业也总是鼓励有加，徐门弟子对徐老师的教学一直有“如沐春风”之称誉，我在徐师门下受学期间多得恩师栽培，在此一并对老师表示诚挚的感谢。

本书一开始设计大纲的时候曾计划写“总论”、“比较”、“接受”三编，事实上本文目前只完成了第一编，对于盲审专家提出的广度不足问题，实因时间所限精力不逮之故，当然也是我学力不佳未能精思，期待能于今后的终身学习中不断加以弥补。本书的写作还得到了张三夕老师的热情指导，张老师认为论文要对苏轼的家居生活与官居生活做适当区分，而且可以深入探讨地域文化与苏轼作品的深入联系，解读苏轼作品中一些比较微妙的心绪，如此论文会更加有说服力。我虽非张老师门下弟子，但张老师对我一直关爱有加，在上他的宗教学与思想史的课程上，张老师总是对学生严加要求，我从中获益良多。张老师知我爱买书常致囊中羞涩，还推荐我到武汉市图书馆汤湖分馆给小朋友们讲一些国学经典课程，这大大缓解了我的经济压力，也因此得以购置了不少我需要的专业书籍，在此我要衷心地向张老师表示感谢。在论文预答辩会上，林岩老师也对拙文做了一些中肯点评，我也向林老师讨要了部分会议资料，林老师邀请卞东波老师来华师讲座时，我也得以向卞老师了解了一些苏轼研究的域外概况，在此一并致谢。左志南老师寄赐大作《近佛与变雅：北宋中后期文人学佛与诗歌流变研究》参考，深表谢意。余祖坤老师作为师兄平时对我多有教益，且一直作为论文开题和预答辩的秘书，也为本书的写作提供了不少支持，谢谢余老师。

论文在正式答辩中还得到了答辩主席陈文新老师的诸多指点，陈老师平易近人，和蔼可亲，给本书的进一步完善提供了不少有针对性的修改意见，陈老师认为本书余论太突兀，惜限于体例与论题，本书未曾删减。教育部政策法规司原司长孙霄兵老师对本书选题的原创性也给予了肯定，并建议要在扎实的现象呈现中抽象出最能体现苏轼家居生活境界的范畴，从而在理论深度上有所拓展。韩维志老师还认为参考文献太过繁琐，然而目前的样子总体还是一目了然的，也可看出我在资料准备过程中的一些学习情况，故也未做大的改动。正是有了各位老师认真负责的指导，本书才尽可能避免了一些错误的表述，在此我要对老师们的辛勤付出表示深深的感谢与由衷的敬意！同样，我要感谢所有参考文献的作者，是他们的学术智慧引我一路前行。

回首一路走来的求学生涯，不免感慨，个中甘苦实是冷暖自知。感谢我的父母和兄嫂，是他们一如既往地支持我才能走到今天，母亲近来多病，做了好几个手术。我只能不断努力，期待能让家人过上更好的生活，本书以苏轼的“家”为中心展开讨论，自也是我心中对“家”那份永远割不断的情思使然。感谢石超师兄在论文章节设计时提供的一些建议，他认为要更好地研究苏轼的家居文学，需要在横向比较与纵向深入上下功夫，我当初拟定的提纲即设定了“比较”部分，打算将苏轼的家居文学与陶渊明、杜甫、白居易、司马光、王安石、黄庭坚、苏辙及其他苏门文人作比较，陶渊明的园田居、杜甫的浣花草堂、白居易的庐山草堂和履道宅园、司马光的独乐园、王安石的半山园、黄庭坚一系列的居室书写以及苏辙晚年的退居生活等均是绝佳材料，可惜最终成书也没有很好地实践最初的设想，实因要全部读完以上诸家著作在短时间内实不现实，且学界在此方面也有一些重要成果，如何从更深入的层面进行比较研究，我短时间内实无良策，期待能在以后的深入研读诸家作品中对此有所拓展。谷方蕊姐姐曾从四川大学图书馆帮我复印杨挺老师的《场所、身份与文学：宋代文人活动空间的诗意书写》一书，胡晓师弟曾从厦门大学图书馆帮我借阅林正秋先生的《宋代衣食住行研究》一书，在此一并感谢。刘卓、陈璐、张梦赟、何良武等师兄弟姐妹常在一起打羽毛球，好友刘烨、高周权等也常与我一起讨论彼此的文章写作情况。2019 年 7 月，我从华中师范大学毕业来到了玉溪师范学院，工作一年多以来，学校与学院领导对我的工作与生活均给予了诸多支持，特别是时遂营院长、普理禄书记和诸多同事不以我年轻识浅，极力推荐我担任了文学院院长助理一职。感谢我教过的可爱的学生们，从教以来和学生相处很是愉快。我今年 31 岁，学术生涯才刚开始，我唯有不懈努力，汲取成长中的经验与教训，继续奋厉前行，不负师恩，不负友朋！

最后，我要感谢我的未婚妻杨艳文，此书出版之时我们已经步入婚姻的殿堂，六年多的相知相守，本书既是我博士学习经历的记录，也是我们共同成长时光的美好纪念。是为记。

赵映蕊

2021 年 3 月 14 日谨识于玉溪师范学院